KB068139

삼국지

6

삼국지

6

이문열 평역

정문 그림 ― 나관중 지음

三國志

불타는 적벽赤壁

알에이치코리아

황개
黃蓋

주유
周瑜

마등
馬騰

슬기와 슬기, 꾀와 꾀

"이는 수군의 묘체(妙體)를 깊이 아는 자가 차린 것이다."

주유는 이윽고 놀란 얼굴로 그렇게 중얼거리며 좌우를 돌아보고 물었다.

"지금 조조의 수군을 다스리는 제독은 누구인가?"

"채모와 장윤입니다."

곁에 있던 졸개 하나가 대답했다. 그 말을 들은 주유는 속으로 가만히 생각했다.

'그 두 사람은 모두 오래 강동에 살아 수전을 깊이 익힌 자들이다. 계책을 써서 그 둘을 반드시 먼저 없애도록 해야겠다. 조조를 깨뜨리는 일은 그 둘을 없앤 뒤라야 될 것이다.'

그러면서 연신 채모와 장윤이 펼쳐둔 수채(水寨)를 엿보고 있는

데, 조조의 군사들이 그것을 알고 조조에게 나는 듯 달려가 알렸다.

"동오의 주유가 우리 진채를 엿보고 있습니다."

그러자 조조는 급히 명을 내려 배를 내고 주유를 사로잡으려 했다. 주유는 조조의 수채 안에서 기치가 움직이기 시작하는 걸 보고 조조의 속을 짐작했다. 급히 영을 내려 닻을 거두어 올리게 한 뒤 사방의 노와 삿대를 모조리 젓게 하여 자기 진채 쪽으로 달아나버렸다.

조조는 서두른다고 서둘렀으나 겨우 배가 수채에서 나왔을 때는 이미 주유가 탄 누선(樓船)이 수십 리나 달아난 뒤였다. 따라가봤자 잡을 길이 없다고 본 수군들이 조조에게 돌아가 그대로 알리자 조조가 여러 장수들을 돌아보며 물었다.

"어제는 한바탕 싸움에 져서 우리 군사의 예기가 적지 않이 꺾였는데 이제는 또 주유가 우리 진채를 엿보고 달아났소. 나는 어떤 계책으로 적을 깨뜨려야겠소?"

그때 홀연 장하에서 한 사람이 앞으로 나서며 말했다.

"저는 어릴 적부터 주유와 함께 학문을 익히고 가까이 사귀어왔습니다. 바라건대 저를 강동으로 보내주십시오. 가서 저의 세 치 썩지 않은 혀로 주유를 달래 승상께 항복하러 오도록 해보겠습니다."

조조가 크게 기뻐하며 보니 말한 사람은 구강 사람 장간(蔣幹)이었다. 자를 자익(子翼)이라 쓰는데 그런 대로 재주를 쓸 만해 막빈으로 함께 데리고 있었다. 조조가 장간에게 물었다.

"자익은 주유와 교분이 그렇게 두터운가?"

"그 일은 승상께서 마음 놓으셔도 됩니다. 제가 한번 강 저편에 가기만 하면 반드시 공을 이룰 것입니다."

장간이 자신에 찬 얼굴로 대답했다. 꼭 허풍을 떨고 있는 것 같지만도 않은 데다 설령 그의 말대로 되지 않는다 해서 해로울 것도 없는 터라 조조는 한번 그를 써보고 싶어졌다. 은근히 기대하는 투로 장간에게 물었다.

"그대가 주유를 찾아보는 데 필요한 것은 무엇 무엇인가?"

"심부름할 아이 녀석 하나에 배를 저을 사공 둘만 딸려주신다면 그뿐, 다른 것은 아무 소용이 없습니다."

그 말에 조조는 더욱 기뻤다. 일이 안 된다고 해도 들인 물자나 수고가 없으니 낭패될 것은 없고 잘된다면 그야말로 미끼도 없이 잉어를 낚는 격이었다. 조조는 곧 술자리를 열어 장간을 격려한 뒤 강동으로 보냈다.

장간은 갈건에 무명 도포 차림으로 작은 배 하나를 얻어타고 강을 거슬러 올라갔다. 오래잖아 주유의 수채가 나타났다. 장간은 수채를 지키는 군사를 불러 주유에게 알리게 했다.

"옛 친구 장간이 도독을 뵈러 왔다고 합니다."

그때 주유는 군막 안에서 여럿과 더불어 앞일을 의논하고 있었다. 장간이 왔다는 소리를 듣자 빙그레 웃으며 곁에 있던 장수들에게 말했다.

"나를 달래러 세객이 왔구려."

그러고는 낮은 목소리로 장수들이 할 일을 이것저것 일러주었다. 주유는 장간을 보지 않고도 조조에게서 온 사람이란 걸 알아차리고 오히려 그를 이용하기로 작정했다.

여러 장수들이 명을 받고 물러나자 주유는 비로소 손님을 맞으러

나갔다. 의관을 가다듬고 수백의 종자를 딸렸는데 그 수백 명이 모두 비단옷에 화려하게 꾸민 모자를 쓰고 있어 행렬이 여간 호사스럽지 않았다. 주유 자신도 그 어느 때보다 위엄이 돋보이는 차림을 했다.

장간은 푸른 옷을 입은 아이 하나를 딸린 채 고개를 젖히고 거침없이 들어섰다. 주유가 절하며 마중하자 장간이 말했다.

"공근은 그간 별고 없었는가?"

오랜만에 옛 친구를 만난다는 투의 스스럼없는 목소리였다. 주유가 한껏 위엄을 갖춰 그 말을 받았다.

"자익이 몹시 고생하며 지낸다는 소리는 듣고 있었네. 멀리 강호를 헤매고 다니다가 이제는 조씨를 위해 나를 달래러 왔는가?"

주유가 앞질러 그가 온 까닭을 헤아려 말하자 장간은 몹시 놀란 얼굴이었다. 그러나 이내 시치미를 떼며 부인했다.

"나는 자네를 오래 보지 못했기에 특별히 와서 만나 옛정을 풀어 보려 한 것인데 자네는 어째서 나를 세객이라고 의심하는가?"

꽤나 섭섭하다는 투였다. 그제야 주유는 굳어 있던 얼굴을 풀고 웃으며 말했다.

"내가 비록 사광(師曠, 춘추시대의 이름난 악사)의 총명에는 미치지 못하나 거문고 소리를 듣고 그 가락의 어울림과 멋을 짐작할 줄은 아네. 그럼 들어가세나."

"자네가 옛 친구를 이렇게 대할 줄은 몰랐네. 빨리 돌아가는 게 나을 듯하이."

주유가 의심을 품는 걸 보고 장간이 짐짓 뻗대었다. 주유는 그런 장간의 팔을 끌며 한층 다정하게 말했다.

"나는 혹시 자네가 조조의 세객이 되어 온 게 아닌가 두려워 그랬을 뿐이네. 이미 그런 뜻으로 온 게 아니라면 구태여 그렇게 빨리 갈 건 무언가? 안으로 들어가 오랜만에 밀린 얘기라도 나누어보세."

그러자 장간도 못 이긴 체 군막 안으로 들어섰다. 오랜만에 보는 예가 끝난 뒤 서로 자리를 잡고 앉자 주유가 명을 내려 사람들을 불렀다. 강동의 빼어난 인물들을 모두 장간과 만나게 하려는 뜻이라고는 하나 그 뒤에는 이미 거꾸로 장간을 이용할 계책이 숨어 있었다.

오래잖아 부름을 받은 무장들이 비단옷을 받쳐 입고 모여들었다. 아랫자리에 모인 편장이나 비장 같은 장교들도 은투구를 갖춰 쓰고 줄을 지어 갈라섰다.

주유는 그들을 모두 장간과 보게 한 뒤 양쪽으로 나누어 앉게 하고 크게 술자리를 벌였다. 군중에서 싸움에 이겼을 때 쓰는 씩씩한 음을 뜯게 하고 거기에 맞춰 술잔을 돌리게 한 다음 여럿에게 큰 소리로 말했다.

"여기 이분은 나와 함께 학문을 배운 옛 친구외다. 비록 강북에서 왔으나 결코 조조의 세객은 아니니 부디 여러분은 의심치 마시오."

그런 다음 허리에 차고 있던 칼을 풀어 태사자에게 주며 문득 엄한 표정이 되었다.

"공은 이 칼을 받아 술자리를 보살피도록 하시오. 바로 감주(監酒)가 되는 것이오. 오늘 이 자리는 다만 친구 간의 정분을 나누는 것일 뿐이니 조조나 동오의 군사에 대한 얘기를 입에 담는 자가 있으면 이 칼로 목을 베시오!"

그러자 태사자는 명 받은 대로 주유의 칼을 받아 빼든 채 윗자리에 가 앉았다. 그 엄중한 모습이 명을 어긴 자는 얼마든지 목을 칠 것 같았다. 때를 보아 주유를 달래볼 생각이던 장간은 그 기세에 눌려 감히 여러 말을 할 수가 없었다. 주유가 원래 남의 달램이나 꾐에 넘어갈 사람이 아니나 속에 품은 생각이 있어 그렇게 장간의 입을 막아버린 것이었다.

갑작스런 엄명 때문에 술자리가 절로 무거워지자 주유가 다시 여럿에게 큰 소리로 말했다.

"나는 대군을 거느리게 된 뒤로 한 방울의 술도 마시지 못했다. 그런데 오늘 옛 친구를 만났고 또 그를 의심할 까닭도 없으니 마땅히 한번 취하리라."

그러고는 크게 웃으며 거푸 잔을 비웠다. 주유가 그렇게 앞장서 흥을 돋우자 무겁던 술자리는 곧 풀리고 모인 사람들도 흥겹게 잔을 돌리기 시작했다.

술이 반쯤 취하자 주유는 장간의 손을 끌고 장막 밖으로 나갔다. 허물없는 옛 친구 사이로 돌아간 듯한 다정함이었다. 밖에는 온몸을 갑옷과 투구로 감춘 군사들이 창칼을 짚고 늘어서 있었다.

주유는 짐짓 그런 군사들 사이로 한동안 장간을 데리고 다니다가 물었다.

"우리 군사가 씩씩하고 날래 보이지 않는가?"

"정말로 범이나 곰 같은 군사들일세."

장간이 그렇게 대꾸했다.

주유는 또 장간을 데리고 군막 뒤에 있는 말먹이와 군량더미 있는 데로 데려갔다. 말먹이 풀과 군사를 먹일 곡식이 산처럼 쌓여 있었다. 주유가 다시 장간에게 말했다.

"이게 우리의 마초와 군량일세. 이만하면 넉넉하지 않은가?"

"과연 그러하네. 동오는 군사가 날래고 양식은 넉넉하다더니 정말로 헛되게 이름이 난 게 아닌 모양일세."

장간은 마지못해 한 번 더 맞장구를 쳐주었다. 그러자 주유는 거짓으로 취한 체하며 크게 웃고 말했다.

"이 주유와 자익 자네가 함께 학문을 익힐 때 어찌 오늘 같은 날이 있을까를 생각이나 했겠나?"

드러내놓고 자신의 벼슬과 지위를 자랑하는 말투였다. 장간은 마음속으로 아니꼬운 구석이 없지 않았으나 좋게 대답했다.

"자네같이 재주가 높은 사람이 무슨 소린가? 하나도 지나칠 게 없네. 당연히 이쯤은 되어야지."

그러면서도 한편으로는 주유를 달래볼 때가 오기만을 노렸다. 그러나 주유는 끝내 틈을 보이지 않았다. 여전히 취한 체 떠들어대면서 장간의 입을 앞질러 막아버렸다.

"대장부가 세상을 사는 데 나를 알아주는 주인을 얻는다는 게 어디 그리 쉬운 일이겠는가? 하지만 나는 바로 그런 주인을 얻어 섬기고 있네. 겉으로는 군신의 의리에 묶여 있으면서도 안으로는 골육의 정으로 맺어져 있고, 말을 하면 반드시 지키며 계책을 내면 꼭 그대로 따를 뿐만 아니라 화와 복을 함께하는 분이니 그렇지 않은가? 설령 소진, 장의, 육가(陸賈), 역생(酈生)처럼 입은 흐르는 물 같고 혀는 날선 칼 같은 사람들이 다시 살아난다 해도 어찌 내 마음을 움직일 수 있겠는가?"

그러고는 크게 껄껄거리니 장간이 비집고 들 틈이 없었다. 다만 얼굴이 흙색이 되어 섣불리 주유를 달래려 들지 않은 것만 다행으로 여겼다.

주유는 제 할 말만 다하고는 다시 장간을 데리고 장막으로 돌아가 여러 장수들과 더불어 술을 마시기 시작했다. 마신다기보다는 그대로 퍼붓는다는 말이 알맞을 정도로 잔을 비워대는 것이었다. 그러다가 생각난 듯 그 자리에 둘러앉은 여러 장수들을 가리키며 기세 올리는 소리만 해댔다.

"여기 앉은 사람들은 모두 강동의 영걸들일세. 오늘 이렇게 한자리에 모였으니 이 모임은 실로 군영회(群英會)라 이름하는 게 마땅할 것이네."

그뿐만이 아니었다. 그럭저럭 날이 저물어 등불을 밝힐 때가 되자 주유는 몸소 일어나 칼춤을 추기 시작했다. 그것도 스스로 지은 노래를 곁들인 기고만장한 칼춤이었다.

대장부 세상을 삶이여	丈夫處世兮
공명을 세우려 함일세.	立功名
공명을 이룸이여	立功名兮
평생의 위로가 되리.	慰平生
평생의 위로가 됨이여	慰平生兮
내 장차 취하리로다.	吾將醉
취하여 어쩌려는가	吾將醉兮
미친 듯 노래 부르리.	發狂吟

주유가 그 노래와 함께 칼춤을 마치자 자리에 있던 사람들은 모두 흥겹게 웃었다.

마음속의 말을 한마디도 꺼내보지 못하고 애매한 술만 축내고 있던 장간은 밤이 깊어지자 마침내 사양의 말을 꺼냈다.

"나는 그만 마시겠네. 술기운을 이겨낼 수 없네그려."

그러자 주유도 굳이 마시기를 고집하지 않고 술자리를 끝냈다. 모든 장수들이 돌아가고 난 뒤에 주유가 불쑥 말했다.

"내가 오래 자네와 한 침상에서 자보지 못했네. 오늘 밤은 함께 자세. 옛날처럼 발바닥을 맞대고 자보는 것도 좋지 않겠나?"

동오의 대도독답지 않게 완전히 꼭지가 돌아버린 듯한 말투였다. 물론 거짓으로 몹시 취한 체하고 있는 것이지만 장간이 그걸 어찌 알겠는가. 못 이긴 체 주유가 끄는 대로 한 장막 안에 들었다.

자기 처소로 쓰는 장막으로 돌아온 주유는 옷을 입은 채로 쓰러지더니 과하게 마신 술을 토하기 시작했다. 누가 봐도 믿지 않을 수 없을 만큼 만취한 사람의 작태였다.

주유는 곧 코를 골며 깊은 잠에 빠져들었지만 장간은 제대로 잠이 올 리 없었다. 조조에게 그렇게 큰소리를 쳐놓고 빈손으로 돌아가게 되었으니 그럴 법도 했다.

장간이 베개를 벤 채 이리저리 몸을 뒤척이며 잠 못 이루고 있는데 밤은 어느새 깊어 이경을 알리는 북소리가 들렸다. 그래도 장간은 잠이 오지 않아 가만히 침상에서 몸을 일으켜보았다.

잘 때도 끄지 않는 작은 등불 아래 우레같이 코를 골며 자고 있는 주유가 보이고 그 안쪽에는 탁자가 놓여 있었다. 그런데 탁자 위를 보니 문서들이 더미져 쌓여 있었다. 견물생심이라던가, 장간은 문득 좋지 못한 마음이 들었다. 주유가 대도독이니만큼 그의 장막에 있는 문서라면 하나같이 싸움에 귀중한 기밀일 터였다. 만일 그 기밀을 훔쳐갈 수 있다면 주유를 달래어 데려가지 못하더라도 조조를 볼 낯은 있게 될 것 같았다.

장간은 슬그머니 몸을 일으켜 탁자 있는 곳으로 갔다. 쌓여 있는 문서들은 대개 여기저기로 오고 간 편지들이었다. 희미한 등불에 의지해 장간이 몰래 그것들을 훔쳐보고 있는데, 갑자기 눈에 확 띄는 편지 한 통이 나왔다.

'채모와 장윤이 삼가 올립니다'란 글이 겉봉에 씌어진 것이었다. 장간은 놀란 가슴을 진정시키며 가만히 안에 든 글을 꺼내 읽어보았다.

'저희들은 비록 조조에게 항복하였으나 벼슬과 봉록을 탐낸 것이 아니라 형세에 몰려 어쩔 수 없이 그렇게 된 것입니다. 지금 북군(북쪽에서 내려온 조조의 군대)의 진채 안에서도 이미 북군을 지치게 만드는 일을 하고 있거니와, 되도록이면 빨리 조조의 목을 잘라 휘하에 바치려고 애쓰고 있습니다. 오래잖아 내가 보낸 사람이 이를 것인즉 곧 소식 주시고 만에 하나라도 의심치 마십시오. 먼저 이렇게 답장을 대신합니다.'

글로 보아서는 어김없이 채모와 장윤이 동오와 내통하고 있는 것 같았다. 그렇다면 큰일이라 여겨 장간은 얼른 그 편지를 옷 속에 감추었다. 조조에게 돌아갔을 때 증거로 내보이기 위해서였다.

그다음 장간이 다시 다른 글들을 살펴보려 하는데 문득 주유가 몸을 뒤척였다. 장간은 혹시라도 주유가 깰까 두려워 얼른 등불을 끄고 자리에 누웠다. 주유는 깨어나는 대신 우물우물 잠꼬대를 했다.

"자익…… 내 며칠 안으로 자네에게 조조 그 역적 놈의…… 목을 보여줌세."

장간은 혹시 주유가 잠결에라도 이상하게 여길까 봐 어물쩍 대꾸했다. 그러자 주유가 다시 중얼거렸다.

"자익, 우선 가서 기다려라…… 내 꼭 조조의 목을…… 자네에게…… 보여주겠다……."

"그게 무슨 소린가?"

장간이 이번에는 얼버무리는 대꾸 대신 슬쩍 그렇게 물어보았다. 그러나 주유는 그새 잠에 빠졌는지 대꾸가 없었다.

하지만 장간은 여전히 누워 있어도 잠이 오지 않았다. 좀 전과는 달리 자기가 안 사실이 하도 엄청나 그걸 곱씹어 생각하느라 그리된 것이었다. 어느새 사경이 되고 날이 밝기 시작했다. 갑자기 어떤 사람이 장막 안으로 들어와 큰 소리로 물었다.

"도독께서는 이제 깨어나셨습니까?"

몇 번 그렇게 묻자 주유도 꿈속에서 깨어나 정신을 차리는 것 같았다. 문득 장막 안을 둘러보더니 방금 들어온 사람에게 물었다.

"저기 침상에서 자고 있는 이는 누구냐?"

"도독께서는 장간이란 분을 데리고 함께 잠자리에 들지 않으셨습니까? 벌써 잊으셨습니까?"

물음을 받은 사람은 이상하다는 듯 주유에게 되물었다. 그러나 주유는 갑자기 뉘우침과 걱정에 찬 목소리로 중얼거렸다.

"내가 평소에는 술을 마셔도 취하지 않는데 어제는 취해 실수를 저질렀구나. 내가 이것저것 함부로 말하지는 않았는지 모르겠다."

그러고는 다시 상대에게 물었다.

"한데 너는 왜 이렇게 일찍 왔느냐?"

"강북에서 사람이 왔습니다."

상대가 그렇게 대답했다. 그러자 주유가 펄쩍 뛰며 나무랐다.

"목소리를 낮추어라!"

그래 놓고도 못 미더운지 장간 쪽을 보며 나직이 불렀다.

"여보게 자익, 여보게 자익."

아마도 장간이 자고 있나 자고 있지 않나를 확인해보려는 것 같았다.

장간은 강북에서 왔다는 사람이 바로 채모가 편지에서 보내겠다고 말한 그 사람임을 짐작하고 짐짓 깊이 잠든 체하며 주유의 부름에 대답하지 않았다. 장간이 대답하지 않자 주유는 좀 마음이 놓이는지 더는 찾아온 군사를 나무라지 않고 장막 밖으로 함께 나갔다. 그리고 무어라 은밀한 얘기를 나누는데 장간이 엿들어보니 간간 알아들을 만했다. 장간이 온 정신을 두 귀에 모으고 있는데 바깥에서는 문득 낯선 목소리가 끼어들어 주유에게 말했다.

"채(蔡), 장(張) 두 도독께서 말씀하시기를 급하게는 손을 쓸 수 없다고 하셨습니다."

그러나 주유가 어떤 눈짓을 보냈는지 곧 목소리가 낮아져 뒤엣말은 잘 알아들을 수가 없었다. 채, 장 두 도독이란 채모와 장윤을 가리키는 것이고 손을 쓴다는 것은 조조를 죽이는 일이라 짐작한 장간은 한층 놀랐다. 간밤에 읽을 때만 해도 마음 한구석에는 기연가미연가한 데가 있던 채모와 장윤의 편지가 이제는 더 의심을 할 나위가 없어졌다.

주유는 한참 뒤에야 장막 안으로 돌아왔다. 그러나 다시 걱정이 되는지 한 번 더 장간을 불렀다.

"자익, 자나?"

장간은 이번에도 이불을 뒤집어쓰며 깊이 잠든 체 대답하지 않았다. 주유는 몇 번 더 장간을 불러보다가 정말로 잠들어 있는 것으로 알았던지 마음 놓고 자기 침상으로 돌아갔다. 옷 벗는 기척에 이어 다시 주유의 코고는 소리가 높아갔다. 장간은 속으로 가만히 생각했다.

'주유는 꼼꼼하고 빈틈없는 사람이다. 날이 밝은 뒤 내가 감춘 편지를 찾아보고 없으면 반드시 내 몸을 뒤질 것이다. 그리되면 큰일이다……'

장간은 주유 몰래 몸을 빼는 게 상책이라 생각했다. 어느새 오경이 되어 날이 훤히 밝아오는 걸 보고 몸을 일으켰다.

"여보게 공근, 여보게 공근."

이번에는 장간이 주유를 불러 그가 잠들었는지 아닌지를 알아보았다. 다행히도 주유는 깊이 잠들었는지 장간의 부름에 대답이 없었다. 장간은 가만히 관을 받쳐 쓰고 발걸음을 죽여 장막을 빠져나갔다.

데려온 아이놈을 찾은 장간은 곧 종종걸음을 쳐 진문을 나섰다. 진문을 지키던 군사가 수상쩍다는 눈길로 물었다.

"선생께서는 이렇게 일찍 어디로 가십니까?"

장간은 속이 뜨끔했다. 그러나 겉으로는 조금도 얼굴빛을 바꾸지 않고 둘러댔다.

"나같이 한가로운 사람이 여기 오래 머물렀다가는 도독의 일을 그르치게 될 것 같아 두렵네. 이렇게 떠나 공근이 자기 일에 힘을 다할 수 있게 해주어야지 않겠나?"

그러자 그 군사도 더는 장간을 붙들어두려 하지 않았다.

범의 아가리에서 벗어난 듯한 기분으로 자신이 타고 온 배에 이른 장간은 곧 사공을 재촉해 나는 듯 배를 저었다. 그리고 조조의 수채로 돌아가기 바쁘게 조조를 보러 들어갔다.

"자익, 갔던 일은 어떻게 되었는가?"

조조가 궁금한 얼굴로 물었다. 장간이 약간 겸연쩍은 듯 대답했다.

"주유는 생각이 넓고 깊어 말로는 그 마음을 움직이기 어려웠습니다."

"일은 제대로 되지 않고 오히려 웃음거리만 된 게 아닌가?"

조조가 문득 노여운 얼굴로 말했다. 떠날 때 장간이 치던 큰소리가 갑자기 밉살맞게 떠오른 듯했다. 그러나 장간은 조금도 움츠러드는 기색 없이 말을 받았다.

"비록 주유를 달래 항복해 오게 만들지는 못했으나 승상께는 그일에 못지않게 큰일인 것을 하나 들고 돌아왔습니다. 바라건대 곁에 사람들을 잠시만 물려주십시오."

눈치 빠른 조조가 장간의 속뜻을 알아채지 못할 리 없었다. 곧 좌우의 사람들을 모두 내보내고 장간과 단둘이서만 마주앉았다.

"그래, 큰일이란 게 무엇인가?"

조조가 장간에게 다가들 듯하며 낮은 목소리로 물었다. 장간은 품속에 넣어 왔던 편지를 꺼내 조조에게 바치고 이어 주유의 장막에서 보고 들은 일을 모두 빠짐없이 일러바쳤다.

"이 두 도적놈이 어찌 이토록 무례하단 말이냐!"

편지를 다 읽고 난 조조는 꼭뒤까지 성이 올라 소리쳤다. 그리고 곧 사람을 보내 채모와 장윤을 불러들였다.

아닌 밤중에 홍두깨라더니 채모와 장윤이 바로 그 꼴이었다. 아침밥 잘 먹고 있다 영문 모를 부름을 받고 조조 앞에 선 두 사람에게 조조가 느닷없이 내뱉었다.

"나는 너희 두 사람을 앞세워 당장 군사를 내려 한다. 어떠냐?"

"아직 군사들이 수전에 익숙할 만큼 조련이 되지 못했습니다. 가볍게 군사를 내서는 아니 됩니다."

아무것도 모르는 채모가 나서서 그렇게 말렸다. 그러자 조조가 돌연 차가운 웃음을 흘리며 빈정댔다.

"군사가 잘 조련되는 날에는 내 목을 먼저 주유에게 갖다 바치겠지!"

하지만 두 사람이 그 같은 조조의 말뜻을 알아들을 리 없었다. 무언가 일이 자기들에게 나쁘게 꼬여들고 있다는 느낌에 놀라고 두려워하면서도 얼른 대답할 말을 찾지 못했다. 그런데도 조조는 그것을 자기들이 한 짓이 들킨 두 사람의 당연한 놀라움과 두려움으로 받아

들였다. 두 번 다시 물어보려고도 하지 않고 무사들을 향해 매섭게
영을 내렸다.

"여봐라. 무엇들 하느냐? 어서 저 두 놈을 끌어내다 목 베어라!"

두 사람은 그제야 애걸하며 까닭을 물었으나 이미 아무런 소용이
없었다. 조조는 두 사람이 시치미를 떼며 뻗대는 게 더 밉다는 듯 한
층 매섭게 무사들을 재촉했다.

이윽고 무사들에게 끌려나간 채모와 장윤은 두 덩이의 머리만으
로 조조에게 되돌아왔다. 그런데 그들의 목이 조조의 발 아래 바쳐
졌을 때였다. 문득 조조의 머릿속을 스쳐가는 생각이 하나 있었다.
어쩌면 두 사람이 정말로 죄 없이 죽었을는지도 모른다는 의심이었
다. 조조는 잠시 그들의 지난 행적과 장간에게서 들은 말들을 돌이
키며 하나하나 맞춰보았다.

'아뿔싸, 내가 적의 계략에 빠졌구나!'

이윽고 조조는 자기가 속았다는 걸 깨달았다. 그러나 이미 죽은
목숨을 살려낼 길은 없었다.

조조가 성도 못 내고 속으로만 앓고 있는데, 여러 장수들이 찾아
와 물었다.

"승상께서는 무슨 까닭으로 채모와 장윤을 죽였습니까?"

조조는 차마 자기가 주유의 계략에 빠져 그 두 사람을 잘못 죽였
다는 걸 밝힐 수 없었다. 편지나 장간의 말은 쏙 빼고 둘러댔다

"그 둘은 군법을 태만히 하여 내가 목 베었소."

그래도 장수들은 채모와 장윤이 수전에 밝던 것을 떠올리고 아까
워해 마지않았다. 조조는 자기 장수들 중에서 모개(毛玠)와 우금을

수군 도독으로 세워 채모와 장윤을 대신하기는 했으나 아깝고 한스럽기는 다른 장수들과 다름이 없었다.

조조가 채모와 장윤을 죽인 일은 세작들에 의해 강 건너 동오에도 전해졌다. 누구보다도 그 소식에 기뻐한 것은 주유였다.

"내가 걱정하던 것은 바로 그 둘이었다. 그런데 이제 그 둘이 모두 죽어 없어졌다니 달리 무슨 걱정이 있겠는가?"

주유가 껄껄거리며 그렇게 말하자 노숙이 맞장구를 쳤다.

"도독께서 군사를 다루는 솜씨가 이 같은데 조조 깨칠 일을 무엇 때문에 근심하겠습니까?"

그러나 주유는 문득 무얼 생각했는지 얼굴이 흐려지며 노숙에게 말했다.

"내가 헤아리기에 다른 장수들은 이번 일을 알아차리지 못했을 것이나 오직 제갈량만은 다를 것이오. 그는 식견이 나보다 나으니, 만약 내가 그를 상대로 이번 일을 꾸몄다면 결코 속여낼 수 없었을 것 같소이다. 자경께서는 이 일을 넌지시 제갈량에게 비추어 말해 그가 아는지 모르는지 한번 알아봐주시오. 되도록이면 빨리 알아봐 주기 바라오."

아무래도 공명이 마음에 걸린 듯했다. 노숙은 주유의 그 같은 당부를 받자 자신도 문득 그게 궁금해졌다. 주유의 말이 떨어지기 바쁘게 공명이 있는 배로 달려갔다.

공명은 노숙을 반갑게 배 안으로 맞아들였다. 주인과 손님이 각기 자리를 정해 앉은 뒤 노숙이 먼저 입을 열었다.

"연일 군무에 바빠 오래 가르침을 듣지 못했습니다."

"별 말씀을 다하십니다. 실은 이 양 또한 도독께 기쁜 일이 있었는 줄 알면서 아직 경하를 드리지 못했습니다."

공명이 대뜸 그렇게 받았다. 공명이 벌써 모든 걸 알고 있는 것 같아 가슴이 섬뜩하면서도 노숙은 짐짓 시치미를 떼며 되물었다.

"기쁜 일이라뇨? 무엇이 기쁜 일입니까?"

"공근께서 선생을 시켜 제가 그 기쁜 일을 아는지 모르는지 떠보게 하시지 않았습니까? 실로 경하할 만한 기쁜 일입니다."

제갈공명은 마치 주유와 노숙의 얘기를 곁에서 듣기라도 한 사람처럼 말했다. 노숙은 놀라 얼굴빛이 다 변했다.

"놀랍습니다. 선생께선 어떻게 그 일을 아셨습니까?"

"도독께서는 장간을 데리고 놀듯 하며 계책을 잘 베푸셨습니다. 조조는 한때 속았어도 곧 그 일이 도독의 계책에 떨어져 그리된 걸 깨달았을 것입니다. 다만 잘못을 인정하려 들지 않을 뿐입니다. 어쨌든 이제 채모와 장윤 두 사람은 이미 죽고 강동은 걱정거리가 없어졌으니 어찌 기뻐할 일이 아니겠습니까? 듣기로 조조는 모개와 우금을 수군 도독으로 삼아 채모와 장윤을 대신하게 했다고 합니다. 이제 그 둘의 손안에서 조조의 많은 수군들이 목숨을 잃게 되겠지요."

공명이 차근차근 그렇게 말하자 노숙은 벌린 입을 다물지 못했다. 한참 뒤에야 겨우 정신을 수습해 공명과 이런저런 사소한 얘기로 시간을 보내다가 슬며시 일어섰다. 공명이 그런 노숙을 바래다주며 당부했다.

"바라건대 자경께서는 공근에게 제가 이 일을 알고 있더라고 일러주지 마십시오. 공근이 의심하고 시기하는 마음이 일어 또다시 나를 해칠 궁리를 낼까 두렵습니다."

"알겠습니다. 그렇게 하지요."

노숙은 그같이 대답하고 떠났으나 주유를 만나자 어쩔 수가 없었다. 주유가 묻는 대로 공명에게서 들은 것을 모두 그대로 전해버리고 말았다. 짐작은 했지만 공명이 그토록 훤히 알고 있다는 걸 알자 주유는 크게 놀라 말했다.

"그 사람은 아무래도 그대로 두어서는 안 되겠소. 반드시 목을 베어야겠소이다."

"아니 됩니다. 만약 공명을 죽인다면 도독은 조조의 비웃음을 면키 어려울 것입니다."

노숙이 주유의 별난 자존심에 기대 그렇게 말렸다. 하지만 주유는 이미 뜻을 완전히 굳힌 사람 같았다. 오히려 그런 노숙을 안심시키듯 말했다.

"걱정 마시오. 나는 공도(公道)에 의지해 그를 목 베 그 자신마저도 나를 원망할 수 없게 하겠소."

"어떻게 공도로 공명을 목 벨 수 있겠습니까?"

"그건 묻지 마시오. 내일이면 알게 되리다."

주유는 어떤 계책을 세워두었는지 거듭 자신 있는 어조로 노숙을 안심시켰다. 이튿날이 되었다. 주유는 여러 장수들을 불러들인 다음 의논할 것이 있다 하여 공명을 불렀다. 공명은 기꺼이 부름에 응했다. 공명이 와서 각기 자리를 정해 앉자 주유가 말했다.

"오늘 조조와 싸우려고 하는데 물 위에서 싸우는 데는 어떤 병기가 가장 좋겠습니까?"

"큰 강 위에서 하는 싸움이라면 활과 화살이 가장 낫겠지요."

공명이 주유의 속셈을 아는지 모르는지 당연하다는 투로 대답했다. 주유가 기다렸다는 듯이나 그 말을 받아 공명에게 말했다.

"선생의 말씀은 바로 내 뜻과 같소이다. 그런데 지금 우리 군중에는 화살이 매우 모자랍니다. 번거롭지만 선생께서 감독하시어 화살 십만 개만 만들어주신다면 적을 맞아 싸우는 데 큰 도움이 될 것입니다. 이 일은 공사(公事)이니 선생께서는 부디 마다하지 않으시기 바랍니다."

주유는 한번 의논해보는 법도 없이 화살 십만 개를 공명에게 떠맡겼다. 분명 거기에는 화살을 얻는 것 이상의 딴 뜻이 숨어 있어 보이건만, 어찌 된 셈인지 공명은 별로 의심하는 눈치를 보이지 않았다.

"도독께서 맡겨주신다면 마땅히 힘을 다해 해보겠습니다. 그런데 그 화살 십만 개가 언제쯤 쓰이겠습니까?"

공명이 담담한 표정으로 주유에게 물었다. 주유가 엄중한 목소리로 대답했다.

"열흘 안입니다. 그만한 날짜면 다 만들어낼 수 있겠습니까?"

사람을 얼마 딸려줄지는 모르나 열흘 안에 화살 십만 개를 만들기는 어려운 일이었다. 그리고 거기에 주유가 공명을 노리고 놓은 덫이 숨어 있었다. 겉보기에는 사람을 넉넉히 딸려줘도, 결국은 모두가 강동 사람이니 몰래 영을 내려 기한 안에 화살을 다 만들지 못하게 하는 수도 있기 때문이었다. 그런데 공명이 뜻밖의 반문을 했다.

"오늘이라도 조조의 군사가 올지 모르는데 열흘이나 기다린다는 것은 너무 길지 않겠습니까? 만에 하나라도 큰일을 그르칠까 걱정되어 드리는 말씀입니다."

주유는 어이가 없었다. 열흘도 너무 짧다고 발뺌을 하려 들 줄 알았는데 오히려 길다고 하지 않는가. 공명이 제 발로 죽을 곳을 찾아드는 것 같은 느낌에 주유가 은근히 기뻐하며 물었다.

"그렇다면 선생께서 생각하시기에 며칠이면 되겠습니까?"

"사흘이면 화살 십만 개를 도독께 바칠 수 있겠습니다."

공명이 조금도 망설이지 않고 그렇게 대답했다. 아무리 재주가 빼어나다 해도 너무 지나친 큰소리 같아 주유가 굳은 얼굴로 공명을 나무라듯 말했다.

"군중에서는 우스갯소리를 하는 법이 없소이다."

그러자 공명도 정색을 하며 대꾸했다.

"제가 어찌 감히 도독께 우스갯소리를 하겠습니까? 바라건대 군령장(軍令狀)을 써서 바치도록 해주십시오. 사흘 안으로 다 만들어 대지 못하면 어떤 중벌이라도 달게 받겠습니다."

주유가 보기에는 공명이 이미 죽기로 작정한 사람 같아 보였다. 공명이 몸을 사리고 들면 우격다짐으로 일을 떠맡기려 했는데 몸을 사리기는커녕 애초부터 짧게 잡은 기한조차 더욱 줄이고도 군령장까지 써서 바치겠다고 하지 않는가. 이에 주유는 크게 기뻐하며 군정사(軍政司)를 불러 그 앞에서 공명에게 군령장을 쓰게 했다.

'이제 너는 죽었다!'

공명이 써준 문서를 군정사에게 맡기면서 주유는 속으로 그렇게 믿었다. 그러나 겉으로는 술을 내어 공명을 대접하며 가장 생각해주는 체 말했다.

"싸움이 끝난 뒤에는 반드시 이 일에 보답하겠습니다. 오늘은 가볍게 마시고 돌아가 불행히도 군령장에 씌어져 약조를 어기는 일이 없도록 하십시오."

그러나 공명은 태평스럽기만 했다. 주유가 생각해주는 것도 귀담아 듣지 않고 귀한 사흘에서 또 하루를 줄여버렸다.

"오늘은 이미 일을 시작하기에는 늦습니다. 내일부터 화살을 만들도록 하지요. 단 사흘째 되는 날에는 군사 오백 명만 빌려주십시오. 강변에서 화살을 날라오는 데 필요할 듯싶습니다."

만들지도 못한 화살을 어떻게 나른단 말인가 싶으면서도 주유는 그 같은 공명의 청을 기꺼이 들어주었다. 그러자 공명은 두 번 다시 화살 만드는 일에 대해 말함이 없이 술만 몇 잔 비우고는 돌아갔다.

"저 사람이 우리를 속이려는 것은 아닙니까?"

돌아가는 공명의 뒷모습을 가리키며 그때껏 말없이 일이 돌아가는 꼴만 구경하고 있던 노숙이 불쑥 주유에게 물었다. 주유가 싸늘하게 웃으며 대답했다.

"그럴 리야 있소? 죽으려고 무엇에 씌인 것일 게요. 하지만 제가 스스로 죽을 길로 찾아든 것이지 내가 핍박해서 그리된 건 아니오. 여럿 앞에서 문서까지 남겨가며 한 약조이니 비록 양편 겨드랑이에 날개가 돋는다 해도 살아서 달아날 길은 없을 것이오. 나는 화살 만드는 군사들과 장인들에게 가만히 영을 내려 일부러 일이 늦어지게 하고, 거기에 쓰일 물건들도 전혀 대지 못하게 할 작정이외다. 그렇게 되면 그는 반드시 기일을 어기게 되고 기일을 어기면 죄를 물을 수 있으니 설령 그를 죽인다 한들 달리 무슨 할 말이 있겠소? 공은 다만 그의 거처에 가서 지금 무엇을 하고 있는지나 살펴보고 내게 알려주시오."

이미 일은 다 끝났다는 투까지 섞인 주유의 어조였다.

주유와 공명의 꾀 다툼에 좋은 구경꾼이자 심부름꾼 격인 노숙은 이에 다시 공명을 찾아가 보았다. 공명은 주유 앞에서와 달리 노숙을 보자 원망 섞어 푸념을 시작했다.

"일찍이 자경에게 내가 말하지 아니했소? 공근에게 내가 채모와 장윤의 일을 알고 있더란 말을 하면 그가 반드시 나를 해치려 들 것이라고. 그런데 자경은 나를 위해 공근에게 그 일을 감추어주지 않고 말해버려 오늘 일이 이 지경이 되었소이다. 우스갯소리에서 비롯돼 군령장까지 써놓고 왔으니 이제는 내 목숨이 위태롭게 되었소. 내가 무슨 수로 사흘 안에 화살 십만 개를 얻는단 말이오? 자경, 부디 나를 좀 구해주시오!"

노숙은 그런 공명에게 한 가닥 동정이 일었으나 몸이 매인 곳이 달라 함부로 드러내지 못하고 다만 자기 발뺌에만 바빴다.

"오늘의 화는 공이 스스로 불러들인 것 아니오? 공근이 열흘을 준다 했는데도 사흘이면 된다고 큰소리 쳐놓고 이제 와서 나를 원망하면 어쩌자는 것이오? 또 설령 내가 도우려 한들 무슨 수로 공을 구해 낸단 말이오?"

"자경이면 할 수 있소. 힘든 일도 아니오."

그래도 공명은 거듭 노숙에게 매달렸다. 노숙이 마지못해 물었다.

"무슨 일을 내가 할 수 있단 말이오?"

"바라건대 자경께서는 내게 배 스무 척과 배마다 군사 서른 명만 딸려 빌려주시오. 배들은 모두 푸른 휘장으로 둘러씌우고 그 안에는 묶은 풀 천 다발을 양쪽으로 갈라 쌓아놓으면 되오. 그 배와 군사들만 있으면 내게도 묘책이 있어 사흘 안에 화살 십만 개를 얻어낼 수 있소이다. 다만 공근에게는 결코 이 일을 알려서는 아니 되오. 만약 이번에 또 그가 알면 내 계책은 실패하고 나는 목을 내주는 수밖에 없소."

제갈량이 엄살 섞어 그렇게 대답했다. 노숙이 원래 그리 모질지 못한 사람이라 어렵지 않은 그 청을 거절하지 못했다. 동오의 녹을 먹고 있어 주유와 함께 그 이익을 지켜야 할 처지이지만 제갈량이 죄 없이 죽는 것까지는 차마 두고 볼 수 없어서였다.

공명의 청을 들어주기로 응낙한 노숙은 공명이 그것으로 무엇을 하려는지 물어보지도 않고 주유에게 돌아가 알렸다.

"공명은 대나무나 깃털이나 아교 따위를 쓰지 않고도 달리 화살 십만 개를 만들어낼 도리가 있는 모양입니다."

그러나 이번만은 공명의 당부대로 배 빌려주는 일은 전혀 말하지 않았다. 주유는 노숙의 말에 문득 의심이 일었으나 아무래도 공명에게 다른 방도가 있을 것 같지는 않아 보였다.

"어쨌든 사흘 뒤에 봅시다. 그가 어떤 꼴로 나를 보러 올지 그때가 되면 알게 될 것이오."

그렇게 말하고는 더 따져 묻지 않았다.

주유와 헤어져 돌아온 노숙은 곧 공명에게 한 약속을 지켰다. 빠르고 가벼운 배 스무 척을 사사로이 뽑아 공명이 말한 대로 꾸민 뒤

배마다 군사 서른 명씩을 딸려 공명에게 보냈다.

그러나 공명은 배와 군사가 마련돼도 얼른 움직이지 않았다. 첫날이 그냥 지나가고 다시 둘째 날도 일없이 지나갔다. 가만히 공명의 움직임을 지켜보고 있던 노숙은 애가 탔다. 아까운 인재 하나가 속절없이 죽게 되는구나 싶었다.

그런데 셋째 날 사경 무렵이었다. 그때까지 꼼짝 않고 있던 공명이 몰래 사람을 보내 노숙을 자기 배로 불렀다. 갑작스런 부름에 노숙이 어리둥절한 얼굴로 물었다.

"무슨 일로 나를 부르셨소?"

"화살을 얻으러 가려 하는 바, 특히 자경과 함께 가고 싶어 번거롭게 했소."

공명이 빙그레 웃으며 말했다. 노숙은 더욱 알 수 없다는 얼굴이 되어 물었다.

"어디 가서 가지고 온단 말이오?"

"자경은 그만 물으시오. 함께 가보면 곧 알 수 있게 될 것이오."

공명은 그렇게 대답을 미뤄놓고 곧 배에 딸린 군사들에게 영을 내렸다.

"배 스무 척을 긴 끈으로 모두 잇대어 묶고 북쪽 강 언덕으로 급히 저어 가라. 다음 일은 다시 내가 영을 내릴 것이다!"

노숙으로서는 도깨비 놀음을 보는 기분이었다.

그날 새벽은 안개가 몹시 짙어 하늘까지 아득히 안개로 뒤덮여 있었다. 장강 위에도 짙게 안개가 깔려 마주 선 사람이 서로 얼굴을 알아볼 수 없을 정도였다. 옛사람이 「대무수강부(大霧垂江賦)」란 노

래에서,

'……처음에는 보슬비 내리듯 침침하여 겨우 남산의 표범이나 숨을 만하더니, 차차 짙게 피어올라 북해의 곤(鯤, 상상의 큰 물고기)이 숨어도 될 듯하다. 그 뒤, 위로는 높이 하늘에 닿고 아래로는 두렵게 땅에 드리워 아득하기 그지없고 넓기는 끝간데를 모르겠구나. 고래는 물에서 솟아 파도 위에 뛰어놀고 교룡은 물 깊숙이서 신령한 기운을 토해낸다. ……동쪽의 시상 기슭도 알 수 없게 되고 남쪽 하구의 산도 볼 수가 없게 된다……'

라고 읊어간 바로 그 장강의 짙고 녹녹한 안개였다.

그 같은 안개 속을 헤치고 강을 타고 내려간 공명의 배들은 오경 무렵이 되자 조조의 수채 가까이 이르렀다. 공명은 스무 척의 배를 이물[船首]은 서쪽으로 두고 고물[船尾]은 동쪽으로 두게 하여 한 줄로 넓게 벌여 세운 뒤 또 군사들에게 영을 내렸다.

"너희들은 모두 뱃전으로 올라가 고함을 지르고 북을 두드려라! 되도록이면 크고 요란스러워야 한다."

그 갑작스런 명에 노숙이 깜짝 놀라 공명을 말렸다.

"조조의 군사들이 일제히 쏟아져 나오면 어쩌려고 그러시오?"

그러나 공명은 껄껄 웃으며 노숙을 안심시켰다.

"이 짙은 안개 속에서 조조가 무슨 간으로 감히 군사를 내겠소? 우리는 술이나 마시며 즐기다가 안개가 걷히기 시작하면 얼른 돌아가도록 합시다."

그러고는 미리 마련해 간 술을 내오게 했다.

그때 마침 조조는 수채 안에 있었다. 짙은 안개 속에서 갑자기 북소리와 함성이 크게 울리자 수군을 거느리고 있던 모개와 우금은 놀라 조조에게 그 소식을 알렸다. 둘 다 뭍에서의 싸움에서는 한다 하는 맹장들이지만 물에서의 싸움은 별로 아는 게 없어 먼저 조조에게 알리고 그의 명을 기다린 것이었다.

오래잖아 조조로부터 전갈이 왔다.

"안개가 짙고 강 위가 보이지 않는데 적군이 갑자기 몰려왔으니 반드시 매복이 있을 것이다. 결코 가볍게 움직여서는 아니 된다. 다만 수군 궁노수들로 하여금 어지러이 활과 쇠뇌를 쏘게 하고 적이 물러가거나 안개가 걷힐 때까지 기다리도록 하라!"

역시 수전에는 그리 밝지 못한 조조가 머리를 짜낸 끝에 내린 영이었다. 조조는 또 뭍에 있는 진채에도 사람을 보내 영을 내렸다.

"장요와 서황은 각기 궁노수 삼천 명을 거느리고 급히 수채가 있는 강가로 가라. 가서 수군을 도와 강 위로 몰려온 적군에 활과 쇠뇌를 퍼붓도록 하라."

그렇지 않아도 동오의 배들이 수채로 뛰어들까 걱정이 된 모개와 우금은 조조의 그 같은 영이 이르기도 전에 이미 궁노수를 있는 대로 수채 앞에 벌여 세우고 활과 쇠뇌를 고함 소리 나는 쪽으로 퍼붓는 중이었다. 조조의 영이 이르자 한층 기운을 얻어 화살 아까운 줄 모르고 마음껏 쏘아 붙였다.

오래잖아 장요와 서황이 이끄는 궁노수가 또한 수채가 있는 쪽 강 언덕에 이르렀다. 만 명이 넘는 그들도 수군과 마찬가지로 무턱대고 고함 소리 요란한 곳으로만 화살을 퍼부었다. 공명이 몰고 간 스무 척의 배 위로 화살이 비오듯 떨어졌다. 배마다 가득 짚단이며 풀다발을 싣고 있어 날아온 화살들은 촉 하나 상하지 않고 그 속으로 파고들었다.

"이제는 뱃머리를 돌린다. 이물을 동쪽으로 고물을 서쪽으로 가도록 하라!"

공명이 다시 군사들에게 영을 내렸다. 한쪽 편 풀더미에 충분한 화살이 박혔다고 생각되자 다른 편 풀더미로 화살을 받으려는 것이었다.

뱃머리를 돌린 공명은 다시 군사들에게 크게 북을 울리고 고함을 치게 했다. 조조군에서는 좀 전과 똑같이 활과 쇠뇌를 퍼부으니 이쪽 뱃전의 풀더미에도 화살들이 비 오듯 날아와 꽂혔다.

어느덧 해가 높이 솟고 안개가 조금씩 걷히기 시작했다. 그제서야 공명은 군사들에게 영을 내려 배를 거두고 동오의 수채로 돌아가도록 했다. 그사이 조조군이 어지럽게 쏘아 붙인 활과 쇠뇌로 스무 척의 배에 실은 풀더미는 모두 화살더미가 되어 있었다. 그게 바로 대나무도 깃털도 아교나 옻도 쓰지 않고 화살을 만드는 방도였던 셈이다.

그러나 공명은 거기에 그치지 않았다. 조조의 수채 앞을 떠나기에 앞서 공명은 군사들에게 목소리를 합쳐 소리치게 했다.

"조승상님, 화살을 주어 고맙습니다!"

그 소리를 들은 조조의 군사들은 곧 안에 있는 조조에게 전했다. 조조는 비로소 그날 아침에 있었던 공격이 무슨 뜻에서였는지를 깨달았으나, 이미 때는 늦었다. 적군의 배는 가볍고 물살은 빨라 어느새 이십 리나 달아난 뒤라 싸움배를 내어 쫓아봤자 잡을 수가 없었다. 다만 이를 갈며 자신의 헤아림이 모자라는 것을 분해할 뿐이었다.

한편 돌아오는 배 위에서 공명은 아직도 감탄으로 입을 다물지 못하고 있는 노숙을 보고 말했다.

"배마다 화살이 오륙천 개는 될 것이니 동오로서는 반 푼의 힘도 들이지 않고 십만 개의 화살을 얻은 셈이오. 내일 이 화살을 조조군에게 쓸 것이니 그 아니 편리한 일이오?"

그제서야 노숙은 퍼뜩 정신이 들었는지 잊고 있던 찬탄을 쏟아놓았다.

"선생은 참으로 신인(神人)이십니다! 어떻게 오늘 이처럼 짙은 안개가 낄 줄 알았습니까?"

"장수 된 사람이 천문에 통하지 못하고 지리를 알지 못하며, 기문(奇門, 술수의 일종. 三奇八門)을 모르고 음양을 깨닫지 못하며, 진도(陣圖)를 볼 줄 모르고 병세에 밝지 못하다면 이는 보잘것없는 재주라 할 수 있을 것이오. 양은 이미 사흘 전에 오늘 크게 안개가 낄 것을 헤아려놓고 있었기 때문에 사흘 말미만을 얻었더랬소.

공근은 나더러 열흘을 주었으나 일할 장인들이며 재료로 쓸 물건들을 제대로 대어주지 않는다면 설령 열흘이 아니라 백 일을 준다 한들 무슨 재주로 화살 십만 개를 만들 수 있겠소? 그래서 만약 내가 기일을 어기면 공근은 그 죄를 물어 틀림없이 나를 죽이려 들었을 것이오. 하지만 내 명은 하늘에 달린 것인데 공근이 어찌 나를 해칠 수 있겠소이까?"

공명이 반드시 자기 자랑이라고만 할 수 없는 말투로 조용히 노숙의 말을 받았다. 노숙은 감동되어 자신도 모르게 고개가 수그러졌다.

두 사람이 얘기를 나누는 사이 배들은 어느덧 동오의 진채에 가까워지고 있었다. 강가에는 주유가 이미 오백 군사를 거느리고 나와 기다리고 있었다. 화살을 운반하기 위해서라기보다는 빈손으로 돌아온 공명을 잡아 누구에게도 거리낌없이 군법을 시행하려는 생각이 앞서 있었다.

"번거로움을 끼쳐 송구스럽습니다. 화살은 이 배들에 실려 있습니다."

공명은 그런 주유에게 담담하게 말했다. 주유가 군사를 시켜 스무 척의 배에 꽂힌 화살을 거두어 세어보니 십만을 채우고도 오히려 남음이 있었다.

"도대체 공명이 어디서 그 많은 화살을 가지고 왔소?"

화살을 중군장에 거두어들이게 한 뒤 주유가 노숙을 불러 가만히 물었다. 노숙은 자기가 보고 들은 것을 하나도 남김없이 털어놓았다. 듣고 난 주유가 깜짝 놀라며 탄식했다.

"공명은 실로 하늘이 낸 사람이구려. 그의 빼어난 재주와 놀라운 헤아림을 내가 어찌 따를 수 있겠소!"

결국 주유가 손을 들고 만 셈이었다.

오래잖아 공명이 주유를 보러 들어왔다. 전과는 달리 주유가 장막 밖까지 나와 공명을 맞으며 감복한 얼굴로 말했다.

"선생의 귀신 같은 헤아림은 사람으로 하여금 절로 선생을 우러르게 만드는 데가 있소."

"속임수 같은 보잘것없는 계책을 어찌 놀랍다 할 수 있겠습니까?
지나친 말씀이십니다."

공명이 정색을 하며 겸양의 말로 받았다.

오가는 사항계(詐降計)로
전기(戰機)는 무르익고

주유는 공명을 끌다시피 자기 장막 안으로 맞아들인 뒤 술상을 차려오게 했다. 마주 앉아 함께 마시는 품이 그 어느 때보다 은근했다. 몇 순배 술이 돈 뒤 주유가 먼저 입을 열었다.

"어제 우리 주공께서 사람을 보내 빨리 군사를 내라고 재촉하시었소. 그러나 이 유(瑜)는 아직 좋은 계책을 마련치 못해 걱정이외다. 바라건대 선생께서 좋은 가르침을 내려주시오."

말은 간절하나 그 뒤에는 무언가를 감춰두고 있는 듯한 느낌이 들었다. 얼른 그것을 짐작한 공명은 바로 대답하지 않고 변죽부터 울려보았다.

"양(亮)은 물가의 자갈들만큼이나 흔하고 변변치 못한 재주를 가졌을 뿐입니다. 제게 무슨 묘계가 있겠습니까?"

그러자 주유도 더는 감추려 들지 않고 털어놓았다.

"내가 어제 조조의 수채를 살펴보았는데, 매우 엄정하면서도 법도에 맞는 것이라 어지간해서는 쳐부수기 힘들어 보였소. 생각 끝에 겨우 한 가지 계책을 내보기는 했지만 그게 들어맞을지 안 맞을지를 모르겠구려. 선생께서 들어보시고 나를 위해 결단을 내려주신다면 그보다 더 고마운 일이 없겠소이다."

그때 공명이 문득 손을 저어 주유의 다음 말을 막았다.

"도독께서는 잠시 말씀을 뒤로 미루십시오. 이 양도 한 계책을 생각해본 게 있으니 각자 자기의 계책을 손바닥 안에 쓴 뒤 한꺼번에 펴보는 것도 재미있겠습니다. 그래서 우리 두 사람의 계책이 같은지 같지 않은지를 먼저 알아본 뒤 의논을 해나가도 늦지 않을 것입니다."

공명은 이미 주유가 무엇을 생각하고 있는지를 짐작했으나 그걸 말해 다시 주유의 시기와 경계를 사게 되는 게 싫어 그렇게 말했다. 공명의 재주에 감복해 도움을 구하고는 있지만 아랫사람처럼 그로부터 가르침을 받게 되는 게 떨떠름하던 주유는 그 말에 기꺼이 따랐다. 만약 둘의 계책이 같다면 자신도 공명에 못지않은 재주를 가진 셈이 되고, 서로 다르다 할지라도 그때 가서 둘을 견주어보며 보다 나은 계책을 끌어낼 수도 있을 것이기 때문이었다.

"붓과 벼루를 가져오너라."

주유는 그렇게 영을 내리고 붓과 벼루가 오자 자신이 먼저 손바닥에 무언가를 썼다. 공명도 주유가 밀어준 붓을 들어 자신의 손바닥 안에 글씨 한 자를 썼다.

"자, 이제는 가까이 오시오. 손바닥에 씌어진 글자를 나와 한번 맞추어봅시다."

공명이 붓을 놓기가 바쁘게 주유가 공명 앞으로 주먹을 내밀며 재촉했다. 공명도 말없이 주먹을 내밀었다가 주유와 함께 뒤집어 폈다.

서로의 손바닥에 씌어진 글자를 본 공명과 주유는 누가 먼저랄 것도 없이 호쾌한 웃음을 터뜨렸다. 주유의 손바닥에도 공명의 손바닥에도 다같이 '불[火]'이란 글자가 씌어 있었다.

"이렇게 우리 두 사람의 뜻이 같으니 이제는 더 의심할 게 없어졌소. 처음에 생각한 대로 계책을 시행하리다. 다만 선생께서는 행여라도 이 일이 밖에 새어나게 해서는 아니 되오."

자신의 계책이 공명의 계책에 진배없다는 것에 기운을 얻은 주유가 문득 공명에게 그렇게 다짐을 두었다. 공명도 선선히 고개를 끄덕이며 말했다.

"동오와 우리 유황숙 두 집안의 명운이 걸린 일인데 제가 어찌 함부로 밖에다 누설하고 다니겠습니까? 제 생각에는 조조가 비록 두 번이나 우리 계책에 당하기는 해도 아직 이번 계책까지는 대비하지 못하고 있을 것입니다. 이번에 도독께서 힘을 다해 계책을 베푸신다면 반드시 이기실 수 있습니다."

그렇게 되니 두 사람의 술자리는 거의 처음으로 가슴속에 따로 감춘 것이 없는 화기애애한 것이 되었다.

이윽고 술자리가 끝나자 두 사람은 각기 처소로 돌아갔다. 그러나 처음부터 끝까지 단 둘만의 술자리여서 동오의 장수들은 아무도 공명과 주유가 무슨 의논을 했는지 몰랐다.

이때 조조는 귀한 화살을 십오륙만 개나 하루아침에 어이없이 잃어버려 기분이 울적해 있었다. 수전일수록 화살이 많이 드는데 오히려 자기의 화살을 덜어 적에게 더해준 꼴이 되었으니 그럴 법도 했다. 순유가 그런 조조를 위로하려는 듯이나 한 계교를 올렸다.

"강동에는 주유와 제갈량 두 사람이 있어 계책을 쓰니 급하게 적을 깨치기는 어려울 것입니다. 사람을 뽑아 강동으로 보내 거짓으로 항복하게 해보는 게 어떻겠습니까? 그 사람이 간세가 되어 안에서 호응하며 그쪽 소식을 소상히 알려주면 머지않아 적을 도모할 수 있는 길이 날 것입니다."

곧 '거짓으로 항복하는 계책[詐降計]'을 쓰자는 것이었다. 조조가 잠깐 생각에 잠겼다가 고개를 끄덕이며 말했다.

"그 말이 내 뜻과 같네. 그대 생각에는 우리 편 군중에서 누가 그 계책을 맡아 해낼 수 있다고 생각하는가?"

"채모는 죽었으나 그와 함께 우리에게 항복해 왔던 채씨 일족들은 아직도 우리 편 군중에 남아 있습니다. 그중에서도 채모의 가까운 동생뻘 되는 채중(蔡中)과 채화(蔡和)가 있는데 지금 둘 다 부장입니다. 승상께서 그들을 불러 은혜로 어루만져주신 뒤에 거짓으로 동오에 항복하도록 해보시지요. 채모가 억울하게 죽은 것은 동오에게도 잘 알려져 있어 그 피붙이들이 몰래 찾아가 항복한다면 그쪽에서도 거짓이라고 의심하지는 않을 것입니다."

조조가 들어보니 그럴듯했다. 이에 순유의 계교를 따르기로 하고 그날 밤 채중과 채화를 남몰래 자신의 군막으로 불러들였다.

"너희 두 사람은 군사 몇 명을 데리고 강동으로 가 거짓으로 항복을 하고 그곳에 특별한 움직임이 있거든 사람을 보내 이쪽에다 알리도록 하라. 일이 뜻대로 이루어지는 날에는 크게 상을 내릴 것이니 두 마음을 먹어서는 아니 된다."

조조가 좋은 낯빛과 부드러운 목소리로 불러온 둘에게 일렀다. 그러자 두 사람이 입을 모아 대답했다.

"우리 두 사람의 아내와 자식이 모두 형주에 있는데 어찌 감히 두 마음을 먹을 수 있겠습니까? 승상께서는 부디 저희를 믿어주십시오. 반드시 주유와 제갈량의 목을 베어 승상의 발 아래로 갖다 바치겠습니다."

조조보다 한술 더 떠 어림없는 욕심까지 부렸다. 그러나 얼른 보아서도 두 사람의 태도만은 진정에서 우러난 듯했다. 이에 조조는 몹시 기뻐하며 두 사람에게 무거운 상을 내리고 동오를 상대로 한 사항계를 맡겼다.

조조로부터 강동에 가서 해야 할 일과 지켜야 할 행동 따위를 자세히 일러받은 채중과 채화는 다음 날 일찍 조조의 군중을 떠났다. 오백 군사와 몇 척의 배를 이끌고 항복하러 온 것처럼 꾸며 강동으로 건너가기 위함이었다. 마침 날은 맑고 바람도 알맞아 두 사람이 이끈 배와 군사는 곧 동오군의 진채가 있는 강의 남쪽 언덕에 이르렀다.

이때 주유는 아직도 자신의 속마음은 접어둔 채 여럿을 불러놓고 군사를 내어 조조와 싸울 일을 의논하고 있었다. 달리 좋은 계책이 나오기를 기다린다기보다는 은밀하게 자신의 계책을 진행시키기 위해 건성으로 해보는 의논이었다. 여러 장수들이 나름대로 의견을 내놓고 있는데 홀연 강 언덕을 지키던 군사들이 와서 알렸다.

"강북에서 군사를 태운 배 몇 척이 이르러 도독을 뵙자고 합니다."

"누가 이끌고 온 군사와 배라더냐?"

무슨 일인지 얼른 짐작이 가지 않아 주유가 그 군사에게 물었다.

"조조 아래서 부장 노릇을 하던 채중과 채화라 했습니다."

"들게 하라."

조조군에서 왔다는 말에 긴장한 표정을 지으며 주유가 일렀다. 오래잖아 두 사람의 장수가 들어오더니 주유 앞에 엎드리며 구슬픈 울음부터 쏟아놓았다. 주유가 물었다.

"너희들은 누구냐?"

"저희들은 조조군의 수군 도독을 지내다 죽은 채모의 아우들입니다."

"여기는 어떻게 왔느냐?"

채모의 아우들이란 말만으로도 그들의 온 뜻이 대강 짐작 가지 않는 바는 아니었으나 주유가 짐짓 그렇게 물었다. 두 사람이 더욱 슬피 울며 대답했다.

"저희들의 형 채모는 아무 죄 없이 조조 그 역적 놈에게 죽었습니다. 우리 두 사람은 그런 형의 원수를 갚고자 특히 이렇게 찾아와 항복을 드립니다. 거두어만 주신다면 선봉이 되어 목숨 걸고 싸우겠습니다."

겉만 보면 투항해 온 까닭도 그럴듯했고, 말투와 표정도 진정이 담긴 것 같았다.

채모가 억울하게 죽었다는 것은 오히려 주유가 더 잘 알고 있었고, 그들의 울음도 아우 된 처지에서는 당연했다. 하지만 보기에 따라서는 그들의 말과 행동에 과장되고 서두르는 듯한 감도 없지 않았다.

그런데도 주유는 전혀 그걸 느끼지 못하는 사람 같았다. 크게 기뻐하며 채중과 채화를 받아들이고 무거운 상을 내렸다. 그리고 두 사람이 원하는 대로 감녕과 더불어 동오의 선봉을 맡게 했다.

채중과 채화는 주유가 자기들의 거짓 항복에 속은 것이라 생각했다. 계책이 들어맞은 것을 기뻐하며 주유에게 절하여 고마움을 나타냈다. 그러나 그게 아니었다. 주유는 두 사람과 함께 있게 된 감녕을 가만히 불러 말했다.

"채중과 채화는 가솔들을 데려오지 않은 것으로 보아 정말로 항복해 온 것이 아니다. 아마도 조조가 시켜 거짓으로 항복하고 간세가 되어 우리의 허실을 저쪽에 알려주려고 왔을 것이다. 나는 오히려 조조의 그 같은 계책을 거꾸로 이용하는 계책을 쓰겠다. 그 두 사람을 통해 조조가 우리 편의 소식을 듣게 해두면 필요한 때는 그릇된 소식을 흘려 조조를 크게 낭패시킬 수도 있을 것이다. 그대는 겉으로는 저들을 은근하게 대하되 속으로는 언제나 방비를 게을리 하지 말라. 때가 와서 조조를 치러 가는 날은 먼저 저들을 죽여 그 목으로 군기 앞에 제사 지낼 것이니 조금이라도 어긋남이 있어서는 아니 된다."

조조가 채중과 채화를 앞세워 쓰려는 사항계를 처음부터 끝까지 꿰뚫어보고 하는 말이었다.

감녕이 명을 받고 물러난 지 얼마 안 돼 노숙이 주유를 보러 왔다. 그도 채중과 채화에게서 미심쩍은 점을 본 것 같았다.

"아무래도 채중과 채화의 항복에는 거짓인 듯한 데가 많습니다.

함부로 받아들여서는 아니 될 것입니다.”

노숙이 그렇게 걱정하자 주유가 꾸짖듯 노숙을 몰아세웠다.

“조조가 그 형을 죄 없이 죽인 까닭에 그 원수를 갚으려고 우리에게 항복해 온 사람들인데 거짓은 무슨 거짓이란 말이오? 공은 그렇게 의심이 많아서야 어떻게 천하의 의사들을 받아들일 수 있겠소이까?”

조금 전 감녕에게 영을 내릴 때와는 생판 딴소리였다. 그만큼 주유는 자신의 계책을 은밀히 하는 데 철저하였다. 노숙은 더 할 말이 없는 게 아니었으나 주유가 워낙 성까지 내며 몰아세우니 더 입을 열지 못하고 주유 앞을 물러나왔다. 하지만 아무래도 마음이 개운해지지 않아 공명을 찾아보고 그 일을 말했다. 노숙의 이야기를 듣고 난 공명은 다만 빙긋이 웃을 뿐 말이 없었다.

“공명은 어째서 웃으시오?”

노숙이 못마땅한 듯 공명에게 물었다. 그제서야 공명이 까닭을 일러주었다.

“나는 자경이 공근의 계교 쓰는 법을 너무 몰라주는 게 우스웠을 뿐이오. 대강이 넓고 멀어 세작이 오가기 너무 어려우니 조조가 채중과 채화를 거짓으로 항복시켜 우리 군중의 일을 엿들으려 한 게 아니겠소? 그런데 지금 공근은 그 같은 조조의 계책을 이용하려 하고 있소. 이곳의 소식을 꼭 조조에게 알려야 할 필요가 있을 때를 위해 길을 열어두려고 채중과 채화에게 속은 체하고 있는 것이오. 싸움하는 마당에서는 속임수도 꺼리지 않는다[兵不厭詐]란 말이 있지 않소이까? 공근의 꾀가 옳소.”

그 말을 들으니 노숙도 비로소 느껴지는 게 있었다. 자기에게까지 주유가 숨기는 게 섭섭하기는 하지만 이해하려고 들면 이해하지 못할 일도 아니었다.

공명과 노숙이 주유의 일로 얘기를 주고받은 그 시간, 주유는 채중과 채화의 일로 생각에 잠겨 있었다. 자신 앞에 나타난 것은 그다지 쓸모 있어 뵈지도 않은 그들 둘이었지만, 주유는 그 뒤에서 조조란 거인의 움직임을 느꼈다. 한동안 앉아 지키기만 하던 조조가 스스로 움직이기 시작했다는 것은 동오와 주유 자신의 운명을 판가름 낼 결전의 날이 조금씩 가까워오고 있다는 조짐으로 보였다.

말할 것도 없이 주유 쪽에서도 대비가 전혀 없는 것은 아니었다. 장수들의 결의와 믿음은 굳고 군사들의 사기도 그 어느 때보다 드높았다. 결전에 대비한 전략도 대강은 미리 머릿속에 구성되어 있었다. 하지만 아직 막연한 것은 그 전략을 실제적인 승리로 바꿀 수 있는 구체적인 상황의 전개였다.

아무리 훌륭한 전략이라도 그때그때 살아 움직이는 상황과 정확하고도 적절하게 부합되지 못하면 의미가 없다. 따라서 승리를 확보하기 위해서는 그때그때의 상황을 주도하여 전략이 그 최대의 효능을 드러내도록 이끌어가야 한다. 그런데 주유에게는 아직 그 방안이 마련되어 있지 못했다. 채중과 채화의 거짓 항복이 오히려 한 계기를 가져다준 것 같기는 하지만 그것을 어떻게 활용할 것인가에 대해서는 무엇 하나 뚜렷하게 정해진 방책이 없었다.

황개가 불쑥 주유의 장막으로 찾아든 것은 주유가 거기에 대한 생각으로 밤 깊도록 잠들지 못하고 앉아 있을 때였다. 아무도 딸리지 않고, 그것도 밤이 깊기를 기다려 찾아온 것으로 보아 무슨 은밀한 의논거리가 있는 듯했다.

주유는 그런 황개가 까닭 없이 반가워 자리를 권하고 말했다.

"공복(公覆)께서 밤늦게 저를 찾아오신 걸 보니 틀림없이 조조를 깨칠 좋은 계책이 있으신 모양입니다. 그런 게 있으면 부디 내게도 좀 들려주십시오."

그러자 황개는 무장답게 말을 쓸데없이 늘이지 않고 바로 털어놓았다.

"적은 군사가 많고 우리는 적으니 서로 오래 대치하고 있는 것은 옳지 못하오. 어째서 불을 써서 한번 공격해보지 않으시오?"

"불을 쓰자고요? 누가 그런 계책을 공께 일러줍디까?"

화공법을 쓰자는 말에 주유가 깜짝 놀라 물었다. 황개가 실쭉해진 얼굴로 대답했다.

"내 스스로 생각해낸 것이지 누구에게서 가르침을 받은 게 아니외다."

혹시 말이 새어나가 황개까지 자기의 중심되는 계책을 주워듣게 된 게 아닌가 걱정했던 주유는 그 같은 황개의 대답에 비로소 마음을 놓았다. 그 대신 황개가 거기까지 생각이 미쳤다는 게 새삼 놀라워 그의 늙어가는 얼굴을 바라보았다.

손견 때부터 손씨를 섬겨온 노장, 어렸을 적 주유는 손책과 더불어 그에게서 칼 쓰기를 배운 적도 있었다. 손견을 위해 목숨을 돌보지 않고 싸움터를 누볐고, 손견이 죽은 뒤에는 그 아들 손책을 도와 강동에 터를 잡게 했으며, 다시 손책이 죽자 이번에는 그 아우 손권을 위해 일해왔다. 주유는 그런 황개의 충성을 높이 치기는 해도, 그 무렵에는 어쩔 수 없이 몸은 늙고 머리는 굳어가는 장수로 보고 있었다.

그저 공 있는 원로로서 공경하며 대할 뿐, 장수로서는 이미 한창때를 넘긴 이로만 여겼는데 그 밤에 다시 보니 그게 아니었다. 눈빛은 무언가 알지 못할 결의로 번뜩였으며 시들어가는 줄만 알았던 근육도 어떤 투지 같은 것으로 팽팽하여 부풀어 있었다.

그 같은 황개의 새로운 면모를 발견하자 문득 주유의 머릿속을 섬광처럼 스쳐가는 생각이 있었다. 그리고 그 생각은 오래전부터 머릿속에 자리 잡고 있던 막연한 구상과 더불어 처음과 끝이 가지런한 한 계책으로 어우러졌다.

거기서 주유는 이상한 열기로 목소리까지 떨며 황개에게로 다가앉았다.

"화공법은 바로 제가 오래전부터 생각해온 것입니다. 그 때문에 채중과 채화가 거짓으로 항복해 온 줄 알면서도 받아들여 우리 편 소식을 전할 수 있도록 해두었습니다. 화공법을 쓰려면 우리 중에 누군가가 방해받음 없이 조조군에 가까이 다가갈 수 있어야 합니다. 또 그러기 위해서는 우리 쪽에서도 거짓으로 항복해야 하는데, 그때 조조를 믿게 하는 길은 채중과 채화를 통하는 수밖에 없는 까닭입니다. 다만 한스러운 것은 아직도 거짓으로 항복하는 계책을 쓸 마땅한 사람을 찾지 못한 일입니다."

"그렇다면 내가 나서서 한번 그 계책(사항계)을 맡아보겠소."

주유가 은근히 기다린 대로 황개는 미처 주유의 말이 다 끝나기도 전에 주먹을 불끈 쥐고 소리치며 나섰다. 그러나 주유는 짐짓 고개를 가로저었다.

"그건 아니 됩니다. 저쪽이 항복을 믿게 하려면 먼저 이쪽에서 그만한 고초를 겪은 뒤에 가야 될 것입니다. 장군께서는 이 나라의 어른 되시는 분으로서 몸도 젊은이들 같지 않으신 터에 어찌 그 같은 고초를 겪어내시겠습니까?"

거짓 항복을 상대편에 믿게 하기 위해 먼저 제 살을 괴롭히는 계책[苦肉計]을 쓸 작정으로 있는 주유로서는 마땅히 해야 할 말이기도 했다.

황개는 주유의 말을 듣고도 뜻을 바꾸려 하지 않았다. 오히려 앞서보다 한층 격앙되어 자기를 보내줄 것을 고집했다.

"나는 삼대에 걸쳐 손씨네의 두터운 은혜를 입은 사람이외다. 설령 간과 뇌를 땅에 쏟고 죽게 된다 해도 누구를 원망하거나 후회하는 일은 없을 것이오."

처음에는 자기가 도맡아 치러야 할 싸움과 그 싸움에서 이기기 위한 계책에만 마음이 쏠려 있던 주유였으나 황개가 그렇게 나오니 절로 감동이 되지 않을 수 없었다. 벌떡 자리에서 일어나 황개에게 절하며 거짓 없는 마음으로 감사를 올렸다.

"장군께서 이 고육계를 맡아주신다면 실로 강동 백성들에게 그보다 더한 다행이 없겠습니다."

"나 또한 죽어도 아무런 원망이 없을 것이외다."

황개도 마주 절하며 그렇게 말하고는 조용히 주유의 장막을 물러났다.

그 다음 날이었다. 주유는 북을 울려 여러 장수들을 모두 불러모았다. 동오의 장수는 아니지만 공명도 불려나가 자리를 차지하고 앉았다. 주유가 여럿 앞에 나서더니 그 어느 때보다 엄숙한 목소리로 영을 내렸다.

"조조는 백만이나 되는 대군을 이끌고 와 삼백 리에 이르는 진채를 벌이고 있다. 하루 싸움으로 깨뜨려낼 수 있는 상대가 아니다. 이제 도독으로서 군령을 내리는 바, 모든 장수들은 각기 이끄는 부대의 석 달치 말먹이 풀과 군량을 마련하고 적과 맞서도록 하라!"

전날 마침 진병을 재촉하는 손권의 전갈이 주유에게 이른 터였다. 그걸 알고 있는 장수들에게는 주유의 그 같은 군령이 좀 엉뚱하게 들렸다. 아니나다를까, 미처 주유의 말이 끝나기도 전에 한 장수가 일어나 볼멘소리를 했다.

"석 달치 아니라 서른 달치 말먹이 풀과 군량을 마련한다 해도 일이 제대로 될 것 같지는 않소. 만일 이달 안으로 조조군을 깨뜨려낼 수 있을 것 같으면 빨리 싸워 깨뜨려버리는 게 나을 것이오. 그러나 이달 안으로 그렇게 할 수 없을 것 같으면 그것은 영영 조조를 깨뜨릴 수 없다는 뜻과 같으니, 차라리 장자포(張子布)의 말대로 갑옷을 벗은 뒤 창을 거꾸로 잡고 북쪽을 향해 엎드려 항복하는 길밖에 없소이다."

주유의 영이 못마땅한 장수들에게도 지나치다 싶게 맞받은 것은 다름 아닌 황개였다. 모두 일이 어떻게 될까 걱정하고 있는데, 얼굴이 시뻘게진 주유가 성을 이기지 못해 소리소리 지르며 황개를 꾸짖었다.

"나는 주공의 명을 받들어 군사를 이끌고 조조를 쳐부수러 왔거늘 어찌 감히 항복을 다시 말하느냐? 양쪽의 군사들이 서로 맞서고 있는 이 마당에 너는 그 같은 소리로 우리 군사들의 마음을 흐트러지게 하였으니 너 같은 자를 목 베지 않고서 어찌 무리를 명에 따르게 할 수 있으랴!"

그러고는 좌우에 있는 군사들을 돌아보며 호령했다.

"어서 저놈을 끌어내 목을 베어 내게 가져다 보이도록 하라!"

황개도 가만히 있지 않았다. 역시 성난 목소리로 주유를 마구 꾸짖었다.

"나는 돌아가신 파로장군(破虜將軍, 손견)을 따라 동남을 휩쓸고 다니던 때부터 이제까지 삼대에 걸쳐 이 나라를 위해 싸워온 사람이다. 그런데 너는 도대체 어디서 왔느냐? 어디서 온 놈이기에 주둥이에 노란 털도 벗지 못한 것이 나를 이리 작게 보느냐?"

그 말에 주유는 더욱 펄펄 뛰었다. 한편으로는 황개를 꾸짖으면서 다른 한편으로는 무사들을 재촉해 황개를 목 베려 했다. 그 자리에 있던 장수들은 모두 놀라 어쩔 줄 몰랐다. 황개가 아무리 여러 대를 섬긴 노장(老將)이요, 공신이라 하나 상대는 이제 동오의 군권을 한 손에 쥐고 있는 대도독 주유가 아닌가.

보다 못한 감녕이 나서서 황개를 위해 주유에게 빌었다.

"공복은 우리 동오의 오래된 신하입니다. 도독께서는 그 점을 보아서라도 너그러이 용서해주십시오."

주유와 황개가 짜고 벌이는 소동이란 걸 모르고 끼어들었으니 그 말이 간곡하지 않을 수 없었다. 주유는 그런 감녕마저 내막도 모르는 연극에 끌어넣었다.

"너는 또 어찌하여 여러 말로 내 법도를 어지럽히려 드느냐?"

그렇게 감녕을 꾸짖은 뒤 좌우를 향해 매섭게 영을 내렸다.

"여봐라, 먼저 이놈부터 몽둥이로 흠씬 두들겨 내쫓아라!"

감녕이 동오에서 그리 낮은 장수가 아니었으나 주유가 워낙 불같이 설쳐대니 무사들도 어쩔 수가 없었다. 황개는 제쳐놓고 감녕부터 몽둥이질을 해 내쫓았다. 주유로서는 감녕에게 미안하기 짝이 없는 일이었지만, 다른 사람들이 보기에는 황개에게 떨어진 불이 감녕에게 옮아붙은 것쯤으로 보였다.

하지만 어쨌든 황개가 그만한 잘못으로 목이 떨어지는 것을 보고만 있을 수는 없는 일이었다. 감녕이 몽둥이질을 당하고 쫓겨난 걸 보았으면서도 장수들이 모두 주유 앞에 나가 무릎 꿇고 빌었다.

"황개의 죄는 비록 죽어 마땅하나, 다만 그를 죽이는 것이 싸움에 이롭지 못할까 두렵습니다. 바라건대 도독께서는 너그러이 살피시어 잠시 그의 죄를 기록만 해두고 목 베는 일은 뒤로 미루어주십시오. 황개의 목은 조조를 깨뜨린 뒤에 베어도 늦지 않을 것입니다."

용서를 받지는 못해도 우선 시간이나 벌어놓고 보자는 생각들이었다. 그렇게만 되어도 손권에게 알리거나 주유 스스로 화가 풀어져 황개가 살 길이 생겨날 수 있을 것 같았기 때문이었다.

그래도 주유는 성이 가라앉지 않은 표정이었으나 모든 관원들이 한결같이 나서서 애걸하니 할 수 없이 져주는 척했다. 마음 내키지 않는 목소리로나마 황개의 목숨만은 붙여주었다.

"모든 관원들의 낯을 보아 네 목을 베지는 않으리라. 네가 죽음을 면하게 된 것은 오직 그 덕분인 줄 알아라."

매섭게 황개를 노려보며 그렇게 말하고는 무사들에게 이미 내렸던 명을 고쳤다.

"목을 베는 대신 척장(脊杖) 일백 대를 때려 황개의 죄를 밝히도록 하라!"

하지만 척장 일백도 가벼운 형이 아니었다. 늙은 황개가 죽지 않고 받아넘길지가 걱정이었다. 이에 여러 관원들이 다시 주유에게 몰려가 빌었다.

"척장 일백은 너무 과합니다. 황개의 나이를 헤아려주십시오."

하지만 이번에는 어림도 없었다. 주유는 제 성을 이기지 못해 앞에 놓인 탁자를 밀쳐 뒤집으며 몰려든 사람을 꾸짖어 물리쳤다.

사람들이 움찔해 물러나자 주유는 날선 목소리로 눈치만 보고 있는 무사들을 재촉했다.

"군령을 어기면 어찌되는 줄 모르느냐? 어서 형을 시행하라!"

그렇게 되니 무사들도 하는 수가 없었다. 황개의 옷을 벗긴 뒤 땅바닥에 엎어놓고 매질을 시작했다.

주유가 내려다보며 다잡는 매질이라 단 한 대도 헛매가 없이 쉰 대를 채웠을 때였다. 보다 못한 장수들이 또 주유 앞에 엎드려 애걸했다. 주유도 막상 황개의 살이 찢어지고 피가 튀는 걸 보자 어느 정도는 속이 풀린 듯했다. 매질은 그치게 하였으나 그래도 분을 완전히 삭이지는 못한 사람처럼 벌떡 몸을 일으키더니 황개를 가리키며 꾸짖었다.

"네가 감히 나를 하찮게 보다니! 이제 여럿의 낯을 보아 몽둥이질을 그만두게는 한다마는 남은 쉰 대를 두었다가 뒷날 다시 태만하는 일이 있으면 그 두 배로 베풀리라!"

그러고는 자기 장막으로 들어가는데 그때까지도 분을 삭이지 못한 꾸짖음이 끊이지 아니했다.

주유가 돌아가자 남은 장수들이 우르르 달려가 황개를 부축해 일으켰다. 황개의 모습은 실로 눈뜨고 보기 어려울 만큼 처참했다. 모진 매로 살껍질은 찢어지고 드러난 속살에서는 붉은 피가 샘 솟듯 했다. 떠메고 황개의 진채로 돌아가는 동안에도 몇 번이나 정신을 잃고 늘어지니 곁에서 본 사람들은 물론 그 일을 전해 들은 사람들조차도 눈물을 금치 못했다.

여럿과 함께 그 일을 처음부터 끝까지 보았던 노숙은 속이 답답했다. 주유의 재주를 믿고 있기는 하였으나 삼대에 걸친 황개의 공 또한 적은 것은 아니었다. 거기다가 이미 늙어가는 원로 장수를 대단찮은 죄로 초죽음을 시켜놓았으니 앞일이 어찌 될까 걱정이었다. 정보를 비롯한 황개 또래의 오래된 장수들도 가만히 있지 않을 것 같으려니와 그 같은 장수들의 다툼이 군사들의 사기에도 적잖이 영향을 미칠 것만 같았다. 답답한 나머지 공명을 찾아보고 푸념했다.

"오늘 공근이 성나 황개를 꾸짖을 때 우리는 모두가 그의 아랫사람 된 처지라 감히 맞대놓고 다그쳐 말리지 못했습니다. 하지만 선생은 손님된 처지로서 어찌 소매에 두 손을 찌르신 채 구경만 하고 계셨습니까? 선생께서 한마디만 해주셨어도 황개가 그 지경에 이르지는 않았을 것입니다."

그 말을 들은 공명이 빙긋 웃으며 말했다.

"자경께서는 나를 속이려 하시오?"

"이 숙(肅)과 선생은 함께 강을 건너온 이래 한번도 서로 속인 적이 없는데 그게 무슨 말씀이십니까?"

노숙이 알 수 없다는 듯한 눈길로 공명을 살피며 되물었다. 공명은 그제서야 깨우쳐주듯 말했다.

"자경께서는 어찌 오늘 공근이 짐짓 모질게 황개를 때리도록 한 게 바로 그의 계책인 줄 모르시오? 그런데도 나더러 공근을 말리라고 권하신단 말씀이오?"

그 말을 듣고 보니 노숙도 문득 깨달아지는 게 있었다. 자신의 헤아림이 모자란 것을 속으로 부끄러워하며 말을 잊고 있는데 공명이 다시 주유의 속셈을 넌지시 풀이해주었다.

"고육계같이 힘든 계책이 아니고서야 어찌 조조같이 꾀 많은 인물을 속일 수 있겠소이까? 오늘 한 일은 반드시 황개로 하여금 조조에게 의심받지 않고 거짓 항복을 할 수 있도록 공근이 일부러 꾸민 것이오. 우리 진중에 역시 거짓으로 항복해 와 있는 채중과 채화가 이 일을 조조에게 알린다면 아무리 조조라 해도 어찌 믿지 않을 수 있겠소? 하지만 자경께서는 결코 내가 그 같은 계책을 미리 알고 있더라고 공근에게 말하지 마시오. 다만 나 또한 도독을 마음속으로 원망하고 있다고만 해주시면 고맙겠소."

몇 번이나 겪어 주유의 성격을 잘 알고 있는 노숙은 그 같은 공명의 당부에 고개를 끄덕였다. 그러나 주유가 정말로 그런 계책을 품고서 한 일인지가 궁금했다. 이에 공명과 헤어지기 바쁘게 주유를 찾아보았다.

주유는 노숙이 찾아가자 대뜸 그를 장막 안 깊숙한 곳으로 맞아 들였다. 낮과는 달리 부드러운 얼굴이었다. 노숙이 아무것도 모르는 체 물었다.

"오늘 도독께서는 어찌하여 그토록 모질게 황개를 꾸짖으셨습니까?"

"모든 장수들이 그렇게 나를 원망하고 있습니까?"

주유가 대답 대신 되물었다. 노숙은 여전히 시치미를 떼며 대답했다.

"다 그런지는 모르지만, 어쨌든 마음속으로 걱정하고 있는 이가 많습니다."

"공명은 어떻게 생각하는 것 같았소?"

"그 사람도 도독께서 너무 박정하게 하셨다고 원망하고 있었습니다."

그제야 주유가 껄껄 웃으며 중얼거렸다.

"이번에는 그도 속일 수 있었구나!"

"그게 무슨 말씀입니까?"

노숙이 여전히 시치미를 떼며 물었다. 주유가 비로소 은근히 뽐내는 듯한 말투로 털어놓았다.

"오늘 황개를 아프게 때린 것은 실은 모두가 계책이외다. 나는 그를 조조에게 거짓 항복시키기 위해 먼저 고육계를 베푼 것이오. 그렇게 하여 조조를 속이기만 하면 불로 공격하여 이길 길이 날 것이기 때문이오."

바로 공명이 말한 그대로였다. 노숙은 속으로 다시 한번 공명의 귀신 같은 헤아림에 감탄했지만 겉으로는 드러내지 않았다. 주유가 또 공명을 죽이려 들까 봐 걱정이 된 까닭이었다.

한편 황개는 자기 진중으로 돌아가자마자 앓아 누웠다. 목숨을 건 진 게 다행이라 싶을 만큼 심한 상처였으나 그보다 더 아픈 것은 마음인 듯싶었다. 여러 장수가 번갈아 찾아보고 좋은 말로 위로했지만 황개는 길게 탄식할 뿐 입을 떼려 하지 않았다.

그런데 감택이 찾아보러 왔을 때였다. 황개는 문득 좌우를 꾸짖어 물리치고 감택만 병상 곁으로 불러들였다. 비록 벼슬자리는 그리 높지 않았으나 감택은 황개와는 특히 가까운 사이였다. 단둘이 남게 되자 감택이 먼저 물었다.

"장군께서는 전에 도독과 원수진 일이 있습니까?"

무언가 살피는 듯한 눈길이었다. 황개가 솔직하게 대답했다.

"아니오, 그런 것은 없소."

그러자 감택이 문득 모든 걸 알았다는 듯 서슴없이 말했다.

"그렇다면 오늘 공께서 받은 고초는 바로 고육계를 쓰기 위한 것이 아니었습니까?"

"그걸 어떻게 알았는가?"

황개가 놀라 물었다. 감택이 차분하게 대답했다.

"오늘 도독께서 하는 양을 보니 열에 여덟아홉은 짐작이 갔습니다. 그래도 혹시 해서 특별히 찾아와 물어본 것이지요."

그러자 비로소 마음을 놓고 황개는 숨김없이 털어놓았다.

"나는 삼대에 걸쳐 오후의 은혜를 입었으면서도 제대로 보답하지 못했기에 이제 그 계책을 올려 조조를 깨뜨리고자 하는 것일세. 따라서 비록 내 몸은 고초를 겪었으나 한될 것은 아무것도 없네. 다만 안타까운 것은 마음으로 깊이 믿을 만한 사람이 없다는 것이었는데 이제 공을 만나니 만 가지 걱정이 다 스러지는 듯하네. 공이 평소부터 가슴 가득 충의를 품고 있음은 내가 잘 아는 바라 서로 마음을 터놓고 얘기해보고 싶으이."

"장군께서 제게 하시려는 말씀은 혹시 저를 시켜 조조에게 거짓으로 항복하는 글을 보내려 하심이 아닙니까?"

감택이 얼른 황개의 뜻을 알아차리고 그렇게 말을 받았다. 감택의 자는 덕윤(德潤)으로 회계 산음 땅 사람이었다. 집이 가난한 중에도 배우기를 즐겨하여 매양 남의 책을 빌려다 읽었는데 한 번만 읽으면 잊는 법이 없었다. 거기다가 말솜씨가 좋고 담력이 있어 일찍부터 널리 이름을 얻었다. 손권은 그를 불러 모사로 썼는데 여러 장수들 중에서도 황개와 가장 친했다.

"실로 내 뜻이 그러하네. 공이 한번 그 일을 해주겠는가?"

감택의 사람됨을 잘 알고 있는 황개는 그의 물음에 더 말을 둘러대지 않고 바로 물었다. 감택이 흔연히 대답했다.

"좋습니다. 제가 한번 해보지요."

황개는 감택의 재주와 말솜씨라면 틀림없이 일을 해낼 수 있을 것이라 여겼다. 이에 기쁨을 이기지 못해 몸의 아픔도 잊고 병상에서 내려와 감택에게 절하며 고마움을 나타냈다.

"대장부로 태어나서 나라를 위해 공을 세우고 큰일을 이루지 못한다면 나무나 풀처럼 헛되이 죽어 썩는 것과 무엇이 다르겠습니까? 또 장군 같은 분께서도 이렇듯 몸을 내던져 주인의 은혜에 보답하려 하시는데 이 감택이 어찌 목숨을 아낄 수 있겠습니까?"

감택은 그렇게 겸양의 말을 한 뒤 제 편에서 오히려 서둘렀다.

"일을 늦추었다가는 어떤 변이 날지 모릅니다. 얼른 떠나게 해주
십시오."

"글은 이미 닦아두었네그려."

황개가 더욱 감격한 얼굴로 감춰두었던 글 한 통을 찾아 내밀었
다. 일이 되려고 그러는지 절로 손발이 척척 맞는 판국이었다.

황개의 편지를 받아 갈무리한 감택은 그날 밤 고기잡이 늙은이로
꾸민 뒤 작은 배를 훔쳐내어 강을 건넜다. 두말할 것도 없이 북쪽에
있는 조조의 진채를 향해서였다.

차가운 밤하늘엔 별만 가득한데 강을 가로지르는 감택의 배는 삼
경 무렵하여 조조의 진채에 이르렀다. 강을 지키고 있던 조조의 군
사들이 감택을 붙들고 한밤인데도 조조에게 그 일을 알렸다.

"간세가 아니던가?"

조조가 그렇게 묻자 알리러 온 군사가 대답했다.

"다만 한 사람 고기잡이 늙은이 같은 꼴을 하고 있었습니다만 스
스로는 말하기를 동오의 모사 감택이라고 했습니다. 중한 기밀이 있
어 승상을 뵈오러 왔다고 합니다."

그 말에 긴장한 조조는 곧 감택을 불러들이도록 했다.

감택이 군사의 인도로 조조의 장막에 이르러 보니 촛불이 휘황하
게 밝혀진 가운데 조조가 등받이에 기대어 위엄을 갖추고 앉아 있었
다. 조조가 감택을 보고 대뜸 물었다.

"그대는 동오의 참모라고 하면서 무슨 일이 있어 여기로 왔는가?"

"내가 듣기로 조승상은 어진 이 구하기를 목마른 자가 물을 찾듯 한다더니 터무니없는 말이었구나. 황공복(黃公覆), 실로 당신은 크게 잘못 생각했구려!"

감택은 대답 대신 그런 한탄부터 앞세웠다. 조조의 사람 맞는 태도가 겸손하지 못함을 걸고 드는 말이었다. 그러나 조조는 크게 동요되는 기색 없이 실눈을 지어 감택을 살피며 대답을 재촉했을 뿐이었다.

"나와 동오는 아침저녁으로 군사를 맞대 싸우고 있다. 그런데 그대가 이렇게 홀로 왔으니 어찌 그 까닭을 묻지 않겠는가?"

자신을 격하게 만들려는 감택의 수작쯤은 다 알고 있는 듯한 조조의 말투였다. 감택은 그토록 매서운 조조의 헤아림에 은근히 놀랐다. 쓸데없이 격동시키느니보다는 먼저 솔깃한 말부터 들려주는 게 나으리라 생각하고 자신이 온 까닭부터 밝혔다.

"황개는 동오를 삼대째나 섬기고 있는 오래된 신하였습니다. 이번에 주유로부터 여러 장수들이 보는 앞에서 큰 잘못도 없이 모진 매를 맞았습니다. 이에 그 분함과 한스러움을 이기지 못하고 승상께 투항하여 원수 갚을 계책을 꾸미고 있는 바, 특히 저를 보고 함께 일을 꾀해보자고 했습니다. 저와 황개는 비록 성이 다르나 정은 골육에 못지않습니다. 그가 시키는 대로 밀서를 바치러 왔는데, 승상께서는 받아주실 수 있겠습니까?"

하지만 역시 조조는 달랐다. 적의 이름난 장수가 항복을 하러 사람을 보냈다면 마땅히 기뻐하고 볼 일이었으나 그는 표정 하나 변하지 않았다.

"그 편지가 어디 있는가?"

그렇게 목소리도 차갑게 들릴 만큼 차분했다. 감택이 품안에서 황개의 밀서를 꺼내 말없이 조조에게 바쳤다. 봉함을 찢은 조조는 등불을 당겨놓고 안에 든 글을 읽어나갔다. 거기에는 대략 이런 뜻이 담겨 있었다.

'이 황개는 손씨네의 두터운 은혜를 입어온 터라 본시 두 마음을 품을 수 없는 자입니다. 그러나 오늘날의 사세(事勢)를 논하자면, 지금 강동은 겨우 여섯 군의 얼마 안 되는 군세로 중원의 백만 대군을 맞서려 하고 있으니, 적은 군사가 많은 군사를 당할 수 없음은 천하가 다 알 수 있는 일입니다. 동오의 장수와 벼슬아치들도 어리석고 슬기로움을 가리지 않고 한결같이 그 같은 일의 불가함을 알고 있는데, 오직 주유 어린것만이 얕고 어리석은 고집에 빠져 스스로의 재주만 믿고 계란을 들어 바위를 치려 하고 있습니다. 뿐만 아니라 주유는 임금이라도 된 양 함부로 아랫사람에게 벌과 복을 내리어 죄 없는 사람이 형을 받고 공 있는 사람이 상을 받지 못하고 있습니다. 이 황개 또한 동오의 여러 대를 섬긴 오랜 신하임에도 까닭 없이 욕을 보았으니 마음으로 한스럽기 실로 그지없습니다.

엎드려 듣건대 승상께서는 정성을 다해 사람을 맞고 옛일을 마음에 끼는 법 없이 선비들을 받아들이신다 했습니다. 이 황개 비록 동오의 녹을 먹으며 여러 번 승상께 대적한 일이 있으나 이제 무리를 이끌고 승상께 항복하여 공을 세움과 아울러 주유 그 어린것에게 당한 욕을 씻고 싶습니다. 군량과 말먹이 풀이며 수레 병장기까지 배

가 나는 대로 바치고자 하는 바, 피눈물을 흘리며 절하고 아뢰오니 부디 저를 의심하지 말아주십시오.'

조조는 앞에 놓인 탁자 위에 황개의 편지를 얹어놓고 여남은 번이나 뒤적이며 살폈다. 그러다가 문득 탁자를 치며 눈을 흡떠 감택을 노려보고 성난 목소리로 꾸짖었다.

"황개는 고육계를 써서 너로 하여금 거짓으로 항복하는 글을 전하게 하였음이 분명하다. 내가 걸려들면 다시 딴 수작을 부리려는 것이겠지. 이놈, 너는 내가 누군 줄 알고 감히 이렇게 와 놀리고 욕뵈려 드느냐?"

그러고는 좌우를 돌아보며 영을 내렸다.

"여봐라, 무엇들 하느냐? 어서 저놈을 끌어내 목 베지 못할까!"

감택은 속으로 뜨끔했으나 전혀 뜻밖은 아니었다. 어떤 조조라고 몇 마디 달콤한 말과 글 한 통에 넘어가겠는가. 오히려 감택의 대비는 조조가 그렇게 나올 때를 위해서 더 잘 마련되어 있었다. 무사들에게 끌려나가면서도 낯색 하나 변함 없이 하늘을 우러러보며 껄껄거렸다.

"내가 이미 네놈의 간사한 계책을 알아보았는데 넌 무엇이 좋아 그렇게 웃느냐?"

이상히 여긴 조조가 감택을 다시 끌어오게 해놓고 물었다. 감택이 웃음을 그치고 한스러운 듯 말했다.

"나는 무엇이 좋아 웃은 게 아니외다. 다만 황개가 사람을 알아보지 못한 것을 비웃었을 뿐이오."

"어찌하여 사람을 알아보지 못했단 말이냐?"

조조가 다시 물었다. 너무도 태연스런 감택의 언동에 자신의 짐작에 대한 믿음이 흔들린 것 같았다.

"죽이려면 빨리 죽일 것이지 웬 물음이 그리 많으냐? 어서 나를 죽여라!"

감택은 짐짓 허세를 부려 조조의 궁금증을 돋우었다. 이제는 말까지도 함부로 했다. 조조도 더는 흔들리지 않으려고 애쓰며 매섭게 몰아댔다.

"나는 어려서부터 병서를 많이 읽어 간사한 속임수를 꾸민 계책은 다른 사람이라면 속일 수 있을지 모르지만 나는 속이지 못한다."

"네가 읽은 그 책에서는 도대체 어떤 게 간계(奸計)라고 하더냐?"

감택은 움츠러들기는커녕 오히려 조조를 비웃듯 물었다. 그래도 조조는 냉정을 잃지 않고 대답했다.

"너희들의 간계가 어디서 드러나게 되었는지 알아야 네놈이 죽어도 한이 없으리라 여겨 일러준다. 너희들이 진심으로 항복해 올 뜻이 있다면 어찌 이 글에 그 날짜와 시각을 밝히지 않았느냐? 그래 놓고도 네놈이 이렇듯 뻗댈 수 있느냐?"

그 말을 듣자 감택이 문득 크게 웃은 뒤 어린아이 타이르듯 말했다.

"너는 두려워할 줄도 모르고 병서 많이 읽은 것을 스스로 높이 치고 있구나. 이 못 배운 것아, 차라리 군사를 거두어 돌아가라! 그렇지 않고 싸우다가는 반드시 주유에게 사로잡히고 말리라. 너 같은 것의 손에 욕되게 죽는 게 참으로 원통하구나!"

"배운 것이 없다니 그게 무슨 소리냐?"

조조가 다시 발끈해서 물었다. 감택은 그런 조조를 더욱 심하게 건드렸다.

"너는 꾀를 쓸 줄도 모를 뿐만 아니라 세상일의 이치에조차 밝지 못하다. 어찌 배움이 있는 자라 할 수 있겠느냐?"

"너는 내 말에 어디가 틀렸기에 그런 소리를 함부로 하느냐?"

"너는 어진 이를 예로 대하지 않는데, 내가 무엇 때문에 대답하겠느냐? 나는 다만 여기서 이대로 죽을 뿐이다."

감택이 끝내 그렇게 뻗대자 조조가 약간 기세를 누그러뜨렸다.

"좋다. 만약 네 말이 이치에 합당하다면 나는 어진 이로 대접하고 엎드려 맞아들이겠다. 어디 한번 말해보아라."

그러자 감택도 성난 표정을 지우고 앞서와는 달리 예까지 갖추어 대답했다.

"승상께서는 주인을 저버리고 도둑질을 하는 데는 그때를 미리 정할 수 없다는 말도 듣지 못하셨소? 만약 이제 황개가 그 글에서 날짜를 정해 보냈다가 형세가 급하고 절박하게 틀어져 그대로 손을 쓰지 못하게 됐는데도 이쪽에서 그를 맞으러 나섰다가는 그대로 주유에게 우리 일이 들켜버릴 것이 아니겠소? 다만 때를 보아 재빨리 해치울 뿐 미리 날짜를 정해둘 수 없는 게 바로 이런 일이외다. 그런데 그 같은 이치를 따져보려고도 않고 죄 없는 사람을 죽이려고만 드니 배운 것 없는 자란 소리를 듣게 된 것이오."

조조가 들어보니 한마디도 어김이 없는 소리였다. 이에 조조는 얼굴빛을 고치고 감택을 풀어주게 한 뒤 자리에서 내려와 죄를 빌었다.

"내가 일을 제대로 살피지도 않고 높으신 분을 잘못 욕보인 것 같소. 창칼을 맞대고 있는 싸움터라 의심이 지나쳐 그리된 것이니 부디 괴이쩍게 여기지 마시오."

"저와 황개가 투항하려는 마음은 마치 어린아이가 부모를 바라고 달려올 때의 그것이나 다름없습니다. 어찌 속임수가 있을 수 있겠습니까? 이제라도 믿어주신다면 그만한 다행이 없겠습니다."

감택은 더욱 공손하게 대답했다. 조조는 크게 기뻤다. 딴사람이 된 것처럼 밝고 부드러운 얼굴로 감택의 두 손을 잡으며 다짐했다.

"만일 두 분께서 이번에 큰 공을 이루시기만 한다면 뒷날 두 분께서 받는 벼슬은 반드시 모든 사람의 윗자리가 될 것이오."

"저희들은 벼슬이나 봉록을 구해 승상께 온 것은 아닙니다. 오직 하늘의 뜻에 응하고 사람의 도리에 따르고자 할 뿐입니다."

감택이 더욱 능청을 떨었다. 조조는 술을 내어 그런 감택을 두텁게 대접했다. 오래잖아 어떤 사람이 들어와 조조의 귓가에 대고 무언가를 수군거렸다. 듣고 있던 조조가 그 사람에게 말했다.

"그 글을 가져오너라."

그러자 곧 그 사람이 밀서 한 통을 올렸다. 그걸 읽는 조조의 얼굴에는 기쁜 빛이 가득 떠올랐다. 하지만 그 순간이 바로 주유와의 사항계 다툼에서 결정적으로 패하고 있는 순간이라는 것을 조조 자신은 모르고 있었다.

전야(前夜), 그 현란함이어

그때 감택은 조조의 얼굴을 가만히 살피며 속으로 생각했다.

'이는 틀림없이 채중과 채화로부터 황개가 주유에게 모진 매를 맞았다는 소식이 전해진 것임에 틀림이 없다. 조조가 그것을 기뻐하는 걸 보니 내 항복도 참인 양 믿겠구나.'

그러나 겉으로는 아무것도 모르는 체 시치미를 떼고 있는데 조조가 조금 전보다 한층 부드러운 목소리로 말했다.

"번거롭지만 선생께서 다시 강동으로 돌아가주셨으면 좋겠소. 가서 황개와 기일을 정하고 먼저 강 건너로 알려주시면 그날 내가 군사를 내어 맞아들이리다."

떠보는 듯한 기색은 거의 없었지만 감택은 짐짓 고개를 저었다.

"저는 이미 강동을 떠났으니 다시 돌아가기는 어렵게 되었습니다.

바라건대 승상께서는 따로 사람을 뽑아 몰래 보내시도록 하십시오."

"다른 사람이 갔다가 잘못 되면 이 일이 밖으로 새어나가게 될 것이오. 아무래도 강동을 잘 아는 선생께서 가주셔야겠소."

감택이 돌아가기 싫어하는 것을 보고 속으로 더욱 그를 믿게 된 조조가 두 번 세 번 감택에게 권했다. 감택은 거듭 마다하다가 오랜 뒤에야 겨우 응낙했다.

"제가 가더라도 그곳에 오래 머물 수는 없을 것입니다. 얼른 다녀오지요."

이에 조조는 많은 금과 베를 상으로 내렸으나 감택은 받지 않고 조조의 진채를 떠나 다시 조각배에 올랐다.

다시 강동으로 돌아온 감택은 황개를 만나보고 그동안에 있었던 일을 자세히 알렸다.

"공의 빼어난 말솜씨가 아니었더라면 이 황개는 공연히 고생만 했을 뻔했소."

황개가 기뻐하며 그렇게 치하했다. 그러나 감택은 거기에 그치지 않고 더욱 크게 조조를 낭패시킬 궁리를 내놓았다.

"저는 이제 감녕의 영채로 가서 거기 있는 채중과 채화를 살펴보고 오겠습니다. 잘하면 한 번 더 조조를 속일 수 있을 것입니다."

"그것 참 좋은 생각이네."

황개도 은근히 기대하는 눈치로 감택의 뜻에 찬동했다.

감택이 감녕의 영채에 이르자 감녕이 반갑게 그를 맞아들였다. 감택은 자기가 한 일은 한마디도 밝히지 않고 능청스레 말했다.

"장군께서는 어제 황공복을 구하려다가 주유에게 욕을 당하셨는데 아무렇지도 않소? 나는 그게 몹시 못마땅하오."

감택의 사람됨을 잘 알고 있는 감녕은 그 엉뚱한 소리에 어리둥절했다. 이미 지나간 일인 데다 주유로부터 느낀 이상한 낌새도 있어 잊고 있는데 감택이 평소답지 않게 거친 말투로 그 일을 끄집어낸 까닭이었다. 감녕은 그가 진담으로 하는 말이 아니려니 여겨 그저 웃기만 하고 대꾸하지 않았다.

그런데도 감택은 거기서 그치지 않고 계속 주유의 욕을 퍼부어댔다. 감녕도 드디어 이상한 느낌이 들어 다시 한번 감택의 표정을 살필 무렵 채중과 채화가 들어왔다. 그들을 본 감택이 문득 감녕에게 눈짓을 보냈다. 감녕도 그제야 감택의 뜻을 알아차리고 큰 소리로 맞장구를 쳤다.

"주유는 제 재주만 믿고 우리 따위는 사람 대접을 않는구려. 이제 그런 주유에게 욕을 당하고 보니 무엇보다도 강 건너 사람들의 귀에 들어갈까 두렵소. 아무리 적병이지만 그들까지 그걸 알면 내 무슨 낯으로 싸움에 앞서겠소!"

그러고는 부드득 이를 갈며 앞에 있는 탁자를 내리쳤다. 뿐만 아니라 남이 듣는 것도 꺼리지 않고 주유를 큰 소리로 욕해대는 것이 정말로 깊은 원한을 가진 사람 같았다.

감택이 놀란 듯 그런 감녕의 입을 막고 무언가를 수군댔다. 감녕도 고개를 끄덕이며 더는 큰 소리를 내지 않았지만, 그래도 마음속에 남은 응어리가 있는지 몇 번이고 길게 탄식했다. 누가 보아도 주유에게 불평을 품은 사람들이 좋지 못한 음모를 꾸미는 듯한 광경이었다.

무슨 엿들을 만한 게 없나 싶어 그곳으로 들어왔던 채중과 채화는 그걸 보자 감녕과 감택 두 사람에게 동오를 저버릴 뜻이 있는 것으로 짐작했다.

"장군께서는 무슨 일로 이토록 괴로워하고 계십니까? 또 선생께서는 무슨 불평이 있으십니까?"

둘은 감녕과 감택을 떠보듯 그렇게 물었다.

"우리 가슴속에 있는 괴로움을 너희들이 어찌 알겠으며, 안다 한들 또한 무슨 소용이 있겠느냐?"

감택이 한숨과 함께 그렇게 대답했다. 채화는 그런 감택의 말을 듣자 자기들이 옳게 보았다 믿고 불쑥 간 큰 소리를 했다.

"혹시 두 분께서는 동오를 저버리고 조조에게로 투항하시려는 게 아닙니까?"

감택은 짐짓 크게 놀란 듯 안색까지 바꾸었고, 감녕은 느닷없이 칼을 빼들었다.

"우리 일을 너희가 이미 몰래 엿보았으니 할 수 없이 죽여 입을 다물게 해야겠다. 너무 우리를 원망하지 말아라!"

그렇게 말하며 칼을 겨누는 감녕은 정말로 둘을 한칼에 베어버릴 듯한 기세였다. 채화가 놀라 두 손을 휘저으며 급한 소리를 냈다.

"두 분께서는 조금도 걱정하지 마십시오. 저희 또한 마음속에 숨기고 있는 일을 말씀드리겠습니다."

"무슨 소리냐? 허튼 수작 부릴 생각일랑 말고 어서 말해라."

감녕이 여전히 칼을 겨눈 채 둘을 다그쳤다. 채화가 숨김없이 털어놓았다.

"저희들은 조승상께서 시켜 거짓으로 항복을 한 자들입니다. 두 분께서 만약 조승상께로 귀순할 뜻이 있다면 저희들이 마땅히 길을 열어드리겠습니다."

"그게 정말인가?"

감녕이 믿을 수 없다는 듯 놀란 눈길로 물었다. 채화와 채중이 입을 모아 말했다.

"저희들이 어찌 감히 장군을 속이겠습니까?"

그제서야 칼을 거둔 감녕은 거짓으로 기쁜 표정을 지으며 감격에 찬 소리를 냈다.

"일이 정말로 그러하다면 이는 바로 하늘이 우리를 편케 하려는 뜻이로구나!"

"황개며 장군께서 주유에게 욕을 당한 일은 이미 승상께 전해두었습니다."

완전히 감택과 감녕에게 속은 두 채가가 그 일까지 뽐내며 알렸다. 그걸 보고 감택은 감녕에게 숨기고 있었던 것을 털어놓듯 말했다.

"나는 이미 황공복을 위해 승상께 항복하는 글을 전하였소. 이번에는 특히 흥패(興覇, 감녕의 자)를 보고 황공복과 함께 항복할 것을 권하러 왔소. 날을 정해 함께 조승상에게로 가도록 합시다."

감녕도 그새 마음을 정한 듯 흔연히 대답했다.

"대장부가 밝은 주인을 만나게 되었는데 어찌 마음이 기울지 않겠소? 함께 투항하도록 하리다."

일이 그렇게 되고 보니 술 한잔이 없을 수 없었다. 네 사람은 술을 내와 늦도록 함께 마시며 있는 말, 없는 말로 마음속을 털어놓았다.

채화와 채중은 곧 감녕도 황개와 함께 내응하게 된 것을 적어 조조에게 몰래 보냈다. 감택은 또 감택대로 딴사람을 시켜 조조에게 글을 보냈다.

'황개는 승상께로 가고 싶은 마음에 하루가 천년 같으나 알맞은 때와 배편을 마련 못해 눌러앉아 있습니다. 다만 뚜렷한 날짜는 아직 정하지 못한 대로 갈 때의 신호는 약조가 되었기로 그것만이라도 전하고자 합니다. 뱃머리에 푸른 깃발[牙旗]을 꽂고 오는 배가 있으면 그게 바로 황개의 배이오니 승상께서는 유념하여주십시오.'

　한편 조조는 연달아 두 통의 글을 받자 다시 의심이 일었다. 일이 너무도 자신에게만 유리하게 돌아가자 본능적인 경계심이 든 탓이었다. 그 때문에 마음이 흔들린 조조는 곧 여러 모사들을 불러놓고 물었다.
　"동오의 감녕이 주유에게 욕을 본 데 앙심을 먹고 안에서 우리에게 호응하겠다는 뜻을 알려왔다. 또 며칠 전에는 황개가 주유에게 벌받는 데 한을 품고 감택이란 자를 보내 항복을 해왔다. 그러나 가만히 살펴보면 둘 다 깊이 믿지 못할 구석이 많다. 누가 직접 주유의 진채로 들어가 그들 두 사람의 항복이 참으로 믿을 만한지 알아올 사람이 없는가?"
　그러자 장간이 나와 말했다.
　"제가 저번에 강동에 갔다가 아무 공도 이루지 못하고 도리어 승상께 해로움만 끼쳐드려 부끄럽기 짝이 없었습니다. 이번에 다시 한

번 저를 보내주십시오. 목숨을 버리게 되는 한이 있더라도 반드시 그 일을 잘 살핀 뒤 승상께 알려드리겠습니다."

자못 비장한 결의가 담긴 목소리였다. 조조는 지난번에 맛본 쓰라림도 잊고 기뻐하며 허락했다. 실은 조조 아래서 그나마 주유에게로 오갈 수 있는 이는 장간뿐이기도 했다.

이번에야말로 지난번의 실수를 메울 만한 공을 세우리라는 결심으로 장간은 다시 배에 올랐다. 배는 빠른 물살을 타고 곧 강남 주유의 진채에 이르렀다. 장간은 곧 사람을 보내 자기가 온 것을 주유에게 알리게 했다.

주유는 장간이 다시 자기를 보러 왔다는 말을 듣자 크게 기뻐했다.

"내가 이번에 공을 이루고 못 이루고는 오직 이 사람에게 달렸다!"

그렇게 중얼거리며 마침 함께 있던 노숙에게 가만히 시켰다.

"바라건대 방사원(龐士元)에게 가서 나를 좀 도와달라고 이르시오. 내가 시킨 대로만 해준다면 우리는 이미 조조에게 이겨놓은 것이나 다름없을 것이오."

그런 다음 방사원이 해야 할 일을 자세히 일러주었다.

방사원은 양양의 방통(龐統)으로 수경선생 사마휘가 봉추(鳳雛)라고 부르던 바로 그 사람이었다. 난리를 피해 강동으로 옮겨 살았는데, 노숙이 일찍부터 주유에게 그를 천거했으나 그는 어찌 된 셈인지 주유를 찾아보려 하지 않았다.

이에 하는 수 없이 주유가 먼저 노숙을 보내 방통에게 묻게 했다.

"조조를 쳐부수려면 어떤 계책을 써야 되겠습니까?"

"조조의 군사를 깨뜨리는 데는 불로써 공격하는 수밖에 없을 것이오. 하지만 넓은 강 위에서 요행 한 척의 배에 불을 지른다 해도 나머지 배들이 사방으로 흩어져버린다면 아무런 소용이 없소. 따라서 먼저 연환계(連環計)를 베푼 뒤에 화공을 써야 할 것이오."

방통이 가만히 일러주었다. 노숙이 물었다.

"연환계란 무엇입니까?"

"배와 배를 쇠고리로 연결하게 만드는 계책이오. 조조로 하여금 그렇게 하도록 달랠 수 있어야 하오."

노숙은 그 말이 얼른 이해되지 않았으나 어쨌든 들은 대로 주유에게 돌아가 전했다. 주유는 그 말을 전해 듣자 방통의 식견에 몹시 감복한 얼굴로 고개를 끄덕이다가 혼자말처럼 말했다.

"나를 위해 그 연환계를 베풀어줄 사람은 방사원이 아니고는 없으리라."

"조조의 간사한 꾀는 천하가 다 아는 터인데 방사원이 어떻게 그로 하여금 제 죽을 짓을 하도록 꾈 수 있겠습니까?"

듣고 있던 노숙이 답답한 듯 물었다. 그러자 주유도 그것까지는 생각해둔 게 없는지 문득 침울하게 입을 다물었다. 그리고 방통을 위해 알맞은 기회를 만들어보려고 생각하는 중인데 때맞추어 장간이 나타난 것이었다.

주유가 장간이 다시 온 것을 그토록 기뻐한 것은 바로 그를 이용해 방통을 조조에게 보낼 수 있다고 생각한 때문이었다. 따라서 한편으로는 노숙에게 계책을 주어 방통에게 보내고 다른 한편으로는 자신의 군막에 높이 앉아 장간을 불러들이게 했다.

장간은 주유가 나와 맞아들이지 않고 군막에 앉아서 불러들이자 은근히 걱정이 되었다. 전에 한 짓 때문에 주유가 아직 성내고 있는 게 아닌가 싶어서였다. 이에 장간은 몸을 빼칠 때에 힘들지 않게 자신이 타고 온 배를 구석지고 조용한 강 언덕에 매어두게 해놓고 주유가 있는 군막으로 갔다.

"자익(子翼)은 무슨 까닭으로 나를 그토록 심하게 속였는가?"

과연 주유는 들어서는 장간을 보고 얼굴빛이 변하도록 성이 나 꾸짖었다.

장간이 애써 태연함을 가장하며 웃음으로 얼버무렸다.

"나는 자네와 내가 지난날 형제처럼 지낸 정을 생각하고 마음속의 일을 털어놓고자 왔는데, 자네는 어찌 내가 자네를 속였다 말하는가?"

"자네는 나를 달래 조조에게 항복하게 만들려고 하지만 바닷물이 다 마르고 차돌이 썩어 문드러지지 않는 다음에야 될 일이 아니네. 그래도 지난번에는 옛정을 생각해서 한번 흠뻑 마시고 잠자리에까지 함께 들었는데 자네는 내 사사로운 문서를 훔친 뒤 작별도 않고 조조에게로 돌아가 그걸 바치지 않았는가? 그 바람에 우리 편이 되기로 했던 채모와 장윤이 죽고 일은 그릇되어 버렸네. 이제 다시 온 것도 틀림없이 좋은 뜻에서는 아닐 테지!"

주유의 목소리는 차고도 매서웠다.

그러고는 장간이 미처 무어라고 변명하기도 전에 자르듯 말했다.

"옛정을 돌아보지 않는다면 나는 자네를 한칼에 베어야 마땅하지만 이번만은 지난 일로 돌리겠네. 그러나 전처럼 자네를 우리 군중에 둘 수 없으니 그리 알게. 이제 하루 이틀이면 조조 그 역적 놈을 깨뜨리게 될 터인데 자네를 여기 그대로 두었다가 또 무슨 기밀을 빼내 갈지 어찌 아나?"

그뿐만이 아니었다. 주유는 그 자리에서 좌우를 보고 호령했다.

"어서 자익을 서산(西山)에 있는 암자로 보내 쉬게 하라. 내가 조조를 깨뜨린 뒤에 강을 건너 돌아가도 늦지 않으리라."

그래도 장간은 다시 무어라고 변명해보려 했으나 주유는 거들떠보지도 않고 장막 뒤로 사라져버렸다.

주유의 명을 받은 군사들은 곧 장간을 말에 태워 서산 뒤편에 있는 암자로 데려갔다. 말이 쉬게 하라는 것이지 실은 가두어놓는 것이나 다름없었다.

군사 둘을 남겨 언제나 장간을 지키게 한 까닭이었다.

장간의 마음속이 시름과 불안으로 가득하니 자고 먹는 것 또한 편할 리 없었다. 그럭저럭 한낮을 보내고 밤이 되었으나 잠을 이루지 못해 방을 나섰다.

장간은 별이 총총한 하늘을 이고 홀로 암자 뒤뜰을 거닐었다.

얼마를 그렇게 거닐었을까, 장간은 문득 멀지 않은 곳에서 글 읽는 소리를 들었다. 맑고 우렁찬 목소리가 얼른 듣기에도 예사 사람의 그것 같지 않았다.

장간은 그 목소리를 따라 천천히 걸음을 옮겼다. 얼마 가지 않아 산 속 바위 언덕에 짚으로 이엉을 한 집이 한 채 있는데, 그 방 가운데 하나에서 등불이 새어나오고 있었다. 장간이 가만히 문틈으로 엿보니 한 사람이 벽에 칼을 걸어놓고 등불 앞에 앉아 손자와 오자의 병서를 읽고 있었다.

'이 사람은 반드시 산속에 숨어 사는 이인(異人)일 것이다.'

장간은 속으로 그렇게 생각하고 문을 두드려 주인에게 보기를 청했다. 그 사람이 문을 열고 나와 맞이하는데 과연 생김이나 몸가짐이 속되지 아니했다.

"글 읽는 소리가 하도 낭랑해 예가 아닌 줄 알면서도 감히 뵙기를 청했습니다. 선생의 크신 이름을 들려주십시오."

장간이 물었다. 그 사람이 겸손하게 대답했다.

"재주는 모자라고 덕도 없어 이렇게 구차스레 지내는 저를 그토록 높이 보아주시니 실로 몸둘 바를 모르겠습니다. 이 하찮은 몸의 성은 방(龐)이며 이름은 통(統)이요 자는 사원(士元)이라 합니다."

"그렇다면 바로 봉추선생이 아니십니까?"

장간이 놀라 되물었다. 봉추가 빙긋 웃으며 고개를 끄덕였다.

"그렇습니다."

"크신 이름을 들은 지는 오래됩니다만 선생께서 이런 궁벽한 곳에 숨어 계실 줄은 몰랐습니다. 동오가 어찌 선생 같은 분을 이렇게 썩이고 있는지 알 수 없습니다그려."

방통같이 세상이 다 알아주는 재주를 가진 이가 그렇게 지내는 게 이상해 장간이 슬며시 떠보았다. 방통의 얼굴이 문득 굳어지며 노여움이 섞인 말로 받았다.

"주유란 자는 제 재주만 믿고 사람을 받아들일 줄 모릅니다. 실은 제가 이렇게 숨어 사는 까닭도 바로 거기 있습니다. 그런데 공은 뉘시오?"

"저는 장간이라고 합니다."

"제가 세상을 잘 알지 못해 아직 크신 이름을 들어보지는 못했습니다만 어쨌든 들어오십시오."

방통은 전혀 장간을 모르는 체 시치미를 떼며 암자 안으로 끌어들였다. 한동안 이런저런 얘기를 나누던 끝에 장간이 문득 한걸음 다가앉으며 방통에게 말했다.

"선생 같은 재주로 어디를 가신들 이롭지 않을 리 있겠습니까? 차라리 조조에게로 가보시지요. 만약 선생께서 그리로 가실 뜻이 있다면 제가 마땅히 다리를 놓아드리겠습니다."

은근하기가 그지없는 목소리였다. 방통이 탄식 섞어 대답했다.

"나 또한 강동을 떠날 마음을 먹은 지는 오래되었소이다만 마땅한 곳이 없어 머뭇거리고 있었소. 공께서 이왕 나를 이끌어주실 마음이 있으시다면 당장 떠나도록 합시다. 질질 끌다가 주유의 귀에 이 일이 들어가기라도 하는 날에는 반드시 해를 입게 될 것이오."

장간 또한 더 머뭇거려야 할 까닭이 없었다. 그날 밤으로 방통과 나란히 산을 내려와 원래 타고 온 배가 묶여 있는 강가로 갔다. 일이 되느라고 그런지 주유가 딸려 보낸 군사들도 어디로 갔는지 보이지 않았다.

강가에 이르러 배를 찾아낸 장간과 방통은 나는 듯 배를 띄워 강북으로 갔다. 조조의 진채에 이르자 장간이 먼저 조조를 찾아보고 그동안 있었던 일을 낱낱이 알렸다. 조조는 그 유명한 봉추선생이 왔다는 말을 듣자 몸소 장막을 나와 방통을 맞아들였다.

주인과 손님이 각기 자리를 정해 앉은 뒤에 조조가 간곡하게 말했다.

"주유는 나이가 어린 데다 재주만 믿고 함부로 무리를 다루며 남의 좋은 계책에 귀를 기울이지 않는다더니 과연 그러하구려. 선생 같은 이를 불러 쓸 줄 모른다니 참으로 한심하외다. 이 조조는 선생의 크신 이름을 일찍부터 듣고 있었으나 서로 몸을 두고 있는 곳이 달라 감히 청해볼 엄두를 내지 못했소. 그런데 이제 다행히도 이렇게 찾아주셨으니 바라건대 아낌없이 이 몸을 가르치고 깨우쳐주시오."

그러나 방통은 그 말에 대답하는 대신 다른 것을 청했다.

"저는 오래전부터 승상께서 군사를 부리는 데 법도가 있다는 말을 들었습니다. 먼저 승상의 군용(軍容)을 한번 보았으면 합니다만……."

어떻게 들으면 조조의 용병법을 한번 본 뒤에 주인으로 삼을지 않을지를 정하겠다는 뜻일 수도 있었으나 조조는 개의치 않았다. 그저 봉추선생을 얻게 되었다는 것만이 기뻐 얼른 말을 준비하게 한 뒤 함께 말 머리를 나란히 하여 진채를 구경시켜주었다. 높은 곳에 올라 조조의 진채를 두루 살펴본 방통이 천천히 입을 떼었다.

"산기슭에서 숲을 의지했으면서도 앞뒤를 고루 헤아리고 있습니다. 거기다가 들고 나는 데 문(門)이 있고 나아감과 물러남이 한가지로 합당한 이치에 따랐습니다. 비록 손자와 오자가 되살아나고 사마양저(司馬穰苴)가 다시 나타난다 해도 이보다 더 낫지는 못할 것입니다."

병가가 들을 수 있는 최대의 칭송이었다. 조조가 도리어 겸손을 보이며 방통의 말을 받았다.

"선생께서는 치켜세움이 지나치십니다. 오히려 모자라는 곳이나

86

가르쳐주십시오."

그리고 이번에는 수채로 방통을 이끌었다. 방통이 보니 스물네 개
의 진문을 벌여 큰 싸움배를 늘여 세웠는데 마치 든든한 성곽 같았
다. 그리고 중간치와 작은 싸움배는 그사이를 골목 드나들 듯하고
있는데 또한 그 움직임이 앞뒤가 가지런했다.

"승상의 용병이 이 같으니 과연 이름이 헛되이 전하는 법은 없는
것 같습니다그려."

방통이 그렇게 말하더니 홀연 강남을 손가락질하고 껄껄 웃으며
소리쳤다.

"주랑(周郎)아, 주랑아, 너는 반드시 망하고 말겠구나!"

그 말을 듣자 조조는 크게 기뻤다. 자신 없는 수채까지도 그토록
칭찬을 듣고 보니 정말로 강남이 이미 자기 손안에 들어와 있는 듯
한 기분이었다.

조조는 다시 방통을 데리고 자신의 장막으로 돌아가 술을 내오게
하고 함께 마셨다. 얘기는 절로 싸움에 관한 것이 되었는데, 방통은
높은 견식과 뛰어난 말재주로 그야말로 물 흐르듯 조조의 말에 대답
했다. 조조는 더욱 마음속으로 감복했다. 뜻밖으로 훌륭한 인재를
거두게 되었다 싶어 한층 대접이 은근했다.

그럭저럭 여러 순배 술이 돌았다. 방통이 문득 거짓으로 취한 체
하며 조조에게 물었다.

"감히 묻습니다만 군중에 좋은 의자(醫者)가 있습니까?"

"갑자기 의자는 왜 찾으시오?"

조조가 까닭을 몰라 물었다. 방통이 지나가는 듯한 말로 대답했다.

"수군은 원래가 병이 잦게 마련입니다. 반드시 좋은 의자를 얻어 그 병을 다스려야 합니다."

조조에게는 그냥 지나칠 수 없는 말이었다. 때마침 조조의 군사들 사이에는 물과 풍토가 맞지 않은 탓인지 토악질하는 병이 나돌아 목숨을 잃은 자가 적지 않았다. 그러잖아도 그 일을 걱정하고 있는데 방통이 그런 소리를 하니 어찌 그대로 흘려들을 수 있겠는가.

"실은 나도 그게 걱정이오. 좋은 의자를 구하는 일도 급하지만, 더 급한 것은 군사들이 병들지 않게 하는 일이외다. 어떻게 하면 그게 되겠소?"

조조는 간절한 기대로 방통에게 물었다.

"방법이야 왜 없겠습니까만······."

방통은 그렇게 뜸을 들여놓고 넌지시 말했다.

"승상께서 수군을 조련하는 법은 몹시 묘하나 다만 한 가지 애석한 것은 그게 온전치 못하다는 것입니다."

"어떻게 해야 온전해지겠소?"

조조가 바싹 매달리듯 하며 물었다. 그러나 방통은 조조가 한 번 더 묻기를 기다린 뒤에야 입을 열었다.

"제게 한 가지 계책이 있습니다. 그대로만 하신다면 대소의 수군이 병이 나지 않을 뿐만 아니라 편안하게 공을 이룰 수 있을 것입니다."

역시 물은 말에 대한 대답은 아니었다. 그래도 조조는 묘책이 있다는 데 우선 기뻤다. 입이 함지박만큼 벌어지며 물었다.

"그 묘책이 무엇이오?"

이제 방통의 말이라면 팥으로 메주를 쑨다 해도 믿을 판이었다. 그제야 방통은 짐짓 미뤄오던 답을 일러주었다.

"대강은 여느 강과 달라 조수가 들고 나며 풍랑이 그치지 않습니다. 북쪽에서 온 군사들은 배를 많이 타보지 않은 까닭에 그같이 심하게 흔들리는 배에서는 멀미를 하게 되고 그 배 멀미가 거듭되면 마침내 병이 나게 되는 것입니다. 크고 작은 배를 서른 척이나 쉰 척을 한 떼로 삼아 뱃머리와 꼬리를 쇠사슬로 든든하게 묶으십시오. 그리고 그 사슬 위로 널빤지를 깔아 두면 배와 배 사이를 사람이 지나다닐 수 있을 뿐만 아니라 말이 달릴 수도 있을 것입니다. 그뿐이겠습니까? 그렇게 한 배를 타고 나아가면 설령 풍랑이 높이 인다 해도 두려워할 게 없습니다. 마치 땅 위에 있는 것처럼 흔들림이 없어 아무리 북쪽에서 온 군사라도 배 멀미를 모르게 될 것입니다."

조조가 들어보니 정말로 기가 막힌 묘책이었다. 이에 평소의 위엄도 잊고 앉은 자리에서 내려앉으며 고마움을 표시했다.

"선생의 묘책이 아니었던들 제가 어떻게 동오를 깨뜨릴 수 있겠습니까?"

"얕고 어리석은 소견으로 한번 생각해본 것일 뿐입니다. 승상께서 한 번 더 살펴보시고 알아서 처리하십시오."

방통은 짐짓 그렇게 일러주어 조조를 더욱 의심할 수 없도록 만들었다.

조조는 곧 영을 내려 군중에 있는 대장장이들을 모두 불러들이고 밤낮없이 쇠사슬과 큰 못을 만들게 했다. 모든 배를 서로 얽어놓기 위한 것들이었다. 지긋지긋한 배 멀미에 시달리고 있던 조조의 군사들은 그 소식을 듣자 한결같이 기뻐했다.

방통은 자기 뜻대로 되었으나 거기서 그치지 않고 다시 조조에게
말했다.

"제가 보니 강좌(江左)의 호걸들 가운데는 주유에게 한을 품은 이
들이 적지 않아 보였습니다. 제가 세 치 혀를 놀려 그들을 달래 모두
승상께 항복해 오도록 해보겠습니다. 그렇게 되면 주유는 홀로 남겨
져 달리 도움을 빌 데도 없으니 반드시 승상께 사로잡히게 될 것입
니다. 또 주유가 이미 승상께 사로잡힌다면 유비 따위야 무슨 걱정
거리가 되겠습니까?"

자신의 몸을 안전한 곳으로 빼낼 뿐만 아니라 이미 주유가 조조
를 상대로 펼치고 있는 사항계(詐降計)를 은근히 돕는 계책이었다.
그러나 조조는 그런 방통을 조금도 의심하지 않고 감사하기에만 바
빴다.

"선생께서 그렇게 하여 큰 공을 이루시기만 한다면 이 조조는 천
자께 상주하여 선생을 삼공의 열에 오르도록 하겠소."

그 같은 조조를 방통은 비정하리만큼 철저하게 농락했다.

"나는 부귀를 위해서가 아니라 다만 뭇 백성들을 구하기 위해서
이 일을 하고 있습니다. 승상께서 주유를 사로잡고 강을 건너시더라
도 결코 죄 없는 백성을 함부로 죽여서는 아니 되십니다."

아무리 의심이 많다 한들 이같이 공명정대한 사람을 조조가 어찌
의심할 수 있겠는가. 조조는 맹세하듯 방통에게 다짐했다.

"나는 하늘을 대신해 이번 일을 하고 있소이다. 어찌 함부로 백성
들을 죽이겠소?"

그때 다시 방통은 주유가 채중, 채화의 거짓 항복을 알아보던 것에 생각이 미쳤다. 주유는 그 가족이 조조의 진중에 있는 걸로 미루어 그들의 항복이 거짓이라는 걸 알아차렸다. 방통은 자신의 가족이 강남에 있다는 것으로 조조의 의심을 사서는 큰일이라 싶어 선수를 쳤다.

　"승상께서 제게 방문 한 장만 내려주십시오."

　조조에게 절하며 물러나던 방통이 문득 생각났다는 듯 그렇게 청했다. 조조가 어리둥절해 물었다.

　"방문이라니. 어떤 방문을 말하시오?"

　"제 가솔들이며 일가붙이를 안심케 하기 위한 것입니다. 제가 승상께 온 줄도 모르고 겁에 질린 나머지 주유를 돕게 되면 그 아니 낭패이겠습니까?"

　그제야 조조도 방통의 가족에 생각이 미쳐 물었다.

　"선생의 가솔들은 지금 어디에 계시오?"

　"여기저기 강변에 흩어져 살고 있습니다만 승상의 방문 한 장이면 모두 보존할 수 있겠습니다."

　방통이 스스로 그렇게 밝히고 나서니 그 가솔이 비록 강남에 있다 해도 의심할 겨를이 없었다. 곧 방통의 가솔 및 그 종족들을 안심시킬 방문 한 통을 써서 방통에게 내주었다. 방통은 다시 한번 절하여 물러나며 조조에게 당부했다.

　"제가 떠난 뒤 되도록이면 빨리 군사를 내도록 하십시오. 시일을 끌어 주유가 이 일을 알게 해서는 아니 됩니다."

　그 또한 너무도 당연한 말이라 조조는 고개를 끄덕이지 않을 수 없었다. 그런데 조조와 작별한 방통이 강가에 이르러 막 배에 오르려 할 때였다. 홀연 강 언덕에서 도포에 대나무로 얽은 관을 쓴 사람 하나가 나타나 방통의 옷깃을 잡아채며 꾸짖었다.

"너희가 실로 간이 커도 이만저만이 아니로구나! 황개는 고육계를 쓰고 감택은 거짓 항서를 올리더니, 이제 너는 예까지 와 연환계를 일러주고 가는구나. 모조리 태워 없애려는 수작이지? 하지만 안 된다. 너희들이 비록 모질고 독한 솜씨를 부려 조조는 속였을지언정 나를 속이지는 못하리라!"

동오의 움직임을 마치 손바닥 안 들여다보듯 훤히 알고 하는 것 같은 소리였다. 그 말에 방통은 눈앞이 아뜩하고 넋이 산산이 흩어지는 느낌이었다. 털썩 주저앉고 싶은 마음을 애써 가라앉히고 돌아서서 보니 그 사람은 다름 아닌 서서였다.

방통은 그가 옛 친구임을 알아본 뒤에야 겨우 정신을 수습해 사방을 돌아보았다. 다행히 부근에는 아무도 없었다.

"자네가 내 계책을 조조에게 말해주어 어그러져버리게 한다면 강남 여든한 고을 백성들이 실로 불쌍하게 되네. 그들의 목숨이 모두 자네에게 달렸으니 알아서 하게!"

겨우 마음을 놓은 방통이 서서에게 매달리듯 말했다. 서서가 약간 웃음기 머금은 얼굴이 되어 대꾸했다.

"이편의 팔십삼만 인마의 목숨은 또 어떻게 하고?"

"그렇다면 자네는 정말로 나의 계책을 깨뜨려버릴 작정인가?"

애가 탄 방통이 바짝 다가서며 물었다. 그제서야 서서가 정색을 하며 말했다.

"염려 말게. 일찍이 나는 유황숙께 두터운 은혜를 입었던 사람이 아닌가? 아직껏 한번도 거기에 보답할 생각을 잊어본 적이 없네. 거기다가 조조는 내 어머니를 핍박하여 돌아가시게 한 원수가 아닌가? 일찍이 내가 말한 대로 그를 위해서는 평생 단 하나의 계책도 내놓지 않을 것이네! 그런 내가 이제 어찌 자네의 그 좋은 계책을 깨뜨릴 리 있겠는가? 다만 나도 조조의 군중에 있는 만큼 조조가 싸움에 한번 지고 나면, 동오 쪽 사람들이 돌과 옥을 가리지 않고 이쪽을 마구 죽일 것인즉 나 또한 면하기 어려울 것 같네. 자네는 내가 조조에게서 몸을 빼낼 마땅한 계책이나 하나 일러주게. 그러면 나는 입을 다물고 멀리 피해버리겠네."

그 말을 듣자 비로소 방통의 얼굴에도 웃음기가 살아났다.

"원직(元直) 자네처럼 높은 식견과 긴 안목을 가진 사람이 그만 일을 가지고 어찌 어렵다 하는가?"

이윽고 방통이 빙긋이 웃으며 물었다. 이번에는 서서가 궁한 쪽이 되어 매달리듯 말했다.

"정말로 마땅한 계책이 없어 그러네. 바라건대 좋은 가르침을 내려주게."

"정히 그렇다면 내 한 방도를 일러주지."

서서가 진심으로 하는 말이란 걸 알아들은 방통은 그렇게 말한 뒤 서서의 귀에 대고 몇 마디 일러주었다. 부근에는 아무도 없는 걸 알지만 그래도 조심을 하느라고 귀엣말을 한 것이었다.

방통이 무슨 말을 했는지 듣기를 다한 서서는 몹시 기뻐했다. 방통은 절까지 하며 고마워하는 서서를 뒤로 하고 배에 올랐다. 한시

바삐 호랑이 굴 같은 조조의 진채를 벗어나 강동으로 돌아가기 위함이었다.

한편 조조의 진중으로 돌아온 서서는 그날 밤 가까운 사람 몇을 몰래 불러 진중에 헛소문을 퍼뜨리게 했다. 동탁이 죽은 뒤 서량을 근거로 만만찮은 세력을 기른 마등과 한수를 이용한 것이었다.

이런저런 일로 그러잖아도 마음이 어수선하던 조조의 군사들이라 그 헛소문은 더욱 기세 좋게 번져나갔다. 그리하여 다음 날이 되자 군사들은 두셋만 모이면 머리를 맞대고 무언가를 수군거렸다. 군사들의 그런 심상찮은 거동이 조조에게 알려지지 않을 리 없었다. 오래잖아 그 내용을 알아낸 장수 하나가 조조에게 달려가 알렸다.

"서량주의 마등과 한수가 모반하여 허도로 군사를 몰고 짓쳐들어 오고 있다는 소문이 군사들 사이에 파다하게 떠돌고 있습니다."

그런데 그 무슨 패신(敗神)에 홀린 것일까. 조조는 평소의 세밀함에 걸맞지 않게 소문의 진상을 캐보는 대신 놀라기부터 먼저 했다. 곧 여러 모사들을 불러모은 뒤 걱정스레 의논을 시작했다.

"내가 남쪽으로 군사를 내면서 마음속으로 가장 걱정한 게 바로 마등과 한수였소. 군중에 떠도는 말이 비록 참인지 거짓인지 가려낼 길은 없지만 그 둘을 막을 계책을 세우지 않을 수 없구려."

어쩌면 방통은 그 같은 조조의 심정을 미리 헤아리고 그 계책을 서서에게 일러주었는지도 모를 일이었다. 조조의 말이 끝나기도 전에 서서가 기다렸다는 듯이 나서며 말했다.

"이 서(庶)는 승상의 녹을 먹으면서도 아직껏 한 치 공도 세우지 못해 보답을 못했습니다. 바라건대 제게 삼천 군마만 내려주십시오.

밤낮을 가리지 않고 산관(散關)으로 달려가 그 험한 목을 지키겠습니다. 긴급한 일이 생기면 곧 승상께 기별을 올려 남북이 서로 호응할 수 있게 할 터이니 바라건대 서량의 일은 제게 맡겨주십시오."

서서의 그 같은 말에 조조는 기뻤다. 그때껏 입 한번 제대로 열지 않던 서서가 스스로 어려운 일을 맡고 나선 까닭이었다. 이제 서서의 마음도 돌아서는가 싶어 두번 생각해보지도 않고 허락했다.

"만약 원직이 가준다면 내가 무슨 걱정이 있겠소? 산관에도 또한 군사들이 있으니 함께 거느리도록 하고 여기서는 우선 삼천의 마보군만 이끌고 떠나도록 하시오. 장패를 선봉으로 삼고 밤낮으로 달려간다면 늦어서 일을 그르치지는 않게 될 것이오."

이에 서서는 조조에게 작별하고 장패와 더불어 산관으로 떠나갔다. 방통이 헤아린 대로 아무런 어려움이 없이 조조와 그의 대군이 오래잖아 겪게 될 참화로부터 벗어난 것이었다.

한편 조조는 서서를 보내자 적이 마음이 놓였다. 북방의 일은 잊어버린 듯 자신이 거느린 진채를 돌아보는데, 먼저 말에 올라 강가에 있는 보군의 영채부터 살폈다. 과장은 있다 해도 수십만에 이르는 대군이 강을 따라 즐비하게 영채를 차리고 있는 광경은 자못 볼만했다.

조조는 흡족한 마음으로 수채마저 살폈다. 큰 배 한 척을 내어 중앙에 대장기[帥字旗]를 높이 걸고 양쪽으로 진을 이뤄 벌여 선 배들 사이를 지나는데, 때는 건안 십이년 겨울인 동짓달 보름이었다. 수천의 활과 쇠뇌를 감추어 실은 큰 배 위에 높이 앉아보니 자신의 수채 또한 위용이 그럴듯했다. 거기다가 날은 맑고 포근한데 바람 한

점 없어 물결마저 고요하기 그지없었다.

이래저래 호기가 솟고 흥이 오른 조조가 문득 영을 내렸다.

"큰 배 위에 술을 내고 풍악을 마련하라. 오늘 밤에는 거기서 모든 장수들과 함께 흠뻑 마시리라."

이윽고 해가 지자 동편 산 위로 보름달이 솟았다. 밝기가 마치 해가 뜬 듯하여 장강 일대에는 흰 비단이 펼쳐진 것처럼 보였다. 조조는 배 위 높은 곳에 앉아 좌우를 둘러보았다. 수백의 문무 관원이 늘어섰는데, 문관은 모두가 수놓은 비단옷이요, 무관은 한결같이 칼을 차거나 창을 짚고 있었다.

그들이 각기 차서(次序)에 따라 자리를 잡고 앉자 조조는 다시 눈길을 돌려 사방을 바라보았다. 남병산(南屏山)이 그린 듯 떠 있는 동쪽으로는 시상 부근이 아련히 눈에 들어왔고 서쪽에는 하구로부터 흘러오는 물이 보였다. 남쪽으로는 번산(樊山)이 북쪽으로는 오림(烏林)이 있으되 사방 어디를 둘러봐도 탁 트여 넓기 그지없었다.

그 같은 경색의 아름다움에다 이제 며칠 안으로 그 모두가 자신의 호령 아래 들어서게 된다는 생각에 조조의 마음은 흥겹고도 즐거웠다.

"내가 의로운 군사를 일으킨 이래 나라를 위해 흉악한 무리를 없애고 해로움을 뿌리 뽑으며 맹세하고 바란 바는, 사해를 깨끗이 하여 천하를 평안하게 하는 것이었다. 그러하되 아직 손에 넣지 못한 땅이 있으니 바로 이 강남이다. 나는 이제 백만의 대군을 거느린 데다 내 명을 받들어 일할 그대들까지 내 곁에 있다. 비록 장강이 험하다 해도 공을 이루지 못할 까닭이 어디 있겠는가? 강남을 평정하고 천하가 조용해진 뒤에는 그대들과 더불어 부귀를 누리며 온 누리가 태평함을 즐기리라!"

조조가 그렇게 호기를 부리자 문무의 관원들이 일제히 일어나 맞장구를 쳤다.

"바라건대 하루바삐 개가를 올리도록 하옵소서. 저희들은 죽을 때까지 승상께 의지해 복덕을 누릴 것입니다."

그 말에 더욱 흥이 난 조조는 좌우를 재촉해 모두에게 술을 돌리게 했다. 밤이 깊어지자 조조가 술이 올라 남쪽 언덕을 가리키며 비웃듯 소리쳤다.

"주유, 노숙아, 어찌 그리도 천시를 모르느냐? 이제 다행히 투항해 온 이들이 있어 너희는 배와 가슴에 큰 병을 품은 꼴이 되었다. 이게 하늘이 나를 돕는 게 아니고 무엇이겠느냐?"

순유가 그런 조조를 급히 일깨워주었다.

"승상께서 함부로 그런 소리를 하셔서는 아니 됩니다. 그 일이 밖으로 새어나갈까 두렵습니다."

"자리에 앉은 그대들이나 곁에서 시중드는 사람들은 모두 내가 마음으로 믿는 이들이다. 의심할 게 무어 있겠는가?"

조조는 크게 웃으며 그렇게 순유의 말을 받은 뒤 다시 하구 쪽을 가리키며 소리쳤다.

"유비하고 제갈량도 들어라. 너희는 어찌 땅강아지나 개미 새끼만도 못한 힘으로 감히 태산을 헐어보려 하느냐? 참으로 어리석구나!"

그런 다음 다시 여러 장수를 돌아보며 술주정인지 속마음인지 모를 소리를 거침없이 쏟아냈다.

"내 나이 이제 쉰넷이나 강남을 얻게 되는데 은근히 기쁜 일이 하나 더 있다. 지난날 교공(喬公)과 내가 매우 가까운 사이였을 때, 나는 그 두 딸이 모두 빼어나게 아름다운 걸 보고 은근히 탐낸 적이 있다. 그런데 뒷날에 이르러 뜻밖에도 그 두 딸은 손책과 주유에게 각기 시집을 가고 말았다. 나는 그걸 늘 애석하게 여겼으나 이번에 장수(漳水)가에 새로 동작대(銅雀臺)를 세우면서 속으로 다짐한 게 있다. 강남을 얻으면 마땅히 교공의 두 딸을 데려와 그 대 위에다 두고 노년을 즐기리란 것인 바, 이제 그 소원을 풀게 되었다."

조조가 그렇게 말하고 다시 한번 호탕하게 웃는데 홀연 까마귀 한 마리가 남쪽으로 날아가며 울었다. 그게 불길하게 들렸던지 조조가 문득 웃음을 거두며 물었다.

"저 까마귀가 어찌하여 밤에 우느냐?"

"달이 너무 밝아 날이 샌 줄 알고 둥지를 떠나 날며 운 것 같습니다."

좌우에 있던 사람들이 좋게 해석해 대답했다. 그러자 조조는 무엇이 좋은지 다시 큰 소리로 계속해 웃는데 몹시 취한 듯했다.

한참 뒤에 갑자기 몸을 일으킨 조조는 날이 크고 긴 창[槊]을 들어 뱃머리에 꽂고 술을 강에 부어 제례[奠]로 삼았다. 하신(河神)에게 머지않은 싸움에서의 승리를 비는 것 같았다. 그런 다음 석 잔을 거듭 마신 조조는 뱃머리에 꽂았던 창을 뽑아 비껴들고 여러 장수들에게 말했다.

"나는 이 창으로 황건적을 깨뜨리고 여포를 사로잡았으며 원술을 없애고 원소의 땅을 되찾았다. 위로는 깊이 새북(塞北)이요, 옆으로는 멀리 요동까지 천하를 종횡하는 동안 이 창은 한번도 대장부의 뜻을 저버리지 않았다. 그런데 이제 아직껏 뜻대로 하지 못한 이 땅과 그 경물을 바라보고 있으니 어찌 강개가 없겠느냐? 내 이제 노래를 지어 그 뜻을 드러내보고자 하거니와 그대들도 함께 어울려 이 노래를 받아보도록 하라."

그러고는 소리 높여 노래했다.

술잔은 노래로 마주해야 하리	對酒當歌
우리 살이 길어야 얼마나 되나	人生幾何
견주어 아침이슬에 다름없건만	譬如朝露
가버린 날들이 너무 많구나	去日無多
하염없이 강개에 젖어보지만	慨當以慷
마음속의 걱정 잊을 길 없네	憂思難忘
무엇으로 이 시름 떨쳐버릴까	何以解憂
오직 술이 있을 뿐이로다	惟有杜康

(杜康, 원래 옛적 술을 잘 담그던 사람)

푸르른 그대의 옷깃	青青子衿
아득히 그리는 이 마음	悠悠我心
오직 그대로 하여	但爲君故
이리 생각에 잠겨 읊조리네	沈吟至今
사슴의 무리 서로를 불러	呦呦鹿鳴
들의 쑥을 뜯는구나	食野之草
나에게 귀한 손님 있어	我有嘉賓

거문고와 피리로 즐기네   鼓瑟吹笙

　거기까지 듣고 있던 하후돈의 얼굴에 문득 감개의 빛이 어렸다. 임협의 거칠고 분방한 젊은 날을 청산하고, 효렴에 추천되어 낙양으로 올라온 청년 조조의 모습이 떠오르고, 이어 울분과 좌절을 술로 달래던 시절이 눈앞에 어른거렸다. 그러던 어느 날인가 조조는 그에게 그 노래를 들려준 적이 있었다. 그러나 아직 다 끝나지 않았다는 말과 함께 거기까지만 들려주었는데 이제 그 나머지를 듣게 된 것이었다.
　무언가를 기다리고 있는 데서 중단되었던 그 노래가 내일이면 천하를 모두 움켜지게 될 이 밤, 어떻게 끝을 맺게 될지 하후돈은 궁금하지 않을 수 없었다. 다른 장수와 모사들도 궁금하기는 마찬가지였다. 천하가 모두 평정된 뒤에 조조의 뜻이 어디에 있는가는 그들 모두의 운명과도 직결되어 있었기 때문이었다. 조조의 노래는 계속되었다.

밝고 밝은 저 달빛   皎皎如月
어느 날에 비추임을 그칠까   何時可輟
그 달빛 따라오듯 이는 시름   憂從中來
끊을 수가 없구나   不可斷絶

논둑길 넘고 밭둑길 건너   越陌度阡
그릇되이 서로 헤어져 있네   枉用相存

헤어짐과 만남 함께 이야기하며	契闊談讌
마음은 옛정을 떠올린다	心念舊恩
달은 밝고 별 드문데	月明星稀
까막까치 남으로 나네	烏鵲南飛
나무를 세 번 둘러봐도	繞樹三匝
의지할 가지 하나 없구나	無枝可依
산은 높음을 싫어하지 않고	山不厭高
물은 깊음을 싫다 않으리	水不厭深
주공은 입에 문 것 뱉어가며	周公吐哺
힘써 천하 인심을 얻었네	天下歸心

노래가 끝나자 모두 즐겁게 따라 불렀다. 조조의 속마음이야 어떠 하든, 적어도 그 노래에서 드러나는 그의 뜻은 손님을 맞기 위해 밥 먹다가 세 번이나 입에 문 것을 뱉고 일어섰다는 주공(周公)에 머물 러 있었기 때문이었다. 문신이든 무관이든 오랫동안 이상의 인물로 배워온 주공을 본받으려는 주인을 섬긴다는 것은 어쨌든 기쁨이 아 닐 수 없었다.

그런데 그 화기애애한 자리에서 뜻밖의 참사가 일어났다. 문득 거 기 앉아 있던 이들 중에 하나가 일어나 조조에게 이렇게 물은 것이 화근이었다.

"대군이 싸움을 앞두고 서로 맞서 있는 마당에 승상께서는 어찌하여 이토록 불길한 노래를 부르십니까?"

모든 사람이 놀라 보니 오랫동안 조조를 섬겨오며 여러 가지로 공이 많은 유복(劉馥)이란 선비였다. 조조가 여전히 창을 비껴든 채 흥이 싹 가신 얼굴로 되물었다.

"내 노래 중에 어디가 불길하단 말인가?"

"달은 밝고 별 드문데 까막까치 남으로 나네. 나무를 세 번 둘러봐도 의지할 가지 하나 없구나'란 구절이 바로 불길한 소립니다."

유복이 눈치 없이 제 곧은 것만 믿고 그렇게 대답했다. 조조는 그 말을 듣자마자 불같이 노해 들고 있던 창을 유복에게 내지르며 소리쳤다.

"네 어찌 내 흥을 깨느냐!"

창은 그대로 유복의 가슴을 꿰뚫어 한소리 짤막한 비명과 함께 유복은 그 자리에서 숨을 거두었다.

원래 조조가 노래한 그 구절은 남쪽으로 도망간 유비와 손권을 아울러 비웃은 것이었다. 그런데도 유복은 그것을 뜻만으로 따져 거꾸로 조조 쪽에다 끌어 붙이고 불길한 소리로 해석해버리니 조조가 어찌 노하지 않겠는가. 거기다가 오를 대로 오른 술기운까지 겹쳐 그처럼 참혹한 일이 벌어지고 말았다.

하지만 융통성이 좀 모자라긴 해도 유복은 그만 죄로 조조가 마구 죽일 수 있는 사람이 아니었다. 그는 패국 상현 사람으로 자를 원영(元穎)이라 썼는데, 그때는 양주 자사(刺史)로 조조를 따르고 있었다. 합비에서 몸을 일으킨 이래, 난리로 있으나마나 하게 된 양주의 다스림을 바로잡고, 흩어진 백성들을 모아 학교를 세우며 널리 둔전

(屯田)을 실시케 하여 조조의 세력이 그곳까지 미치게 한 공신 중의
하나였다.

그런 그가 말 한마디 잘못한 죄로 눈앞에서 피를 쏟으며 죽으니
술자리가 제대로 이어질 리 없었다. 모두 술이 확 깬 얼굴로 술렁거
리다가 조조의 눈치를 보아가며 흩어졌다.

모든 것을 갖추었으되
동풍이 없구나

이튿날 술에서 깨어난 조조도 유복을 죽인 일을 후회하여 마지않았다. 유복의 아들 유희가 부친의 시체를 거두어 장례 지낼 수 있도록 해달라고 청하자 울며 말했다.

"내가 어제 그만 술에 취해 죄 없는 너의 아버님을 죽였다. 실로 뉘우쳐도 어찌할 길이 없구나. 다만 장례라도 삼공의 예로 후하게 치르려 하니 부디 내 정성을 물리치지 말아다오."

그러고는 군사를 뽑아 운구에 호위로 붙여주며 그 고향에 돌아가 장례를 치를 수 있도록 그날로 유희를 돌려보냈다.

유복의 죽음으로 침울해진 군중의 분위기가 그 유자(遺子)에 대한 조조의 뉘우침 가득한 사죄와 이례적일 만큼 후한 장례로 좀 가라앉은 다음 날이었다. 수군 도독인 모개와 우금이 조조의 장막을 찾아 말했다.

"크고 작은 배들에 실을 것은 다 갖춰 실었고, 또 쇠고리로 연결하여 그 위에 널판을 까는 일도 마쳤습니다. 깃발이며 싸움에 쓰이는 기구들도 하나하나 빠짐없이 채비를 해두었으니 바라건대 승상께서 한번 살펴보시고 곧 군사를 내도록 하십시오."

말하자면 싸움에 앞서 마지막 점검을 해보자는 뜻이었다.

조조도 그 말을 옳게 여겨 그날로 진병을 앞둔 조련을 해보기로 했다. 조조는 수군 한가운데 자리 잡은 큰 배 위에 올라 여러 장수들을 불러놓고 영을 내렸다.

"물에서 싸우는 군사와 뭍에서 싸우는 군사는 각기 다섯 가지 색을 가진 깃발로 표시를 삼는다. 수군의 가운데 부대는 누른 기를 쓰며 모개와 우금이 이끈다. 수군 전군은 붉은 기를 쓰며 장합이 이끌고 후군은 검은 기를 달아 여건이 이끈다. 좌군은 푸른 기를 달아 문빙이 이끌며 우군은 흰 기를 달아 여통이 이끈다.

또 마보군의 앞장은 붉은 기를 쓰며 서황이 이끌도록 하고 뒤는 검은 기를 쓰며 이전이 이끈다. 왼쪽은 푸른 기를 쓰며 악진이 맡고, 오른쪽은 흰 기를 쓰며 하후연이 맡는다. 물과 뭍 두 길의 변화를 아울러 맡아 적절하게 대응하는 일[水陸路都接應使]은 하후돈과 조홍이 맡고 군진을 오가며 싸움을 감독하는 일[護衛往來監戰使]은 허저와 장요가 맡도록 하라!"

이어 조조는 나머지 장수들에게도 각기 군사를 나누어주며 그들이 있을 곳을 정해주었다. 조련에서뿐만 아니라 정말로 싸울 때의 배치이기도 했다.

이윽고 조조의 군령이 끝나자 대군은 그동안 머물렀던 진채를 떠나 조련으로 들어갔다. 수채에 북소리 세 번이 크게 울리며 크고 작은 싸움배가 길을 나누어 진문을 빠져나가는데 조조가 보기에도 자못 법도가 있었다.

거기다가 조조를 더욱 기쁘게 한 것은 방통이 일러준 연환계(連環計)의 효험이었다. 마침 서북풍이 심하게 불었으나 몇십 척씩 쇠사슬로 묶어둔 조조의 배들은 돛을 있는 대로 다 올려도 거친 파도를 헤치고 나아가는 게 마치 평지를 달리듯 했다.

배 멀미에 시달리지 않게 되자 군사들도 원래의 용맹을 되찾는 것 같았다. 이리저리 뛰고 내달으며 창을 내질러보기도 하고 칼을 휘둘러보기도 했다. 앞뒤 좌우 기치들도 그날따라 더욱 정연해 보였다.

쇠사슬로 엮지 않은 오십여 척의 작은 배는 그런 조조군의 선단 사이를 바쁘게 오가며 때로는 그 지나치게 나아감을 말리고 때로는 뒤처짐을 몰아댔다.

장대(將臺) 위에 높이 앉아 그 모든 조련 광경을 보고 있던 조조는 매우 흡족했다. 그대로 간다면 싸움은 이겨둔 것이나 다름없다고 속으로 기뻐하며 조련을 그치게 했다.

"모든 배들은 돛을 내리고 수채로 돌아가도록 하라!"

그러자 배들은 나갈 때와 마찬가지로 차례에 맞추어 수채로 되돌아갔다.

배를 내려 자신의 장막으로 돌아간 조조는 마음속의 기쁨을 감추지 못해 여럿을 둘러보며 감탄의 말을 했다.

"만약 하늘이 돕는 게 아니라면 내가 어떻게 봉추의 묘한 계책을 얻을 수 있겠는가! 쇠사슬로 배를 얽어놓으니 과연 험한 강을 건너는 게 평지를 지나는 것이나 다름없었다. 그대들은 어찌 보았는가?"

조조의 그 같은 물음에 모두가 옳다는 듯 고개를 끄덕였으나 오직 정욱이 나서서 걱정하는 소리를 했다.

"배들을 모두 얽어놓아 흔들림이 없어진 것은 실로 좋은 일이나, 저쪽에서 화공을 쓴다면 피하기 매우 어려울 것입니다. 반드시 거기에 대한 방비를 해두셔야 할 것입니다."

"공의 헤아림이 비록 멀리까지 미쳐 있기는 하나, 그래도 아직 미치지 못한 곳이 있는 듯하오."

조조가 껄껄 웃으며 그렇게 대답했다. 그 자리에 있던 순유가 영문 몰라하는 눈길로 조조를 바라보며 물었다.

"정중덕(程仲德)이 매우 옳은 말을 하고 있는데 승상께서는 어찌하여 그렇게 웃으십니까?"

순유도 실은 마음속으로 정욱과 같은 걱정을 하고 있었기 때문이었다. 그러자 조조는 한 번 더 껄껄거리더니 타이르듯 까닭을 일러주었다.

"무릇 화공이란 반드시 바람의 힘을 빌려야 되는 법이오. 그런데 지금은 한겨울이라 오직 서북풍(西北風)이 있을 뿐 동풍이나 남풍이 있을 리 없소. 나는 서북쪽에 있고 적군은 남쪽 언덕에 있으니 설령 적이 불을 쓴다 해도 자기 군사들만 태워 죽일 뿐이란 말이오. 그러니 그 같은 화공을 내가 왜 두려워하겠소? 만약 지금이 시월이거나 초봄만 같아도 나는 벌써 거기에 대비했을 것이오."

정욱과 순유는 물론, 속으로 은근히 걱정했던 다른 장수들도 그 말을 듣고는 모두 감탄을 금하지 못했다. 일제히 엎드려 고개를 조아리며 입을 모아 말했다.

"승상의 높은 안목은 실로 저희가 따를 수 없습니다."

조조는 그런 그들을 내려다보며 한 번 더 방통의 계책을 치켜세웠다.

"나의 청주병은 물론 서주에서 온 군사나 연(燕), 대(代)에서 온 군사들은 모두 배 타는 데 익숙하지 못하다. 이번에 연환계를 얻지 못했던들 무슨 수로 이 대강의 거칠고 험함을 이겨내어 건너겠느냐?"

그러자 문득 두 장수가 반열에서 뛰쳐나오며 소리쳐 대꾸했다.

"저희들은 비록 유주와 연 땅에서 왔으나 배를 잘 몰 줄 압니다. 바라건대 저희들에게 순선(巡船) 스무 척만 내려주십시오. 바로 북강구로 짓쳐들어가 적군의 북과 기치를 빼앗아 돌아오겠습니다. 그렇게 하면 우리 편의 사기를 높이는 것이 될 뿐만 아니라 우리 북군도 배를 잘 부린다는 것을 보여주어 적의 간담을 서늘하게 할 수 있을 것입니다."

조조가 한편은 놀라고 한편은 기특해 그들을 바로 보니 다름 아닌 초촉과 장남이었다. 원래 원소 밑에 있다가 항복해 온 장수들로 이 기회에 한번 공을 세워보고자 나선 것이었다. 조조가 그들을 타이르듯 말했다.

"그대들은 모두 북방에서 자란 사람들이라 방금 한 말과 같이 배를 잘 부릴 수 있을지 걱정된다. 강남의 군사들은 물 위를 오가며 오래 조련을 받아 우리가 아는 것보다 훨씬 더 수전에 날래다. 귀한 목숨을 아이들 장난하듯 가볍게 내걸지 말라."

"만약 저희들이 이기지 못한다면 군법에 따라 어떤 벌이라도 달게 받겠습니다!"

조조의 말에 더욱 오기가 솟는지 초촉과 장남이 고함치듯 한꺼번에 대답했다.

"싸움배는 이미 모두 쇠사슬로 얽어놓았고, 오직 작은 배가 몇 척남아 있을 뿐이다. 거기에는 기껏해야 군사 스무 명을 태울 수 있을뿐인데 그런 배 몇 척으로 어찌 제대로 싸울 수 있겠느냐?"

아무래도 못 미더운지 조조가 한 번 더 초촉과 장남을 말렸다. 이번에는 초촉이 홀로 나서서 부득부득 졸랐다.

"만약 큰 배를 이끌고 가서 이긴다면 그게 무슨 별난 일이 되겠습니까? 부디 작은 배 스무남은 척만 저희들에게 빌려주십시오. 저와장남이 반씩 나누어 이끌고 오늘로 강남의 수채를 들이쳐 적장의 목을 베고 그 기치를 빼앗아 돌아오겠습니다."

그제야 조조도 한번 해볼 만하다 생각이 들었던지 그들의 청원을들어주었다.

"좋다. 그대들에게 배 스무 척과 날랜 군사 오백을 내주겠다. 모두긴 창과 강한 쇠뇌를 지닌 군사들이다. 그러나 그대들이 떠나는 것은 내일 날이 밝은 뒤라야 한다. 수채에 있는 큰 배들이 강으로 나가멀리서 뒤를 받칠 뿐만 아니라 문빙에게도 따로이 배 서른 척을 주어 그대들이 돌아오는 걸 맞아들이게 하리라."

조조의 허락이 떨어지자 초촉과 장남은 기쁜 얼굴로 물러났다.

다음 날이 되었다. 사경 무렵 하여 밥을 지어 먹은 조조의 군사는 오경 무렵 모든 채비를 갖출 수 있었다. 곧 수채 안에서 요란하게 북이 울리고 싸움배들이 채를 나와 강물 위를 덮기 시작했다. 푸른 기, 붉은 기의 어지러운 신호로 장강 일대는 금세 꽃이라도 뒤덮인 듯 장관을 이루었다.

초촉과 장남은 수채 안의 모든 배들이 나가 강물을 뒤덮은 뒤에야 스무 척의 작은 배를 이끌고 강남을 바라보며 떠났다. 그들을 기다리는 운명이 어떤 것인지는 모르나 기세만은 제법 드높았다. 하지만 강남의 주유라고 해서 자고만 있는 것은 아니었다. 그 전날 강북에서 북소리가 요란하기에 주유는 사람을 보내 알아보았다.

"조조가 수군을 조련하고 있답니다."

한참 뒤에 그런 전갈이 들어왔다. 주유는 조조가 수군을 조련하는 모습을 보아두고 싶었다. 그러나 산등성이에 올라가 내려다보려 했을 때는 이미 조조의 수군이 진채로 돌아가고 있는 중이었다.

그런데 그날 다시 조조의 진채 쪽에서 북소리가 하늘을 떨어 울리는 듯하더니, 높은 곳에 올라 그쪽을 살펴본 군사 하나가 급하게 달려와 알렸다.

"작은 배 스무남은 척이 우리 진채로 짓쳐들어오고 있습니다."

그 소식을 들은 주유는 조조가 드디어 정면으로 부딪쳐오는 것이라 짐작했다. 먼저 그 날카로운 기세부터 꺾어두어야겠다 싶어 좌우를 돌아보며 물었다.

"누가 먼저 나가 적의 예기를 꺾어놓겠는가?"

"제가 잠시 선봉이 되어 적을 깨뜨려보겠습니다."

한당과 주태가 한꺼번에 나서며 소리쳤다. 주유는 그들이라면 믿을 만하다고 보아 기꺼이 허락하는 한편 각 진채에 영을 내려 방비를 더욱 엄히 하게 했다.

주유의 허락을 함께 받은 한당과 주태는 각기 작은 배 다섯 척을 이끌고 좌우로 갈라서 적을 맞으러 나갔다. 초촉과 장남이 제 용맹만 믿고 나는 듯 노를 저어 다가들고 있었다. 한당은 가슴을 보호하는 갑옷을 두르고 긴 창을 짚은 채 뱃머리에 섰다.

먼저 이른 것은 초촉의 배였다. 초촉은 군사들에게 명을 내려 한당의 배 쪽으로 어지럽게 화살을 날려보냈다. 한당이 방패를 들어 화살을 막는 사이에 두 배의 거리는 창칼을 맞댈 수 있을 만큼 좁혀졌다. 초촉 또한 긴 창을 들고 일어나 바로 한당과 어울렸다. 하지만 초촉의 솜씨 가지고는 어림도 없었다. 한당의 창 끝이 한번 번뜩하는가 싶자 초촉은 가슴이 꿰어 물 위로 떨어졌다.

뒤따라오던 장남은 초촉이 죽는 걸 보자 큰 소리를 지르며 한당을 덮치려 했다. 그러나 미처 한당의 배에 이르기도 전에 주태의 배가 먼저 장남의 뱃머리를 막았다. 아직 두 배의 사이가 창칼을 맞댈 만큼 되지 않아 장남은 긴 창을 짚고 뱃머리에 선 채 졸개들에게 주태의 배에다 화살을 퍼붓게 했다. 주태의 배에서도 지지 않고 활을 쏘아대니 양편에서 모두 화살이 어지럽게 날았다.

그럭저럭 주태와 장남의 배 사이가 일고여덟 자 정도로 가까워졌을 때였다. 한 손에는 방패를 들고 한 손에는 칼을 든 주태가 훌쩍 몸을 날렸다. 그리고 장남의 배에 뛰어내리자마자 한칼에 장남을 베어버렸다. 이미 대장인 장남이 죽은 마당에 그 배 안에 달리 주태를 당해낼 사람이 있을 리 없었다. 주태는 양 떼 틈에 뛰어든 호랑이처럼 그 배에 타고 있던 조조의 군사들을 닥치는 대로 쳐죽였다.

초촉과 장남의 배를 뺀 나머지 배들은 그 광경에 놀라 급히 뱃머리를 돌리고 달아나기 시작했다. 한당과 주태가 노 젓는 군사들을 재촉해 급하게 그들을 뒤쫓았다. 강을 반쯤 건넜을 무렵 조조 편에서 문빙이 쫓겨오는 자기편 배를 구하러 왔다.

초촉, 장남이 거느리고 갔다 쫓겨오는 배가 여남은 척에 문빙이 새로 거느리고 온 배가 또 서른 척이라 배나 사람의 머릿수는 조조군이 자기편의 다섯 배에 가까웠지만 주태와 한당은 조금도 겁을 먹지 않았다. 곧 강 복판에서는 다시 한바탕 어지러운 싸움이 벌어졌다.

그때 주유는 여러 장수들과 더불어 가까운 산 위에서 조조군의 진용을 살피고 있었다. 크고 작은 싸움배가 강물 위에 알맞은 거리로 늘어서 있는데 기치며 군호가 제법 격식을 갖추고 있었다.

한참을 살핀 주유는 이어 강 한가운데로 눈길을 돌렸다. 주태와 한당이 조조의 장수인 문빙과 싸우는 것이 보였다. 군사나 배의 수효로는 문빙이 훨씬 많았으나 한당과 주태가 워낙 힘을 다해 덤비니 싸움은 곧 한편으로 기울어졌다. 마침내 당해내지 못한 문빙이 뱃머리를 돌려 달아나기 시작했다.

주태와 한당은 또 그런 문빙을 뒤쫓으려 했다. 그러나 주유는 그들이 너무 적진 깊이 들어갔다가 낭패를 볼까 걱정이 되었다. 곧 북과 징을 크게 울리며 흰 기를 휘둘러 주태와 한당을 불러들였다.

두 사람이 군호를 알아듣고 돌아오는 걸 보자 마음이 놓인 주유는 다시 조조의 수채로 눈길을 돌렸다. 강을 사이에 두고 이쪽 산 위에서 보는 것이지만 그 법도를 느낄 수는 있었다.

한참을 자세히 살핀 주유가 문득 둘러선 장수들을 보고 묻는다기 보다는 탄식에 가깝게 말했다.

"강북의 싸움배는 갈대처럼 빽빽이 늘어섰고, 또 그들을 거느리는 조조는 지모가 높기로 이름난 사람이다. 무슨 계책을 써야 적을 깨뜨릴 수 있겠는가!"

그런데 미처 대답이 있기도 전에 문득 조조의 수채 가운데 우뚝 솟아 있던 누런 깃발이 거센 바람에 부러져 내리는 게 보였다. 그걸 보자 이제까지 그를 사로잡고 있던 걱정이 깨끗이 씻겨진 듯 주유가 크게 웃으며 말했다.

"저것은 반드시 조조에게 상서롭지 못한 징조이다. 그렇다면 곧 우리에게 이롭다는 뜻이 아닌가!"

그러고는 다시 조조의 수채를 살피고 있는데 갑자기 미친 듯한 바람과 함께 강물에 크게 파도가 일어 강 언덕을 후려쳤다. 뿐만 아니었다. 한바탕 불어젖힌 그 바람은 주유 앞에 세워둔 대장기를 꺾어 주유의 뺨을 세차게 후리며 땅에 떨어지게 만들었다.

주유는 그 아픔 못지않게 바람의 방향을 보고 문득 떠올린 어떤 일에 상심하여 한마디 큰 외침과 함께 입으로 시뻘건 피를 토해내며 뒤로 쓰러졌다. 여럿이 달려들어 주유를 일으켜 세웠으나 그는 이미 혼절해 있었다.

곁에 있던 사람들은 급히 그런 주유를 업고 장막에 데려다 뉘었다. 모든 장수들이 달려와 주유가 그리된 까닭을 묻고는 한결같이 놀라며 서로를 돌아보고 탄식했다.

"강북의 백만 대군이 호랑이가 움키려 하고 고래가 삼키려 하듯 우리 강남을 노리고 있는데 뜻밖에도 도독께서 이 지경이 되셨으니 실로 큰일이다. 만일 조조가 이때를 틈타 일시에 들이닥치면 어찌겠는가?"

그들 중에서도 가장 걱정이 많은 사람은 노숙이었다. 그는 주유가 갑자기 병들어 눕자 걱정하다 못해 공명을 찾아보고 어찌하면 좋을까를 의논했다. 그러나 듣고 있는 공명은 별로 걱정하는 기색이 없었다. 그저 담담한 얼굴로 노숙의 말을 다 듣고 난 뒤에 불쑥 물었다.

"공은 무엇 때문에 그리되었다고 생각하오?"

"조조에게는 복이고 강남에는 화가 되는 일이겠지요."

공명의 말뜻을 얼른 알아듣지 못한 노숙이 탄식 섞어 대답했다. 그러자 공명이 빙긋 웃으며 말했다.

"그게 아니라 공근이 갑자기 병을 얻게 된 까닭을 물은 것이오. 어쨌든 나는 그의 병을 낫게 할 수가 있소."

그래도 노숙은 공명의 참뜻은 알아차리지 못하고 그가 주유를 치료할 수 있다는 것만 반가워했다.

"그럴 수만 있다면 나라를 위해 그보다 더한 다행이 어디 있겠소!"

그 말과 함께 다른 것은 더 물어보려고도 하지 않고 어서 가서 주유의 병을 보아주기만을 재촉했다. 공명도 구태여 자기 참뜻을 밝히려 하지 않고 노숙을 따라나섰다.

주유의 장막에 이른 노숙은 공명을 잠시 밖에 기다리게 하고 혼자 먼저 들어갔다. 주유는 다친 머리를 싸맨 채 누워 있었다.

"병세가 좀 어떠하십니까?"

"가슴과 배가 뒤틀리듯 아프고 때로 정신을 잃게 되는 것이 처음과 별 차도가 없소."

노숙의 물음에 주유가 괴로운 듯 대답했다. 예사 병이 아니라 여겨 노숙이 더욱 걱정스런 얼굴로 물었다.

"무슨 약을 들어보셨습니까?"

"토악질이 심해 도대체 약을 마실 수가 없소."

그 같은 주유의 말을 듣고서야 노숙은 공명을 데려온 것을 알렸다.

"마침 공명을 보러 갔더니 공명이 말하기를 자기가 도독의 병을 낫게 할 수 있다고 했습니다. 지금 장막 밖에 와 있는데 불러들여 한 번 치료해보게 하는 게 어떻습니까?"

주유가 굳이 마다할 까닭이 없었다. 오히려 은근히 기대하는 눈치로 공명을 불러들이게 했다. 그리고 자신은 좌우의 부축을 받아 일어나 좌상 위에 앉았다. 공명에게 약한 꼴을 보이기 싫어서였다.

"며칠 도독을 뵙지 못한 사이에 이렇게 편찮으시게 될 줄은 몰랐습니다."

공명이 장막 안으로 들어서며 그렇게 위로의 말을 했다. 주유가 애써 괴로움을 감추며 그 말을 받았다.

"사람의 화와 복은 아침저녁으로 달라지는 법인데, 나라고 어찌 늘 병 없이 지낼 수 있겠소이까?"

그러자 공명은 빙긋 웃으며 한마디 했다.

"하늘도 헤아릴 수 없는 풍운이 있는 법입니다. 사람이 어찌 모두 알 수 있겠습니까?"

얼른 들으면 주유의 말에 그냥 대구를 맞춘 것 같지만 그 같은 공명의 반문 속에는 감추어진 뜻이 있었다. 주유가 그걸 알아듣고 낯빛이 변하며 괴로운 신음 소리를 냈다. 공명이 무언가를 알고 있는 것 같다는 데서 온 놀라움 때문이었다. 그런데도 공명은 얼른 그걸 털어놓지 않고 빙 둘러 얘기를 했다.

"도독께서는 가슴속에 무엇이 쌓인 듯 답답함을 느끼시지 않습니까?"

"그렇소이다."

"반드시 시원하게 해줄 약으로 가슴속의 응어리를 풀어야 합니다."

"이미 약을 써보았지만 아무런 효험을 보지 못했소이다."

그러면서 주유는 가만히 공명을 살폈다. 공명은 그래도 여느 병자 대하는 것 같은 소리만 했다.

"먼저 기운을 고르게 다스려야 합니다. 기운이 골라지면 숨을 내쉬고 뱉고 하는 사이에 절로 낫게 될 것입니다."

하지만 주유는 공명이 이미 자기의 마음속을 훤히 들여다보고 하는 소리란 걸 알아듣고 떠보듯 물었다.

"기운을 고르려면 어떤 약을 먹어야 하겠소?"

"제게 한 가지 처방이 있습니다. 도독께서는 그걸로 우선 기운을 고르게 하십시오."

공명은 그렇게 대답한 뒤 좌우에 있는 사람을 병풍 뒤로 물러나게 하고 종이와 붓을 가져다 가만히 열여섯 자를 썼다.

'조조를 깨뜨리려면 마땅히 화공을 써야 하리. 모든 걸 갖추었으되 다만 동풍이 없구나[欲破曹公 宜用火攻 萬事俱備 只缺東風].'

쓰기를 마친 공명은 그걸 주유에게 건네주며 말했다.

"이것이 바로 도독께서 병이 나신 까닭입니다."

주유는 공명이 내준 글을 보고 크게 놀라며 가만히 생각했다.

'공명은 참으로 귀신 같은 사람이다! 짐작대로 벌써 내 마음속을 알고 있었구나. 이렇게 된 바에야 모든 걸 털어놓는 수밖에 없다.'

원래 주유의 병은 쓰러지는 대장기에 머리를 맞아서라기보다는 그때 바람 부는 방향을 보고 느낀 실망 때문이었다. 아무리 화공을 쓰려 해도 서북풍이 불어서는 안 되는데, 때는 동지섣달이니 서북풍 밖에는 없었다. 그러나 아무에게도 그걸 말하지 못하고 혼자서만 걱정하다 보니 절로 가슴의 병이 된 것인데, 공명은 그걸 멀리 앉아서도 알고 있었다.

"선생께서 이미 내 병의 원인을 바로 아셨소. 그래 이제 어떤 약으로 그 병을 다스리시겠소? 일이 위급하니 바라건대 내게 좋은 가르침을 내려주시오."

주유가 문득 태도를 공손하게 하여 그렇게 간곡히 말했다. 공명도 정색을 하고 거기에 답했다.

"양이 비록 재주 없으나 일찍이 한 이인을 만나 기문둔갑(奇門遁甲)에 관한 천서(天書)를 얻은 일이 있기에 바람을 부르고 비를 내리게 하는 법을 좀 압니다. 도독께 동남풍이 필요하시다면 남병산(南屏山)에 칠성단이란 제대(祭臺) 하나만 쌓아주십시오. 높이는 아홉 자로 하고 삼층으로 하되 군사 백이십 명을 딸리어 갖가지 기를 들고 그곳을 둘러싸게 해야 합니다. 그렇게 해주신다면 저는 그 대 위에서 술법을 부려 세 밤 세 낮의 거센 동남풍을 빌어보겠습니다. 그것이면 도독께서 군사를 부리는 데 넉넉히 도움이 될 것인즉 어떻습니까? 저를 믿고 한번 그리 해보시겠습니까?"

"세 밤 세 낮은커녕 단 하룻밤이라도 동남풍만 크게 불어준다면 이번 싸움은 이긴 것이나 다름이 없소이다. 어찌 선생 같은 분을 믿지 않을 수 있겠소? 다만 일이 급하니 한 시각도 늦출 것 없이 당장 시작하도록 하지요."

허황되다는 의심은커녕 기쁨에 차 환한 얼굴로 주유가 그렇게 서둘러댔다. 공명 또한 작은 망설임도 없이 그런 주유에게 동남풍이 일 기일까지 일러주었다.

"동짓달 스무날 갑자일(甲子日)부터 바람이 일어 스무이틀 병인일(丙寅日)에 그치게 하겠습니다. 되겠습니까?"

"좋지요. 다만 선생을 믿을 뿐이외다."

그렇게 대꾸하는 주유의 얼굴은 이미 병자의 얼굴이 아니었다. 주유는 곧 자리를 걷어치우고 일어나 영을 내렸다.

"힘세고 일 잘하는 군사 오백 명을 뽑아 남병산에 제단을 쌓도록 하라. 또 따로 군사 백이십 명을 뽑아서는 기를 들고 그 제단을 지키며 공명의 영을 따르게 하라."

공명은 주유가 그 같은 영을 내리는 걸 보고 장막을 나왔다. 그리고 노숙과 함께 말을 타고 남병산으로 가 지세를 살핀 뒤 한 곳을 지정해 동남방에서 가져온 붉은 흙으로 제단을 쌓게 했다.

군사들은 공명이 시키는 대로 단을 쌓는데 둘레가 스물네 길[丈]이요, 한 층의 높이는 석 자로 삼층을 올리니 전체 높이는 아홉 자였다. 맨 아래층에는 이십팔 수(宿) 별자리에 따른 기를 꽂았는데 동쪽 일곱 면에는 푸른 기를 각, 항, 저, 방, 심, 미, 기(角, 亢, 底, 房, 心, 尾, 箕, 모두 이십팔 수 중 동방칠수에 속한 별 이름) 자리에 꽂아 창룡(蒼龍,

사방신 중에 동쪽을 가리키는 신, 또는 동방칠수의 다른 이름)의 모습을 꾸미고 북쪽 일곱 면 검은 기는 두, 우, 여, 허, 위, 실, 벽(斗, 牛, 女, 虛, 危, 室, 壁, 이십팔 수에서 북방칠수) 자리에 꽂아 현무(玄武, 북방을 가리키는 사방신의 하나) 기세를 지었다.

서쪽 일곱 면 흰 기는 규, 누, 주, 묘, 필, 자, 삼(奎, 婁, 胃, 昴, 畢, 觜, 參, 서방칠수) 자리에 꽂아 백호(白虎, 서쪽을 가리키는 사방신의 하나)의 위엄을 펼치게 하고, 남쪽 일곱 면 붉은 기는 정, 귀, 유, 성, 장, 익, 진(井, 鬼, 柳, 星, 張, 翼, 軫, 남방칠수) 자리에 꽂아 주작(朱雀, 남방신)의 형상을 지었다.

둘째 층은 누른 기 예순넷으로 육십사 괘(卦)를 벌이되 여덟 방위로 나누어 세웠고, 맨 위층에는 네 사람을 세웠는데 그들의 차림이 또한 볼만했다. 머리에는 속발관(束髮冠)이요, 몸에는 검은 비단으로 지은 도포[皁羅袍]를 걸쳤으며 봉의(鳳衣)를 입고 띠를 두른 데다 붉은 신발에 모난 옷 뒤 자락[後綏]을 길게 늘어뜨리고 있었다.

네 사람 중 앞쪽 왼편에 있는 사람은 긴 장대를 들었는데 장대 끝에는 닭털을 일산 모양으로 달아 바람의 방향을 보게 하고, 오른쪽에 있는 사람은 칠성호대(七星號帶)를 달아 원하는 바람의 형태를 나타냈다. 뒤편 왼쪽에 있는 사람은 보검을 받쳐들었고 오른편에 선 사람은 향로를 받들고 서 있었다. 그리고 단 아래 또 스물넷이 섰는데, 각기 정기(旌旗)와 보개(寶蓋), 날이 크고 긴 창[大戟長戈]과 깃털 달린 누른 소꼬리 기[黃旄]며 은도끼[白鉞], 붉은 기[朱旛], 검은 기[皁纛]를 나눠 잡고 사방을 빙 둘러싸고 있었다.

공명은 동짓달 스무날인 갑자일에 좋은 시[吉辰]를 골라 목욕재계

하고 도의(道衣)로 갈아입은 뒤 맨발에 머리를 푼 채 단 아래에 이르렀다. 그리고 단에 오르기 전에 거기 와 있는 노숙에게 일렀다.

"자경께서는 진중으로 돌아가 공근이 군사를 내려고 채비하는 것이나 도와주시오. 혹 이 양이 비는 것이 아무 효험이 없더라도 괴이쩍게 여겨서는 아니 되오."

진작부터 공명이 벌여둔 칠성단의 신비스런 분위기에 은근히 위압되어 있던 노숙은 공명의 그 같은 말을 듣자 아무 소리 않고 물러갔다. 공명은 다시 단을 지키는 장졸들에게 엄한 영을 내렸다.

"서 있는 방위에서 함부로 떠나서는 아니 된다. 머리를 맞대고 수군거려도 아니 되며, 쓸데없이 입을 열어 어지러운 말을 해서도 아니 된다. 또 공연히 놀라거나 괴이쩍게 여겨 떠들어대도 아니 되니, 이중에 어느 것이라도 어기는 자가 있으면 그 머리가 어깨 위에 남아 있지 못하리라!"

그러자 모두 겁먹은 얼굴로 그 영을 받들 것을 다짐했다.

공명은 천천히 단 위로 올라가 다시 한번 방위에 맞게 사람과 기치가 배치되어 있는지를 살핀 뒤에 향로에 향을 사르고 사발에 물을 부었다. 그리고 하늘을 우러러보며 무언가 알아듣지 못할 주문을 가만가만 외어댔다.

주문 외기가 끝나자 단을 내려온 공명은 잠시 단 곁에 쳐둔 장막에 쉬면서 군사들을 교대로 밥을 먹게 했다. 공명은 하루 세 번 단에 올라 빌고 내려왔으나 해 질 녘이 되어도 동남풍이 이는 기미는 없었다.

한편 주유는 정보, 노숙을 비롯한 장수들을 모두 장막 안에 불러

놓고 동남풍만 일면 재빨리 군사를 낼 수 있게 채비하도록 하는 한편 손권에게도 사람을 보내 뒤에서 호응할 채비를 갖추도록 당부했다.

황개는 황개대로 화공에 쓸 배 스무 척에 모든 채비를 갖추었다. 배 앞머리는 큰 못을 박아 적의 배에 부딪치면 떨어지지 않도록 하고, 안에는 갈대와 억새며 마른 싸리 따위를 가득 실은 위에 생선 기름을 부었다. 뿐만 아니라 그 위에는 다시 유황이며 염초(焰硝)같이 불붙기 쉬운 물건들을 얹은 뒤에 역시 기름 먹인 푸른 천으로 덮고 뱃머리에는 작은 배들을 묶었다. 뱃머리에는 조조에게 거짓 항복을 할 때 이미 약조해둔 청룡기를 내걸고 주유의 명만 떨어지면 바로 배를 낼 수 있게 해놓고 기다렸다.

감녕과 감택도 맡은 일에 소홀함이 없었다. 조조에게서 거짓으로 항복해 온 채중과 채화를 진채 밖으로 불러내 매일 술판을 벌여 진채 안에서 벌어지고 있는 일을 그들이 눈치챌 수 없게 하였을 뿐만 아니라 그들이 함께 데려온 군사들도 모두 뱃속에 몰아두어 한 사람도 진채가 있는 강 언덕 쪽에는 올라가지 못하게 했다. 거기다가 채중과 채화 주변에는 동오의 군마를 함빡 풀어놓아 물 한 방울 새어나갈 틈이 없도록 해놓으니 그들이 들을 수 있는 소식은 다만 위에서 내려오는 군령뿐이었다.

혼일사해(混一四海)의 꿈은
동남풍에 타버리고

모든 채비를 갖춘 주유가 다만 공명이 동남풍을 빌어주기만 기다리고 있는데 문득 형세를 탐지하러 나갔던 군사 하나가 달려와 알렸다.

"오후께서 배를 모아 우리 진채에서 팔십 리 떨어진 곳에 머물러 계시면서 도독으로부터 좋은 소식이 오기만을 기다리고 계십니다."

그 말을 들은 주유는 한층 마음이 급해졌다. 곧 노숙을 불러 진채의 모든 장졸들을 둘러보고 자신의 영을 전하게 했다.

"모두 배와 싸움에 쓸 기구와 돛, 노 따위를 갖추고 있다가 한번 명이 떨어지면 곧바로 나갈 수 있도록 하라. 만약 이 일을 어기는 자가 있으면 군법으로 엄히 다스리리라!"

그 명을 들은 장수들은 모두 긴장하여 손발이 닳도록 바쁘게 싸움 나갈 채비를 서둘렀다. 그러나 어느새 밤이 되었건만 하늘은 맑고 바람 한 점 없었다. 애가 탄 주유가 노숙에게 말했다.

"공명이 이번만은 아무래도 틀린 것 같소. 이 한겨울에 무슨 수로 동남풍을 빌어낸단 말이오?"

그러나 공명을 굳게 믿는 노숙은 좋은 말로 주유의 마음을 가라앉혀주었다.

"제 생각에는 공명이 반드시 그 일을 해내리라 믿습니다. 공명은 안 되는 일을 말하는 사람이 아닙니다."

과연 그 같은 노숙의 믿음은 옳았다. 삼경 무렵이 되면서부터 문득 바람 소리가 들리며 기치가 펄럭이기 시작했다. 주유가 장막을 나가 살펴보니 깃대가 서북쪽으로 휘고 있었다. 바라던 동남풍이 불기 시작한 것이었다. 잠깐 사이에 바람은 더욱 거세어졌다. 주유는 한편 반가우면서도 한편으로는 걱정스러웠다.

'제갈공명은 정말로 천지조화를 마음대로 하는 법을 알고, 귀신도 헤아릴 수 없는 술수를 지녔구나! 이 사람을 그대로 두었다가는 장차 동오의 큰 화근이 될 것이다. 일찍이 죽여 뒷날의 걱정거리를 없애는 게 나으리라!'

그렇게 생각하고는 급히 호군교위로 있는 서성과 정봉을 불러 가만히 영을 내렸다.

"너희 둘은 각기 군사 백 명씩을 데리고 서성은 물길을 타고 정봉은 뭍으로 해서 남병산으로 가도록 하라. 그곳 칠성단에 이르거든 까닭을 묻지 말고 바로 제갈량을 끌어내 목을 벤 뒤 그 목을 가지고 돌아와 내게 공을 청하라."

서성과 정봉은 어리둥절했으나 대도독인 주유의 명이라 지체 없이 따랐다.

서성은 칼과 도끼를 든 백 명의 군사를 배에 태우고 물결을 헤쳐 나아가고, 정봉은 활과 쇠뇌를 멘 군사 백 명을 말에 태워 남병산으로 치달았다. 가는 도중에도 동남풍은 더욱 거세게 불었다.

먼저 남병산에 이른 것은 정봉이었다. 칠성단 위를 보니 기치를 든 군사들이 바람을 맞으며 서 있는 게 보였다. 정봉은 칼을 빼들고 단 위로 올라가 공명을 찾았으나 공명은 보이지 않았다. 정봉은 황망히 단을 지키는 군사들에게 물었다.

"공명은 어디 있느냐?"

"얼마 전에 단에서 내려가셨습니다."

군사 하나가 본 대로 일러주었다. 정봉이 단을 내려가 급히 공명을 찾고 있는데 서성이 배를 거느리고 그곳에 이르렀다. 둘은 힘을 합쳐 공명을 찾다가 드디어 물가에 이르렀다. 물가를 지키던 졸개 하나가 다시 새로운 소식을 알렸다.

"어제 해 질 녘에 빠른 배 한 척이 앞에 보이는 여울목에 와 서 있더니, 조금 전 머리를 풀어헤친 공명이 그 배를 탔습니다. 저기 물 위에 보이는 게 바로 그 배입니다."

서성과 정봉이 보니 과연 달빛 아래 저만큼 작은 배 한 척이 가고 있었다. 이에 서성과 정봉은 각기 물과 뭍으로 길을 나누어 그 배를 뒤쫓았다. 서성이 돛이란 돛은 다 올리고 또 노 젓는 군사를 재촉하여 뒤따르니 오래잖아 그 배와의 거리가 서로 말을 나눌 수 있을 만큼 가까워졌다.

서성이 뱃전에 서서 큰 소리를 질렀다.

"군사께서는 잠깐 멈추십시오. 도독께서 뵙고자 청하십니다."

그러자 배꼬리에 서 있던 공명이 크게 웃으며 대답했다.

"도독께 말씀드려 조조와의 싸움이나 잘 하라 이르게. 제갈량은 잠시 하구로 돌아가거니와 뒷날 다시 서로 보게 될 것이네!"

"잠깐이면 됩니다. 긴히 드릴 말씀이 있습니다."

서성이 다시 말을 꾸며 졸라댔다.

공명이 타이르듯 서성의 말을 받았다.

"나는 이미 도독이 나를 용납하지 않고 해치려 들 것을 짐작하고 있었네. 그래서 미리 조자룡에게 배를 가지고 와 나를 실어가게 한 것이니 그대는 쓸데없이 뒤쫓으려 하지 말게."

그러나 서성은 공명이 탄 배에 배뜸(덮개)이 없는 걸 보고 그대로 뒤쫓았다. 물질에 익숙한 군사들이 모는 배라 곧 공명의 배를 거의 따라잡을 만큼 가까워졌다. 그때 고물에서 조운이 활시위에 살을 먹이며 일어서더니 서성에게 꾸짖듯 소리쳤다.

"나는 상산의 조자룡이다. 명을 받들고 특히 이렇게 와서 군사를 모셔가는데 네가 어찌하여 뒤쫓느냐? 마음 같으면 너를 한 살[矢]에 꿰어 죽여버리고 싶다만 유황숙과 손씨 두 집안의 화평을 깰까 저어하여 내 솜씨만 보여준다."

그리고는 활시위를 놓으니 화살은 기막히게도 서성의 배뜸을 받쳐주고 있는 밧줄을 맞추어 끊어버렸다. 뜸이 흘러내려 물속으로 떨어지며 서성의 배는 한쪽으로 기우뚱하게 쏠리기 시작했다. 그제야 조운은 자기 배에 있는 군사들에게 영을 내렸다.

"돛을 있는 대로 다 올려라!"

군사들이 그대로 하니 곧 조운의 배는 돛마다 가득 바람을 안고 나는 듯 나아갔다. 조운의 솜씨에 질리기도 했지만 그 배가 워낙 빨라 서성은 뒤쫓을래야 뒤쫓을 수가 없었다.

강 언덕에서 그 광경을 보고 있던 정봉이 서성을 불러 말했다.

"제갈량의 귀신 같은 헤아림과 기묘한 계책은 사람으로는 따를 수가 없소. 거기다가 조운은 만 명이 함께 덤벼도 당해낼 수 없는 용맹을 가졌으니, 당신도 당양 장판에서의 일을 듣지 않았소? 그대로 돌아가 도독께 이 일을 알리는 수밖에 없는 듯하오."

서성도 들어보니 옳은 말이었다. 둘은 곧 주유에게 돌아가 공명이 미리 조자룡을 불러두었다가 함께 하구로 돌아가버렸다는 걸 알렸다. 주유는 크게 놀라며 탄식했다.

"그 사람이 이토록 지모가 많으니 내가 낮이나 밤이나 마음이 편안할 수가 없겠구려!"

노숙이 그런 주유를 일깨웠다.

"당장은 조조를 깨뜨리는 일이 급합니다. 그 사람 일은 먼저 조조를 잡은 뒤에 다시 꾀해보도록 하지요."

주유도 그 말을 듣자 퍼뜩 정신이 들었다. 곧 여러 장수들을 불러놓고 영을 내렸다. 먼저 영을 받은 것은 감녕이었다.

"그대는 채중을 비롯하여 조조에게서 항복해 온 군사들을 이끌고 남쪽 강 언덕으로 가라. 북군의 깃발과 군호를 써서 오림(烏林)에 이르면 바로 조조가 군량을 쌓아둔 곳이 있다. 그곳에 섞여 들어가 불을 질러 군호를 삼도록 하라. 채화는 내가 따로 쓸 일이 있으니 장막에 남아 있도록 한다."

그다음은 태사자였다.

"그대는 군사 삼천을 이끌고 바로 황주 경계로 달려가 조조와 합비에서 접응해 오는 군사들 사이를 끊어놓으라. 조조의 군사들을 당하기 어렵거든 불을 놓아 신호를 하라. 그때 붉은 기를 앞세운 군사들이 보이거든 바로 오후께서 접응하러 오신 줄 알라."

그러고는 감녕과 태사자의 갈 길이 가장 멀다 하여 둘을 먼저 떠나게 했다.

세 번째로 부름을 받은 것은 여몽이었다.

"그대는 삼천 병마를 이끌고 오림으로 가서 감녕의 뒤를 받쳐주도록 하라. 조조의 군량뿐만 아니라 그 진채와 목책까지 태워버려야 한다."

네 번째는 능통이었다.

"그대는 군사 삼천을 이끌고 바로 이릉 경계에 가 있다가 오림에서 불이 일거든 거기에 맞춰 군사를 움직이라."

그리고 주유는 다시 동습을 불렀다.

"그대는 삼천 군사를 이끌고 바로 한양으로 가서 한천을 따라 세워진 조조의 진채를 쳐부수라. 흰 기를 앞세운 군사를 보거든 뒤에서 도우러 온 우리 편 군사인 줄 알면 된다."

마지막이 반장이었다. 주유는 영을 내렸다.

"그대는 삼천 군사를 이끌고 흰 기를 앞세우고 한양으로 가라. 동습이 힘에 부쳐 하거든 달려가 도와야 한다."

실로 빈틈없는 영이었다. 영을 받은 여섯 갈래의 군마는 각기 길을 나누어 떠나갔다. 주유는 다시 황개에게 영을 내렸다.

"장군은 조조의 싸움배에 불을 지를 화선을 한 번 더 살피신 뒤에 군사 하나를 뽑아 조조에게 글을 보내도록 하십시오. 오늘 밤 항복하러 간다는 것만 알리는 글이면 되오."

그러면서 한편으로 싸움배 네 척을 뽑아 황개의 배를 뒤따르며 도울 수 있게 했다. 주유는 이어 수군을 배치했다. 제일대는 한당이 군관이 되어 군사를 이끌고, 제이대는 주태가 맡았으며, 제삼대는 장흠이요, 제사대는 진무가 맡아 이끌도록 했다. 각대는 싸움배 삼백 척을 이끌고 나가는데 맨 앞에는 황개의 화선 스무 척이 나섰다.

주유 자신은 정보와 더불어 가장 큰 싸움배[艨艟]에 올라 싸움을 독려하기로 했으며, 서성과 정봉은 좌우에서 호위를 맡게 했다. 수채는 다만 노숙과 감택이 남아 여러 모사들과 함께 지키기로 했다. 정보는 주유가 군사를 내는 것이 법도가 있는 것을 보고 다시 한번 감탄해 마지않았다.

모든 배치가 끝났을 때 손권으로부터 병부를 지닌 사신이 와서 알렸다. 손권은 이미 육손을 선봉으로 삼아 기춘과 황강 땅으로 나아가게 했으며, 자신도 그 뒤를 받쳐 호응하고 있다는 내용이었다.

한편 하구의 유비는 그때 공명이 돌아오기만을 눈이 빠지게 기다리고 있었다. 그런데 갑자기 한 떼의 배가 하구에 이르렀다. 공자 유기가 스스로 소식을 알아보기 위해 하구로 온 것이었다. 유비는 그를 적루(敵樓, 망루) 위로 맞아들인 뒤 자리를 정하여 앉기 바쁘게 걱정부터 늘어놓았다.

"동남풍이 크게 일거든 자룡을 보내라 해서 보냈는데 아직도 공명이 돌아오지를 않고 있네. 여간 걱정되는 일이 아닐세."

그때 곁에 있던 군관 하나가 손가락으로 번구 쪽을 가리키며 말했다.

"돛배 한 척이 바람을 가득 안고 이리로 오고 있습니다. 틀림없이 군사께서 돌아오시는 것 같습니다."

그 말에 유비와 유기는 배가 오는 것을 맞아들이려 구르듯 적루에서 달려 내려갔다. 오래잖아 배가 강 언덕에 대이고 공명과 조자룡이 내렸다. 공명이 아무 탈 없이 돌아오자 유비는 기뻐 어쩔 줄 몰라했다. 그러나 공명은 오랜만에 만난 반가움보다는 당장 해야 할 일에 더 마음이 뺏겨 있었다. 간단한 안부를 나누는 둥 마는 둥 한 뒤 서둘러 유비에게 물었다.

"지금은 딴 일을 말씀드릴 겨를이 없습니다. 전에 약조하신 대로 군사와 말이며 싸움배는 모두 갖춰져 있습니까?"

"갖춰진 지 오래됩니다. 다만 군사께서 돌아오셔서 써주시기만을 기다려왔습니다."

유비가 얼른 대답했다. 그러자 공명은 유비와 유기를 재촉해 장막으로 든 뒤 군령을 내리기 시작했다. 먼저 영을 받은 것은 조운이었다.

"자룡은 삼천 군마를 이끌고 강을 건너 지름길로 오림으로 가서 거기서 빠져나오는 소로(小路) 곁 수목이며 갈대가 빽빽한 곳을 골라 매복하고 있으라. 오늘밤 사경 무렵이면 반드시 조조가 그 길로 달아나게 될 것이다. 조조의 군마가 지나가기를 기다리다가 반쯤 지나가거든 불을 지르고 들이치되 모조리 다 죽이려 들어서는 아니 된다. 절반쯤만 죽이도록 하라."

"오림에서 나오는 길은 두 갈래가 있습니다. 하나는 남군으로 빠지는 길이고 다른 하나는 형주로 이어지는데 조조가 어느 길로 올지 어떻게 알겠습니까?"

조운이 영을 들은 뒤에 그렇게 물었다. 공명은 조금도 망설임 없이 대답했다.

"남군은 형세가 급해 조조는 감히 그리로 갈 생각을 못할 것이다. 반드시 형주로 와서 대군을 수습한 뒤 허창으로 돌아갈 것이다."

그러자 조운은 고개를 끄덕이며 물러났다. 공명은 다시 장비를 불렀다.

"익덕은 군사 삼천을 이끌고 강을 건너 이릉 뒷길을 끊고 호로곡에 매복해 있으시오. 조조는 감히 남이릉으로 가지 못하고 북이릉 쪽으로 갈 것인데, 내일 비 온 뒤에는 거기서 솥을 걸고 밥을 지어먹게 될 것이오. 연기가 오르는 것이 보이거든 산자락에 불을 지르고 들이치도록 하시오. 비록 조조를 사로잡지는 못한다 할지라도 익덕이 그곳에서 세우게 될 공은 결코 적지 않을 것이오."

그러자 장비 또한 물러나 영을 받은 대로 떠나갔다.

제갈공명은 다시 미축, 미방, 유봉 세 사람을 불렀다.

"그대들은 각기 배를 있는 대로 모아 강가를 따라 돌면서 조조의 패잔병을 사로잡고, 병기며 여러 가지 기구들을 빼앗아 들이도록 하라."

그러자 그들 세 사람 역시 영을 거행하러 물러났다. 공명은 몸을 일으켜 이번에는 공자 유기에게 말했다.

"무창은 한번 바라볼 만한 땅으로 우리에게 매우 긴요합니다. 공자께서는 급히 돌아가시어 거느리고 계신 군사들을 이끌고 안구(岸口)에 진을 치도록 하십시오. 조조가 한번 패하게 되면 반드시 그리로 도망쳐 오는 무리가 있을 것입니다. 모두 사로잡으시되 가벼이 성곽을 떠나지는 마십시오."

그 말에 유기도 서둘러 자신의 근거지로 돌아갔다. 유기가 돌아간 뒤 공명은 빙긋 웃으며 유비에게 말했다.

"주공께서는 번구에 군사를 머물게 하시고 높은 곳에 기대 바라만 보십시오. 가만히 앉아서 오늘 밤 주유가 큰 공을 이루는 것을 구경하실 수 있습니다."

이때 관운장도 함께 있었으나 공명은 그를 전혀 본 체도 아니했다. 싸움이라면 언제나 앞장서 온 자신을 온전히 빼돌려버리니 관운장이 어찌 가만히 있을 수 있겠는가. 참다 못해 마침내 목소리를 높여 공명에게 따지고 들었다.

"이 관아무개는 형님을 따라 여러 해 싸움터를 누비면서 한번도 남에게 뒤진 일이 없었소. 그런데 오늘 조조 같은 큰 적을 맞아 싸우는데 군사께서 나를 쓰지 않는 까닭이 무엇이오?"

그러자 공명이 조용히 웃으며 까닭을 일러주었다.

"운장께서는 그 일을 너무 괴이쩍어 마시오. 나는 원래 운장을 번거롭지만 가장 긴요한 길목에 보내어 한몫을 맡게 하려 했소이다. 그러나 한 가지 미덥지 못한 데가 있어 감히 보내지 못하고 있는 것이오."

"미덥지 못한 데가 있다니 그게 무슨 말씀이오? 어디 한번 들려주시오."

관우가 후끈 단 얼굴로 다시 물었다. 공명이 깨우쳐주듯 가만가만
말했다.

"지난날 조조가 장군에게 매우 두텁게 대했으니 장군도 마땅히
조조에게 보답을 하려 들 것이오. 이제 조조는 싸움에 진 뒤에는 반
드시 화용도(華容道)로 갈 것인데 만약 장군을 거기 보낸다면 어찌
되겠소? 틀림없이 조조를 그냥 놓아 보내고 말 것이오. 그 때문에
내가 감히 장군을 보내지 못하고 있소."

"군사께서는 참으로 걱정도 많으시오. 지난날 조조가 나를 두텁게
대접한 것은 사실이나 나는 이미 그 보답을 했소. 안량과 문추를 죽
여 백마가 에워싸인 걸 풀어준 것만으로도 보답이 넘었으면 넘었지
모자라지는 않을 것이외다. 오늘 조조를 만나게 된다 한들 어찌 가
벼이 놓아 보내기야 하겠소?"

관우가 어이없다는 듯 허허거리며 그렇게 대꾸했다. 그 말에 공명
이 정색을 하고 물었다.

"만약 놓아 보냈을 때는 어쩌겠소?"

"군법에 따라 처벌을 받겠소이다."

관우가 흔연히 대답했다. 공명은 그래도 관우가 못 미덥다는 듯
말했다.

"그래도 어째 마음이 놓이지 않구려."

"그렇다면 군령장을 써드리겠소이다."

관우는 그렇게 말하면서 그 자리에서 군령장을 썼다. 뒤늦게나마
가장 중요한 길목을 맡게 된 걸 기뻐하는 관우에게 공명이 더 세세

하게 계책을 일러주었다.

"운장께서 화용도로 가시거든 산 높은 곳에다 마른 풀이며 싸리를 베어 쌓고 불을 피우도록 하시오. 그러면 조조는 반드시 운장이 계신 곳으로 올 것이오."

"조조가 연기 나는 것을 보면 매복이 있는 줄 알 것인데 어째서 그 길로 오겠습니까?"

관우가 또 알 수 없다는 얼굴로 물었다. 공명이 빙긋 웃으며 깨우쳐주었다.

"운장은 병법에서 허허실실(虛虛實實)이란 말도 듣지 못하셨소? 조조가 비록 군사를 부리는 데 능하다 해도 그렇게 하면 그를 넉넉히 속일 수 있을 것이오. 조조는 연기를 보면 제 꾀에 제가 넘어가 그것이 허장성세(虛張聲勢)로만 여기고 반드시 그리로 갈 것이오. 장군이나 쓸데없는 인정을 베푸는 일이 없도록 하시오."

공명의 그 같은 설명을 듣고서야 비로소 믿게 된 관우는 곧 화용도로 가는 길을 재촉했다. 관평과 주창을 비롯한 군사 오백이 관우가 이끌고 떠난 전부였다.

관우가 떠나간 뒤 유비가 어두운 얼굴로 공명에게 말했다.

"내 아우는 의기를 무겁게 여기는 사람이라 만약 조조가 정말로 화용도로 가게 되면 그대로 놓아 보내기가 십상일 것이오. 실로 걱정되오."

공명이 그런 유비를 위로하듯 말했다.

"제가 어젯밤에 천문을 보니 아직 조조가 죽을 때는 아니 되었습니다. 운장이 인정이나 쓰게 해주는 것도 역시 아름다운 일이 아니겠습니까?"

이미 관운장이 조조를 놓아 보내줄 것을 알고 하는 소리였다. 듣고난 유비가 감탄해 마지않았다.

"선생의 귀신 같은 헤아림은 실로 세상에 따를 만한 이가 없겠습니다!"

"과찬의 말씀입니다. 이제 주공께서는 저와 번구로 가서서 주유가 싸우는 광경이나 구경하도록 하시지요."

공명은 그렇게 말한 뒤 손건과 간옹을 남겨 성을 지키게 하고 자신은 유비와 함께 번구로 갔다.

이때 조조는 대채 안에 여럿을 모아놓고 싸움 의논을 하면서 황개로부터 소식 오기만을 기다리고 있었다. 그날 갑자기 동남풍이 일기 시작하자 정욱이 들어와 조조를 보고 말했다.

"오늘 따라 이상하게 동남풍이 일고 있습니다. 마땅히 이에 대한 방비가 있어야 할 것입니다."

하지만 조조는 대수롭지 않다는 듯 웃으며 그 말을 받았다.

"동지는 양기가 한번 되살아나는 때이외다. 어찌 동남풍이 없겠으며, 그게 무에 이상하겠소?"

그러는데 문득 군사 하나가 와서 알렸다.

"강남에서 작은 배 한 척이 왔는데 황개의 밀서를 가지고 왔다고 합니다."

그 말에 조조는 급하게 그 사람을 불러들이게 했다. 과연 황개의 밀서가 왔는데 그 대략은 이러했다.

'주유가 어찌나 방비가 엄하고 빈틈없는지 도무지 몸을 빼낼 계책이 없었습니다. 그런데 이번에 파양호로 군량이 새로 오게 되었는바, 다행히도 주유는 저를 뽑아 군량선을 돌보며 지키게 함으로써 겨우 방편을 삼을 수 있게 되었습니다. 강동의 이름난 장수를 죽여 그 머리를 들고 승상께 항복하러 가겠습니다. 오늘밤 삼경쯤 하여 뱃머리에 청룡아기(靑龍牙旗)를 꽂은 배가 가거든 그게 곧 제가 탄 군량 나르는 배인 줄 아십시오.'

그 글을 읽은 조조는 기뻐 어쩔 줄 몰랐다. 황개가 들고 올 목이 누구의 것이든 황개가 동오의 이름난 장수를 죽이고 군량을 실은 배까지 빼내 자신에게로 항복해 왔다는 사실이 동오의 장졸들에게 알려진다면 그들의 사기는 그야말로 땅바닥에 떨어지게 될 것이었다. 거기다가 황개가 훤히 알고 있을 동오의 허실은 그대로 동오를 쳐부술 전략의 바탕이 될 것이니 어찌 기쁘지 않겠는가. 그 바람에 조조는 날이 저물기 무섭게 수채 안에 있는 큰 배 위에다 모든 장수들을 모아놓고 황개의 배가 이르기만을 기다렸다.

한편 강남에서는 주유가 싸움에 들어가기 전 마지막으로 해야 할 일을 마무리짓고 있었다. 채화와 채중의 처리였다. 진작부터 장막에 잡아두고 있던 채화를 불러들인 주유는 곧 군사들을 시켜 그를 묶게 했다. 깜짝 놀란 채화가 소리쳤다.

"이게 무슨 짓입니까? 제가 무슨 죄가 있다고 이러십니까?"

"닥쳐라! 네가 어떻게 생겨먹은 놈이기에 감히 와서 거짓 항복으로 나를 속이려 들었느냐? 이제 마침 군기에 제사 지낼 제물이 없으니, 네놈의 목을 빌려 거기다 좀 써야겠다."

주유가 싸늘하게 말했다. 채화는 마침내 자신의 본색이 드러난 걸 깨달았다. 이미 죽음을 면할 수 없다고 생각하고 악에 받쳐 소리 질렀다.

"너희 편의 감녕과 감택도 이미 너를 저버렸다. 그런데도 네가 조승상과 싸워 이길 것 같으냐? 공연한 짓 하지 말고 나를 풀어놓아 조승상께 항복할 수 있는 한 가닥 길로나 삼아라!"

"감녕과 감택은 내가 시켜서 한 일이다. 잠꼬대 같은 소리 하지 말아라."

주유가 다시 그렇게 일러주자 채화는 더욱 기가 막혔다. 뉘우쳐도 이미 늦은 일이었다.

주유는 군사들을 재촉해 채화를 강변에 있는 조독기(皂纛旗, 검은 빛의 일산 달린 깃발) 아래로 끌고 가게 했다. 그런 다음 술을 뿌리고 지방을 태워 제례를 갖춘 뒤 채화의 목을 한칼에 잘라 그 피를 군기에 바쳤다.

"자 이제는 배를 낸다. 모두 자기 자리로 돌아가 싸울 채비를 갖추도록 하라!"

제례를 끝낸 주유가 드디어 출전의 영을 내렸다.

황개는 세 번째 화선에서 엄심갑에 날선 칼을 빼들고 홀로 서 있는데, 그 머리 위에서 펄럭이는 깃발에는 '선봉 황개'란 넉 자가 크게 씌어 있었다. 곧 순풍을 타고 나아가는 황개의 화선 스무 척을 앞세운 동오의 선단은 조조의 수채가 있는 적벽(赤壁)으로 떠났다.

이때는 동남풍이 거셀 대로 거세어져 물결은 바다의 파도만큼이나 높았다. 조조는 중군에 앉아 달빛이 비치는 강물을 바라보고 있었다. 마치 수많은 금빛 강물을 뒤집고 물결을 희롱하는 것 같았다. 조조는 그 바람이 바로 동남풍이라는 것도 잊고 마음이 호쾌하여 껄껄거렸다. 머지않아 황개가 오면 대세는 판가름난 것이나 다름없다는 믿음이 더욱 그를 방심하게 했는지도 모를 일이었다.

"가물가물하지만 강남에서 돛배 한 척이 바람을 타고 이리로 다가오고 있습니다."

문득 군사 하나가 한 곳을 손가락질하며 소리쳤다. 조조는 높은 곳을 골라 앉은 뒤 그쪽을 살폈다. 잠시 후에 다시 눈 밝은 군사가 말을 보탰다.

"배가 여러 척인데 모두 청룡아기를 꽂고 있습니다. 그리고 그 가운데 있는 큰 기에는 선봉 황개라 씌어진 것 같습니다."

선봉 황개라면 싸우러 온다는 뜻이지만 조조는 어찌 된 셈인지 조금도 의심하려 들지 않았다. 오히려 기분 좋게 웃으며 중얼거릴 뿐이었다.

"황개가 항복하러 오는 것은 하늘이 나를 돕고 있다는 뜻이다!"

그사이에도 황개의 배들은 점점 가까이 다가들고 있었다. 한동안 그 배들을 찬찬히 살피던 정욱이 급한 목소리로 조조에게 말했다.

"오는 배들에는 속임수가 있습니다. 수채 가까이 오지 못하도록 어서 영을 내리십시오."

"어떻게 속임수가 있다는 걸 알았소?"

조조가 알 수 없다는 눈길로 정욱에게 물었다.

"곡식이 배 안에 있다면 배는 반드시 그 무게 때문에 뱃전이 물속에 많이 들어가고 흔들림도 적을 것입니다. 그런데 저기 오는 배들을 보니 가볍게 흔들리고 있을 뿐만 아니라 뱃전이 물 밖에 많이 드러나 있습니다. 틀림없이 곡식 실은 배가 아닙니다. 거기다가 오늘 밤은 동남풍이 심하게 부니 만약 저기에 속임수가 있다면 어떻게 당해 내시겠습니까?"

그제서야 조조도 느껴지는 게 있었다. 급히 좌우를 돌아보며 물었다.

"누가 가서 저 배들이 더 가까이 다가오지 못하게 하겠느냐?"

"제가 물에 좀 익숙합니다. 한번 나가서 막아보겠습니다."

곁에 있던 문빙이 그렇게 말하고는 몸을 날려 작은 배로 뛰어들었다. 그리고 손가락질로 작은 배를 맞으러 나갔다.

"승상의 영이시다. 강남에서 오는 배들은 수채로 가까이 오지 말고 강 가운데 잠시 멈추어라!"

문빙이 뱃머리에 서서 크게 소리쳤다. 배에 타고 있던 군사들도 목청을 모아 소리쳤다.

"어서 배뜸을 벗겨보아라!"

그런데 미처 그 소리가 끝나기도 전이었다. 화살 나는 소리와 함께 문빙의 왼팔에 화살이 하나 날아와 박혔다. 문빙은 뱃전에 넘어지고 놀란 군사들은 배를 돌려 수채로 돌아오기 바빴다.

그럭저럭 조조의 수채와 황개의 화선들 사이가 두 마장쯤 되었을 때였다. 황개가 칼을 들어 한번 휘두르자 앞의 배들에 일제히 불이 붙었다. 불은 바람의 위세를 따라 일고 바람은 불의 위세를 더했다. 스무 척의 화선들은 불꽃과 연기로 하늘을 가리면서 쏜살같이 조조의 수채로 들이닥쳤다.

수채 안에 있는 배들은 모두 닻을 내리고 있는 중이었다. 거기다가 연환계를 써서 서른 척 쉰 척씩 쇠사슬로 묶어놓은 터라 피할래야 피할 데가 없었다.

무슨 군호인지 강 건너에서는 포향이 들리는데, 스무 개의 거대한 불덩이 같은 황개의 화선들은 그대로 조조의 배들에 달라붙어 불을 옮겼다. 뱃머리에 박아둔 큰 못이 조조의 배들에 박혀 군사들이 밀어내보려 해도 꼼짝도 않았다.

그렇게 되고 보니 조조의 수채는 눈 깜짝할 사이에 불바다가 되고 말았다. 뿐만 아니라 처음 배에 옮겨 붙었던 불은 곧 거센 동남풍을 타고 뭍에 있는 진채들에까지 옮아갔다. 조조는 강 언덕에 있던 진채에서도 여기저기 연기와 불길이 솟는 걸 보자 얼이 다 빠져나가는 듯했다.

간밤까지만 해도 혼일사해(混一四海, 천하통일)의 꿈에 부풀어 있던 조조였다. 아니 조금 전 황개의 배가 멀리서 모습을 나타냈을 때만 해도 조조는 자신의 대망이 이루어지는 줄 알았다. 그런데 그 황개가 싣고 온 불이 그토록 무참히 조조의 꿈을 불살라버릴 줄이야.

뿐만이 아니었다. 불붙은 배에서 작은 배로 뛰어내린 황개는 몇 사람만 거느린 채 불길과 연기를 무릅쓰고 조조를 찾아 앞장서 덤벼왔다.

조조는 일이 위급함을 알아보고 급히 배에서 강 언덕으로 뛰어내리려 했다. 그러나 거리가 너무 멀어 어쩔 줄 모르고 있는데 마침 장요가 작은 배 한 척을 저어왔다. 조조가 부축을 받아 작은 배에 내려

보니 어느덧 자신이 타고 있던 큰 배도 불길에 휩싸이고 있었다. 장요를 비롯한 여남은 명의 장졸들은 조조를 감싸 지키며 급히 강 어귀 쪽으로 배를 저어갔다.

황개는 멀리서 붉은 옷을 입고 작은 배에 내리는 자를 보자 그게 틀림없이 조조일 것이라 짐작했다. 배를 젓는 군사들을 재촉하는 한편 칼을 휘두르며 크게 소리쳤다.

"조조 역적 놈은 달아나지 말라! 동오의 선봉 황개가 여기 있다."

그 소리를 들은 조조는 얼른 알아듣기 어려운 말로 괴로운 외침을 잇달아 토해냈다. 황개가 짓쳐오는 기세가 두려워서라기보다는 그런 황개를 그토록 쉽게 믿은 스스로를 향한 꾸짖음과 뉘우침에서 나온 소리였다. 조조와는 크기나 깊이가 달라도 황개를 미워하는 마음만은 뒤따르는 장졸들에게도 한결같았다. 장요가 가만히 살을 뽑아 활시위에 얹고 그 미움까지 실어 황개에게로 쏘아 붙였다.

마침 크게 인 바람에 불길은 대낮같이 밝게 비치어 황개의 모습을 드러나게 했다. 그러나 거센 바람 소리 때문에 화살이 날아오는 소리를 듣지 못해 미처 피하지 못한 황개는 그대로 어깻죽지를 맞고 물 위로 떨어졌다.

장요는 그 틈을 타 조조를 강 언덕까지 구해 내렸다. 하지만 이때 불은 이미 뭍에 있는 마보군의 진채에까지 옮아 붙어 조조의 대군 전체가 크게 어지러워진 뒤였다. 조조는 그런 군사들을 수습할 엄두를 못 내고 마필을 찾아 달아나기에 바빴다.

한편 그 무렵 한당도 기세를 타고 불길과 연기를 무릅쓰며 조조의 수채로 짓쳐들고 있었다. 문득 졸개 하나가 달려와 알렸다.

"키[舵] 뒤쪽에서 누가 큰 소리로 장군의 자를 부르고 있습니다."

그 말에 한당이 가만히 귀기울이니 다시 이런 소리가 들렸다.

"공의(公義, 한당의 자), 나를 구해주시오!"

"저것은 황공복이다. 어서 구하도록 하라."

그 목소리를 알아들은 한당이 급히 군사들에게 영을 내렸다.

군사들이 황개를 배로 끌어올려 보니 어깨에 화살이 꽂힌 채였다. 한당은 화살을 입으로 물고 뽑아냈으나 대만 뽑히고 화살촉은 여전히 살 속에 박혀 있었다. 손견을 따라나선 이래 수십 년 황개와 함께 싸움터를 누벼온 한당이었다. 조조를 쳐 공을 세우는 일보다는 황개를 구하는 게 더 급했다.

한당은 돌진을 멈추고 먼저 황개의 젖은 옷을 벗긴 뒤 칼로 황개의 살을 찢어 화살촉을 뽑아냈다. 그런 다음 기를 찢어 상처를 싸매고 자신의 전포를 입혀 대채로 돌려보냈다. 그곳에서 옳은 치료를 받게 하려 함이었다.

여느 사람 같았으면 황개의 목숨은 남아나기 어려웠을 것이다. 그러나 워낙 물에 익숙한 사람인 데다, 몹시 찬 계절이지만 갑옷을 입은 채 물에 떨어져 황개는 얼어죽지 않고 겨우 구함을 받을 수가 있었다. 조조 쪽에서 보면 반분은 풀린 셈이나, 동오로서도 불행 중의 다행이라 할 만했다.

그사이 싸움은 한층 열기를 더해 갔다. 불길은 강을 덮어 물 대신 흐르는 듯하고 함성은 하늘과 땅을 떨쳐울렸다. 왼쪽에서는 한당과 장흠이 이끄는 두 갈래의 군사가 적벽 서편으로 짓쳐들어오고, 오른쪽에서는 주태와 진무가 이끄는 군사들이 적벽 동편을 따라 조조군의 수채를 덮쳤다. 그리고 가운데로는 주유, 정보, 서성, 정봉을 뱃머리에 세운 동오의 선단(船團)이 모두 이르렀다.

불 기운 스치는 곳에 군사가 따르니, 불의 위세에 따라 군사들도 절로 사납고 날래졌다. 바로 삼강(三江)의 수전(水戰)이요, 적벽의 오병(鏖兵, 모진 싸움 또는 적을 몰살시킴)이었다.

이날 조조의 군사들이 떨어진 처지는 참담했다. 창에 찔리고 화살에 맞아 죽은 자에 불에 타고 물에 빠져 죽은 자를 더하면 그 수를 다 헤아릴 수 없을 정도였다. 뒷사람이 그 싸움터를 둘러보고 노래했다.

위와 오 자웅 겨루던 곳　　　　魏吳爭鬪決雌雄
적벽에는 배 한 척 보이지 않네　　赤壁樓船一掃空
매서운 불길 구름을 찌를 듯 강물 비칠 때　　烈火初張雲照海
주랑은 여기서 조공을 깨뜨렸네.　　周郎曾此破曹公

몰살을 당하는 것은 강 위에 떠 있던 조조의 군사들뿐만이 아니었다. 뭍에서도 강물 위에서와 못지않은 참상이 벌어지고 있었다.

뭍에 있는 조조의 진채를 가장 먼저 덮친 동오의 장수는 감녕이었다. 감녕은 거짓으로 항복해 온 채중을 앞세워 조조군 진채 깊숙이 들어선 뒤 한칼에 채중을 베어버렸다. 이제 더는 쓸모가 없어진 그를 미리 주유가 일러준 대로 없애버린 것이었다. 그리고 또한 떠나올 때 미리 주유에게서 받은 군령대로 마른 풀과 짚 검불을 모아 조조의 진채에 불을 질렀다.

여몽은 조조의 진채 안에서 불길이 이는 것을 보자 여기저기 불을 놓아 감녕과 접응했다. 반장 동습도 군사를 나누어 불을 지르고 함성을 올리며 조조군의 진채로 덮쳐갔다.

　그렇게 되니 사방에 보이는 것은 모두 오군이 지른 불길이요, 들리는 것은 천지를 뒤흔드는 북소리와 함성이었다. 강 위에서 이미 반나마 넋을 잃은 조조는 더욱 어찌할 줄을 몰랐다. 평소의 냉철함이나 임기응변의 재치는 다 어디 갔는지, 불길 속을 뚫고 달아나기 바빴다. 그런 조조를 따르는 것은 겨우 장요가 이끄는 백여 기뿐이었다.

　그러나 워낙 사방이 불길이라 한군데도 성한 곳이 없었다. 빠져나가려고 해도 빠져나갈 곳이 없이 이리저리 내닫고만 있는데, 모개가 문빙을 구해가지고 수십 기만 이끌고 조조를 찾아왔다. 수만이나 되던 수군 중에서 간신히 적병과 불길을 벗어나 강 언덕에 이른 숫자였다.

　조조는 그들을 보자 한심한 가운데도 가슴이 에이는 듯했다. 그러나 당장 급한 것은 사방을 에워싸고 있는 적군과 불길에서 벗어나는 일이었다.

　"모두들 이곳을 빠져나갈 길을 찾아보아라."

　간신히 마음을 진정시킨 조조가 군사들을 돌아보며 영을 내렸다. 장요가 한군데 불길이 뜸한 곳을 가리키며 말했다.

　"이렇게 된 이상 오림으로 가는 길밖에 없습니다. 그곳은 땅이 넓고 비어 있으니 빠져나갈 수 있을 것입니다."

　조조가 보기에도 그 길밖에 없을 것 같았다.

"좋다. 오림으로 가자!"

조조는 그렇게 결단을 내리고 지름길을 찾아 오림으로 달아났다. 호랑이 같은 장수 천 명에 날랜 군사 백만을 호언하던 대군 중에서 조조를 뒤따르는 것은 겨우 장요, 문빙, 모개 세 장수에 군사 백여 기뿐이었다. 하지만 그나마도 미처 적벽을 벗어나기도 전에 뒤쫓는 적군이 있었다.

"조조 이 역적 놈아, 어디로 달아나려느냐?"

그 같은 고함과 함께 뒤따르는 적군의 기치를 보니 여몽이 이끄는 군사였다. 조조는 장요를 남겨 뒤쫓는 적을 막게 하고 나머지 군마를 휘몰아 앞으로 내달았다. 다시 앞쪽에서 불이 일며 산골짜기로부터 한 떼의 군마가 쏟아져 나왔다.

"섰거라! 능통이 여기서 기다리고 있었다."

앞선 장수가 크게 소리쳤다. 조조는 놀란 나머지 간이 철렁 떨어지는 것 같았다. 어떻게 해야 할지 몰라 황망히 서 있는데 홀연 산비탈에서 또 한 떼의 군마가 쏟아져 내려왔다. 조조는 그게 적인 줄 알고 눈앞이 아득했다. 그때 앞선 장수가 크게 소리쳤다.

"승상께서는 놀라지 마십시오. 서황이 여기 있습니다!"

그 소리를 들은 조조는 지옥에서 부처를 만난 듯했다. 이어 어울린 양군은 한바탕 어지러운 싸움을 벌였다. 그러나 조조가 얻은 것은 겨우 북쪽으로 달아나는 한 가닥 길이었다.

그런데 얼마 가지 않아 다시 한 떼의 군마가 산 언덕에 진을 치고 있는 게 보였다. 겁부터 집어먹은 조조를 제쳐놓고 서황이 나가 물었다.

"너희들은 무엇이냐?"

다행히도 그들은 원소에게서 항복해 온 장수인 마연과 장의가 이끄는 군사들이었다. 삼천 군마를 이끌고 그곳에 진채를 벌이고 있던 마연과 장의는 대채 쪽에서 하늘 가득 불길이 오르는 것을 보았으나, 내막을 알 길이 없어 함부로 움직이지 못하고 있다가 알맞게 조조를 맞이하게 된 것이었다.

"그대들 둘은 일천 군마를 이끌고 앞서서 길을 열라!"

조조는 그렇게 영을 내리고 남은 군마들은 모두 자신을 호위케 하여 앞으로 나아갔다. 서황이 나타나고, 또 마연과 장의의 삼천 군마까지 만나게 되고 보니 다소 힘이 솟고 마음이 놓였다.

조조의 영을 받은 마연과 장의는 우쭐해졌다. 가만히 있다가 뜻밖에도 큰일을 맡게 된 그들은 이번에야말로 한번 공을 세워볼 기회라 생각하고 나는 듯 말을 달려 앞으로 나아갔다. 미처 십 리도 가기 전에 한 떼의 군마가 함성과 함께 나타나 그런 그들의 길을 막았다.

"나는 동오의 감녕이다. 어디를 감히 빠져나가려느냐!"

앞선 장수가 쩌렁쩌렁한 목소리로 을러댔다. 마연이 먼저 나서서 감녕과 겨루려 했다. 하지만 욕심만큼 솜씨가 따라주지 못하니 어쩌겠는가. 몇 번 창칼이 부딪기도 전에 마연은 감녕의 칼에 동강나 말 아래로 떨어졌다.

마연이 죽는 걸 보고 이번에는 장의가 창을 꼬나 잡고 감녕에게 덤볐다.

"이놈! 네 감히 나와 맞서보려느냐?"

감녕이 그런 장의를 보고 벽력같이 호통을 쳤다. 그 소리가 얼마나 컸던지 벌써 반나마 넘이 나가버린 장의는 손발조차 제대로 놀려보지 못하고 감녕의 한칼에 몸을 뒤집으며 말 아래로 떨어졌다.

두 장수가 죽는 걸 본 군사들은 혼비백산 되돌아가 조조에게 그 일을 알렸다. 이때 조조는 합비 쪽을 바라보며 구원병이 오기를 기다리고 있었다. 그런데 뜻밖에도 육손과 태사자의 군사들이 먼저 몰려왔다. 합비로 가는 길목을 막고 있던 손권이 멀리 강물 위에서 불길이 솟는 걸 보고 육손에게 불로 신호하게 하여 태사자를 부른 다음, 두 사람이 이끄는 군사를 합쳐 그리로 보낸 것이었다. 강물 위에 불길이 인 것을 자기편의 화공이 바로 들어맞음을 알고 패한 조조가 쫓겨올 길을 헤아려 취한 조처였다.

육손과 태사자의 군사들이 몰려오는 걸 본 조조는 싸움 한번 하지 않고 바로 말 머리를 돌려 이릉으로 달아났다. 거기서 다시 적지 않은 군사가 꺾였음은 말할 나위도 없었다. 그러나 다시 도중에 장합을 만나 얼마간의 군사가 보태어졌다.

조조는 장합에게 뒤쫓는 적병을 맞게 하고 자신은 말을 채찍질해 이릉 쪽으로 내달았다. 정신없이 달린 조조는 오경이 되어서야 비로소 뒤를 돌아보았다. 불빛이 차차 멀어지고 뒤쫓는 군사의 함성도 들리지 않았다. 드디어 지옥 같은 적벽을 벗어난 듯했다.

이른바 적벽대전(赤壁大戰)이란 것은 좁은 의미로서는 여기서 일단 매듭이 진다. 그런데 읽는 이의 흥을 깨뜨리는 일이 될지 모르지만, 이쯤에서 한번 정사를 더듬어보는 것도 뜻있는 일일 성싶다. 『연의』에서 가장 흥미롭고 재미난 부분 가운데 하나인 만큼 역사적인 진실을 알아두어야 할 필요도 있을 것 같기 때문이다.

먼저 살펴보고 싶은 것은 양편의 정확한 세력[戰力]이다. 『연의』에서 조조의 군사는 흔히 백만으로 불리고 있고, 제갈량에 의해 과장될 때는 백오십만, 주유에 의해 과소평가될 때도 형주에서 새로 얻은 군사 팔만을 빼고 이십삼만 명이었다. 그러나 사가들은 대략 조조의 군세를 이십오만 내외로 보고 있다. 이에 비해 유비, 손권의 군사는 『연의』와 정사가 대략 일치하여 오만으로 되어 있다. 다시 말해 양쪽의 군세는 흔히 말하듯 이십 대 일 또는 십칠 대 일이 아니라 오 대 일 정도였다. 거기다가 조조의 군사는 태반이 원소와 유표에게서 항복해 온 군사여서 믿을 수가 없었고, 순수 북방의 군사들은 또 태반이 병에 걸려 실제 전력은 유비와 동오 연합군의 두 배를 크게 넘지 않았을 것으로 보는 게 전쟁사가들의 통상적인 견해다.

그다음은 적벽대전 전의 양상이다. 『연의』는 양군이 오래 대치하여 갖은 준비 끝에 싸운 것으로 되어 있으나 정사는 손권이 유비를 시켜 합비를 공격하게 함으로써 싸움이 시작되고 적벽에 이르러 바로 끝난 것으로 되어 있다.

셋째로 살펴볼 것은 남북 양쪽에서 싸움 전야에 펼치고 있는 현란한 계략들이다. 먼저 주유가 장간을 이용해 채모와 장윤을 죽인 것은 정사에는 없다. 다만 「강표전(江表傳)」에서 인용한 주(註)에 장간이 주유를 달래러 갔다가 실패했다는 기록이 있을 뿐이다. 다음은 조조 편의 채중과 채화의 거짓 항복을 둘러싸고 펼쳐지는 일련의 사건인데, 적어도 정사에는 채중과 채화란 인물조차 나오지 않는다. 그다음은 방통의 연환계(連環計), 정사 어디에도 방통이 조조를 찾아가 배들을 쇠사슬로 얽어두라는 계책을 일러주었다는 말은 없다.

조조의 수군이 배를 서로 얽은 것은 배 멀미를 줄이기 위해 자체로 짜낸 방책이었다. 감택이 강을 건너 조조에게로 가서 그럴싸한 말로 황개의 항복을 믿게 하는 것도 꾸며낸 이야기다. 황개와 주유가 꾸민 고육계도 마찬가지, 정사에는 전혀 기록에 남아 있지 않다. 따라서 그토록 현란하게 오간 계략 중에서 유일하게 정사에 들어맞는 것은 황개의 사항계(詐降計) 하나뿐이다.

네 번째로 더듬어보고 싶은 것은 제갈량의 역할이다. 제갈량이 손권을 설득해 유비와 함께 조조에게 저항하게 한 것을 빼면 『연의』에 나오는 활약은 거의가 꾸민 이야기다. 주유와 주고받는 머리싸움도 그러하거니와 조조에게서 화살을 얻어온 일이며 동남풍을 비는 제사 등에서는 어떤 요기(妖氣)까지 느껴지게 한다. 남쪽 지방에 오래 살며 계절과 기후를 세밀히 관찰해서 얻은 지식이 과장된 나머지 그렇게 꾸며진 것이리라.

다섯 번째는 유비의 역할이다. 『삼국지』위지(魏志) 무제기(武帝記)에는 적벽에서 조조와 싸운 사람을 유비로 적고 있고, 조조의 수군을 불태운 것도 유비였다고 주(註)에 나와 있다. 가장 우두머리만 적다 보니 주유, 황개 등이 빠졌다고 볼 수 있겠으나 적어도 『연의』에서처럼 강 건너 불구경하듯 적벽 싸움을 구경만 하고 있었던 것은 아니었음에 분명하다.

여섯 번째로는 적벽대전을 승리로 이끈 화공 전술의 출처이다. 『연의』에서는 제갈량과 주유의 공동 작품으로 되어 있으나, 정사의 기록은 공을 오직 황개에게만 돌리고 있다.

마지막으로 살펴보고 싶은 것은 그 싸움에 대한 평가이다. 조조 쪽으로 보면 뼈아픈 일패(一敗)였으나 『연의』에서 보는 것처럼 그 패배가 그렇게 부끄럽고 참담한 것은 아니었다. 앞서 말했듯 군세(軍勢)에 있어서도 조조가 절대적으로 유리했던 것만은 아니었으며, 지략의 싸움에서는 더욱 그러했다. 조조 아래도 여러 모사가 있었으나 적벽대전에 참가한 모사는 정욱과 순유 정도였다.

　그러나 상대는 제갈량, 주유, 방통, 노숙을 비롯한 당대 일류의 병가들을 거느린, 실전 경험이 풍부한 유비와 젊은 패기의 손권이었다. 그 점에서는 조조가 이겼다면 오히려 이상했을 싸움이었다. 거기다가 조조의 패배도 싸움에 불리하여 약간의 타격을 받고 물러났다는 정도이지 백만 대군이 겨우 몇백 기만 돌아갔다는 식은 아니었다.

　여기서 다시 한번 음미해보고 싶은 것은 작가의 사관과 정통성의 문제이다. 혈통만이 왕조의 정통성을 보장하는 유일한 징표라는 관점에서 촉한정통론(蜀漢正統論)을 앞세우다 보니 유비 쪽의 승리를 지나치게 과장하게 되고, 또 그렇게 하다 보니 조조의 패배는 그토록 치욕스럽고 참담하게 꾸며졌을 것이다. 하지만 그럼에도 불구하고 아무도 그런 『연의』의 저자를 나무랄 수는 없다. 그는 그가 살았던 시대의 보편적인 관점에 따라 정통성을 부여했고, 그 정통성에 따라 얘기를 꾸며나갔을 뿐이므로.

화용도(華容道)를 끊기엔
옛 은의 무거워라

어쨌든 적벽에서 벗어났다 싶자 조조는 비로소 마음이 놓였다. 문득 고개를 들어 사방을 살피다가 뒤따르는 군사에게 물었다.

"여기가 어디냐?"

"이곳은 오림으로 보면 서쪽이 되고 의도(宜都)에서는 북쪽이 되는 땅입니다."

군사가 이렇게 대답하자 조조는 나무가 빽빽이 들어선 데다 산과 내가 험하고 가파른 주위를 다시 한번 휘둘러보았다. 그러다가 무슨 생각을 했는지 갑자기 말 위에서 고개를 젖히고 껄껄거렸다. 방금 싸움에 져 형편없이 쫓겨온 사람답지 않게 웃어젖히는 게 이상스러워 곁에 있던 장수들이 물었다.

"승상께서는 무슨 까닭으로 그토록 웃으십니까?"

"내가 웃은 것은 다만 주유가 꾀가 없고 제갈량이 슬기롭지 못한 점이었다. 만약 내가 군사를 부렸다면 반드시 저 숲속이나 골짜기에 미리 한 떼의 군사들을 숨겨두었을 것이다. 그대들 생각에는 어떤가."

조조가 여전이 웃음을 머금은 채 그렇게 대답했다. 그런데 미처 그 말이 끝나기도 전이었다. 길 양쪽에서 북소리가 떨쳐울리면서 하늘을 찌를 듯한 불길이 솟았다. 놀란 조조는 하마터면 말에서 떨어질 뻔했다.

뒤이어 비탈진 언덕 뒤에서 한 떼의 군마가 쏟아져 나오며 앞선 장수가 크게 소리쳤다.

"나는 상산의 조자룡이다! 군사의 명을 받들어 여기서 너희를 기다린 지 오래다."

조자룡이란 이름을 듣자 조조는 가슴이 덜컥했다. 지난날 당양 장판벌에서 흰 칼빛에 싸인 채 천군만마 사이를 무인지경 가듯 하던 그의 모습이 떠올랐기 때문이었다.

"서황과 장합은 함께 나가 조운을 막으라!"

조조는 그렇게 급한 영을 내린 뒤 자신은 불길과 연기를 무릅쓰고 방향을 바꿔 내달았다. 다행히도 조운이 애써 조조를 뒤쫓을 생각은 않고 항복한 군사를 거둬들이는 것과 기치를 빼앗는 일에만 바빠 조조는 겨우 위급한 지경에서 빠져나갈 수 있었다.

차차 날이 밝아왔다. 그러나 검은 구름이 가득 덮인 하늘에 동남풍은 아직도 그치지 않고 불었다. 거기다가 갑자기 큰비가 쏟아져 조조와 그를 따르는 장졸들의 머리에 동이로 물을 퍼붓듯 했다. 한창 추운 동짓달에 옷까지 함빡 젖은 조조와 그 군사들의 고생스러움은 이루 다 말할 수가 없었다.

그래도 조조와 그 군사들은 비를 무릅쓰고 앞으로만 내달았다. 한참을 가다 보니 이번에는 배고픔이 그들을 괴롭히기 시작했다. 전날 저녁밥 뒤에는 아무것도 먹은 것이 없는 데다 밤새 이리 쫓기고 저리 몰리며 수십 리 길을 달려온 뒤라 그럴 만도 했다.

조조는 뒤따르는 군사들이 모두 배고파하는 기색을 보고 그곳에서 밥을 지어먹고 가기로 작정했다. 이제 어지간히 적의 추격에서 벗어난 것 같은 생각도 들었거니와 추위는 내달으며 잊을 수 있어도 배고픔은 달리 어떻게 달래볼 길이 없는 까닭이었다.

하지만 황망히 쫓겨오는 길이라 곡식이며 밥 지을 솥과 불씨 따위가 갖춰져 있을 리 없었다. 하는 수 없이 조조는 군사들을 마을로 내려보내 곡식과 불씨를 빼앗아오게 했다. 백성들을 약탈하는 것은 되도록 피해 온 그였으나 이번에는 어쩔 수가 없었다.

군사들이 가까운 마을에서 빼앗아온 곡식으로 한창 밥을 짓고 있는데 다시 뒤쪽에서 한 떼의 군마가 나타났다. 조조는 놀라 가슴이 내려앉는 듯했으나 다행히도 앞선 장수는 이전과 허저였다. 어지러운 중에도 군사 얼마를 긁어모아 여러 모사들을 보호하며 뒤쫓아온 길이었다.

그들이 오자 조조는 크게 기뻤다. 서둘러 지은 밥을 장졸들에게 나누어 먹인 뒤 다시 길을 재촉했다.

"앞으로 나가면 어디로 가게 되는가?"

한참을 가던 조조가 길을 잘 아는 군사에게 물었다. 그 군사가 대답했다.

"한쪽은 남이릉으로 가는 큰 길이 나오고 한쪽은 북이릉으로 가는 산길로 들게 됩니다."

"어느 쪽이 남군 강릉으로 가기에 가까운가?"

조조가 다시 물었다.

"남이릉으로 해서 호로구로 빠지면 가장 가깝습니다."

군사가 그렇게 대답하자 조조는 길게 생각할 것도 없이 남이릉으로 가는 길로 접어들었다. (지난 회에서 공명은 조조가 북이릉으로 갈 것이며, 그곳에 호로곡이 있다고 했는데, 이번 회에서 조조는 남이릉으로 가며 거기서 호로곡이 나온다. 『연의』 저자의 혼동이 있었던 듯하다. 또 이릉은 강릉보다 훨씬 서북쪽에 있는데 남동쪽에 있던 조조가 강릉으로 가기 위해 이릉을 지나가는 이상한 일이 벌어지고 있다. 지리상 비정(比定)에 착오가 있은 듯하다―평역자 주)

호로구에 이르자 군사들의 얼굴에 다시 주린 기색이 떠돌았다. 그사이 적지 않은 시간이 흐른 데다 먼길을 힘들여 달려온 까닭이었다. 거기다가 지칠 대로 지쳐 사람과 말이 모두 더 움직이기 어려웠다. 어떤 군사는 그대로 길바닥에 자빠져 일어나지 못하기도 했다.

"잠시 이곳에서 쉬며 밥을 지어 먹기로 한다. 솥을 걸고 가까운 마을에서 곡식을 거둬와 밥을 지으라. 또 마른 나뭇가지를 주워모아 불을 피우고 말을 잡아 그 고기를 구움과 아울러 젖은 옷들을 말리도록 하라."

보다 못한 조조가 그렇게 영을 내렸다. 그 말을 군사들은 좋아라 따랐다.

밥을 짓고 말고기를 굽는 한편 모두 젖은 옷을 벗어 바람맞이 나뭇가지에 걸거나 불에 쬐어 말렸다. 뿐만 아니라 말들도 안장을 내리고 들판에 풀어놓아 풀뿌리라도 뜯으며 쉬게 했다.

조조도 말에서 내려 드문드문 서 있는 나무 아래 자리를 잡고 앉았다. 그런데 다시 무슨 생각이 들었던지 문득 하늘을 쳐다보며 크게 웃었다.

"얼마 전 승상께서 주유와 제갈량을 비웃다가 난데없이 조자룡이 뛰어나와 많은 우리 편 인마가 꺾인 적이 있습니다. 그런데 지금은 또 무슨 까닭으로 웃으십니까?"

곁에 있던 사람들이 까닭없이 불길한 느낌이 일어 그렇게 물었다. 그러나 조조는 걱정이라고는 조금도 보이지 않는 얼굴로 빈정거리듯 말했다.

"지난 일이야 어쨌건 결국 주유와 제갈량의 지모란 것도 별것은 아니로구나. 만약 내가 그들의 자리에서 군사를 부렸다면 반드시 이곳에다 한 떼의 군마를 숨겨두었을 것이다. 그렇게 되면 편안히 쉬면서 지친 군사가 오기를 기다려 치는 격이 되니, 우리들이 비록 목숨은 건진다 해도 크게 다치지 않을 수 없으리라. 그런데도 쥐새끼 한 마리 얼씬거리지 않기에 나는 그걸 웃었다."

그런데 미처 그 말이 끝나기도 전에 앞뒤의 군사들이 한꺼번에 소리를 질러댔다. 적이 나타난 걸 본 것 같았다.

몹시 놀란 조조는 갑옷을 걸칠 틈도 없이 말에 올랐다. 그러나 말을 들에 풀어놓고 있던 군사들 중에는 미처 말을 붙들지 못해 뛰어서 달아나는 자가 더 많았다.

오래잖아 사방에서 불길과 연기가 일어 산골짜기를 덮더니 과연

한 떼의 군마가 벌여 서서 조조의 앞을 막았다. 앞선 장수를 보니 바로 장비였다. 장비는 장팔사모를 비스듬히 꼬나 잡고 호통을 쳤다.

"조조 이 역적 놈아, 네 감히 어디로 달아나려느냐!"

모든 장졸들은 그 같은 장비를 보자 한결같이 간담이 서늘해졌다. 놀랍고 두렵기는 조조 역시 크게 다르지 않았다. 말문이 막혀 군령조차 내리지 못하고 있는데 허저가 안장 없는 말을 타고 나가 장비를 맞았다. 이어 장요와 서황이 말을 몰아 함께 장비를 들이치고 양편의 군사들도 서로 어지럽게 뒤엉켰다.

하지만 승부는 처음부터 정해져 있는 바나 다름없는 싸움이었다. 비록 세 장수가 한꺼번에 장비에게 덤벼들었으나 그들은 밤새 쫓기며 추위와 굶주림에 시달린 데다 갑작스런 복병을 만난 터라 마음마저 온전치 못했다. 이에 비해 장비는 먼저 와 푸근히 쉬다가 때를 노려 들이친 것이라 셋을 상대로 싸우면서도 오히려 여유가 있었다.

거기다가 군사들의 균형은 한층 심하게 깨져 있었다. 장비의 군사는 수도 많고 편안히 쉬어 기세가 올라 있었고, 조조의 군사들은 얼마 되지 않은 데다 지치고 굶주려 있었다. 먼저 군사들이 밀리니 허저와 장요, 서황이 아무리 맹장이라 해도 장비와 그 군사들을 셋이서 다 막아낼 수는 없었다.

조조가 체신도 잊고 말을 박차 달아나고 이어 장수들과 군사들이 어지러이 쫓기며 뒤따랐다. 장비는 그런 조조군을 뒤쫓으며 마음껏 죽이고 사로잡았다.

그래도 조조는 뒤 한번 돌아보지 않고 말등에 찰싹 엎드려 앞으로만 내달았다. 한참을 가다 보니 차차 뒤쫓는 함성 소리가 멀어졌다. 그럭저럭 장비의 추격에서 벗어난 성싶었다.

그제야 조조는 뒤를 돌아보았다. 장수들과 군사들 약간이 뒤따라오고 있는데 성한 사람이 드물 정도로 다친 사람이 많았다. 조조가 암담한 기분으로 나아가는데 앞서 가던 군사 하나가 달려와 물었다.

"앞에는 두 갈래 길이 나 있는데 어느 쪽으로 가야 되겠습니까?"

"어느 쪽 길이 가까우냐?"

조조가 그렇게 되묻자 그 군사가 대답했다.

"큰 길은 비록 넓고 평평하기는 하되 오십여 리가 멀고, 좁은 길은 화용도(華容道)를 지나게 되는데 오십여 리가 가깝습니다."

그러자 조조가 잠깐 생각에 잠기더니 문득 한 군사에게 영을 내렸다.

"너는 지금 산 위로 올라가 그 두 갈래 길을 각기 살펴보도록 하라. 자세히 살펴 조금이라도 그릇됨이 없어야 한다!"

영을 받은 군사가 한참 뒤에 돌아와 조조에게 알렸다.

"좁은 길 산기슭 몇 곳에 연기가 나고 있으나 큰 길에는 별다른 움직임이 보이지 아니합니다."

"그렇다면 좁은 길로 들어 화용도로 가도록 하자."

조조는 대뜸 그렇게 영을 내리고 앞서 말을 몰아갔다. 여러 장수들이 뒤따라오며 알 수 없다는 듯 물었다.

"연기가 일고 있다면 거기에는 반드시 군마가 있을 것입니다. 그런데도 승상께서는 어찌하여 오히려 그쪽 길로 가려 하십니까?"

조조가 그런 그들을 깨우쳐주듯 말했다.

"그대들은 어찌하여 병서에 이른 말도 듣지 못했는가? 있는 듯하며 없고[實則虛之] 없는 듯하며 있다[虛則實之]는 게 군사를 부리는 큰 이치가 아닌가? 제갈량은 꾀가 많은 자라 일부러 사람을 시켜 산기슭에 불을 놓게 하고 우리로 하여금 그쪽 산길로 드는 것을 막으려 하고 있다. 큰 길에다 복병을 숨겨놓고 기다리다가 우리가 그리로 가면 들이치기 위해서이다. 내가 다 헤아려 결정한 일이니 다른 소리 하지 말라!"

너무 많이 아는 것이 오히려 병이 된 꼴이었다. 하지만 조조의 말을 듣고 보니 장수들도 그게 그럴싸했다. 딴소리는커녕 오히려 조조의 그 같은 헤아림에 감탄해 마지않았다.

"승상의 깊고 깊은 헤아림은 실로 따를 만한 사람이 없을 것입니다."

그러고는 군사들을 몰아 화용도로 달려갔다. 그 무렵 군사들도 모두 너무 주려 쓰러질 듯하고 말들도 지칠 대로 지쳐 있었다. 머리가 그슬리고 얼굴이 데인 자들은 서로 부축하며 걷게 하고, 화살에 맞고 창에 찔린 자들은 억지로 내몰 듯해 달아나는 중이었다.

옷과 갑주는 모두 젖어 있는데, 그나마 제대로 차려입은 자는 거의 없었다. 병장기며 깃발도 제멋대로 처들어 가지런하고 위세로운 것과는 거리가 멀었다.

군사들의 차림이나 몰골이 그 꼴이 난 것은 대개 이릉 길가에서 장비를 만난 탓이었다. 놀란 김에 안장과 옷을 모두 버리고 맨 말등에 올라 달아나기 바빴다. 때는 한창 추운 겨울이라 그런 차림으로 길을 가기가 얼마나 괴로운가는 말하지 않아도 알 만한 일이었다. 그런 데다 그들을 더욱 괴롭힌 것은 화용도로 드는 길이었다. 앞으로 나아가던 행렬이 갑자기 멈춘 것을 보고 조조가 물었다.

"무슨 일이냐?"

"앞 산기슭 좁은 길이 새벽에 온 비로 구덩이가 패고 물이 괴어 진뻘 수렁이 되어버렸습니다. 말굽이 진뻘에서 빠지지 않아 앞으로 나가지 못하고 있습니다."

엎친 데 덮친 격으로 길까지 애를 먹이니 조조는 앞뒤 없이 화가 나서 애꿎은 그 군사만 꾸짖었다.

"군사란 산을 만나면 길을 열고 나가고, 물을 만나면 다리를 놓아 건넌다. 어찌 진흙 구덩이 따위를 핑계로 나아가지 못한다 하느냐?"

그리고는 모든 장졸들을 돌아보며 영을 내렸다.

"늙고 병든 자와 싸움에서 다친 자는 뒤에 천천히 오고 젊고 힘 있는 자는 모두 앞서라. 흙을 퍼나르고 싸릿단이며 풀잎과 억새를 묶어 구덩이를 메우도록 한다. 장요, 허저, 서황은 백 기를 이끌고 이들이 일하는 것을 살피되 게으름을 피우는 자는 한칼에 목을 베도록 하라!"

실로 가을 서릿발처럼 매서운 영이었다. 비록 싸움에 져 쫓기는 몸이기는 하지만 어느 누구의 영이라고 거역하겠는가. 곧 그대로 시행되니 구덩이는 메워지고, 끊어진 길은 나무를 찍어 엮은 다리로 이어졌다. 그럭저럭 인마는 다시 앞으로 나아가게 되었으나 그동안에 겪은 군사들의 고초는 컸다. 거기서 얼어죽고 혹은 독려의 칼에 맞아 죽은 자만도 그 수를 헤아릴 수 없을 정도였다. 뿐만 아니라 길은 열렸다 해도 어려움은 다하지 않았으니, 이래저래 부대끼는 군사들의 구슬픈 울음소리는 길을 따라 끊이지 아니했다.

"죽고 사는 것은 다 하늘이 정한 것인데 어찌하여 울고 짜고 하느냐? 이제 다시 울음소리를 내는 자가 있으면 선 채로 목을 베리라!"

성난 조조가 매섭게 영을 내렸다.

이때 조조의 인마는 그 길을 지나기 전보다 삼 분의 일로 줄어 있었다. 한 무리는 뒤처지고 한 무리는 구덩이와 골짜기를 메우다 잃어버린 탓이었다. 겨우 험하고 거친 곳을 지나 평탄한 길에 이르러 돌아보니 조조를 뒤따르는 것은 삼백 기 남짓했다. 그나마 갑옷 투구를 제대로 갖춘 자는 거의 없었다.

"어서 가자!"

조조는 그들을 재촉해 갈 길을 서둘렀다. 뭇 장수들이 나서서 청했다.

"사람은 제쳐놓고라도 말이 너무 지쳐 빠져나갈 수가 없습니다. 조금만 쉬고 가게 해주십시오."

"무슨 소리! 쉬는 것은 형주에 이른 뒤에라도 늦지 않다."

조조는 한마디로 장수들의 청을 물리치고 나아가기만을 재촉했다.

조조가 그렇게 몰아대니 벌벌 기듯 하면서도 인마가 아울러 움직이기는 했다. 그런데 거기서 몇 리 가기도 전이었다. 조조가 다시 채찍을 들어 하늘을 가리키며 껄껄거렸다. 조조의 웃음 뒤에 여러 번 낭패를 당해본 적이 있는지라 장수들이 까닭 모르게 불안해하며 물었다.

"승상께서는 어인 까닭으로 또 웃으십니까?"

"사람들은 모두 주유와 제갈량이 아는 것이 깊고 꾀가 많다 하지마는 내가 보기에는 별것 아닌 무리들이다. 만약 이곳에다가 일려(一旅, 오백 명)의 군사만 숨겨놓았더라도 우리는 꼼짝없이 사로잡히고 말았을 것이다."

그렇게 철저하게 두들겨 맞고 쫓기는 중에도 끝내 머리싸움에서 졌다는 걸 인정하고 싶지 않은 조조의 허세였다. 하지만 이번에도 일은 곱게 끝나지 않았다.

미처 조조의 말이 끝나기도 전에 한소리 포향이 울리더니 길 양쪽에서 오백 명 남짓의 군사들이 칼을 휘두르며 쏟아져 나왔다. 앞선 장수는 다름 아닌 관운장 그 사람이었다. 청룡도를 비껴든 채 적토마 위에 올라 길을 막고 섰는데, 그 모습이 마치 하늘에서 내려온 신장(神將) 같았다.

관운장을 본 조조의 군사들은 간이 떨어지고 넋이 흩어진 듯 서로 얼굴만 마주볼 뿐 입 한번 떼는 자가 없었다. 하지만 조조는 달랐다. 우두머리다운 기백을 잃지 않고 비장한 결의를 내비쳤다.

"이미 여기까지 왔으니 다시 뒤돌아 달아날 수는 없다. 죽기로 한 판 싸워보도록 하자!"

기백은 장해도 어림없는 소리였다. 장수들이 조조에게 그걸 깨우쳐주었다.

"군사들이 겁을 먹지 않고 따른다 해도 말이 이미 힘이 다했습니다. 그런데 어떻게 다시 싸워볼 수 있겠습니까?"

그제서야 조조도 자신을 뒤따르는 인마를 돌아보고 어두운 얼굴이 되어 입을 다물었다. 정욱이 나서서 그런 조조에게 가만히 말했다.

"저는 평소부터 관운장이 자기보다 나은 사람에게는 오만해도 못한 사람에게는 모질지 못함을 잘 알고 있습니다. 힘센 자는 우습게 여겨도 약한 자를 짓밟지 않으며, 은혜와 원수를 갚는 데 분명하고

신의를 무엇보다 높이 내세우는 게 바로 관운장 그 사람이지요. 그런데 지난날 승상께서는 그에게 은혜를 베푼 적이 있습니다. 이제 몸소 나서시어 그를 말로 달래본다면 이 어려움에서 벗어날 길도 있을 것입니다.”

조조 또한 운장의 성품을 잘 아는 터라 정욱의 그 같은 말을 옳게 여겼다. 몸소 말을 몰아 앞으로 나아간 뒤 관우에게 몸을 굽혀 예를 표하며 말했다.

“장군께서는 그동안 별일 없으셨소?”

관우 역시 몸을 구부려 조조의 예에 답하며 말을 받았다.

“이 관아무개는 군사의 명을 받들어 이곳에서 승상을 기다린 지 이미 오래되었소이다.”

굳이 조조의 인사말을 못 들은 체 자신이 맡은 일만 밝혀 엄한 기색을 지었으나 그런 관우의 목소리에는 어딘가 희미한 떨림이 있었다. 그 낌새를 알아챈 조조가 문득 간곡한 어조로 사정했다.

“이 조조는 싸움에 져 심히 위태로운 지경에 빠져 있소. 그래도 용케 예까지는 빠져나왔는데 이제 이곳에 이르러 길이 막히게 되었구려. 바라건대 장군께서는 옛 정을 무겁게 여기시어 한 가닥 살 길을 열어주시오.”

“지난날 이 관아무개가 승상의 두터운 은혜를 입었다고는 하나 안량과 문추를 베어 백마 싸움에서의 어려움을 풀어드렸으니 받은 은혜는 이미 보답한 셈이외다. 더구나 오늘의 일은 군명에 따른 것인데, 어찌 사사로운 정으로 공사를 그르칠 수 있겠소이까?”

처음부터 제갈공명에게 다짐을 받고 온 일이라 관우는 여전히 엄한 기색을 지은 채 대답했다. 그러나 그의 눈길에는 조조는 물론 한 때는 그와 다정하게 지냈던 서황을 비롯한 몇몇 장수의 지치고 초라한 모습에 동정하는 빛이 역력했다. 조조가 다시 그런 관우의 무른 마음에 매달리듯 말했다.

"하지만 나의 다섯 관(關)을 지나며 여섯 장수를 죽인 일은 잊지는 않으셨을 게요. 그래도 나는 장군을 뒤쫓지 않았는데 그 일은 어찌시겠소? 무릇 대장부는 신의를 가장 무겁게 여겨야 하는 법이외다. 장군은 『춘추』를 깊이 읽어 밝게 아시면서 어찌 유공지사(庾公之斯)가 자탁유자(子濯孺子)를 쫓던 일은 모르시오?"

자탁유자는 정(鄭)나라의 대부로 활을 매우 잘 쏘았다. 어느 해 군명을 받고 위나라를 치게 되었는데, 위(衛)에서는 대부 유공지사를 보내 막아내게 하였다. 싸움이 불리하게 되어 쫓기면서 자탁유자가 탄식했다. '오늘은 내가 병이 나서 활을 들지 못하니 죽는 수밖에 없구나!' 그리고 그를 따르는 종에게 물었다. '나를 뒤쫓는 자가 누구냐?' 그 종이 대답했다. '유공지사란 자입니다.' 그 말을 들은 자탁유자는 안심한 듯 말했다. '이제 나는 살게 되었다.'

그 종이 이상히 여겨 물었다. '유공지사는 위나라에서 활을 가장 잘 쏜다는 사람인데 부자(夫子, 선생)께서는 어찌하여 오히려 이제 살게 되었다 하십니까?' 그러자 자탁유자가 대답했다. '유공지사는 활쏘기를 윤공지타(尹公之佗)에게서 배웠고, 윤공지타는 나에게서 활쏘기를 배웠다. 그런데 윤공지타는 마음이 바른 사람이니 그가 가까이한 사람도 또한 그러할 것이다. 어찌 나를 쏠 수 있겠느냐?' 그 때 유공지사가 뒤쫓아와서 자탁유자에게 물었다. '부자께서는 왜 활을 들어 맞서지 않으시오?' '나는 오늘 병이 나서 활을 잡을 수가 없소.' 자탁유자가 그렇게 대답하자 유공지사가 말했다. '저는 활쏘기를 윤공지타에게서 배웠고 윤공지타는 활쏘기를 부자께 배웠으니 결국 제 활 솜씨도 부자께로부터 온 셈입니다. 차마 그 솜씨로 부자를 도리어 해칠 수는 없습니다. 하지만 오늘의 일은 임군의 명을 받들고 하는 일이라 또한 감히 어길 수도 없습니다.' 그리고 화살을 뽑아 쇠테를 풀고 화살촉을 빼낸 뒤 활을 몇 대 쏘고 돌아갔다.

대개 이런 얘기가 『맹자』의 「이루(離婁)」 장에 나온다. 조조는 아마도 그 일과 『춘추』의 양공(襄公) 십사년 조(條)에 나오는 일을 혼동한 것 같았다. 그러나 사람은 조금 달라도 경우가 비슷하여 관우가 그 뜻을 알아들을 만은 했다.

관우는 의리를 산처럼 무겁게 여기는 사람이었다. 지난날 조조가 갖가지 은혜를 베푼 일을 떠올린 위에다 그 조조를 떠나오면서는 다섯 관의 장수를 죽였는데도 조조는 오히려 사람을 보내 그가 떠나는 것을 도와준 일을 더하여 생각하니 어찌 마음이 움직이지 않겠는가. 거기다가 조조의 군사들이 두려움에 떨며 줄줄이 눈물만 흘리고 서 있는 꼴을 보자 차마 모질게 다룰 수가 없었다. 말없이 말머리를 돌려 이끌고 온 장졸들에게 조용히 명했다.

"모두 흩어져 벌려 서라!"

뚜렷이 밝히지는 않았지만 그것은 조조에게 길을 내주라는 말이나 다름없었다. 조조는 관우의 속뜻을 짐작하고 얼른 장졸들을 재촉하여 화용도를 지나려 했다.

"이놈들, 너희는 어디로 가려느냐?"

조조가 빠져나가는 걸 못 본 체하고 있던 관우가 문득 벽력같은 호통을 내질렀다. 조조 외에는 아무도 보내지 않을 심산인 것 같았다. 호통 소리에 놀란 조조의 장졸들이 한결같이 말에서 뛰어내려 울고 절하며 목숨을 빌었다. 그 애처로운 광경을 보자 다시 관우의 어진 마음이 흔들렸다. 차마 그들을 사로잡지 못하고 머뭇거리고 있었다.

그때 좀 뒤떨어져 있던 장요가 약간의 군사를 이끌고 조조를 뒤따라왔다. 장요를 보자 관우는 다시 옛 정이 되살아났다. 마침내 조조의 장졸들에게까지도 손을 못 쓰고 모조리 놓아주어버렸다.

화용도의 어려움을 빠져나와 정신없이 내닫던 조조는 이윽고 골짜기가 끝나는 어귀에 이르렀다. 뒤를 돌아보니 따라오고 있는 장졸은 겨우 스물일곱 기에 지나지 않았다. 조금 더 기다리면 얼마간은 더 긁어모을 수 있겠지만 조조에게는 그럴 겨를이 없었다. 그대로 남군을 바라고 말을 채찍질해 내달았다.

저물 무렵 하여 남군 가까이 이르렀을 때였다. 갑자기 횃불이 밝혀지며 한 떼의 군마가 길을 막았다.

"이제 나는 죽었구나!"

놀란 조조는 싸워볼 엄두도 내보지 못하고 탄식했다. 그러면서 망연히 서 있는데 문득 앞선 장수며 기치가 눈에 익었음을 깨달았다. 자세히 보니 반갑게도 그들은 아우인 조인의 군마였다.

조인이 조조를 맞으며 변명처럼 말했다.

"형님의 대군이 패한 줄은 알았으나 함부로 멀리 움직일 수 없었습니다. 가만히 앉아서 맞아들이게 된 듯하여 죄송스럽습니다."

"잘 왔다. 하마터면 너를 다시는 못 볼 뻔했다."

조조는 그렇게 조인의 편찮은 마음을 달래주고 군사들과 함께 남군에 들어가 쉬었다. 오래잖아 장요도 나머지 장졸들과 더불어 남군에 이르렀다. 관우가 자기들을 놓아 보내준 일을 말하며 새삼 그 덕을 기렸다. 조조가 그들을 살펴보니 심하게 다친 사람이 매우 많았다. 조조는 그들을 쉬게 하고 조인과 더불어 술을 나누며 괴로운 마음을 달랬다.

그때 방 안에는 조조와 조인 외에도 여러 모사들이 함께 앉아 있었다. 술을 마시며 그들을 둘러보던 조조가 문득 하늘을 우러러보며 소리내어 통곡했다.

"승상께서는 호랑이 굴같이 위험한 곳을 빠져나오실 때도 전혀 두려워하시거나 겁을 먹지 않으셨습니다. 그런데 이제 안전한 성안에 이르러 어이 된 일입니까? 군사들은 배불리 밥을 먹고 말도 먹이 풀로 주린 배를 채웠거늘, 그들을 정돈하여 원수 갚을 의논은 아니 하시고 오히려 슬피 우시니 도무지 그 까닭을 알 수가 없습니다."

여러 모사들이 알 수 없다는 얼굴로 물었다. 조조가 눈물을 씻으며 대답했다.

"나는 죽은 곽봉효를 생각하고 울었다. 만약 그가 살아 있었다면 결코 내가 이토록 크게 패하게는 하지 않았을 것이다!"

그 말에 여러 모사들은 한결같이 얼굴에 부끄러운 빛을 띤 채 입을 열지 못했다.

다음 날이었다. 조조는 조인을 불러 말했다.

"나는 이제 잠시 허도로 돌아가겠다. 가서 다시 군마를 모아 반드시 이 원수를 갚으러 돌아오겠다. 너는 여기서 남군을 지키며 기다리고 있거라."

그리고 비단 주머니 하나를 내어주며 덧붙였다.

"이 안에 한 가지 계책을 숨겨두었다. 위급할 때가 아니면 열어보지 말고 위급할 때만 열어보도록 하라. 그 안에 적힌 대로 따르면 동오는 감히 남군을 엿보지 못할 것이다."

"합비와 양양은 누가 지키도록 하셨습니까?"

조인이 그런 조조에게 물었다. 놀랍게도 조조는 이미 거기까지 생각해둔 듯 대답했다.

"형주는 네가 아울러 맡아 다스리도록 해라. 양양은 내가 이미 하후돈을 보내 지키게 했다. 합비는 이곳 싸움에서는 가장 긴요한 땅이라 장요를 주장으로 삼고 악진과 이전을 부장으로 삼아 그곳을 지키도록 할 작정이다. 그러나 무슨 일이 있거든 즉시 내게 알리는 걸 잊지 말아라."

자기가 떠난 뒤의 일까지 모두 헤아려 배치를 끝낸 조조는 곧 말에 올라 허창으로 떠났다. 그를 따르는 것은 원래 데리고 온 사람들 외에도 형주에서 항복한 문무 벼슬아치들이 더 있었다. 항복받은 사람들을 앞세운 것은 적벽에서의 패전이 가져올 권위의 손상을 조금이라도 덜어보기 위한 조조의 잔꾀였다. 따라서 얼른 보면 허창으로 돌아오는 조조의 행렬은 무슨 개선 행진과도 같았다.

남군에 남은 조인은 다시 아우 조홍에게 남군과 이릉을 맡겨 주유를 막게 하고 자신은 형주에서 그 일대를 다스리기로 했다. 적벽에서의 참담한 패전에 견주어보면 뜻밖으로 재빠른 북군의 수습이었다.

한편 조조를 놓아보낸 관우는 빈손으로 하구에 돌아가지 않을 수 없었다. 이때 여러 길로 나아갔던 군마는 각기 전리품을 싸들고 이미 돌아와 있었다. 적에게서 뺏은 말이며 창칼 갑주에다 싸움에 쓰는 여러 가지 기구들과 돈이며 곡식이 산더미 같았다. 그러나 관운장만은 적병 한 사람도 사로잡지 못하고 곡식 한 톨, 쇠토막 하나 얻은 것이 없었다.

이때 공명은 현덕과 더불어 싸움에 이긴 것을 기꺼워하고 있다가 관우가 돌아왔다는 말을 들었다. 급히 자리에서 일어나 진문 밖에서 관우를 맞아들이며 말했다.

"장군께서는 천하에 큰 해가 되는 역적을 죽여 세상을 덮을 만한 공을 세우셨소. 마땅히 멀리 나와 맞으며 경하를 드려야 할 일인데 양(亮)이 좀 소홀했던 것 같소이다."

마치 관우가 조조의 목을 들고 온 걸 보기라도 한 것 같은 소리였다. 관우는 어두운 얼굴로 입을 열지 못했다. 공명이 다시 그런 관우를 난처하게 만들었다.

"왜 말이 없으시오? 혹 장군께서는 우리가 멀리 나와서 맞아주지 않아 속이라도 상하시었소?"

그러고는 좌우를 돌아보며 꾸짖듯 말했다.

"너희들은 어찌하여 좀더 일찍 장군께서 돌아오시는 것을 알려주지 않았느냐?"

관우가 더 참지 못하고 바로 털어놓았다.

"이 관아무개가 돌아온 것은 다만 죽음을 청하기 위해서였소이다."

"그게 무슨 말씀이오? 그럼 조조가 화용도로 가지 않기라도 했다는 것이오?"

공명이 알 수 없다는 듯 관우에게 되물었다. 관우가 부끄러움을 이기지 못해 대춧빛 같은 얼굴이 한층 붉어지며 대답했다.

"아니외다. 군사께서 말씀하신 대로 조조는 그쪽으로 왔으나 이 관아무개가 무능하여 놓쳐버리고 말았소."

"조조는 놓쳤다 하더라도 장수와 군사들은 사로잡았을 것 아니오? 그래, 얼마나 사로잡았소?"

공명은 짓궂을 만큼 낯빛조차 변하지 않고 그렇게 물었다. 관우는 이제 목소리까지 움츠러들었다.

"장수와 군사들도 전혀 사로잡지 못했소."

그러자 공명의 안색이 싸늘하게 변했다.

"이는 반드시 운장께서 조조가 베풀어준 옛 정을 못 잊어 일부러 놓아준 것임에 틀림이 없소. 하지만 떠날 때 장군께서 쓰고 간 군령장이 여기 있소. 도리 없이 그대로 군법을 시행하는 수밖에 없소이다."

그러고는 관우의 말을 더 들으려고 하지도 않고 곁에 있는 무사들에게 호령했다.

"무엇들 하는가? 조조를 일부러 놓아보낸 관우를 어서 끌어내 목 베어라!"

실로 서릿발 같은 위엄이 어린 호령이었다. 처음에는 쭈뼛쭈뼛하던 무사들이었으나 거듭 꾸짖음을 받자 하는 수 없이 관우를 끌어냈다. 그때 유비가 공명 앞에 나아가 엎드려 빌었다.

168

"지난날 우리 세 사람이 의로 맺어질 때 죽고 살기를 함께하기로 하였소. 이제 운장이 비록 군법을 어겼으나 나 또한 지난날의 맹세를 어길 수가 없소. 바라건대 운장을 목 베시면 이 몸도 함께 죽어야 함을 헤아리시어 부디 너그럽게 보아주시오. 오늘의 잘못을 따로 적어두었다가 뒷날 공을 세워 그 잘못을 씻게 하는 수도 있지 않겠소?"

그런 유비의 어조는 공손하고도 간곡했다.

공명의 주인 된 사람으로서 굳이 운장을 살리려면 그렇게까지 머리를 조아려야 할 까닭이 없는 유비였다. 그러나 군령장까지 쓰고 나간 장수가 그걸 어기고 적을 놓아보낸 죄를 공명이 다스리지 못한다면 앞으로 공명의 군령은 장졸들 사이에서 아무런 힘을 가지지 못하게 될 것이 걱정되었다. 거기서 유비는 공명의 위엄도 세워주고 관우의 목숨도 살리기 위해 스스로 공명에게 머리를 조아린 것이었다.

"주공께서 이 무슨 해괴한 짓입니까?"

공명이 황망히 자리에서 일어나 유비를 일으키며 소리쳤다. 그리고 관우를 다시 끌어들이게 한 뒤 매섭게 꾸짖었다.

"관우는 듣거라. 주공께서 이렇게까지 나오시니 오늘은 차마 군령을 시행하지 못하여 네 목을 붙여준다. 그러나 이후 다시 군령을 어기면 그때는 두 번 다시 용서하지 않으리라!"

관우를 살려주면서도 군령의 위엄을 상하게 하지 않는 어조요, 태도였다.

그런데 이 부분의 해석에 대해서는 재미있는 말이 있다. 이 사건을 제갈량과 관우의 서열 다툼에서 빚어진 것으로 보아, 이때부터 제갈량의 우위가 확보되었다고 해석하는 게 바로 그것이다. 확실히 일리 있는 말이다.

사실 관우는 제갈량이 나타나기 전만 해도 유비 진영에서는 자타가 인정하는 이인자였다. 그런데 제갈량이란 새파란 서생(書生)이 나타나 순식간에 유비 다음가는 서열을 차지해버렸으니 아무리 관우가 의리의 대장부라 해도 고깝지 않을 수 있겠는가. 거기다가 남달리 유별난 관우의 자존심은 그 고까움을 더욱 참지 못하게 만들었을 것이다.

제갈량 편에서도 관우는 처음부터 그리 탐탁했을 리가 없다. 자신의 포부를 펴기 위해서는 유비의 군권을 장악할 필요가 있었는데 거기에 관우가 만만찮은 경력과 능력으로 버티고 있었기 때문이었다. 따라서 제갈량으로서는 언제든 기회를 엿보아 단번에 굴복시키려 했을 것이고, 그 사건도 가만히 살피면 처음부터 제갈량이 파놓은 함정에 관우가 빠져든 인상이 짙다. 왜냐하면 제갈량은 아직 조조의 운수가 다하지 않았다는 것도, 관우가 끝내는 조조를 놓아보내리란 것도 미리 알고 있었을 것이기 때문이다.

하지만 그것은 어디까지나 『연의』와 역사를 혼동한 해석이다. 관우가 화용도에서 조조를 놓아준 이 그림 같은 광경은 정사 어디서도 찾아볼 수 없다. 오히려 「무제본기(武帝本紀, 무제는 조조이다)」의 주(註)에는 조조가 어렵게 화용도를 빠져나가면서 그곳까지 손을 못 쓴 유비를 비웃는 구절만이 보인다. 따라서 이 부분에서 볼 수 있는 것은 『연의』를 지은 이의 탁월한 소설적 재능일 뿐 그걸 바탕으로 한 역사적 사실의 해석은 비약 이상의 억지가 될 것이다.

한바탕 힘든 싸움
누구를 위함이었던고

한편 주유는 이때 물과 뭍으로 나누어 보냈던 장수들을 불러들여 각기 세운 바 공을 살폈다. 한판의 멋진 승리였다. 주유는 기쁨에 차 공에 따라 상을 내린 뒤 오후 손권에게도 사람을 보내 싸움에 이긴 소식을 전하게 했다.

대강을 건너 본채로 돌아가는 오군의 배들은 저마다 사로잡은 조조의 군사들과 그 싸움에서 얻은 전리품으로 가득했다. 주유는 본채로 돌아가자 술과 고기를 내어 삼군을 크게 위로한 뒤 다시 군사를 내어 남군을 빼앗으려 했다. 오병(吳兵)의 앞선 부대는 곧 물가에다 진채를 내리고 앞뒤 다섯 영채로 나누어 주유 자신도 거기에 자리 잡았다. 그리고 여럿과 더불어 군사를 낼 의논을 하고 있는데 홀연 사람이 와서 알렸다.

"유현덕이 손건을 보내 도독께 경하를 드리고자 하고 있습니다."

"들라 이르라."

주유가 그렇게 말하자 곧 손건이 들어왔다. 예를 끝낸 손건이 유비의 뜻을 전했다.

"주공께서는 특히 저를 보내 도독의 크신 덕에 감사의 뜻을 표하라 하셨습니다. 적으나마 정성으로 보낸 예물도 아울러 거두어주시기 바랍니다."

"현덕은 지금 어디에 계시오?"

주유가 무슨 생각을 했던지 답례의 말도 잊고 불쑥 손건에게 물었다.

"주공께서는 지금 유강구로 군사를 옮기시어 머물고 계십니다."

그러자 주유의 얼굴에는 문득 놀란 기색이 떠올랐다. 거의 숨 쉴 틈도 주지 않고 잇달아 손건에게 물었다.

"공명도 또한 유강구에 있소?"

"그렇습니다. 공명께서도 주공과 더불어 유강구에 계십니다."

손건은 주유의 속도 모르고 아는 대로 말해주었다. 그 말에 주유는 얼굴이 굳어지며 서둘러 손건을 돌려보냈다.

"그대는 먼저 돌아가시오. 오늘 현덕께서 베푸신 예물은 내 몸소 가서 감사드리겠소이다."

예물을 바친 손건이 돌아가고 난 뒤 노숙이 이상한 듯 물었다.

"조금 전 도독께서는 무엇 때문에 그리 놀란 기색을 드러내셨습니까?"

"유비가 지금 유강구에 군사를 머물러 있는 것은 반드시 남군을 손에 넣을 뜻이 있기 때문일 것이오. 우리는 많은 인마를 상하고 또 많은 돈과 곡식을 써서 이 싸움에 이겼소. 이제 남군은 손만 뻗으면 얻을 수 있게 되었는데 유비의 무리가 컴컴한 속셈으로 집어삼키려 하고 있으니 어찌 놀라지 않겠소? 그렇지만 이 주유가 살아 있는 한 결코 그리는 아니 될 것이오!"

주유가 격한 목소리로 그렇게 말했다. 노숙도 그 말을 듣고 보니 걱정이 되었다. 유비와의 화친을 앞장서서 주선한 게 바로 그 자신이었기 때문이었다.

"그렇다면 어떤 계책으로 물리치실 작정이십니까?"

"내가 가서 우선 저들을 말로 달래보겠소. 곱게 들어준다면 우리도 좋지만, 만약 내 말을 듣지 않는다면 유비가 남군을 손에 넣기 전에 내가 먼저 그를 결딴내버리겠소!"

주유는 이를 갈듯 그렇게 말해놓고 몸을 일으켰다. 그 자리에서 곧장 유비에게로 달려갈 기세였다. 노숙도 따라서 몸을 일으키며 물었다.

"저도 함께 갔으면 어떻겠습니까?"

"좋소이다."

주유는 그렇게 승낙하고 곧 가볍게 차린 기마대 삼천을 뽑아 유강구로 달렸다.

한편 유비는 손건이 돌아와 주유가 스스로 찾아오겠다고 하더란 말을 전하자 얼른 까닭을 알 수 없었다. 마침 곁에 있던 공명에게 물었다.

"주유가 몸소 이리로 오는 뜻이 무엇이오?"

"우리가 보낸 하찮은 예물에 고마움을 표하러 여기까지 오는 것은 아닐 것입니다. 틀림없이 남군 때문이겠지요."

공명이 빙긋이 웃으며 까닭을 알려주었다. 유비가 문득 걱정스런 얼굴이 되어 다시 물었다.

"주유가 만약 군사를 이끌고 오면 어떻게 맞이해야 되겠소?"

"걱정하실 것 없습니다. 이렇게 하십시오."

공명은 이어 주유가 오면 유비가 해야 할 언동을 상세히 일러주었다. 유비는 곧 공명에게 들은 대로 싸움배는 강 위에 벌여 띄우고 강 언덕에는 군사들과 말을 줄지어 세워놓은 뒤 주유를 기다렸다. 오래잖아 사람이 와서 알렸다.

"주유가 노숙과 더불어 군사들을 이끌고 왔습니다."

그 말을 들은 공명은 조운에게 몇 기를 딸려 내보내 그들을 맞아들이게 했다. 주유가 유비의 진채로 들어서면서 보니 군세가 자못 커 보였다. 자기들에게 빌붙어 겨우 잔명이나 보존하려는 것쯤으로 여겨온 주유로서는 마음이 편할 리 없었다.

영문에 이르니 유비와 공명이 그곳까지 나와 주유와 노숙을 장막 안으로 맞아들였다. 서로 예를 마치자 유비는 잔치를 벌여 그들을 대접했다. 잔을 들어 주유가 조조의 대군을 떼죽음시키고 큰 승리를 거둔 일을 경하하며 허허거리는 품이 주유가 온 뜻을 전혀 모르는 사람 같았다.

몇 순배 술이 돈 뒤에 주유가 먼저 입을 열었다.

"유예주(劉豫州)께서 군사를 이곳으로 옮기신 것은 혹시 남군을 쳐서 뺏으려는 뜻에서가 아니십니까?"

"반드시 그렇지는 않소이다. 도독께서 남군을 치려 하신다는 말을 듣고 서로 도우러 왔을 뿐이오. 하지만 도독께서 그곳을 쳐서 빼앗지 못한다면 그때는 이 비가 반드시 쳐서 뺏으리다."

유비가 아무런 거리낌 없이 그렇게 대답했다. 그러자 주유가 짐짓 껄껄거리며 말했다.

"우리 동오는 한강 일대를 우리 땅으로 삼으려 뜻한 지 이미 오래되었습니다. 이제 남군은 손안에 든 것이나 다름없는데 어찌하여 빼앗지 못하겠습니까?"

"싸움에 이기고 지는 것은 미리 정할 수 있는 일이 아니외다. 조조는 허창으로 돌아갈 때 조인에게 남군을 비롯한 몇 곳을 지키도록 하였소. 반드시 그곳을 지킬 수 있는 묘한 계책을 일러주고 갔을 뿐만 아니라 조인 또한 용맹이 당할 자가 없는 장수외다. 도독께서 마침내 뺏지 못할까 두렵구려."

주유의 호기를 단숨에 짓뭉개버리는 유비의 말이었다. 주유가 불끈하여 그 말을 받았다.

"내가 만약 남군을 빼앗지 못한다면 그때는 공께서 차지하시더라도 아무 말 않겠소!"

바로 제갈공명이 기다린 바였다. 주유는 제 성을 못 이겨 스스로 유비에게 남군을 얻을 구실을 한 가닥 마련해준 셈이었다. 유비가 때를 놓치지 않고 그런 주유의 말에 쐐기를 박았다.

"실로 호기로운 말씀이오. 공명과 자경(子敬)이 여기 있어 증인이 돼줄 것이니 도독께서는 뒷날 후회나 마시오."

그러고는 노숙을 보며 다짐하듯 물었다.

"자경께서는 이 일의 증인이 되어주시겠지요?"

가만히 앉았다가 말려들게 된 노숙은 무언가 좋지 않은 느낌에 망설이며 얼른 대답을 하지 못했다. 아무 말 없이 보고만 있는 공명이 왠지 수상쩍은 까닭이었다. 노숙이 자기를 믿지 못해 그런 줄 알고 더욱 격해진 주유가 다시 큰 소리로 말했다.

"대장부의 한마디가 이미 뱉어졌는데 어찌 후회가 있을 리 있겠습니까!"

그제야 공명이 나섰다.

"도독의 말씀은 그만 하면 우리 모두의 공론이라 보아 안 될 것 없겠습니다. 먼저 동오로 하여금 남군을 쳐 빼앗게 하고, 만약 그리하지 못할 때에는 우리 주공께서 나서도록 하지요."

주유가 격해서 한 말을 더는 움직일 수 없는 손권과 유비 양가의 약조로 굳혀버린 것이었다.

유비를 달래보기는커녕 오히려 남군을 취할 수 있는 한 가닥 구실만 내준 것으로 주유와 유비의 만남은 끝났다. 주유와 노숙은 오래잖아 유비와 공명에게 작별하고 말에 올랐다. 그들이 떠나는 뒷모습을 물끄러미 바라보던 유비가 문득 공명을 돌아보며 못 미더운 듯 말했다.

"선생께서 이 비에게 가르치신 대로 대답해 한때의 입막음은 했지만 이리저리 돌려가며 곰곰 생각해보니 아직도 잘 알 수 없는 게 있소이다. 나는 지금 외로운 몸뚱어리 하나뿐 발 디딜 땅 한 조각 없는 사람이라 남군이라도 얻어 잠시 몸을 담으려 한 것이오. 그런데 주유더러 먼저 남군을 빼앗아보라 했으니 만약 그렇게 되는 날이면 땅과 성은 이미 동오의 것이 되어 내가 차지하려 한들 어떻게 차지할 수 있겠소?"

그 말을 들은 공명이 크게 웃으며 대꾸했다.

"당초에 제가 주공께 형주를 차지하라고 권했을 때 주공께서는 제 말을 들어주지 않으셨습니다. 벌써 잊으셨습니까?"

형주 같은 큰 고을도 마다한 사람이 이제 와서 남군 같은 성 하나를 가지고 무얼 그리 아까워하느냐는 식의 빈정거림이 섞인 말이었다. 유비가 정색을 하고 대답했다.

"그때 형주는 유경승의 땅이라 내가 차마 빼앗을 수 없었던 것이오. 하지만 이제는 조조의 땅이 되어버리고 말았으니 내가 빼앗아도 이치에 어긋날 게 없소이다."

그러자 공명도 웃음을 거두고 말했다.

"어쨌든 주공께서는 걱정하실 것 없습니다. 주유를 먼저 가게 한 것은 힘을 다해 남군을 들이쳐 양쪽을 모두 지치게 하려는 뜻에서입니다. 오래잖아 주공께서 남군성 위에 높이 앉아 계시도록 할 것이니 이 양만 믿으십시오."

"무슨 계책으로 그리 하시겠소?"

공명을 믿으면서도 얼른 짚이는 게 없어 유비가 다시 물었다.

"주공께서는 다만 이렇게 하시면 됩니다."

공명이 빙긋 웃으며 그렇게 대답하고 이어 나직한 목소리로 유비가 해야 할 일들을 세밀히 일러주었다. 듣기를 마친 유비는 몹시 기뻐했다. 그리고 공명이 일러준 대로 강어귀에 군사를 묶어둔 채 조금도 움직이지 않았다.

한편 주유와 함께 자기들의 진채로 돌아간 노숙은 아무래도 그날 일이 꺼림칙해 주유에게 물었다.

"도독께서는 어째서 유비에게도 남군을 차지할 수 있는 구실을 만들어주셨습니까?"

"나는 손가락으로 한번 퉁겨도 남군을 얻을 자신이 있소. 현덕이 차지할 남군이 어디 또 남겠소? 그래서 한번 생색이나 내본 거요."

주유는 대수롭지 않은 듯 그렇게 대답하고 곧 여러 장수들을 자신의 장막으로 모이게 했다.

"이제는 남군을 치러 가려 하오. 누가 먼저 남군을 빼앗아보겠소?"

모든 장수들이 다 모이자 주유가 물었다. 한 사람이 나서며 소리 쳤다.

"그 일은 제가 한번 해보겠습니다."

주유가 보니 그 장수는 장흠이었다. 주유가 흡족한 얼굴로 장흠의 청을 들어주었다.

"좋다. 그대는 선봉이 되고 서성과 정봉은 부장이 되어 날랜 군사 오천과 더불어 먼저 강을 건너라. 나는 뒤따라 대군을 이끌고 접응하리라."

이에 장흠은 가려뽑은 군사 오천 명과 서성, 정봉 두 부장을 데리고 그날로 강을 건넜다.

그 무렵 조인은 아직 남군에 머물면서 조홍을 이릉에 보내 서로 돕고 의지하는 형세를 이루고 있었다. 그리고 이긴 기세를 타고 몰려올 손권과 유비의 군사들을 경계하여 잔뜩 장졸들을 다잡고 있는데 홀연 사람이 와서 알렸다.

"오병이 이미 한강을 건넜다고 합니다."

그러나 아직 그 군세나 이끄는 장수가 밝혀지지 않아 조인이 말했다.

"굳게 지키고 싸우지 않는 것이 가장 낫겠다."

그때 효기(驍騎)인 우금이 분연히 나서며 소리쳤다.

"적군이 이미 성벽 아래 이르렀는데 나가 싸우지 않는다면 그것은 바로 겁을 먹고 있다는 뜻이 됩니다. 더군다나 우리 군사는 방금 싸움에 진 뒤라 움츠러들 대로 움츠러들어 있으니, 이때야말로 힘껏 나가 싸워 지난날의 날카로운 기세를 다시 떨쳐 보여줘야 합니다. 바라건대 제게 날랜 군사 오백만 빌려주십시오. 한번 죽기로 싸워보겠습니다."

조인이 들어보니 그도 그럴듯한 말이었다. 우금에게 날랜 군사 오백을 뽑아주며 나가 싸워보게 했다.

우금을 맞은 동오의 장수는 정봉이었다. 말을 달려 나와 우금과 맞붙던 정봉은 네댓 번 창칼을 부딪기도 전에 거짓으로 패한 체 달아났다. 우금은 신이 났다. 정봉을 바짝 뒤쫓는다는 게 자신도 모르게 오병의 진 안까지 뛰어들고 말았다. 달아나던 정봉이 문득 돌아서서 슬쩍 손짓을 하자 오병들은 새까맣게 우금을 에워싸버렸다. 적진 속에서 포위되고 보니 우금이 아무리 좌로 찌르고 우로 부딪치며 날뛰어도 빠져나올 수가 없었다.

성벽 위 높은 곳에서 싸움의 형세를 살피던 조인도 그 광경을 보았다. 차마 우금을 그대로 죽게 할 수 없어 곧 갑옷을 걸치고 말에 오른 뒤 수백 기를 거느리고 성을 나갔다.

조인이 힘을 다해 칼을 휘두르며 오병의 진채로 뛰어들자 이번에는 서성이 나서서 맞섰다. 하지만 서성은 원래 조인의 상대가 못 됐다. 오래 싸워보지도 못하고 쫓겨 달아나니 조인은 그 기세를 타고 적진 한복판으로 뛰어들어 우금을 구해냈다.

그러나 부근에는 아직도 우금이 이끌고 나간 군사 수십 기가 적진에 갇힌 채 빠져나오지 못하고 있었다. 그걸 본 조인과 우금은 다시 말을 돌려 그쪽으로 뛰어들었다. 조인과 우금이 겹겹으로 포위된 그들 수십 기를 겨우 구해 나오는데 이번에는 동오의 장수 장흠이 길을 막았다. 두 사람은 다시 힘을 다해 싸워 장흠의 군사를 흩어버렸다.

이때 성안에서는 조인의 아우 조순이 다시 남은 군사를 긁어모아 형을 도우러 나왔다. 거기에 힘을 얻은 조인과 우금의 군사들이 돌아서자 싸움은 커졌다. 한바탕 서로 죽이고 죽는 마구잡이 싸움이 벌어졌다. 그러나 대세는 오래잖아 한쪽으로 기울어져 오병은 달아나기 시작했다. 조인은 그런 적을 멀리까지 쫓아가며 죽인 뒤에 승리를 기뻐하며 성으로 돌아갔다.

장흠이 싸움에 지고 돌아가자 주유는 크게 노했다. 큰소리 치고 나가 선봉의 날카로운 기세만 꺾이고 돌아왔으니 그럴 법도 한 일이었다. 주유는 곧 장흠을 끌어내어 목 베려 하였으나 여럿이 나서 말리는 바람에 장흠은 겨우 목숨을 건졌다.

"안 되겠다. 모든 군사를 점고하여 싸울 채비를 하라. 내가 직접 나가 조인과 결판을 내리라!"

분을 이기지 못한 주유가 그렇게 영을 내렸다. 감녕이 나서 그런 주유의 서두름을 말렸다.

"도독께서는 아직 나서실 때가 아닙니다. 지금 조인은 조홍에게 이릉을 지키게 하여 서로 돕고 의지하는 형세를 이루고 있습니다. 바라건대 제게 날랜 군사 삼천만 내려주십시오. 지름길로 달려가 먼저 이릉을 뺏어버리겠습니다. 도독께서는 제가 먼저 이릉을 뺏은 뒤에 남군을 치도록 하십시오."

성미가 좀 급하기는 해도 그만한 말은 알아들을 수 있는 주유였다. 곧 그 말을 따르기로 하고 먼저 감녕에게 군사 삼천을 쪼개 주어 이릉부터 치게 했다.

이를 전해 들은 세작이 나는 듯 조인에게 달려가 알렸다. 놀란 조인이 모사 진교(陳矯)를 불러 의논했다.

"주유가 감녕을 시켜 이릉을 먼저 치려 한다니 이를 어쩌면 좋겠소?"

"이릉을 잃게 되면 이곳 남군 또한 지키기 어렵습니다. 급히 이릉을 구하는 게 마땅합니다."

진교가 생각해볼 것도 없다는 듯 그렇게 권했다. 조인도 달리 방책이 없어 진교의 말을 따르기로 하고 조순과 우금에게 군사를 나눠주며 샛길로 몰래 가서 이릉을 구하게 했다. 조순은 먼저 조홍에게 사람을 보내 전했다.

"우리가 구원을 갈 것이니 장군은 성을 나와 적을 유인하도록 하시오."

이에 조홍은 감녕이 이릉에 이르기도 전에 성을 나가 그를 맞았다. 감녕이 앞서 말을 몰며 싸움을 돋우자 조홍이 달려 나가 그와 어울렸다. 그러나 스무 합쯤 되었을 때 조홍은 못 당하겠다는 듯 달아나버렸다. 대장이 달아나니 졸개들이 버텨줄 리 없었다. 모두 조홍을 따라 달아나버려 감녕은 손쉽게 이릉성을 차지했다.

하지만 일은 거기서 끝나지 않았다. 해질 무렵하여 조순과 우금의 군사가 이르자 조홍도 되돌아와 그들과 더불어 이릉성을 에워싸버렸다. 오히려 감녕이 많지 않은 군사와 더불어 성안에 갇혀버린 꼴이 되고 만 것이었다.

형세를 살피던 군사 하나가 나는 듯 말을 달려 그 소식을 주유에게 전했다.

"감녕이 이릉성 안에 갇힌 채 적의 대군에 에워싸여 형세가 매우 위태롭습니다."

그 말을 들은 주유는 깜짝 놀랐다. 잠시 어찌해야 될까를 생각하고 있는데 곁에 있던 정보가 먼저 입을 열었다.

"되도록이면 빨리 군사를 나눠 보내 감녕을 구해야겠소."

그러나 주유는 선뜻 마음이 내키지 않는 모양이었다. 그 말에 따르는 대신 어두운 얼굴로 여럿을 보며 의논조로 물었다.

"이릉이 매우 중요한 땅이기는 하나 만약 군사를 나누어 구하러 간 사이에 조인이 대군을 이끌고 이곳으로 짓쳐들면 그건 또 어찌하겠소?"

"감녕은 강동의 큰 장수인데 어찌 구하지 않을 수 있겠습니까?"

이번에는 여몽이 정보를 편들어 말했다. 그러자 주유도 하는 수 없는지 감녕을 구하러 가기로 뜻을 정하고 다시 여럿을 보고 물었다.

"그렇다면 내가 스스로 가서 구하겠소이다. 다만 누가 여기 남아 내가 할 일을 대신 맡아주시겠소?"

"능통을 남기면 될 것입니다. 제가 앞장을 서서 적을 치고 도독께서 뒤를 끊어주신다면 열흘도 못 가 개가를 올릴 수 있으리라 믿습니다."

여몽이 일어나 그렇게 대답했다. 주유가 능통을 보고 물었다.

"능공속은 잠시 내 일을 대신 맡아주겠는가?"

"한 열흘 정도라면 어찌 감당해보겠습니다만 그 이상 날짜가 걸린다면 해낼 자신이 없습니다."

능통이 그렇게 대답하자 주유는 흐뭇한 표정을 지으며 말했다.

"좋다. 나는 열흘이면 될 것이다. 그대에게는 군사 만 명을 남겨줄 것이니 나를 대신해 이곳을 지키고 있으라!"

그리고 그날로 대군을 일으켜 이릉으로 달려갔다.

길을 나서면서 여몽이 주유에게 한 가지 새로운 의견을 냈다.

"이릉 남쪽에 좁은 길이 하나 있는데 남군으로 가기에는 매우 가깝고 쉽습니다. 군사 오백을 뽑아 그곳으로 보내시고 나무를 베어 그 길을 막아버리도록 하십시오. 싸움에 지면 적군은 반드시 그리로 달아날 터인데 길이 막혀 있으면 말을 버리고 갈 수밖에 없을 것입니다. 우리는 그 말만 잡아들여도 적지 않은 군마를 새로 얻게 됩니다. 어떻습니까? 한번 해보시지 않겠습니까?"

군사 약간을 빼돌려 적의 말을 많이 뺏을 수 있다는데 주유가 마다할 리 없었다. 곧 군사 오백을 빼내 여몽이 말한 대로 시켜 보내고 자신은 남은 군사를 재촉해 이릉으로 달렸다.

주유의 대군이 이릉 가까이 이르렀을 무렵이었다. 주유가 여러 장수를 둘러보며 물었다.

"누가 에워싼 적을 뚫고 들어가 감녕을 구하겠느냐."

"제가 가보겠습니다."

주태가 남에게 뒤질세라 말을 내달으며 말했다. 주유가 허락하자 주태는 칼을 휘두르며 똑바로 조홍과 우금의 군사들 속으로 뛰어들어 곧 이릉성 아래에 이르렀다. 성안에 갇혀 있던 감녕은 주태가 이른 것을 보자 성문을 열고 나가 주태를 맞아들였다.

"도독께서 몸소 대군을 이끌고 이곳에 이르셨소이다."

감녕을 만난 주태가 그렇게 성 밖 소식을 전했다. 그 말을 들은 감녕은 곧 군사들을 배불리 먹이고 갑옷이며 창칼을 잘 손질하여 밖에 있는 자기편 군사들과 안에서 호응할 수 있게 채비하도록 했다.

한편 조홍과 조순, 우금은 주유의 군사가 이르렀단 말을 듣고 사람을 남군에 보내 조인에게 알리는 한편 군사를 나눠 적과 맞서려 했다.

이윽고 주유가 이끈 오병이 이르자 조홍을 비롯한 세 사람이 이끈 조조의 군사들도 힘을 다해 맞섰다. 그러나 양군이 한창 어우러져 싸우는데 다시 성안에서 감녕과 주태가 길을 나누어 쳐 나오니 조조 편의 군사들은 크게 어지러워지고 말았다. 주유가 이끌고 온 군사가 워낙 많은 데다 등 뒤에서 다시 감녕과 주태가 덮쳐 사방이 오병으로 뒤덮인 것 같았다.

조홍과 조순, 우금은 이미 싸움이 글렀다 싶었다. 곧 군사를 물려 달아나는데 그들이 잡은 길은 과연 여몽이 말한 남쪽의 샛길이었다. 하지만 그 길은 이미 오병들에 의해 통나무와 나뭇가지로 말이 지나갈 수 없게 막혀버린 뒤였다.

어지럽게 쫓겨온 데다 길까지 막히니 조조의 장졸들은 더욱 당황했다. 모두 말을 버리고 몸만 겨우 빠져나갔다. 오병들이 그 말을 거두어보니 오백 필이 넘었다.

주유는 그 승리에 만족하지 않고 내쳐 군사를 몰아 적을 뒤쫓았다. 밤새 달려 남군 가까이 이르렀을 무렵 주유는 마침 이릉을 구하러 오던 조인의 대군과 마주쳤다.

조인이 온 데 힘을 얻은 조홍과 조순, 우금이 다시 돌아서 덤비니 싸움은 이제 양군의 세력이 엇비슷한 가운데 한판 크게 어우러졌다. 굳이 어느 편이 더 낫다고 할 수 없는 한바탕의 혼전이었다. 그러기를 한나절, 날이 저물기 시작해서야 양편은 모두 군사를 거두어 물러났다.

남군성 안으로 돌아온 조인은 여럿을 모아놓고 앞일을 의논했다. 조홍이 일어나 깨우쳐주듯 말했다.

"지금 이릉까지 잃었으니 형세는 이미 위급하다 할 수 있습니다. 형님께서는 어찌하여 승상께서 남겨주신 비단 주머니를 끌러 그 계책을 따르지 않으십니까? 거기에는 반드시 지금의 이 위급함을 풀 수 있는 계책이 적혀 있을 것입니다."

그러자 조인도 진작부터 그걸 생각해온 듯 말했다.

"네 말이 바로 내 뜻과 같다. 이제야말로 승상의 계책에 따를 때다."

그러고는 조조가 남긴 글을 꺼내 읽어보았다. 거기에 무엇이 씌어 있었던지 읽기를 마친 조인은 기쁨을 감추지 못했다. 여러 장수들에게 이것저것 일러 조조가 남긴 계책대로 따르기 시작했다.

그날 새벽이었다. 오경 무렵 밥을 지어먹은 조조의 군사들은 날이 밝기 무섭게 성을 버리고 달아나기 시작했다. 그러나 성벽 위에는 정기를 어지럽게 꽂아 거짓으로 군사가 머물러 있는 듯 꾸며놓고 성을 나서는 것도 한꺼번에 세 성문으로 길을 갈라 짓쳐나왔다. 겉보기에는 마치 싸움을 돋우러 나오는 것 같았다.

남군성 밖에 진을 치고 있던 주유도 조조의 군사들이 한꺼번에 세 성문을 활짝 열고 쏟아져 나오는 것을 보았다. 마땅히 성안에 눌러앉아 굳게 지킬 줄 알았는데, 오히려 날이 밝기 무섭게 한꺼번에 몰려나오는 게 이상해 가만히 장대에 올라가 살폈다.

성벽 위 얕은 담[女堧]에는 기치를 가득 꽂아두었으나 지키는 군사는 별로 눈에 띄지 않았다. 거기다가 성을 나온 군사들은 모두 허리에 무언가가 든 자루를 하나씩 차고 있는 게 이상했다.

'조인이 성을 버리고 달아나려고 하는구나. 지금 나온 것도 싸우기 위해서가 아니라 달아날 길을 열려는 것이다.'

한참을 살핀 뒤에 주유는 속으로 그렇게 중얼거렸다. 그리고 장대에서 내려와 군령을 내렸다.

"군사를 둘로 나누어 좌우의 날개로 삼고 나아가되 전군이 싸워 이기거든 그대로 적을 뒤쫓고 징소리가 울리면 물러나도록 하라!"

그런 다음 정보에게 후군을 독려하게 하고 자신은 스스로 전군을 몰아 성을 뺏으러 나아갔다.

북소리가 요란히 울리는 가운데 조조군 편에서는 조홍이 말을 달려나와 싸움을 돋우웠다. 주유는 스스로 문기 아래 나아간 뒤 한당을 내보내 조홍과 싸우게 했다.

조홍과 한당의 말이 어울렸다 떨어지기 서른 번이 넘자 마침내 조홍이 견뎌내지 못하고 달아나기 시작했다. 그걸 본 조조군 쪽에서는 조인이 직접 말을 달려 싸우러 나왔다. 오병 쪽에서 주태가 달려나가 그런 조인을 맞았다.

조인과 주태가 어울린 지 여남은 합에 조인 또한 주태를 당해내지 못하고 달아났다. 두 장수가 잇달아 패해 달아나니 조군은 크게 어지러워졌다.

주유가 때를 놓치지 않고 좌우 양날개로 벌여 서 있던 군사를 휘몰아 적을 덮쳤다. 그렇지 않아도 어지럽던 조군은 그 기세를 당해내지 못하고 크게 패해 달아났다. 주유는 그런 적군을 쫓아 남군성 아래에 이르렀다. 주유의 예상대로 적군은 하나도 성안으로는 들어가지 않고 한결같이 서북쪽을 향해 달아나기 바빴다.

한당과 주태는 오병의 전부를 이끌고 힘을 다해 적을 뒤쫓았다. 주유도 그들을 뒤따르고 있었으나 성문이 활짝 열리고 성벽 위에는 아무것도 없는 것을 보자 생각이 달라졌다. 중요한 것은 남군성을 빼앗는 일이지 적군을 뒤쫓아 죽이는 게 아닌 까닭이었다.

이에 주유는 성부터 먼저 차지하기로 하고 뒤따르는 군사들에게 영을 내렸다.

"모두 나를 따르라! 적을 뒤쫓는 일은 성을 차지한 뒤라도 늦지 않다."

그리고 겨우 수십 기만 이끈 채 스스로 앞장서 성안으로 뛰어들었다.

주유가 달리는 말 엉덩이에 채찍질을 더하며 막 옹성(甕城, 성문을 보호하기 위해 성 밖에 쌓은 작은 성) 안으로 뛰어들었을 때였다. 조인이 맞은편 성루에 숨겨두었던 진교(陳矯)는 주유가 몸소 앞장서 성안으로 들어오는 것을 보고 속으로 감탄했다.

'승상의 묘한 계책은 실로 귀신 같구나!'

그러면서 한편으로는 들고 있던 대통[竹桶]을 두들겼다. 그러자 성벽 양쪽에 진교와 함께 숨어 있던 궁수들이 일제히 일어나 주유를 보고 화살을 날렸다. 뿐만이 아니었다. 성문 부근에는 함정이라도 파놓았던지 앞서 가던 말들이 땅속으로 꺼져 들어갔다.

놀란 주유는 급하게 말 머리를 돌렸다. 그러나 비 오듯 쏟아지는 화살을 피하지 못해 왼쪽 갈빗대에 한 대를 맞고 몸을 뒤집으며 말에서 떨어졌다. 주유가 말에서 떨어진 걸 보고 역시 성안에 숨어 있던 조조의 장수 우금이 사로잡으러 달려 나왔다. 마침 동오 쪽에서 서성과 정봉이 그걸 보고 달려와 목숨을 내걸고 주유를 구해 갔다.

하지만 그때를 시작으로 싸움의 형세는 순식간에 뒤집어졌다. 성안에 숨어 있던 조조의 군사들이 뛰쳐나오자 오병들은 큰 혼란에 빠져 달아나기 바빴다. 저희 편 발길에 밟혀 죽고 함정에 떨어져 다치거나 사로잡힌 오병만도 그 수를 다 헤아릴 수 없을 지경이었다.

정보가 급히 군사들을 수습해보려 했으나 소용없었다. 달아나던 조인과 조홍이 길을 나누어 되돌아오며 들이치니 오병은 그대로 대패하고 말았다. 다행히 능통이 한 갈래 군사를 이끌고 조조군의 옆구리를 매섭게 찔러주었기 망정이지 아니면 그대로 모든 것이 끝장났을 뻔했다.

갑작스레 나타난 능통 때문에 주유를 사로잡지는 못했지만 싸움은 조군의 큰 승리로 끝난 셈이었다. 조인은 오랜만의 승리다운 승리로 기세가 오른 군사들을 이끌고 성으로 되돌아갔다.

한편 오군 쪽은 말이 아니었다. 서성과 정봉이 죽기를 무릅써 겨우 그 목숨은 구했으나 주유의 상처는 컸다. 행군의자(行軍醫者)가 와서 쇠 집게로 화살촉을 빼내고 고약을 발라 싸맸지만 아픔이 너무 심해 먹지도 마시지도 못할 지경이었다. 거기다가 더 기막힌 것은 그 의자가 남긴 말이었다.

"도독께서 맞으신 화살은 그 촉에 독을 발라둔 것이라 쉬이 낫지 않을 것입니다. 특히 지나치게 성내거나 격동되시면 아문 것이 터져 상처가 다시 덧날 것이니 아무쪼록 잊지 마십시오."

적과 큰 싸움을 벌이고 있는 장수가 성내거나 격동되지 않기는 동지 섣달에 뱀 만나기만큼이나 어려운 일이었다. 이에 부도독(副都督)인 정보는 삼군에 영을 내려 각처를 굳게 지키게만 하고 가볍게 나가 싸우는 걸 금하였다.

하지만 이번에는 조인 쪽에서 가만히 있어주지 않았다. 주유가 다친 지 사흘째 되던 날 조인이 우금을 보내 싸움을 돋우었다. 정보가 군사들을 단속하여 움직이지 않자 우금은 해가 저물도록 욕설을 퍼붓다가 돌아갔다.

다음 날도 마찬가지였다. 우금이 다시 와서 싸움을 걸었으나 정보는 주유를 격동시키는 일이 있을까 봐 알리지도 못하고 우금의 거친 욕설을 고스란히 참아넘겼다.

그 다음 날이 되자 간이 커질 대로 커진 우금은 아예 오병의 채문까지 다가와 소리를 질러댔다.

"주유는 어디 갔느냐? 쥐새끼처럼 숨어 있지 말고 나오지 못할까! 내 너를 사로잡아 승상께 바치고 공을 청하리라."

그렇게 시작한 욕질은 시간이 갈수록 더 고약해졌다. 정보는 주유가 그 말을 들을까 봐 애가 탔다. 여럿을 불러모아 의논한 끝에 잠시 군사를 물리기로 결정을 보았다. 돌아가 오후를 만나보고 다시 의논해본 뒤에 싸움을 계속하든지 말든지 할 작정이었다.

한편 주유는 상처의 아픔이 큰 중에도 마음속으로는 나름대로 생각이 있었다. 조인이 매일 우금을 보내 소리질러 욕하는 것도 이미 알고 있었으나, 아무도 와서 일러주지 않아 잠자코 있을 뿐이었다.

그러던 어느 날이었다. 하루는 조인이 스스로 대군을 이끌고 와서 북을 울리고 함성을 지르며 싸움을 걸어왔다. 그래도 정보는 못 들은 체 싸움을 받아주지 않고 있는데 문득 주유가 여러 장수들을 자신의 장막 안으로 불러들여 물었다.

"어디서 북을 치고 소리를 질러대는가?"

"군중에서 사졸들을 조련시키고 있습니다."

여러 장수들이 약속한 듯 그렇게 둘러대었다. 그러자 주유가 성난 소리를 냈다.

"그대들은 무엇 때문에 나를 속이려 드는가? 나는 이미 조조의 군사들이 매일 우리 진채 앞에 와서 욕질을 해대는 걸 알고 있다. 더구나 정(程)덕모께서는 나와 함께 병권을 나누어 쥐고 계시는 터에 어찌 조군의 저 같은 짓거리를 가만히 앉아서 구경만 하고 계시는가?"

그러고는 이어 정보까지 자신의 장막으로 불러들여 바로 따졌다. 정보가 하는 수 없이 실토했다.

"내가 보기에도 공근의 상처가 예사 것이 아니고, 의자 또한 공근의 심기를 건드려 성나게 해서는 아니 된다 하셨소이다. 그 때문에 조조의 군사들이 싸움을 걸어와도 감히 알려드리지 못했던 것이오."

그러자 주유가 어이없다는 듯 물었다.

"공들께서 싸우지 않겠다면 어쩌시겠단 말씀이오?"

"장수들은 모두 잠시 군사를 거두어 강동으로 돌아가기를 바라고 있소이다. 도독의 화살 맞은 상처가 나은 뒤에 다시 어떻게 해보자는 뜻이오."

정보가 그렇게 대답하자 듣고 난 주유는 분연히 침상에서 몸을 일으키며 소리쳤다.

"대장부가 되어 이미 주군의 봉록을 먹었으면, 싸움터에서 죽어 말 가죽에 시체를 싸서 돌아가게 되는 것보다 더 떳떳하고 값진 일은 없을 것이오. 그런데 공들은 어찌하여 나 한 사람을 위해 나라의 큰일을 뒤로 제쳐두려 한단 말씀이오?"

그러고는 곧 갑주를 걸친 뒤 말에 올랐다.

주유의 그 같은 모습에 그 자리에 있던 장수치고 놀라지 않는 이는 아무도 없었다. 주유는 그런 장수들을 못 본 체하며 곧 수백 기를 이끌고 영채를 나섰다.

그때 이미 조군은 싸울 진세를 다 펼쳐놓고 있었다. 조인이 스스로 문기 아래로 말을 몰고 나와 채찍을 들어 동오의 진채를 가리키며 소리 높이 꾸짖었다.

"주유 어린것아, 내 보기에 너는 반드시 제 명대로 못 살고 일찍 죽을 놈이다. 이제 다시는 나의 군사들을 감히 바로 쳐다볼 수 없으리라!"

어김없이 주유를 성나게 하기 위한 소리였다. 미처 조인의 말이 끝나기도 전에 주유가 문득 수백 기를 이끌고 나타나 소리쳤다.

"조인, 이 하찮은 놈아, 여기 주랑(周郞)이 계신 것이 네 눈깔에는 뵈지 않느냐!"

조군이 소리 나는 곳을 보니 과연 주유가 나와 서 있었다. 그가 크게 다쳐 움직이지 못하는 줄 알았던 조군은 모두 놀랐다. 조인이 그런 장졸들에게 넌지시 일러주었다.

"지금이다. 되도록 큰 소리로 욕을 퍼부어 주유를 성나게 하라!"

그러자 군사들은 소리소리 질러 주유의 노기를 돋우었다. 주유는 마침내 몹시 노해 반장을 불렀다.

"너는 나가 저 건방진 놈을 사로잡아 오너라!"

주유가 채찍을 들어 조인을 가리키며 영을 내렸다. 그러나 달려 나간 반장이 미처 적장과 어울리기도 전에, 마상의 주유가 한소리 큰 비명과 함께 피를 토하며 말에서 굴러떨어졌다.

그 광경을 보고 힘을 얻은 조조의 군사들이 한꺼번에 오병의 진채로 짓쳐들었다. 동오 쪽에서도 여러 장수들이 모두 달려 나가 한바탕 어지러운 싸움이 벌어졌다. 그러나 기세는 비록 조군 쪽이 높다 해도 워낙 지키는 것을 위주로 펼쳐둔 오병의 진채라 큰 이득을 얻지 못하고 물러나니, 동오의 장수들도 별일 없이 주유를 떠메고 장막으로 되돌아올 수 있었다.

"이제 좀 어떠시오?"

주유를 침상에 누인 뒤 정보가 걱정스레 물었다. 그런데 뜻밖에도 방금 숨이 넘어갈 것처럼 보이던 주유가 문득 빙그레 웃으며 정보에게 가만히 말했다.

"너무 걱정하지 마시오. 실은 이게 다 나의 계교요."

"계교라니 어떤 것입니까?"

정보가 놀랍고도 반가워 주유에게 다가들며 물었다. 주유는 더 감추지 않고 털어놓았다.

"원래 내 몸의 아픔은 그리 심한 것이 아니었소. 내가 일부러 피를 토하며 말에서 떨어진 것은 조조의 군사들에게 내 병이 위급하게 보이도록 하려 함일 뿐이었소. 그렇게 되면 반드시 그들을 속일 수 있을 것이기 때문이오. 이제 장군께서는 믿을 만한 군사 몇을 성안으로 보내 거짓으로 항복하게 하고 내가 이미 죽었다고 알리게 하시오. 그러면 조인은 오늘밤 반드시 우리 진채를 급습하러 올 것이오. 나는 사방에 군사를 숨겨놓고 기다리다가 조인이 뛰어들면 북소리 한번으로 사로잡아버리겠소."

"그 계교가 참으로 놀랍습니다."

듣고 난 정보가 감탄하며 말했다. 그리고는 장막 밖을 나오기 바쁘게 구슬픈 소리로 곡을 했다. 놀란 장졸들이 그런 정보에게 몰려들었다. 정보는 눈물을 씻으며 그들에게 일렀다.

"도독께서는 화살에 맞은 상처가 크게 덧나 돌아가셨다. 모든 진채의 군사들은 빠짐없이 상복을 걸치도록 하라."

그러자 내막을 모르는 장졸들은 곧 정보가 시킨 대로 온 군중에 전했다.

이때 조인은 성안에서 여럿을 모아놓고 그날 낮에 있었던 일을 얘기하고 있었다.

"주유는 제 성미를 못 이겨 화를 내다가 고약을 바르고 싸매둔 상처가 터졌음에 분명하다. 입으로 피를 쏟으며 말 아래로 떨어졌으니 이제 머지않아 죽을 것이다."

조인이 그렇게 말하며 기꺼워하고 있는데 문득 군사 하나가 들어와 알렸다.

"오병의 진채에서 군사 몇십 명이 도망쳐 우리에게 항복해 왔습니다. 그중에 둘은 원래 우리 군사였다가 적에게 사로잡혔던 자라고 합니다."

그 말을 듣자 더욱 궁금한 게 많아진 조인이 곧 그 두 군사를 불러들이게 하고 물었다.

"주유는 어떠하더냐?"

"오늘 진 앞에서 금창(金瘡, 칼이나 창에 찔려 쇠 독이 든 상처)이 터져 진채로 돌아가자마자 죽었습니다. 지금 모든 장수들은 상복을 걸치고 곡을 하는 중입니다. 저희들은 그 때문에 공연히 심술이 난 정보에게 욕을 당한 까닭에 이렇게 돌아와 항복함과 아울러 그 일을 급히 전해 드립니다."

그 말을 들은 조인은 일이 자신의 뜻대로 되었음을 알고 크게 기뻤다. 곧 여럿을 돌아보며 새로운 의논을 꺼냈다.

"오늘밤 오병의 진채를 한번 급습해보는 게 어떻소? 주유의 시체를 빼앗아 그 목을 베어 허도로 보내면 승상께서 몹시 기뻐하실 것이오."

"그 계책이라면 되도록 빨리 써야 합니다. 시간을 끌다가는 일을 그르치게 될 것입니다."

모사 진교가 일어나 조인보다 한술 더 뜨며 찬동했다. 다른 사람들도 워낙 눈앞에서 본 게 있는 까닭에 별로 마다하지 않았다.

이에 조인은 우금을 선봉으로 삼고 스스로는 중군이 되어 나서기로 했다. 뒤를 맡은 것은 조홍과 조순이요, 성을 지킬 사람으로는 다만 모사 진교를 남겼다. 사졸들도 진교에게 딸려준 약간을 빼고는 대부분이 성을 나가 야습에 참가하도록 했다.

그날 밤 초경에 성을 나선 장졸들은 지름길로 달려 주유의 대채로 짓쳐들어갔다. 그런데 알 수 없는 것은 오병들이었다. 조인이 이끄는 대군이 자기들 대채의 문앞에 이르러도 한 사람 얼씬 않고 가득히 꽂아둔 정기만 펄럭였다. 멀리서 보기에 사람이 있는 듯 여겨진 것은 그 깃발들이 화톳불에 비쳐 일렁거린 까닭이었을 뿐이었다.

"속았다. 어서 물러서라!"

그제야 적의 계교에 떨어진 걸 깨달은 조인이 황망히 소리쳤다. 하지만 때는 이미 늦은 뒤였다. 갑자기 사방에 방포 소리가 나더니 오병들이 벌 떼처럼 몰려나왔다. 동쪽에서는 한당과 장흠이 거느린 군사들이 짓쳐들어오고 서쪽에서는 주태와 반장이 이끄는 군사들이 밀고 나왔다.

남쪽에서는 서성과 정봉이 앞장서서 달려들었으며 북쪽에서는 진무와 여몽이 군사를 휘몰아 덮쳐왔다.

결과는 조인의 대패였다. 처음 세 길로 나누어 성을 나온 조인의 군마는 사방에서 치고 드는 오병에게 얻어맞아 이리저리 흩어져버리니 머리와 꼬리가 서로 구해줄 수 없었다.

조인은 겨우 수십 기만 이끌고 간신히 두터운 포위를 뚫고 나오다가 역시 같은 꼴인 아우 조홍과 만났다. 둘이 이끄는 군사를 합쳐 보아도 이미 싸우기에는 틀린 일이었다. 할 수 있는 일은 다만 힘을 다해 길을 앗아 달아나는 것뿐이었다.

그런데 오경 무렵 하여 남군성에서 멀지 않은 곳에 이르렀을 때였다. 갑자기 한 떼의 오병이 길을 막으며 앞선 장수가 소리쳤다.

"동오의 능통이 여기 있다. 어서 말에서 내려 항복하지 못할까?"

조인과 조홍은 놀랐으나 이제는 돌아서 달아날 길도 없었다. 주유의 대군이 뒤쫓고 있었기 때문이었다. 하는 수 없이 이를 악물고 싸워 길을 뚫기는 했지만 거기서 그나마 따르던 군사가 다시 적잖이 꺾였음은 말할 나위도 없었다. 뿐만이 아니었다. 얼마 가지 않아 이번에는 동오의 장수 감녕을 만났다. 또 한바탕 죽기를 무릅쓴 싸움으로 길은 열었으나 이미 조인을 따르는 군사는 얼마 남아 있지 않았다.

남군으로 돌아가려다 두 번이나 적의 복병을 만나 크게 당하고 보니 조인도 더는 남군으로 돌아갈 마음이 없어졌다. 잠시 하후돈에게 의지하기로 하고 그가 지키는 양양으로 길을 잡아 내달았다. 뒤쫓던 적병도 조인이 양양으로 가는 큰길을 골라잡자 그리 오래는 따라오지 않았다.

한편 싸움 한번에 조인을 여지없이 두들겨 부순 주유와 정보는 곧 군사를 수습해 남군으로 달려갔다. 그런데 이게 어찌 된 일인가. 성 아래 이르러 보니 비어 있는 거나 다름없으리라 여겼던 성벽 위에는 깃발이 가득 꽂혀 있고 망루에는 호랑이 같은 장수 하나가 버티고 서 있다가 주유를 향해 우렁차게 말했다.

"도독께서는 이 몸을 너무 나무라지 마시오. 군사의 명을 받들어 이미 오래전에 이 성을 빼앗았소이다. 나는 상산 땅의 조자룡이오."

실로 주유는 닭 쫓던 개 지붕 쳐다보는 격이 되고 만 셈이었다.

주유는 그 뜻밖의 상황에 분이 꼭뒤까지 올랐다. 더 길게 생각할 것도 없이 장졸들을 돌아보며 소리쳤다.

"무엇들 하느냐? 어서 성을 쳐라!"

하지만 어림없는 일이었다. 오병들이 성벽 가까이 이르자 성벽 위에서는 비 오듯 활과 쇠뇌를 쏘아 붙였다. 방금 새로 성을 점령한 기세라 아무리 주유라 해도 당해낼 길이 없었다.

하는 수 없이 군사를 물린 주유는 의논 끝에 감녕과 능통을 불러 영을 내렸다.

"감(甘)홍패는 군마 몇천을 이끌고 지름길로 달려가 형주를 빼앗고 능(凌)공속은 양양을 우려빼도록 하라. 남군을 치는 것은 그 두 성을 차지한 뒤라도 늦지 않으리라!"

그리고 막 군사를 갈라 보내려 하는데 정탐을 보냈던 군사가 나는 듯 말을 달려와 알렸다.

"제갈량은 남군을 차지한 뒤, 조인의 병부(兵符)를 써서 형주를 지키던 군마들을 남군을 구하라는 구실로 불러내고, 장비를 보내 빈 형주성을 차지해버렸습니다."

이어 또 다른 군사 하나가 말을 달려와 알렸다.

"제갈량이 조인의 병부를 써서 하후돈을 속이고 양양성을 차지해버렸다고 합니다. 사람을 보내 거짓으로 조인이 구원을 청하는 양 말하고 하후돈의 군마를 성 밖으로 끌어낸 뒤 관운장을 보내 뺏어버린 것입니다."

잇단 그들의 전갈에 주유는 머리가 다 얼얼할 지경이었다. 남군 말고도 두 곳의 큰 성을 유비는 조금도 힘들이지 않고 손에 넣어버린 것이었다.

"그런데…… 제갈량이 어떻게 조인의 병부를 얻었을까?"

한동안 멍하니 서 있던 주유가 누구에게랄 것도 없이 물었다. 정보가 곁에 있다가 대답했다.

"그야 남군을 빼앗았을 때 조인의 모사 진교를 사로잡았으니, 병부는 절로 제갈량의 손에 떨어지지 않았겠소?"

그 말을 듣자 주유는 갑자기 괴로운 신음과 함께 피를 토하며 쓰러졌다. 이번에는 정말로 금창이 터져버린 것이었다. 가슴이 터질 듯한 분기를 끝내 삭여내지 못한 탓이었다.

주유는 반나절이나 지난 뒤에야 겨우 다시 깨어났다. 여러 장수들이 갖가지 좋은 말로 그의 마음을 풀어주려 했으나 소용없었다. 오히려 이를 갈며 맹세하듯 말했다.

"제갈량 그 촌놈을 죽이지 못하고 어찌 이 마음속의 원한이 풀리겠는가? 정덕모께서는 나를 도와 남군을 빼앗는 데 힘을 다해주시오. 그 성은 우리 동오에게 꼭 필요한 것이외다."

그리고 다시 남군을 칠 의논을 하고 있는데 마침 노숙이 왔다. 노숙을 보자 주유는 전에 없이 결연하게 말했다.

"나는 지금 군사를 일으켜 유비, 제갈량의 무리와 결판을 내려 하오. 자경은 부디 나를 도와주시오."

노숙이 가만히 고개를 저었다.

"아니 됩니다. 지금 우리는 조조와 맞붙어 아직 이기고 짐이 결말 나지 않았습니다. 더구나 주공께서는 합비를 들이치신 지 오래되었으나 여태껏 성을 떨어뜨리지 못하고 계신 터에 우리끼리 서로 싸우면 어찌 되겠습니까? 만약 조조가 그 틈을 타고 다시 대군을 몰아온다면 두 집안의 형세가 모두 위태로워질 것입니다.

거기다가 유비는 일찍이 조조와 서로 두터운 교분을 나눈 적이 있습니다. 만약 우리의 공격으로 일이 위급하게 되면 틀림없이 차지하고 있는 성들을 조조에게 바치고, 조조와 함께 우리 동오를 치려들 것입니다. 무리하게 유비를 치다가 일이 그렇게 되면 우리 동오 홀로 어찌 막아낼 수 있겠습니까?"

역시 신중하고 온건한 사람다운 말이었다. 그래도 주유는 분을 이기지 못해 씨근거리며 말했다.

"우리는 갖은 계책을 다 짜내었을 뿐만 아니라 적지 않은 군사와 말을 잃고 또한 많은 곡식과 돈을 들여 싸웠으나 아무것도 얻지 못했소. 그런데 저들은 우리 덕에 가만히 앉아 많은 것을 이루었으니 어찌 분하지 않겠소? 자경의 말을 알아듣지 못하는 바는 아니나 차마 이대로 참을 수만은 없구려!"

"도독께서는 잠시만 더 참으십시오. 제가 현덕을 찾아보고 이치로 그를 달래보겠습니다. 그래도 그가 정히 듣지 않는다면 그때 가서 군사를 내도 늦지는 않을 것입니다."

노숙이 다시 주유를 달랬다.

"자경의 말씀이 옳습니다. 그렇게 해보시지요."

곁에 있던 장수들도 한결같이 노숙을 편들어 주유를 달랬다. 그러자 주유도 마지못해 노숙의 말을 받아들였다. 겨우 주유를 달래놓고 진채를 나온 노숙은 그 길로 시중꾼 하나만 딸리고 남군으로 달려갔다.

"동오의 노숙이다. 문을 열어라!"

성 아래 이른 노숙이 그렇게 소리치자 조운이 나와 물었다.

"자경께서는 무슨 일로 오셨소이까?"

"나는 유황숙을 만나뵙고 드릴 말씀이 있소."

노숙이 그렇게 대답하자 조운이 안됐다는 얼굴로 말했다.

"그렇다면 잘못 찾아오시었소. 우리 주공께서는 지금 군사(軍師)와 더불어 형주성에 계십니다."

이에 노숙은 남군성으로 들지 않고 바로 형주로 달려갔다. 형주에 이르러 보니 성벽 위에는 정기가 가득히 벌려 세워져 있는데 그 사이로 오락가락하는 장졸들도 한결같이 씩씩하고 날래 보였다. 겨우 몇 달 전 자신이 강하에서 본 것과는 비교도 할 수 없는 군세였다.

"공명은 실로 범상한 인물이 아니로구나!"

노숙은 속으로 새삼 그렇게 감탄하며 성문을 향해 소리쳐 자신이 온 것을 알렸다. 성문을 지키던 군사가 성안으로 달려가 노숙이 왔다는 걸 알리자 공명이 몸소 나와 성문을 활짝 열어젖히고 맞아들였다. 조금도 못할 짓을 한 적이 없다는 듯 거리낌없는 태도였다.

서로 예가 끝나고 주인과 손님이 각기 자리를 정해 앉기 바쁘게 노숙이 자기가 온 까닭을 밝혔다.

"저희 주인 오후와 주(周)도독께서 저를 보내시어 황숙께 거듭 간곡히 말씀드리라 하셨습니다. 앞서 조조가 백만 대군을 이끌고 내려왔을 적에 겉으로 내걸기는 강남을 아우르는 것이었으나 실인즉 황숙을 쳐 없애려 함이었습니다. 그런데 다행히 우리 동오가 나서 조조의 대군을 무찌르고 황숙을 구해드렸으니 형주 아홉 고을은 마땅히 동오에게 돌아와야 할 것입니다.

그럼에도 불구하고 이제 황숙께서는 속임수로 형주와 양양을 차지하시어 동오는 헛되이 인마와 돈과 곡식만 쓰게 하고 황숙께서는 편안히 거기서 온 이익을 오로지하셨습니다. 이는 이치에 맞지 않는 일일 뿐더러 자칫 황숙께서 세상 사람들로부터 비웃음을 사게 되지 않을까 두렵습니다.”

준엄한 데마저 있는 노숙의 추궁이었다. 그러나 공명은 조금도 흔들림 없는 어조로 대답했다.

“자경은 고명한 선비로서 어찌 그 같은 말씀을 하실 수 있습니까? 옛말에 이르기를 세상의 모든 것은 반드시 그 주인에게 돌아간다 하였습니다. 형주와 양주의 아홉 고을은 원래 유표의 근거였지 동오의 땅이 아닙니다. 그런데 우리 주공께서는 그 유표의 아우가 되십니다. 거기다가 유표는 비록 죽었으나 아직 그 아들이 살아 있으니 숙부로서 조카를 도와 형주를 찾아준 게 어째서 잘못이란 말씀입니까?”

실로 노숙으로서는 예측도 못한 구실이었다. 잠깐 아연했던 노숙이 다시 마음을 가다듬어 따졌다.

“정말로 공자 유기를 위해서 이 땅을 차지하셨다면 있을 수도 있는 일이겠지요. 그러나 지금 공자께서는 아직 강하에 계시니 선생의 말씀이 반드시 맞다 할 수는 없을 것입니다.”

그러자 공명이 기다렸다는 듯 물었다.

"그럼 자경께서 직접 공자를 뵙는 게 어떻겠습니까?"

"공자께서 여기 계시단 말씀입니까?"

노숙이 놀라 공명에게 되물었다.

"그렇습니다. 이 땅의 주인 되시는 이가 여기 아니 계셔서 되겠습니까?"

공명이 빙긋 웃으며 그렇게 말해놓고 곧 좌우를 돌아보며 명했다.

"공자를 잠시 뫼시고 나오너라."

오래잖아 공자 유기가 병풍 뒤에서 부축을 받으며 나왔다. 그리고 힘없는 목소리로 노숙에게 말했다.

"몸이 병들어 예를 표하지 못했으니 자경께서는 부디 꾸짖지 마시오."

노숙은 놀랐다. 그러나 공자 유기가 형주에 있으면서 선친의 기업을 잇는다는 명분을 내세우는 한 동오로서는 어떻게 해볼 도리가 없었다. 한참을 말없이 앉아 있던 노숙이 이윽고 공명을 보고 입을 열었다.

"만일 공자께서 아니 계신다면 그때는 어떻게 하시겠습니까?"

공자 유기에게 병색이 짙은 데 한 가닥 희망을 걸고 묻는 말이었다. 공명은 조금도 망설이지 않고 대답했다.

"하루라도 공자가 계신다면 우리는 공자를 도와 형주를 지킬 것입니다. 그러나 만약 공자께서 계시지 않는다면 그때는 따로 이 일을 의논해서 정해야겠지요."

"만약 공자께서 아니 계신다면 지금 황숙께서 차지하고 계신 성들은 반드시 우리 동오에게 돌려주셔야 합니다."

유기가 없을 때의 일까지도 얼버무려 덮어두려는 공명의 말에 노숙은 자신도 모르게 목소리가 굳어졌다. 공명도 더는 그 일로 노숙의 심기를 상하고 싶지 않은지 얼른 그 말에 찬동했다.

"좋습니다. 그건 자경의 말씀이 맞습니다."

그러고는 잔치를 벌여 노숙을 대접했다. 별로 내킬 리 없는 술잔이었으나 노숙은 그나마의 다짐이라도 받아둔 걸 다행으로 여기며 상머리에 앉지 않을 수 없었다.

잔치는 저물 때까지 계속됐다. 잔치가 끝난 뒤 공명과 유비를 작별하고 성을 나선 노숙은 그 밤으로 말을 달려 주유가 기다리는 동오의 대채로 돌아갔다.

"어떻게 되었소이까?"

노숙이 돌아오자마자 기다리고 있던 주유가 물었다. 노숙은 형주에서 있었던 일을 자세히 주유에게 들려주었다. 듣고 난 주유가 원망 반 탄식 반으로 말했다.

"유기는 아직 한창인 젊은이인데 어떻게 그가 빨리 죽기를 바랄 수 있겠소? 도대체 형주는 언제 우리에게 돌아온단 말이오?"

그런 주유를 노숙이 좋은 말로 위로했다.

"도독께서는 마음 놓으십시오. 노숙은 이 한 몸을 걸고 동오가 형주와 양양을 되찾도록 하겠습니다."

"자경께서는 무슨 좋은 계책이 있어 그같이 장담하십니까?"

자신에 찬 노숙의 말에 주유가 문득 그렇게 물었다. 노숙은 자기가 본 것을 더욱 부풀려서 주유가 듣기에 좋도록 말했다.

"제가 보니 유기는 여자와 술을 지나치게 가까이해 병이 이미 뼛속 깊이 스민 듯했습니다. 얼굴은 마른 데다 파리한 빛까지 돌고, 기침을 하며 피를 토하는 꼴을 보아 반년을 넘기기 어려울 것입니다. 그가 죽는다면 그때 가서 우리가 형주와 양양을 친다 한들 유비가 무슨 핑계로 버텨낼 수 있겠습니까?"

하지만 주유는 그 정도로 분이 가라앉지 않는 듯했다. 억지로 참느라 숨결까지 거칠어지고 있는데, 문득 사람이 와 손권이 보낸 사자가 이르렀음을 전했다.

주유가 불러들이자 그 사자가 와서 손권의 뜻을 전했다.

"주공께서는 합비를 에워싸고 여러 번 싸웠으나 아직 이기지 못하셨습니다. 이제 도독께 특히 명을 내리기를 이곳의 대군을 거두어 돌아오라고 하십니다. 잠시 모든 군사를 모아 함께 합비를 치시려는 뜻입니다."

이에 주유는 하는 수 없이 군사를 되돌렸다. 그러나 금창이 터진 게 탈이 되어 몸을 움직일 수 없게 되니 자신은 시상(柴桑)에 이르러 병을 돌보기로 하고 정보만 합비로 보냈다. 모든 싸움배와 장졸들을 이끌고 가 손권을 돕게 한 것이었다.

그런데 이 부분에서도 정사는 『연의』와 많이 다르다. 첫째로 유비는 남군을 차지한 적이 없으며, 주유가 남군을 뺏은 뒤 그곳의 태수가 되어 그 남쪽 언덕을 유비에게 갈라주었다는 것만이 정사의 기록에 있을 뿐이다. 둘째는 형주와 양양인데, 유비는 천자에게 표문을 올려 유기로 하여금 형주 자사가 되게 하였다가 유기가 죽은 뒤 추대를 받아 그 땅의 주인이 되었다고만 정사에 나온다. 그때까지만 해도 유비는 아직 형주의 객장(客將)이었을 뿐이었다.

하지만 어쨌든 적벽의 싸움에서 가장 많이 힘을 쓰고 손실을 입은 동오가 얻은 것이 유비에게 미치지 못하는 것만은 사실이다. 거기서 아마도 뒷사람의 이 같은 시구가 나왔을 것이다.

> 몇 고을의 성을 얻어도 내 몫은 없구나 畿郡城池無我分
> 한바탕의 힘든 싸움 누구를 위함이었던고. 一場辛苦爲誰忙

바로 동오를 위한 구절이리라.

교룡(蛟龍)은
드디어 삼일우(三日雨)를 얻고

한편 유비는 형주에다 남군과 양양까지 차지하게 되자 마음속으로 기쁨을 이기지 못했다. 탁군에서 몸을 일으켜 천하를 떠돌기 이십여 년, 한꺼번에 그만큼의 주군을 거느려보기는 그때가 처음이었다. 이에 힘이 솟은 유비는 여럿을 모아놓고 먼 앞날을 위한 계책을 의논했다.

"제가 황숙께 한 가지 드릴 말씀이 있습니다."

문득 한 사람이 새로이 마루 위로 올라오며 소리쳤다. 유비가 보니 이적이었다. 전에 유표 밑에서 일할 때 유비가 채모에게 죽게 된 것을 구하여준 적이 있는데 그동안 보이지 않다가 이제 나타난 것이었다. 유비는 새삼 그때 일에 고마움을 느끼며 공경하는 마음으로 윗자리에 앉힌 뒤 물었다.

"선생께서는 제게 어떤 가르침을 주러 오셨습니까?"

이적이 그 말을 물음으로 받았다.

"공께서는 형주를 오래 지킬 계책을 알고자 하시면서 어찌하여 어진 선비를 구해 물어보지 않으십니까?"

"그 어진 선비가 어디에 있소?"

유비가 반가운 얼굴로 이적에게 다시 물었다.

"형(荊), 양(襄) 땅에서는 마씨(馬氏)의 다섯 형제가 모두 그 재주로 이름 높습니다. 가장 나이가 적은 이는 마속(馬謖)이며 자가 유상(幼常)이고, 가장 어질고 밝은 이는 마량(馬良)인데 눈썹 사이에 흰 터럭이 났으며 자를 계상(季常)이라 합니다. 그 고장 사람들 사이에 떠도는 말에도 '마씨의 상(常)자 돌림으로 자를 쓰는 다섯 사람 중에 눈썹 흰 사람이 가장 낫다네'란 것이 있을 정도지요. 공께서는 어찌 그 사람을 불러 함께 앞날을 꾀해보지 않으십니까?"

이른바 백미(白眉)란 말이 생겨난 고사이다. 이때부터 백미, 즉 흰 눈썹이란 말이 여럿 가운데 가장 빼어난 것(또는 부분)을 가리키게 되었다.

유비는 기꺼이 이적의 말을 따랐다. 곧 사람을 보내 마량을 부르고, 예를 다해 맞이한 뒤 물었다.

"바라건대 선생께서는 이 형, 양 땅을 오래 지켜나갈 계책을 일러 주십시오."

마량이 대답했다.

"형주와 양양은 사방이 틔어 있어 적이 넘나들 수 있는 땅이라 오래 지키기 어려운 데가 있습니다. 먼저 공자 유기에게 그 몸의 병을 돌보게 하고, 옛날에 일하던 사람들을 불러 각처를 지키게 하십시오. 그리고 한편으로는 조정에 표를 올려 공자 유기를 형주 자사로 세우게 하시면 전란으로 들떠 있는 백성들의 마음을 안정시킬 수 있을 것입니다. 그다음 남으로 내려가 무릉, 장사, 계양, 영릉 네 군을 차지하십시오. 거기서 곡식과 돈을 거두어 쌓는다면 앞날의 큰일에 바탕을 삼을 수 있을 것입니다. 이것이 바로 앞일을 멀리 내다보는 계책입니다."

그 말을 들은 유비는 몹시 기뻤다. 곧 그대로 따르기로 하고 다시 마량에게 물었다.

"그 네 군 중에서는 어느 곳부터 먼저 차지해야 하겠습니까?"

"상강(湘江) 서쪽의 영릉이 가장 가까우니 그곳부터 차지하시는 게 좋겠습니다. 그다음은 무릉쯤이 되겠지요. 그리하여 영릉과 무릉을 차지하신 뒤에는 다시 상강 동쪽에 있는 계양을 치시고, 마지막으로 장사를 얻으시면 되겠습니다."

모든 것을 한끝에 꿰어보는 듯한 마량의 대답이었다. 이에 유비는 마량을 종사로 삼고 이적을 부종사로 삼았다. 그리고 공명과 의논하여 공자 유기를 양양으로 보내고 그곳에 있는 관우를 형주로 되돌아오게 한 다음 군사를 가다듬어 먼저 영릉을 뺏는 일에 손을 댔다.

"익덕이 앞장을 서고 자룡은 뒤를 받치도록 하라. 나는 공명과 더불어 중군이 되리라."

유비는 그렇게 영을 내리고 일만 오천의 인마와 더불어 영릉으로 떠났다. 형주는 관운장이 남아 지키고, 강릉은 미축과 유봉이 지키기로 했다.

유비가 군사를 거느리고 쳐들어오고 있다는 소식은 영릉 태수 유도(劉度)에게도 곧 전해졌다. 유도는 걱정이 된 나머지 아들 현(賢)을 불러 의논했다.

"유비가 대군을 거느리고 오고 있다니 어찌하면 좋겠느냐?"

"아버님께서는 조금도 걱정하실 것 없습니다. 유비가 비록 장비와 조운의 용맹을 앞세우고 있기는 하나, 우리 상장(上將) 형도영(邢道榮)도 홀로 만 명을 당해낼 만한 힘이 있습니다. 넉넉히 적을 막아낼 수 있을 것입니다."

유현이 자신 있다는 듯 그렇게 큰소리쳤다. 아들의 큰소리에 힘을 얻은 유도는 곧 그 아들 현과 상장 형도영에게 군사 만여 명을 주며 성을 나가 유비를 막게 했다.

유현과 형도영은 성 밖 삼십 리쯤 되는 곳에 이르러 산을 등지고 물을 끼게 진을 쳤다. 오래잖아 정탐을 나갔던 군사가 말을 달려 돌아와 알렸다.

"공명이 스스로 한 떼의 군사를 이끌고 다가오고 있습니다."

그 말을 들은 형도영은 얼른 군사를 이끌고 싸우러 나갔다. 두 곳의 군사들이 둥글게 진을 맞대자 형도영이 먼저 말을 달려 나왔다.

"역적 놈들이 어찌 감히 우리 땅을 침범하느냐?"

손에는 산이라도 쪼갤 듯한 큰 도끼를 들고 형도영이 소리 높여 꾸짖었다. 그러나 유비 쪽에서는 말 탄 장수가 나오는 대신 누른 기 하나가 조용히 움직이더니, 진문이 열리며 네 바퀴 달린 수레 한 대가 천천히 굴러 나왔다. 수레 안에는 한 사람이 단정히 앉아 있는데, 머리에는 윤건(綸巾)이요, 몸에는 학의 깃털 같은 흰 옷에 손에는 깃털 부채를 들고 있었다. 그 사람이 깃털 부채로 형도영을 가리키며 말했다.

"너는 내가 누구인지 알겠느냐? 바로 남양의 제갈공명이 이 사람이니라. 조조는 백만 대군을 이끌고 왔으나 내가 펼친 계책에 빠져 갑옷 한 조각 제대로 건지지 못하고 돌아갔다. 그런데 너희 따위가 감히 나와 맞서려 드느냐? 내가 지금 이렇게 온 것은 너희를 타일러 싸우지 않고 우리에게 돌아오게 하려 함이니 내 말뜻을 알아들었거든 얼른 말에서 내려 항복하도록 하라."

형도영이 지지 않고 큰 소리로 웃으며 맞섰다.

"적벽에서 조승상의 대군을 몰살시킨 것은 주랑의 지모이다. 네놈이 무얼 거들었다고 감히 와서 나를 속이려 드느냐?"

그렇게 소리치고는 도끼를 휘두르며 곧바로 공명에게 덮쳐 갔다. 그걸 본 공명이 얼른 수레를 돌려 진 속으로 달아나고 열려 있던 진문이 굳게 닫혔다.

형도영은 그것도 모르는 채 진 속 깊이 뛰어들었다. 문득 진세가 변하며 적이 두 쪽으로 나뉘어 달아나기 시작했다. 형도영은 그 가운데 있는 누른 기가 공명의 것이라 여겨 그것만 쳐다보며 뒤쫓았다.

한군데 산모퉁이를 돌자 누른 기는 멈추어 섰는데, 갑자기 땅이 쪼개져 그 속으로라도 꺼져버린 듯 네 바퀴 수레는 보이지 않고 난데없이 한 장수가 뛰쳐나왔다. 호랑이 수염에 고리눈을 하고 사모를 비껴든 채 말을 달려 나오는 그 장수는 바로 장비였다.

장비는 벽력같은 호통과 함께 바로 형도영을 덮쳤다. 형도영이 도끼를 휘두르며 맞서 보았으나 원래 장비의 맞수가 못 되었다. 몇 합

부딪기도 전에 힘이 달리는지 말 머리를 돌려 달아나기 시작했다. 장비가 그 뒤를 쫓는데, 다시 길 양편에서 복병이 쏟아져 나와 형도영을 가로막았다.

형도영은 죽을힘을 다해 앞으로 가로막는 복병을 헤치고 나아갔다. 그러나 간신히 빠져나왔다 싶을 즈음 문득 한 장수가 길을 막고 크게 소리쳤다.

"이놈, 너는 상산 땅의 조자룡을 알아보겠느냐?"

장비에게 이미 반 넘어 얼이 빠진 형도영은 다시 상산의 조자룡이란 말을 듣자 맥이 쭉 빠졌다. 싸워봤자 이길 것 같지도 않고 달아나려 해도 달아날 데가 없었다. 하는 수 없이 말에서 뛰어내려 항복을 빌었다.

조자룡은 그런 형도영을 묶어 유비에게로 끌고 갔다. 유비가 성난 기색으로 형도영을 꾸짖더니 이어 군사들에게 영을 내렸다.

"여봐라. 저놈을 끌어내 목 베라!"

그때 공명이 나서 유비를 말려놓고 형도영에게 물었다.

"네가 만약 유현을 잡아오면 네 항복을 받아주마. 그리 해보겠느냐?"

"살려만 주신다면 반드시 유현을 산 채로 묶어 바치겠습니다."

형도영이 얼른 그렇게 대답했다. 공명이 두 번 세 번 물어도 보내만 달라는 식이었다.

"네가 무슨 방법으로 유현을 사로잡아 오겠느냐?"

이윽고 공명이 다시 그렇게 물었다. 형도영은 앞서보다 더욱 열을 올리며 떠벌렸다.

"군사께서 저를 놓아주신다면 저는 돌아가 그럴듯한 말로 유현을 속여 마음 놓고 있도록 해놓겠습니다. 다만 군사께서는 오늘밤으로 군사를 이끌고 저희 진채를 급습해주십시오. 그러면 저는 안에서 호응해 유현을 산 채로 잡아다 바치겠습니다. 또 그렇게 유현이 사로잡히게 되면 그 아비인 유도도 절로 항복해 올 것입니다."

그런 형도영에게는 어딘가 못 미더운 데가 있어 보였으나 공명은 왠지 그를 믿어주었다. 곧 유비에게 청하여 형도영을 풀어줌과 아울러 그의 말과 도끼도 내주었다.

별로 항복할 뜻이 없던 형도영은 공명이 자신을 풀어주자 살았다 싶었다. 나는 듯 말을 달려 저희 진채로 돌아가 유현을 보기 바쁘게 그간에 있었던 일을 그대로 털어놓았다. 다 듣고 난 유현이 걱정스런 얼굴로 형도영에게 물었다.

"그렇다면 이제 어떻게 해야 되겠소?"

"저쪽의 계책을 우리가 거꾸로 이용하면 됩니다. 오늘밤 장졸들을 진채 밖에다 매복시키고, 진채에는 거짓으로 기치만 잔뜩 벌여 세워놓았다가, 공명이 야습을 해오면 오히려 우리가 사로잡아버립시다."

형도영이 가장 꾀 많은 체 말을 했다. 유현도 들어보니 그럴듯했다. 곧 형도영의 말에 따르기로 하고 날이 저물기만을 기다렸다.

그날 밤 이경 무렵이었다. 정말로 한 떼의 군사가 유현의 진채로 몰려왔다. 그러나 진채를 급습하지도 않고 저마다 가져온 마른 풀단에 불을 붙여 진채로 던질 뿐이었다.

미리 채 밖으로 나와 숨어 있던 유현과 형도영은 그걸 보자 양쪽에서 밀고 들어갔다. 그때까지만 해도 그들은 공명이 꼼짝없이 자기들의 계교에 말려든 줄 알았다. 불을 지르던 군사들이 급히 달아나는 것을 보고 기세 좋게 뒤쫓았다.

그런데 한 십 리 남짓 갔을까. 문득 앞서 가던 적군이 하나도 보이지 않았다. 그제야 자기들이 오히려 속은 줄 알고 크게 놀란 유현과 형도영은 급히 자기들의 진채로 돌아갔다. 아직 진채에는 불길이 꺼지지 않았는데 갑자기 안에서 한 장수가 달려 나왔다. 장팔사모를 비껴들고 고리눈을 부릅뜬 장비였다.

"진채 안으로 들어가서는 아니 되오. 오히려 얼른 가서 공명의 진채를 들이치는 게 낫겠소이다."

유현이 형도영에게 그렇게 소리치고는 다시 군사를 돌렸다. 그러나 채 십리도 가기 전에 이번에는 조운이 한 떼의 군사를 이끌고 산비탈 뒤에서 뛰어나와 한 창에 형도영을 꿰어 말 아래로 떨어뜨려 버렸다.

눈앞에서 형도영이 죽는 걸 보고 놀란 유현은 얼른 말 머리를 돌려 달아났다. 하지만 그도 멀리는 못 갈 팔자였다. 그때껏 뒤쫓아오던 장비가 말을 몰아 다가오더니 소리개가 병아리 채가듯 말 등에 있는 유현을 낚아채 사로잡아버렸다.

장비가 유현을 꽁꽁 묶어 공명에게로 가자, 유현이 공명에게 울며 빌었다.

"오늘 일은 형도영이 시켜서 이리 되었습니다. 실로 제 참마음이 아닙니다. 부디 너그럽게 보아주십시오."

그러자 공명은 선선히 그를 풀어주고 옷을 주어 갈아입게 했다. 뿐만 아니라 술까지 내려 그를 놀라게 한 뒤 사람을 시켜 영릉성까지 바래다주게 하고 아울러 말했다.

"성안으로 들어가거든 아버님께 잘 말씀드려 우리에게 항복하도록 하게. 만약 항복하지 않는다면 성을 두드려 부수고 모두 죽여 없앨 것이네."

이에 영릉성으로 돌아간 유현은 그 아비 도(度)에게 공명의 너그러움을 말하고 항복을 권했다. 유도 또한 달리 길이 없음을 알자 아들의 말을 따르기로 했다. 곧 성벽 위에 항복을 나타내는 깃발을 세우게 하고 성문을 활짝 연 뒤, 태수의 인수를 싸들고 유비의 대채로 가 항복했다.

공명은 유도가 그대로 영릉 태수에 머물러 고을을 지키게끔 하고 그 아들 유현은 형주의 수군판사(隨軍辦事)로 삼아 데려갔다. 한바탕 어려운 싸움을 겪을 것으로 알고 겁에 질려 있던 영릉의 백성들은 싸움이 뜻밖에도 가볍게 끝나버리자 한결같이 기뻐해 마지않았다.

유비는 성안에 들어가 백성들을 안심시키고 군사들에게 상을 내린 뒤 다시 여러 장수들을 불러놓고 물었다.

"영릉은 이미 차지했으니 다음은 계양이다. 누가 가서 계양군을 얻어 오겠는가?"

"제가 한번 가보겠습니다."

유비의 말이 떨어지기 바쁘게 조운이 나섰다. 그 뒤를 이어 장비가 분연히 나서며 소리쳤다.

"형님, 이번에는 제가 가보겠습니다."

일이 그렇게 되니 절로 두 사람 사이에는 다툼이 일었다. 가만히 보고 있던 공명이 조운을 편들어 말했다.

"자룡이 먼저 대답했으니 자룡을 가게 하십시오."

그러나 장비가 기어이 그 말에 따르지 않고 자신이 가기를 고집하자 공명은 하는 수 없이 제비를 뽑게 했다. 표시를 한 제비를 뽑은 사람이 가기로 한 것인데 거기서도 조운이 이기고 말았다. 끝내 가지 못하게 된 장비가 성이 나서 툴툴거렸다.

"나는 다른 아무의 도움도 없이 군사 삼천이면 되겠소. 그걸로 아무도 모르게 계양성을 빼앗아 오리다!"

그러자 조운이 지지 않고 말했다.

"저도 군사 삼천이면 넉넉합니다. 만약 성을 얻지 못한다면 어떤 군령이라도 달게 받겠습니다."

조운의 그같이 씩씩한 말에 공명은 크게 기뻤다. 곧 조운에게 군령장을 쓰게 한 뒤 군사 삼천을 가려 뽑아주며 계양으로 보냈다. 그래도 장비는 여전히 툴툴거리다가 유비의 꾸짖음을 듣고야 겨우 입을 다물었다.

조운은 삼천 인마를 이끌고 지름길로 계양을 바라 떠났다. 오래잖아 그 소식은 계양 태수 조범(趙範)의 귀에도 들어갔다. 조범은 급히 무리를 모아놓고 조운을 막을 일을 의논했다. 관군교위로 있던 진응(陳應)과 포룡(鮑龍)이 나서서 말했다.

"저희 두 사람이 앞장이 되어 한번 나가보겠습니다. 저희에게 군사 삼천만 딸려주십시오."

원래 그 두 사람은 계양군 영산향(嶺山鄉)의 사냥꾼 출신이었다. 진응은 비차(飛叉, 가닥진 비녀 같은 데 긴 줄을 단 무기)를 잘 썼고, 포룡은 일찍이 호랑이 두 마리를 한꺼번에 쏘아 죽인 적이 있을 만큼 활을 잘 쏘았다. 두 사람은 그 같은 자기들의 힘만 믿고 앞장서기를 자

청했다.

조범이 떨떠름한 얼굴로 말했다.

"내가 듣기로 유현덕은 대한의 황숙이 되는 사람이요, 공명은 꾀가 많은 데다 관우와 장비는 매우 용맹스런 장수라 하였다. 거기다가 지금 군사를 이끌고 이리로 오고 있는 조자룡은 당양 장판에서 조조의 백만 대군 사이를 무인지경 지나듯 휩쓴 장수이다. 우리 계양에도 약간의 인마가 있기는 하나 그들을 당해 낼 성싶지 않다. 차라리 일찍 항복함이 어떻겠는가?"

그러자 진응이 더욱 자신 있게 말했다.

"이왕에 저희들이 나가 싸우기를 자청했으니 태수께서는 한번 저희 뜻대로 해주셨으면 좋겠습니다. 저희들이 만약 조자룡을 사로잡지 못한다면 그때 가서 항복하셔도 늦지 않을 것입니다."

조범은 그런 진응의 고집을 이기지 못해 마침내 나가 싸우는 걸 허락했다.

진응은 군사 삼천을 이끌고 성을 나가 적을 맞이했다. 오래잖아 조운이 군사를 이끌고 왔다. 진응은 진세를 벌여 세우기 바쁘게 비차를 휘두르며 말을 달려 나갔다.

조운이 창을 끼고 말을 박차 나오며 진응을 꾸짖었다.

"우리 주인 유현덕은 유경승의 아우 되는 분이시다. 이제 공자 유기를 도와 형주를 다스리면서 특히 이곳 백성들을 어루만져주러 오셨는데 네 어찌 감히 맞서려 드느냐?"

진응도 지지 않고 되받아쳤다.

"우리들은 오직 조승상을 받들 뿐이다. 어찌 유비 따위에게 몸을 굽히겠는가?"

그러자 크게 성난 조운이 창을 겨누고 말을 달려 진웅에게 덮쳐 갔다. 진웅도 비차를 빙빙 돌리며 달려 나와 조운과 맞섰다.

두 사람의 말이 서로 엇갈리기를 너댓 번이나 했을까. 진웅은 벌써 자신이 조운의 상대가 되지 못함을 깨닫고 말 머리를 돌려 달아나기 시작했다. 조운이 말을 박차 그런 진웅을 바짝 뒤쫓았다.

달아나던 진웅이 힐끗 돌아보니 조운이 멀지 않은 곳까지 다가와 있었다. 비차를 쓰기에 알맞은 거리라 본 진웅은 갑자기 뒤돌아보며 비차를 조운에게 날렸다. 그런데 놀라운 것은 그다음의 일이었다. 조운이 슬쩍 그 비차를 받아 쥐더니 오히려 진웅을 향해 되날렸다. 진웅이 급히 몸을 구부려 그 비차를 피했으나 어느새 조운의 말이 그의 등 뒤로 바싹 다가와 있었다.

"이놈을 묶어라!"

갑자기 조운이 그같이 외침과 함께 말 위에 있는 진웅을 낚아채 땅바닥에 내동댕이쳤다. 군사들이 우르르 달려와 진웅을 묶어 조운의 진채로 끌고 가버렸다.

대장이 그 꼴이 되니 진웅의 군사들에게 싸울 마음이 있을 리 없었다. 거미새끼처럼 뿔뿔이 흩어져 달아나기에만 바빴다.

진채로 돌아온 조운이 진웅을 꾸짖으며 말했다.

"네 어찌 감히 내게 맞서려 하였느냐? 내 마땅히 너를 죽일 것이로되 이제 놓아 보내줄 것이니 돌아가 조범에게 어서 항복하라 이르라!"

그러고는 진웅을 풀어주니 진웅은 백 번 잘못을 빌며 머리를 싸쥐고 돌아갔다.

계양성으로 돌아간 진응이 그간에 있었던 일을 낱낱이 고하자 조범이 혀를 끌끌 차며 말했다.

"그러기에 내가 뭐라더냐? 애초에 항복하려 하였는데 네가 부득부득 싸우자고 졸라 일을 이 지경으로 만들어놓았구나. 이제는 항복하기에도 구차스럽게 되어버리지 않았느냐?"

그러고는 진응을 꾸짖어 내보낸 뒤, 태수의 인수를 싸가지고 조운의 진채로 찾아가 항복했다.

조범이 수십 기만 이끌고 성을 나와 항복하러 오자 조운도 진채를 나가 맞아들이고, 귀한 손님 대접하듯 했다. 비록 인수는 거둬들였으나 술을 내어 함께 마시는 품이 항복을 받는 자의 거드름은 조금도 없었다.

몇 순배 술잔이 오간 뒤 조운의 인품에 반한 조범이 말했다.

"장군도 성이 조(趙)씨이고 저 역시 성이 조가이니 오백 년 전에는 모두가 한 집안이었던 셈입니다. 또 장군도 진정 사람이고 저도 마찬가지로 진정 사람이니 곧 고향이 같습니다. 장군께서 버리시지 않는다면 형제를 맺어 길이 변함이 없고자 하는데 어떻겠습니까?"

조운 또한 그걸 마다할 까닭이 없었다. 기꺼이 응하고 서로의 나이를 따져보았다. 조운과 조범은 나이가 같았으나 생일로는 조운이 넉 달 빨랐다. 이에 조범은 조운에게 절하고 형으로 삼으니, 같은 고향에 같은 성에 나이 또한 같아 서로 그럴듯했다. 새로이 형제가 된 둘은 늦도록 마시다가 조범은 다시 성안으로 돌아갔다.

다음 날이었다. 조범은 조운을 성안으로 맞아들여 백성들을 안심시켜주도록 청했다. 조운은 군사들을 함부로 움직이지 못하게 한 뒤에 오십 기만 거느리고 성안으로 들어갔다.

성안의 백성들은 향을 사르며 길바닥에 엎드려 조운을 맞아들였다. 조운이 그런 백성들을 안심시키고 나자 조범은 다시 그를 관아로 불러들여 잔치를 벌였다. 술이 반쯤 오른 뒤에 조범이 다시 조운을 청해 후당 깊숙한 곳으로 들게 하고 잔을 씻어 새로운 술자리를 마련했다. 그 바람에 어지간한 조운도 제법 거나해졌을 무렵이었다. 조범이 문득 한 부인을 불러들여 조운에게 잔을 따르게 했다.

조운이 슬쩍 보니 그 부인은 흰 비단으로 지은 소복을 입고 있었는데 실로 사람의 마음을 녹이는 듯한 아름다움이 있었다. 이른바 경국지색(傾國之色)이란 그런 미인을 가리키는 말이 아닌가 싶었다.

"이분은 뉘신가?"

조운이 술잔을 받다 말고 조범에게 물었다. 조범이 빙긋이 웃으며 대답했다.

"저의 형수님 되는 번씨(樊氏)올시다."

그 말에 조운은 문득 얼굴빛을 고치며 공경하듯 두 손으로 잔을 받았다. 그런데도 조범은 눈치 없이 잔을 따르고 난 번씨에게 말했다.

"같이 앉으시지요."

"아니 되네. 내가 몹시 거북하이."

조운이 얼른 그렇게 말렸다. 번씨도 함께 자리하는 것은 차마 안 되겠다는 듯 조용히 후당으로 물러났다.

"아우는 어찌하여 형수님을 불러내어 잔을 치게 하는가?"

번씨가 자리를 뜨자 조운이 은근히 나무라는 투로 물었다. 그래도 조범은 조운의 속마음을 못 읽고 빙긋거리며 대답했다.

"다 까닭이 있으니 형님은 너무 괴이쩍게 생각하지 마십시오."

"까닭이라니?"

조운이 여전히 얼굴빛을 풀지 않고 물었다. 조범이 더욱 은근한 미소를 띠며 까닭을 말했다.

"제 선형(先兄)께서 세상을 버리신 지 이미 세 해가 지났습니다. 그러나 형수님께서는 종내 홀로 외로운 낮과 밤을 보내시기에 제가 개가를 권해보았지요. 그때 형수님께서는 제게 말씀하셨습니다. 만약 이 세 가지를 모두 갖춘 이가 있다면 나는 당장에라도 개가를 하겠습니다. 그 첫째는 이름이 널리 천하에 알려져 있어야 하고, 둘째는 모습이 당당하고 위엄을 갖추어 여럿 가운데서 빼어나야 하며, 셋째는 돌아가신 형님과 성(姓)이 같아야 한다는 것입니다. 그러니 천하에 그 어떤 사람이 그 셋을 두루 갖출 수 있겠습니까? 따라서 형수님께서는 개가할 뜻이 없음을 둘러 말한 것이라 여겨왔는데, 이제 형님을 뵈오니 생각나는 게 있습니다. 형님께서는 모습과 위풍이 당당하시고, 이름을 사해에 떨쳐 울리고 있으며, 성씨는 또 돌아가신 제 형님과 같습니다. 바로 형수님께서 말하신 그대로가 아니고 무엇이겠습니까? 만약 저희 형수님의 얼굴이 못생겼으나 싫지 않으시다면 혼수를 갖추어 형님께로 개가시켰으면 합니다. 이는 형님과 저뿐만 아니라 아랫대에까지도 가까운 인척이 되는 일이니 또한 아름답지 않겠습니까?"

그러나 조운의 반응은 뜻밖이었다. 갑자기 성난 얼굴로 일어나더니 조범을 꾸짖었다.

"나와 너는 이미 형제가 되었으니 너에게 형수님이라면 나에게도 형수님이 된다. 그런데 너는 도대체 어떻게 생겨먹은 놈이길래 이같이 인륜을 어지럽히는 소리를 하느냐!"

그 말을 듣자 조범은 부끄럽다 못해 불끈 화가 솟았다.

"나는 좋은 뜻으로 한 말인데 너는 어찌 그리도 무례하냐?"

조운이 너무도 자기 속을 몰라주고 웃는 얼굴에 침을 뱉고 나서는 바람에 일어난 풍파였다. 조범은 그 같은 맞대꾸뿐만 아니라 곁에 있던 졸개들에게 조운을 치라는 듯 눈짓까지 보냈다. 조운이 그걸 깨닫고 한 주먹으로 조범을 때려눕힌 뒤 그 자리를 빠져나갔다. 관아를 빠져나온 조운은 곧 말에 올라 성을 나가버렸다.

걱정이 된 조범은 진응과 포룡을 불러놓고 의논했다. 진응이 나서서 말했다.

"저 사람이 성이 나서 달려 나갔으니 일은 잘 되기 글렀습니다. 되든 안 되든 뒤따라가 들이치도록 합시다."

"글쎄, 그게 그대로 잘 될까."

조범이 떨떠름한 얼굴로 그렇게 말을 받았다. 포룡이 한 꾀를 생각해 냈다.

"그럼 이렇게 해보시지요. 저희 둘이 거짓으로 조운에게 가서 항복할 테니 태수께서 곧 군사를 이끌고 따라와 싸움을 돋우십시오. 그럼 저희들은 그 진중에서 때를 보아 그를 사로잡아버리겠습니다."

진응도 그게 제법 괜찮은 꾀 같아 뵈는 모양이었다. 담박 포룡을 거들며 나섰다.

"그렇게 하려면 약간의 인마를 데려가야 일이 제대로 될 것이오."

"오백 기면 넉넉할 것입니다."

포룡이 자신 있게 대답하고 진웅도 고개를 끄덕였다. 달리 좋은 수가 있을 리 없는 조범도 둘의 꾀를 따르기로 했다.

그날 밤이었다. 진웅과 포룡은 오백 인마를 이끌고 성을 빠져나가 조운에게 항복하러 갔다. 조운은 마음속으로 그들의 항복이 거짓인 줄 알면서도 겉으로는 그런 기색을 드러내지 않고 두 사람을 불러들였다. 진웅과 포룡은 조운의 장막에 이르자 태연히 꾸며댔다.

"조범은 미인계를 써서 장군을 홀린 뒤 술에 취하면 후당으로 끌어내 죽이려 했습니다. 장군의 목을 조승상께 바쳐 공을 청하려는 수작이니, 대개 조범의 흉측함이 그와 같습니다. 저희 둘은 장군께서 조범의 간사한 꾀에 걸려들지 않고 오히려 성을 내시며 나가시는 걸 보자 그 화가 저희들에게도 미칠까 두려웠습니다. 이에 와서 항복드리고자 하오니 부디 어여삐 여겨 거두어주십시오."

그 말을 들은 조운은 짐짓 기뻐하는 체했다. 곧 크게 술상을 차리게 하고 두 사람과 더불어 술을 마셨다. 조운이 자기들의 꾀에 속은 줄 알고 마음을 놓은 두 사람은 조운이 주는 대로 넙죽넙죽 술을 받아 마셨다. 오래 안 돼 두 사람이 몹시 취하자 조운이 문득 좌우의 군사들에게 영을 내렸다.

"저 두 놈을 얼른 묶어 진중에 가두어라!"

그리고 그들이 데려온 졸개들을 잡아 캐묻기 시작했다. 조운이 을러대자 졸개들은 곧 벌벌 떨며 털어놓았다.

"진웅, 포룡이 실은 거짓으로 항복해 온 것입니다. 저희들은 다만 영을 어기지 못해 따라왔을 뿐입니다."

내막을 알게 된 조운은 진웅과 포룡이 데려온 오백 군사를 모조리 불러모았다. 그리고 고기와 술을 배불리 먹인 뒤에 좋은 말로 달랬다.

"나를 해치려 한 자는 진응과 포룡이었으니 따라온 너희들에게는 아무 죄가 없다. 오히려 너희들은 내가 시킨 대로 따르기만 하면 크게 상을 내릴 것이다."

이미 자기들의 거짓 항복이 드러나 무서운 벌을 면하기 어려울 줄 알았던 오백의 군사들은 그 같은 말에 고마워 어쩔 줄 모르며 조운이 시키는 대로 따를 것을 맹세했다.

이에 조운은 그 자리에서 진응과 포룡을 끌어내 목 베고 그들이 데려온 졸개들을 앞세워 거꾸로 계양성을 뺏으러 나섰다. 거짓으로 항복해 온 오백 군사들로 하여금 길을 잡게 하고 스스로 일천 군마를 이끌고 뒤따른 조운은 그 밤으로 계양성을 향해 달려갔다.

"문을 열어라. 우리가 왔다."

성 아래 이른 진응과 포룡의 졸개들은 조운이 시킨 대로 성문을 향해 소리쳤다. 성 위에 있던 조범의 군사들은 너무 일찍 돌아온 저희 편 군사가 의심쩍었던지 성문을 여는 대신 돌아온 까닭부터 물었다. 성 아래서 다시 여럿의 목소리가 들려왔다.

"진응과 포룡 두 분 장수께서 이미 조운을 죽이셨다. 태수께 의논드릴 게 있어 돌아왔으니 어서 문을 열라!"

이에 성 위에서는 횃불을 밝게 하여 아래를 비춰보았다. 정말로 자기편 군마임에 틀림없었다. 조범은 일이 뜻밖으로 쉽게 풀린 걸 보고 기쁨을 이기지 못해 성을 달려 나왔다. 그때 갑자기 어둠 속에 숨어 있던 조운이 질풍같이 달려 나오며 좌우의 군사들에게 소리

교룡(蛟龍)은 드디어 삼일우(三日雨)를 얻고   223

쳤다.

"저놈을 사로잡아라!"

그렇게 되니 조범은 어찌 피해볼 틈도 없이 꽁꽁 묶이는 신세가
되고 말았다.

화살 한 대 쓰지 않고 계양성을 손에 넣은 조운은 백성들을 안심
시킨 뒤 곧 사람을 보내 유비에게 그 일을 알렸다. 소식을 들은 유비
와 공명은 몸소 계양성으로 달려왔다. 태수 조범이 유비와 공명 앞
에 끌려나오자 공명이 물었다.

"그대는 무엇을 믿고 우리 주공께서 보낸 군사에 맞섰는가?"

그러자 조범이 있는 말 없는 말로 그간의 경위를 알렸다. 개중에
는 정말로 조범이 억울한 구석도 있었다. 얘기를 다 듣고 난 공명이
조운을 보고 물었다.

"조범이 그 형수를 장군께 출가시키려 한 것은 아름다운 일이 될
수도 있지 않겠는가? 그런데 장군은 어찌 이렇게 일을 만드셨는가?"

"그건 군사의 말씀이 반드시 옳다 할 수 없겠습니다. 제가 조범을
힘으로 사로잡게 된 데는 세 가지 까닭이 있습니다. 그 첫째는 조범
이 이미 나와 형제가 되었는데 그 형수를 내가 차지한다면 사람들이
모두 나에게 침을 뱉고 욕을 할 것이며 둘째는 그 부인이 다시 출가
를 한다면 이는 죽은 지아비에 대한 절개를 잃게 하는 것이며 그 셋
째는 조범이 먼저 내게 항복해놓고 뒤에 딴마음을 먹었으니 그 속을
믿을 수 없었기 때문입니다. 주공께서는 이제 막 한강(漢江)을 평정
하시어 잠자리도 아직 편안하시지 못한 터에 이 운이 어찌 감히 한
낱 아녀자의 일로 주공의 큰일을 그르칠 수 있겠습니까?"

그 말에 어지간한 공명도 감복하여 얼른 대꾸하지 못했다. 곁에 있던 유비가 가만히 웃으며 말했다.

"그대의 말이 옳다 해도 지금은 이미 모든 일이 끝나지 않았는가? 그 부인을 그대에게 내릴 테니 아내로 삼는 게 어떻겠나?"

그래도 조운은 무겁게 고개를 가로저을 뿐이었다.

"천하에 적지 않은 게 여자올시다. 장부가 두려워할 게 있다면 공명을 이루지 못하는 것이지 어찌 처자 없는 것을 걱정하겠습니까!"

그러자 유비도 웃음을 거두고 감탄의 말을 쏟았다.

"실로 자룡은 군자로다!"

그러나 유비는 조범 또한 벌하지는 않았다. 오히려 그를 그대로 계양 태수로 세우고, 조운에게는 따로 무거운 상을 내렸다. 조운이 무거운 상을 받는 걸 보자 장비가 참지 못하고 나서 씨근거렸다.

"형님은 어째서 자룡만 큰 공을 세우게 하고 이 나는 쓸모 없는 인간으로 만들어버리시오? 여러 소리 할 것 없이 내게도 삼천 군마만 주시오. 가서 무릉을 뺏고 그 태수 김선(金旋)을 산 채로 잡아다 바치겠소!"

그러자 공명이 기다렸다는 듯 웃으며 말했다.

"익덕이 가는 것은 말리지 않겠지만 단지 한 가지 일만 지켜주시오."

"무엇입니까?"

장비가 자기를 보내만 준다면 목이라도 내걸겠다는 듯 물었다.

"전에 자룡이 계양군을 뺏으러 갈 때 군령장을 써놓고 갔으니 이제 익덕도 무릉군을 치러 가려면 반드시 군령장을 써야겠소. 그다음에는 군사를 이끌고 가도 말리지 않을 것이오."

그러자 장비는 두말 없이 군령장을 써 던진 뒤 신에 뻗친 듯 삼천 군마를 인솔하여 낮밤을 가리지 않고 무릉으로 달려갔다. 무릉 태수 김선도 곧 만만한 사람은 아니었다. 장비가 군사를 이끌고 쳐들어온다는 말을 듣자 장수들을 모으고 날랜 군사를 골라 성을 나왔다. 조금도 장비를 두려워하지 않는 맞섬이었다.

종사로 있던 공지(鞏志)가 그런 김선을 말렸다.

"유현덕은 대한의 황숙이 되실 뿐만 아니라 널리 천하에 인의를 베풀고 계시는 분이십니다. 거기다가 장익덕은 용맹스럽고 날래기가 남다르니 맞설 수 없습니다. 차라리 일찍 항복하는 편이 나을 것입니다."

그 말에 김선이 벌컥 화를 냈다.

"너는 역적 놈과 내통하여 안에서 변을 꾸밀 놈이로구나. 이미 군사를 내어 싸우러 나서려는 마당에 이 무슨 요망한 입놀림이냐?"

그러고는 곧 무사들을 호령하여 공지를 목 베게 했다. 곁에 있던 벼슬아치들이 모두 나서서 말렸다.

"적과 싸우기도 전에 먼저 집안사람을 죽이는 것은 군사를 부리는 데 이롭지 못합니다."

이에 김선은 차마 공지를 죽이지 못하고 꾸짖어 물리친 뒤 스스로 군사를 이끌고 나갔다. 성을 나가 이십 리쯤 갔을 때 김선은 마주쳐 오는 장비와 만났다.

"이놈 어서 말에서 내려 항복하지 못하겠느냐?"

장팔사모를 끼고 말에 올라탄 장비가 김선을 보고 벽력같은 호통을 쳤다. 김선은 움찔하여 좌우의 장수들을 돌아보며 물었다.

"누가 나가 저 자와 맞서보겠느냐?"

그러나 모두 장비의 위세에 질렸는지 나서려는 사람이 없었다. 김선도 약간은 싸움을 아는 사람이라 사기(士氣)를 무겁게 여겼다. 이를 앙다물고 스스로 칼을 휘두르며 말을 박찼다.

"이놈! 네가 감히?"

마주쳐 오는 김선을 보고 장비가 한 번 더 호통을 쳤다. 오뉴월의 우레 소리라도 그보다 더 클 것 같지는 않았다. 그 소리에 모처럼 마음을 다잡고 달려 나오던 김선은 안색이 헬쓱해지며 싸워볼 마음이 싹 가셔버렸다. 한번 창칼을 맞대보지도 않고 그대로 말 머리를 돌려 달아나기 시작했다. 그걸 본 장비가 군사를 몰아 뒤쫓으며 달아나는 김선의 군사들을 죽였다. 실로 어처구니없는 싸움이었다.

김선은 이십 리 길을 정신없이 달려 무릉성에 이르렀다. 그런데 이 무슨 변괴인가. 열라는 성문은 열리지 않고 성벽 위에서 화살만 비 오듯 쏟아졌다. 김선이 놀라 바라보니 성벽 위에 서서 군사들을 부리는 것은 다름 아닌 공지였다.

"너는 천시(天時)를 따르지 않고 스스로 패망하는 쪽을 택했다. 나와 성안 백성들은 모두 유황숙께 항복하였으니 그리 알라!"

공지가 그같이 꾸짖는 말이 채 끝나기도 전이었다. 갑자기 날아온 화살 한 대가 김선의 얼굴에 박히며 김선은 그대로 말 아래로 떨어졌다. 군사들이 그런 김선의 목을 잘라 장비에게 바치고 이어 공지가 백성들을 이끌고 성을 나와 항복했다.

장비는 공지에게 태수의 인수를 싸 들리고 계양성으로 돌아가 유비에게 바쳤다. 유비의 기쁨은 컸다. 그러나 아직 또 한 사람 공을 세울 기회를 주어야 할 이가 있음을 잊지는 않았다.

"너는 이제 형주로 가서 운장과 바꿔 그곳을 지키고 그를 이리로 보내도록 하라. 남은 장사는 운장으로 하여금 쳐서 빼앗게 해야겠다."

유비는 장비에게도 무거운 상을 내린 뒤 그렇게 명했다.

멀리서 장비와 조운이 공을 세운 얘기만 듣고 은근히 조바심을 내던 관우는 영을 받기 바쁘게 계양으로 달려왔다. 관우가 들어가 유비를 보자 곁에 있던 공명이 말했다.

"자룡이 계양을 치고 익덕이 무릉을 빼앗는 데 모두 삼천의 군마만 데리고 갔소. 그렇지만 이번에 장사를 치는 데는 일이 좀 달라질 것 같소. 그 태수 한현(韓玄)이란 자는 별것이 아니나 그 아래 황충(黃忠)이란 장수가 있기 때문이오. 황충은 남양 사람으로 자를 한승(漢升)이라 하는데, 원래 유표 아래서 중랑장을 지냈소. 그 뒤 유표의 조카 유반(劉磐)과 함께 장사를 지키다가 한현을 섬기게 되었소이다. 비록 나이는 예순에 가까우나 아직은 홀로 만 명을 당해낼 만한 용맹이 있으니 결코 가볍게 맞서서는 아니 될 것이오. 따라서 운장께서는 자룡이나 익덕보다 훨씬 많은 인마를 데려가도록 하시오."

공명은 관우를 생각해서 한 말이었으나 관우는 지난번 화용도(華容道)의 일 뒤로 애써 억눌러 왔던 고까움이 울컥 일었다.

"군사께서는 어찌하여 저쪽 편의 날카로운 기세만 추켜세우고 우리 편의 위풍은 깎아버리시오? 그까짓 늙은 졸개 하나가 무에 그리 대단하단 말씀이오? 이 관아무개에는 삼천 군사도 다 쓸 데가 없소이다. 지금 내가 거느리고 있는 오백 교도수(校刀手, 설화로 전하는 관우의 직속 호위대. 자루가 긴 대도를 든 부대로 추정됨)만 데리고 가도 황충

228

과 한현의 머리를 베어다 바칠 수 있소!"

관우는 그렇게 씨근거리며 일어났다.

"아니 된다. 적을 가볍게 보면 반드시 낭패를 보게 될 것이니 군사께서 말씀하시는 대로 따르도록 해라."

유비가 나서서 말렸으나 이미 격한 관우라 소용이 없었다. 기어이 자신이 본래 거느리고 있는 오백 명만 데리고 장사로 떠났다. 공명도 걱정이 되는지 유비에게 가만히 말했다.

"운장이 황충을 너무 가볍게 보고 있으니 자칫 일을 그르칠까 두렵습니다. 주공께서 가서서 뒤를 받쳐주셔야겠습니다."

이에 유비도 급히 군사를 모아 장사로 떠났다.

한편 장사 태수 한현은 성질이 급하고 사람 죽이기를 가볍게 여겨 모두에게 미움을 받고 있었다. 그저 늙은 장수 황충 한 사람만 믿고 그럭저럭 자리를 지켜가는데 문득 관우가 쳐들어온다는 전갈이 들어왔다. 한현은 급히 황충을 불러 의논했다.

"주공께서는 걱정하지 않으셔도 됩니다. 제게 이 한 자루 칼이 있고 이 한 벌 활이 있는 한 천 명이 온다면 천 명이 다 죽고 만 명이 온다 해도 또한 만 명이 다 죽을 뿐입니다."

황충이 그처럼 한현을 안심시켰다. 그도 그럴 만한 것이 황충은 쌀 두 섬을 들어올릴 수 있는 힘이 있는 사람이라야 당길 수 있는 활을 쓰는데 백 번을 쏘면 백 번이 다 과녁을 뚫을 정도였다. 그런데 황충의 그 같은 말이 채 끝나기도 전에 저만큼 계단 아래에서 한 사람이 내달으며 소리쳤다.

"그 일이라면 늙으신 장군께서 나서실 필요도 없습니다. 제 손에 맡겨주신다면 당장 가서 관아무개를 사로잡아 오겠습니다."

한현이 그 사람을 보니 관군교위로 있는 양령(楊齡)이었다. 황충의 말을 듣고 한시름 놓은 데다 다시 양령이 그렇게 나오니 한현은 크게 기뻤다. 곧 양령에게 일천 군마를 주어 적을 맞게 했다.

우쭐해진 양령은 나는 듯 말을 몰아 성을 나갔다. 한 오십 리쯤 가다 보니 앞길에 자우룩하게 먼지가 일며 관우의 군마가 몰려오고 있었다. 대강 진세를 벌인 양령은 창을 끼고 말을 몰아 진 앞으로 나갔다.

"어느 겁없는 물건이 감히 남의 땅을 넘보느냐? 목이 성하게 남아 있을 때 어서 돌아가지 못할까!"

양령이 그같이 꾸짖자 관우는 크게 노해 대꾸도 않고 말을 박차며 칼을 춤추어 나아갔다. 양령도 지지 않고 창을 휘두르며 마주쳐 나왔다. 그러나 채 삼 합도 어우르기 전에 관우의 청룡도가 번쩍하더니 양령은 두 토막이 나 말 아래로 떨어졌다.

대장이 그 꼴로 죽자 양령의 군사들은 얼이 빠졌다. 누가 먼저랄 것도 없이 무기를 내던지고 달아나기 바빴다. 관우는 그런 적군을 쫓아 곧바로 장사성 아래 이르렀다.

쫓겨온 군사들로부터 양령이 죽었다는 말을 들은 한현은 크게 놀랐다. 얼른 황충을 불러 성을 나가 싸우게 하고 자신은 성 위에서 싸움을 구경했다.

황충은 오백 기를 거느리고 나는 듯 적교를 뛰어넘어 성을 나왔다. 관우는 앞서 칼을 빼들고 달려 나오는 늙은 장수가 황충일 것이란 짐작이 갔다. 자신이 데리고 온 오백 군사를 옆으로 길게 늘여 세운 뒤 청룡도를 비껴든 채 말 위에서 물었다.

"오는 장수는 황충이 아닌가?"

"이미 내 이름을 알면서도 어찌 감히 우리 땅을 침범하느냐?"

황충이 위엄 있게 꾸짖었다. 그러자 운장이 껄껄거리며 그 말을 받았다.

"내가 특히 자네 목을 얻어 가려고 왔네."

그리고 말 배를 박차 나가니 곧 두 마리 말이 부딪고 칼과 칼이 어울렸다. 실로 볼만한 싸움이었다. 용과 호랑이가 뒤엉키듯 싸움은 백 합을 넘어섰으나 이기고 짐이 쉽게 판가름나지 않았다.

성 위에서 손에 땀을 쥐고 싸움을 구경하던 한현은 혹 황충이 실수라도 하게 될까 두려웠다. 한참을 구경하다 징을 울려 군사를 거두니 황충은 하는 수 없이 성으로 돌아갔다.

관우도 군사를 물려 성에서 십 리쯤 떨어진 곳에다 진채를 차렸다. 그리고 황충과의 싸움을 떠올리며 가만히 생각했다.

'황충은 늙었지만 실로 헛되이 이름이 나는 법은 없구나. 오늘 백 합이 넘도록 싸웠으나 조금도 흐트러진 구석이 없었다. 내일은 타도계(拖刀計)로 그를 유인하다가 갑작스레 되돌아서 베어버려야겠다.'

마음을 그렇게 정한 관우는 다음 날 일찍 아침을 먹고 성 아래로 나가 싸움을 걸었다. 한현이 성 위에 앉았다가 관우가 싸움을 거는 걸 보고 황충을 내보냈다.

황충은 다시 수백 기를 이끌고 적교를 넘어와 관우와 어울렸다. 전날처럼 우열을 가릴 수 없는 싸움이 어느새 오륙십 합에 이르렀다.

양편의 함성과 북소리가 하늘과 땅을 뒤흔드는 것 같았다. 그런데 어느 때쯤일까, 관우가 문득 말 머리를 돌려 달아나기 시작했다. 황충은 관우가 일부러 달아나는 것도 모르고 말을 박차 바짝 뒤쫓았다.

두 사람 사이가 가까워져 관우가 막 타도계로 황충을 베어버리려 할 때였다. 문득 등 뒤에서 이상한 소리가 들려 뒤돌아보니 황충의 말이 발을 헛디딘 듯 앞으로 고꾸라졌다. 운장은 얼른 말을 돌려 말에서 떨어진 황충에게로 다가간 뒤 두 손으로 청룡도를 치켜들어 후려칠 듯하며 소리쳤다.

"내 너를 죽일 것이로되 잠시 목숨을 붙여준다. 어서 가서 말을 갈아타고 다시 나오너라!"

그러자 황충은 급히 말을 일으켜 세우고 몸을 날려 말 등에 오른 뒤 성안으로 쫓겨 들어갔다.

"어찌 된 일인가?"

모든 것을 다 본 한현이 놀라 물었다. 황충이 무안한 듯 대답했다.

"이 말이 오랫동안 싸움터를 닫지 않아 봐서 그 같은 실수가 있었습니다."

"그대의 활은 백 번을 쏘면 백 번을 맞히지 않는가? 그런데도 어찌 활을 쏘지 않는가?"

한현이 무언가 미심쩍은 데가 있는지 다시 그렇게 물었다.

"내일 다시 싸울 때 거짓으로 싸움에 진 척 도망치다 적교 근처에 이르러 쏘아볼 작정입니다."

황충이 그렇게 대답하자 한현도 더는 의심하는 기색이 없었다. 오히려 자신의 푸른빛 도는 털을 가진 말 한 필을 황충에게 내주며 기세를 돋워주었다. 황충은 아끼는 말을 내준 한현에게 감사하고 물러났으나 마음속은 편하지 못했다. 다름 아닌 관우와의 싸움 때문이었다.

'실로 운장의 이와 같은 의기는 다시 보기 어렵다. 그는 말에서 떨어진 나를 차마 죽이지 못했는데 나는 어떻게 내일 싸움에서 그를 쏠 수 있단 말인가. 하지만 만약 내가 그에게 활을 쏘지 않는다면 군령을 어기는 것이 되니 그것은 또 어쩌겠는가……'

그렇게 생각하니 이쪽 저쪽 망설임으로 그날 밤은 잠도 제대로 이루지 못할 지경이었다.

다음 날이 되었다. 날이 밝기 바쁘게 사람이 와서 황충에게 알렸다.

"관우가 성 밖에 와서 싸움을 걸고 있습니다."

이에 황충도 하는 수 없이 군사를 이끌고 성을 나갔다.

한편 관우는 이틀이나 싸워도 황충을 이기지 못해 마음이 몹시 초조해져 있었다. 황충이 나오는 걸 보자 짐짓 위풍을 떨쳐 보이며 말을 몰아 달려 나왔다. 다시 용과 호랑이가 뒤엉키듯 두 사람의 창칼이 얼크러졌다.

한 삼십 합쯤 싸웠을까. 이번에는 황충이 거짓으로 패해 달아나기 시작했다. 관우는 황충이 거짓으로 패해 달아나는 줄도 모르고 힘을 다해 뒤쫓았다.

원래 황충은 달아나다 되돌아 활을 쏠 작정이었으나 그 전날 관우가 자기를 죽이지 않은 은혜를 생각하니 차마 그럴 수 없었다. 칼을 칼집에 꽂고 활을 꺼내 들었지만 살을 얹지 않고 빈 시위만 당겼다 놓았다.

시위 소리에 놀란 관우가 급히 몸을 피하며 살폈으나 화살이 보이지 아니했다. 그래도 관우는 황충이 빈 활을 쏜지 모르고 뒤쫓기를 계속했다.

황충이 다시 빈 활을 들어 한 번 더 관우를 쏘는 시늉을 했다. 시위 소리에 놀란 관우가 살펴보았으나 이번에도 화살은 보이지 아니했다.

그제야 관우는 황충이 활을 쏠 마음이 없음을 알았다. 마음속으로는 적이 괴이쩍게 여기면서도 뒤쫓기를 계속했다. 황충의 말이 적교에 이르렀을 때였다. 드디어 황충은 화살을 빼어 시위에 얹고 힘껏 당겼다 놓았다. 시위 소리와 함께 날아간 화살은 그대로 관우의 투구 끈을 맞혀버렸다.

화살이 투구 끈을 끊고 투구에 박히자 관우는 몹시 놀랐다. 비로소 황충의 활 솜씨가 백 발자국 떨어진 곳에 있는 버들잎을 꿰뚫을 만한 것임을 알고 화살을 투구에 꽂은 채 되돌아서 진채로 물러났다.

'저 사람이 투구 끈을 쏜 것은 어제 내가 저를 죽이지 않은 은혜를 갚기 위함이었다. 마음만 먹으면 나를 한 살에 꿰어놓을 수도 있었다……'

그렇게 생각하자 관우는 황충과 더 싸울 마음이 없었다. 곧 군사를 데리고 물러나기 시작했다.

한편 황충이 성안으로 돌아가 한현을 보러 가니 한현은 대뜸 좌우의 무신들에게 호령했다.

"여봐라, 저놈을 어서 끌어내려 묶어라!"

그 말에 무사들이 우르르 달려 내려와 황충을 묶었다. 황충이 가만히 묶이면서도 입으로는 죄 없음을 외쳤다.

"태수께서는 무슨 일로 이러하십니까?"

한현이 성난 소리로 황충을 꾸짖었다.

"닥쳐라! 내가 이 사흘 동안 네 놈이 싸우는 걸 보니 네 놈은 나를 속이고 있음에 분명하다. 첫날 싸울 때 너는 힘을 다하지 않았으니 틀림없이 딴마음이 있었던 것이고, 어제는 말에서 떨어졌으나 관우가 너를 죽이지 않았으니 이는 서로 내통한 까닭이다. 또 오늘은 두 번이나 빈 시위를 당기고 세번째는 겨우 투구 끈을 맞혔을 뿐이니 이게 어찌 안팎으로 관우와 짜고 하는 짓이 아닐 수 있겠느냐? 만약 이제 너를 목 베지 않으면 반드시 뒷날의 근심거리가 될 것이다."

그러고는 도부수를 호령해 황충을 성문 밖으로 끌어내다 목 베게 했다.

여러 장수들이 나서서 한현을 말리려 했으나 한현이 매섭게 그들의 입을 막았다.

"황충을 변명해주려는 자가 있으면 그 또한 황충과 같은 죄로 벌할 것이니 그리 알라!"

그렇게 되니 아무도 감히 나서서 말리려는 이가 없었다. 이에 도부수들은 황충을 성문으로 끌어가 목을 베려 했다. 황충도 체념한 듯 순순히 목을 빼 늘였다.

도부수가 칼을 들어 막 황충의 목을 내려치려 할 때였다. 홀연 한 장수가 칼을 빼들고 달려오더니 한칼에 그 도부수를 베어 죽이고 황충을 구해 일으키며 크게 소리쳤다.

"황한승(黃漢升)은 우리 장사를 지키는 든든한 성벽 같은 분이다. 이제 한승을 죽이는 것은 장사 백성들을 모두 죽이려는 것이나 같다. 한현은 잔폭하고 어질지 못할 뿐만 아니라 현명한 이를 가볍게 여기고 선비를 함부로 대하는 자이니 마땅히 함께 힘을 합쳐 죽여야 한다. 나를 따르려는 자는 모두 이리로 오라!"

그 말에 모든 사람이 놀란 눈으로 그 장수를 바라보았다.

얼굴은 잘 익은 대춧빛이요, 눈은 별같이 빛나는 장수였다. 다름 아닌 의양 사람 위연(魏延)으로, 전에 양양에서 유비를 따르려다가 일이 뜻 같지 못하자 한현에게로 가서 몸을 의지하게 되었는데, 한현은 그가 오만하고 예를 지키지 않는다 하여 무겁게 써주지 않았다.

위연이 황충을 구한 뒤 백성들에게 함께 한현을 죽이자고 외치자 잠깐 사이에 수백이 그 아래로 몰려들었다.

"함께 가시지요. 가서 한현을 죽입시다."

위연은 황충에게도 그렇게 권했으나 황충은 굳게 마다했다. 이에 위연은 하는 수 없이 백성들만 이끌고 성 위로 올라가 한칼에 한현을 죽인 뒤 그 목을 잘라 말에 걸고 백성들과 함께 관우에게 항복해 버렸다.

관우는 몹시 기뻐하며 성에 들어가 백성들을 안심시킨 뒤 황충에게 만나기를 청했다. 그러나 황충은 병을 핑계로 나와 보기를 마다 했다.

'황충은 실로 의기 있는 장부다. 내가 함부로 다루어서는 아니 되겠다.'

그렇게 생각한 관우는 곧 무릉으로 사람을 보내 유현덕과 공명을 청했다.

한편 유비는 관우가 겨우 오백 군사를 이끌고 장사를 뺏으러 떠나자 곧 군사를 모아 공명과 더불어 그 뒤를 받쳐주기 위해 무릉을 나섰다. 혹시라도 관우에게 실수가 있을까 하여 군사를 재촉해 가는데 갑자기 푸른 깃대가 쓰러지며 갈가마귀 한 마리가 북쪽에서 날아와 세 번 울고 남으로 날아갔다.

"이게 무슨 징조요? 좋은지 나쁜지 알 수가 없구려."

유비가 괴이쩍게 여기며 공명에게 물었다. 공명이 말 위에 앉은 채 점괘를 뽑아보더니 기쁜 얼굴로 말했다.

"장사가 이미 우리 손에 들어왔을 뿐만 아니라 주공께서는 다시 큰 장수 하나를 얻으셨습니다. 정오가 지나면 자세한 걸 아실 수 있을 것입니다."

과연 그대로였다. 오래잖아 관우가 보낸 사람이 나는 듯 달려와 알렸다.

"관장군께서는 이미 장사군을 손에 넣으셨습니다. 지금 항복한 장수 황충과 위연을 데리고 주공을 기다리고 계십니다."

이에 유비는 기뻐 어쩔 줄 모르며 인마를 몰아 장사성 내로 들어갔다. 관우는 유비를 윗자리로 모셔 들인 뒤 황충의 일을 자세히 말했다. 그 말을 들은 유비는 몸소 황충의 집을 찾아가 만나기를 청했다. 그제야 황충도 마지못한 듯 나와 항복했다. 그리고 옛 주인 한현의 목을 빌어 되찾은 뒤 그 시체를 장사 지내주기를 청했다. 의기뿐만 아니라 자존심에 있어서도 관우에 못지않은 황충의 행동이었다.

유비는 기꺼이 그 청을 들어주어 한현의 시체를 장사 동쪽에다 장사 지내게 했다. 유비가 겨우 황충의 마음을 돌려놓고 있을 때 관우가 위연을 데리고 유비를 보러 왔다. 유비 곁에 있던 공명이 문득 도부수들을 돌아보며 소리쳤다.

"여봐라, 저놈을 끌어내다 목을 베어라!"

"위연은 공이 있을지언정 죄는 없는 사람이오. 그런데 군사(軍師)께서는 어찌 그를 죽이려 하시오?"

유비가 놀라 공명에게 물었다. 공명이 싸늘하게 대답했다.

"그 녹(祿)을 먹으면서 그 주인을 죽였으니 이는 불충이요, 그 땅에 살면서 그 땅을 들어 바쳤으니 이는 불의입니다. 거기다가 이제 제가 위연의 상(相)을 보니 뒤통수에 반골(反骨)이 있습니다. 오랜 뒤에는 반드시 주공을 저버릴 사람이라 미리 죽여 화근을 없애자는 것입니다."

"그래도 만약 이 사람을 죽인다면 우리에게 항복한 사람들이 모두 불안해할 것이오. 바라건대 군사께서는 위연을 살려주시오."

유비가 다시 그렇게 간곡히 청하자 공명도 마지못한 듯 위연을 손가락질해 꾸짖으며 말했다.

"주공의 말씀도 있고 하니 네 목숨은 살려주마. 너는 마땅히 충성을 다해 주공의 은혜에 보답하고 딴마음을 품지 말라. 딴마음을 먹는 날에는 언제든 네 목을 어깨에서 떼어놓으리라!"

"알겠습니다. 결코 딴마음을 먹는 일이 없겠습니다."

겁에 질린 위연은 연이어 그렇게 다짐하고 유비와 공명 앞을 물러났다.

"유경승의 조카 유반(劉磐)이 유현에 물러나 한가로이 지내고 있는데 자못 덕망이 있습니다. 그를 불러내 써보심이 어떠하겠습니까?"

위연이 물러난 뒤 황충이 그렇게 권했다. 유비는 그 말에 따라 유반을 불러 장사군을 맡겼다.

　네 군을 평정한 뒤 유비는 군사를 돌려 형주로 갔다. 이때부터 곡식과 돈이 넉넉해지고 사방에서 어진 선비들이 모여드니 실로 교룡이 삼일우(三日雨)를 얻은 듯했다.

다시 이는 두 집안 사이의 불길

한편 금창(金瘡)을 다스리고자 시상으로 돌아간 주유는 감녕을 보내 파릉군을 지키게 하고 능통은 한양군을 지키게 했다. 그리고 두곳 사이에 싸움배를 나누어 벌여 척후와 연락을 겸하게 한 뒤 정보로 하여금 나머지 장수들을 이끌고 합비로 가게 했다.

합비는 적벽대전 뒤로 손권이 머물러 조조의 군사들과 싸우고 있는 곳이었다. 그동안 손권은 조조가 그곳에 남긴 장졸들과 열몇 번의 크고 작은 싸움을 벌였으나 이기고 짐이 뚜렷하지 못했다. 그 때문에 함부로 성 아래까지 다가가 진채를 내리지 못하고 오십 리나 떨어진 곳에다 군사를 둔치고 있는데 문득 정보가 많은 장졸들을 이끌고 온다는 소리를 들었다.

손권은 몹시 기뻐하며 그들을 맞아들이고 그 수고로움을 위로하기 위해 몸소 영채를 나갔다. 그때 다시 사람이 와서 알렸다.

"노자경(魯子敬)께서 먼저 이르셨습니다."

그 말을 들은 손권은 말에서 내려 노숙을 기다렸다. 노숙은 손권이 몸소 나와 서서 자기를 기다리는 걸 보고 황급히 말에서 내려 예를 표했다. 손권이 그토록 노숙을 두텁게 대하는 걸 본 여러 장수들은 한결같이 놀라면서도 이상히 여겼다.

손권은 노숙을 청해 말 위에 오르게 한 뒤 자신도 말에 올라 노숙과 말고삐를 나란히 쥐고 나아가면서 가만히 말했다.

"내가 말에서 내려 공을 맞았으니 이만하면 넉넉히 공을 높였다 하겠소?"

농담인 듯하면서도 진심 섞인 물음이었다. 노숙이 정색을 하고 대답했다.

"아닙니다. 아직 이 정도로는 넉넉하지 못합니다."

"그러면 어떻게 해야 참으로 공을 높이는 게 되겠소?"

손권이 뜻밖이라는 듯 그렇게 물었다. 노숙이 여전히 정색을 풀지 않고 대답했다.

"바라건대 주공께서는 위엄과 덕을 사해에 두루 떨치시고 구주를 모두 손아귀에 넣으시어 제업(帝業)을 성취하심으로써 이 노숙의 이름을 대나무 껍질과 비단 위[竹帛]에 남기도록 해주십시오. 그때에야 비로소 저를 높이게 되는 것입니다."

그 말에 손권은 손뼉을 치며 크게 웃었다. 욕심 치고는 지나칠지 모르나 듣기에 그리 싫은 소리만은 아니었다.

노숙과 더불어 자신의 장막에 이른 손권은 크게 잔치를 열어 적벽대전에서 싸운 장수들을 위로한 뒤 합비를 깨뜨릴 계책을 의논했다.

"장요가 사람을 보내 싸우자는 글을 보내왔습니다."

손권이 여럿과 더불어 한창 의논하고 있는데 문득 사람이 와서 그렇게 알렸다. 글을 받아 열어보니 사람을 몹시 격동시키는 내용이 었다. 읽기를 마친 손권이 성난 소리로 말했다.

"장요가 나를 업신여겨 속이려 듦이 너무 심하구나! 정보가 군사를 이끌고 온다는 말을 듣고 그전에 싸우려고 짐짓 사람의 부아를 건드리고 있는 것이다. 좋다. 내일 나는 새로 오는 군사를 쓰지 않고 한바탕 싸울 테다. 어디 두고 보아라!"

그리고 그날 밤으로 영을 내려 오경 무렵에는 삼군을 모두 합비로 몰아갔다.

진시쯤 되어 길을 반쯤 갔을 때 성을 나온 조조의 군사들도 그곳에 이르렀다. 양군은 마주 보고 진세를 벌였다.

이때 손권은 금투구에 금빛 갑옷을 입고 말에 올라 진 앞으로 나왔다. 그 뒤에는 송겸(宋謙)과 가화(賈華) 두 장수가 방천화극을 들고 좌우로 벌려 호위해 서 있었다.

북소리가 세 번 크게 울리더니 조군(曹軍) 쪽에서도 문기가 양편으로 벌어지며 세 장수가 갑주를 갖춰 입고 나왔다. 가운데 선 것은 장요요 왼쪽에는 이전이며 오른쪽에는 악진이었다.

"손권 이 어린것아, 내 칼을 한번 받아보겠느냐?"

장요가 말을 박차 달려 나오며 손권의 부아를 돋우었다. 젊은 손권은 그 말을 듣자 참지 못하고 창을 휘두르며 몸소 뛰쳐나가려 했다. 그때 진문 안에서 한 장수가 달려 나와 손권을 앞질렀다. 손권이 말고삐를 잡고 보니 앞질러간 장수는 다름 아닌 태사자였다.

장요가 칼을 휘둘러 태사자를 맞자 곧 한바탕 맹렬한 싸움이 어우러졌다. 창과 칼이 부딪고 말과 말이 엇갈리기를 여든 번에 가깝도록 승부가 정해질 줄 몰랐다.

이를 보고 있던 이전이 악진에게 가만히 말했다.

"앞에 금투구를 쓰고 있는 자가 바로 손권일세. 만약 손권만 사로잡을 수 있다면 적벽에서 진 우리 편 팔십삼만 대군의 원수 갚음은 넉넉할 것이네."

그런데 미처 이전의 그 같은 말이 끝나기도 전에 악진이 말을 박차 달려 나갔다. 말 한 필에 칼 한 자루만 들고 비스듬한 언덕길을 달려내려가 똑바로 손권 앞을 찔러가는 것이 마치 한 줄기 빠른 빛과도 같았다.

손권 앞에 이른 악진은 칼을 들어 힘껏 손권을 내려쳤다. 손권을 호위하고 있던 송겸과 가화가 한꺼번에 화극을 내밀었으나 악진의 칼날은 두 자루의 화극을 모두 토막내버렸다. 송겸과 가화는 날이 잘려나간 화극을 들어 악진의 말 머리를 두들겼다.

악진은 하는 수 없이 말 머리를 돌려 자기 진채 쪽으로 닫기 시작했다. 군사들의 손에서 창 한 자루를 뺏어든 송겸이 그런 악진을 뒤쫓았다. 멀리서 보고 있던 이전이 가만히 화살 한 대를 뽑아 시위에 먹였다.

시위 소리와 함께 날아간 화살은 그대로 송겸의 가슴 한복판에 박히고 송겸은 구슬픈 외마디 소리와 함께 말에서 떨어졌다.

태사자는 등 뒤에서 한 사람이 말에서 떨어져 죽는 소리를 듣자 은근히 놀랐다. 더 싸울 마음이 없어 장요를 버리고 자기편 진채로 되돌아섰다. 승세를 탄 장요가 그대로 군사를 몰아 덮쳐가니 오군(吳軍)은 이내 크게 어지러워졌다.

장요는 사방으로 흩어져 쫓겨가는 오군 사이에 있는 손권을 보고 말을 몰아 뒤쫓았다. 한참을 뒤쫓는데 문득 한 떼의 군사가 언덕 뒤편에서 쫓아나와 길을 막았다. 앞선 장수를 보니 오(吳)의 대장 정보였다.

정보는 손권을 쫓는 조군을 힘껏 두들겨 쫓아버린 뒤에 손권을 구해냈다. 장요도 정보의 군사가 이미 이른 걸 보고는 더 덤비지 못했다. 한바탕 적을 죽인 걸로 만족하며 군사를 거두어 합비성으로 돌아갔다.

정보가 손권을 구해 대채로 돌아가자 뒤이어 쫓기던 오군들도 줄지어 영채로 돌아왔다. 손권은 송겸을 잃은 것을 생각하고 목을 놓아 울었다.

장사(長史) 장굉이 그런 손권에게 말했다.

"주공께서는 젊은 혈기만 믿고 큰 적을 가볍게 보아 몸소 삼군 가운데 뛰어드셨으니 실로 한심한 일입니다. 적장을 목 베고 그 기를 뺏으며 위세를 떨치는 것은 한낱 편장이나 할 일입니다. 바라건대 주공께서는 부디 분육(賁育, 맹분과 하육. 둘 다 전국시대의 이름난 용사)의 용맹을 억누르시고 패왕(覇王)의 원대한 계책을 품으십시오. 오늘 송겸이 화살촉에 목숨을 잃은 것도 모두 주공께서 적을 가볍게 보신 탓입니다. 앞으로는 스스로를 보중하시어 결코 함부로 싸움머리에 몸을 드러내지 않도록 하십시오."

실로 뼈저리게 와닿는 충언이었다.

손권은 크게 깨달은 듯 무겁게 고개를 끄덕였다.

"그렇소. 모든 것이 이 몸의 잘못이오. 앞으로는 마땅히 고치도록 하겠소."

그러면서 크게 뉘우치고 있는데 문득 태사자가 들어와 조용히 말했다.

"제 수하에 과정(戈定)이란 자가 있는데 장요 밑에서 말 기르는 후조(後槽, 하급 군졸의 직책 이름인 듯하다) 하나와 형제간이 됩니다. 그 후조가 장요에게 꾸중 들은 일로 원한을 품고 오늘밤 사람을 보내 알려오기를 불을 질러 신호를 하고 장요를 찔러 죽여 송겸의 원수를 갚아주겠다고 합니다. 저에게 군사 약간을 주시어 합비로 보내주십시오. 그 후조와 밖에서 호응하여 합비성을 빼앗아 보겠습니다."

"과정은 어디 있소?"

송겸의 원수를 갚고 합비를 빼앗는다는 말에 귀가 솔깃해진 손권이 물었다.

"이미 적군 사이에 섞여 합비성 안으로 들어갔습니다. 바라건대 제게 오천 군사만 내려주십시오. 반드시 장요의 목을 얻어 오겠습니다."

"장요는 꾀가 많은 사람이오. 미리 준비가 되어 있을지 모르니 함부로 움직여서는 아니 되오."

태사자가 너무 일을 서두르는 것 같아 그 자리에 있던 제갈근이 그렇게 말렸다. 그런데도 태사자는 굳이 가기를 원했다.

겉으로 드러내지는 않았으나 손권 또한 송겸의 죽음을 슬퍼하던 터라 그 원수 갚음이 급했다. 몇 번 말리다가 못 이긴 척 태사자에게 군사 오천을 주어 합비로 보냈다.

한편 태사자 밑에 있던 과정은 그날 잡군들 속에 끼어 합비성에 들어가자마자 말 기르는 후조를 찾았다. 어렵지 않게 만난 두 사람은 곧 일을 꾸미기 시작했다. 먼저 과정이 그 후조에게 말했다.

"나는 이미 태사자 장군에게 사람을 보내었네. 오늘 밤에는 틀림없이 접응하러 오실 것인데 자네는 어떻게 일을 해치울 작정인가?"

"이곳은 군중에서 멀리 떨어진 곳이라 밤중에 급히 장요를 들이치기는 어렵네. 먼저 내가 풀더미에 불을 지르거든 자네는 성안을 뛰어다니며 모반이 일어났다고 외치게. 그러면 성안의 군사들이 갈팡질팡하게 될 것인즉, 그 틈을 타 장요를 찔러 죽인다면 나머지 군사들은 절로 달아날 것이네."

그 후조가 제법 그럴듯하게 대답했다.

"그 계책이 참으로 묘하이!"

과정도 그렇게 감탄하며 거기에 따르기로 했다.

그날 밤이었다. 싸움에서 이기고 돌아온 장요는 삼군에게 두루 상을 내려 낮의 수고로움을 위로했다. 그러나 어찌 된 셈인지 갑옷을 풀고 누워 잠드는 것만은 영을 내려 금했다.

"오늘 싸움에서는 우리가 이겼고, 오병은 멀리 숨어 있는데 장군께서는 어찌하여 갑옷을 풀고 편히 쉬지 않으십니까?"

좌우의 사람들이 까닭을 모르겠다는 듯 물었다. 장요가 무겁게 고개를 가로저으며 말했다.

"아닐세. 장수된 자의 도리는 싸움에 이겨도 기뻐하지 않고 져도 근심하지 않는 것이라네. 만약에 오병이 나의 방비 없음을 알고 그 틈을 타 쳐들어온다면 무슨 수로 막아내겠나? 오늘 밤의 방비는 오히려 다른 밤보다 더 삼가고 조심해야 할 것이네."

그런데 장요의 말이 채 끝나기도 전이었다.

"불이야! 불이야!"

갑자기 진채 뒤에서 불길이 일며 군사들의 놀란 외침이 들려왔다. 이어서 또다른 외침이 일었다.

"반란이 일어났다! 모반이다!"

"오병과 내통한 자가 성문을 열어주었다!"

그 소리를 들은 장요는 얼른 장막을 나와 말에 올랐다. 그리고 자기 곁에서 따르는 장교 수십 명을 불러 길가에 세웠다. 곁에 있던 사람들이 놀란 목소리로 장요에게 말했다.

"함성 소리로 보아 일이 매우 급한 모양입니다. 얼른 가서 살펴보시지요."

그러나 장요는 조금도 흔들림 없는 어조로 말했다.

"모반이 있다 한들 어찌 성안이 모두 한꺼번에 모반을 일으키겠느냐? 이는 틀림없이 모반을 꾸민 자가 우리 군사들을 놀라게 하려고 수선을 떠는 것뿐이다. 거기에 속아 군률을 어지럽히는 자가 있으면 먼저 그자부터 목 베리라!"

그러고는 조용히 멈춰 서서 일의 움직임만을 살폈다. 과연 오래잖아 이전이 과정과 후조를 잡아가지고 왔다. 그들에게서 내막을 전해들은 장요는 그 자리에 선 채로 둘의 목을 쳐버리자 곧 성안은 조용해졌다.

그때 성 밖에서 징소리 북소리가 요란하며 함성이 크게 울렸다.

장요가 침착하게 말했다.

"이는 틀림없이 오병들이 밖에서 호응하러 온 것일 게다. 오히려 적의 계책을 이용해 적을 깨뜨려야겠다!"

그러고는 이어 장졸들에게 영을 내렸다.

"성문 안에다 불을 지르고 입을 모아 모반이 일어났다고 외치도록 하라! 그런 다음 성문을 크게 열고 적교를 내리도록 한다!"

곧 적을 꾀어 들이기 위한 함정이었다. 그러나 성 밖에 있는 태사자가 그런 성안의 사정을 알 까닭이 없었다. 성문이 크게 열린 것을 보고는 내변이 있는 줄 알고 앞장서서 성안으로 뛰어들었다.

갑자기 성 위에서 돌 쇠뇌 소리가 한번 나더니 이어 화살이 어지럽게 쏟아졌다. 태사자는 그제서야 일이 잘못된 걸 알고 급히 말 머리를 돌렸으나 이미 때가 늦어 몸에 몇 대의 화살을 맞고 말았다. 뿐만이 아니었다. 달아나는 태사자의 뒤를 쫓아 이전과 악진이 군사를 몰고 성에서 쏟아져 나왔다. 그렇게 되면 싸움이고 뭐고가 없었다. 오병은 태반이 꺾인 채 엎어지며 자빠지며 달아나기에만 바빴다.

이전과 악진은 싸움에 이긴 기세를 타고 오병의 대채 앞까지 따라왔다. 오병 쪽에서 육손과 동습이 마주쳐 나가 간신히 태사자를 구해냈다. 이전과 악진도 오병의 대채에서 구원군이 쏟아져 나오자 자기편 군사를 거두어 합비성으로 돌아갔다.

손권은 태사자까지 무거운 상처를 입고 돌아오자 한층 마음이 상했다. 장소가 그런 손권에게 군사를 물려 돌아가기를 권했다. 아무리 군사가 많다 해도 그토록 예기를 상해서는 더 싸울 수 없다고 여겨 손권도 장소의 말을 따랐다.

손권은 군사를 수습하여 배에 태운 뒤 남서(南徐)의 윤주로 돌아가 그곳에다 군마를 머물게 했다. 이때 태사자의 상세(傷勢)는 매우 중했다.

손권은 장소를 비롯한 관원들을 보내 태사자의 상세를 알아보게 했다. 태사자는 여럿이 문안을 오자 홀연 몸을 일으키더니 크게 외쳤다.

"대장부가 난세에 태어났으니 마땅히 석 자 칼로 세상을 뒤덮을 공을 세워야 하리라. 그런데 이제 나는 미처 그 뜻을 이루기도 전에 죽게 되었으니 이를 어쩌면 좋단 말인가!"

그러고는 그대로 쓰러져 숨을 거두니 그때 태사자의 나이 아직 마흔 하나였다. 지극한 효성과 신의로 이름났던 맹장의 허망한 최후였다.

손권은 태사자가 죽었다는 말을 듣자 슬픔을 이기지 못했다. 남서의 북고산(北固山) 아래 후히 장례 지내도록 명하고 그 아들 태사형(太史亨)을 자신의 부중에 데려다 길렀다.

한편 형주의 유비는 새로이 얻은 네 군을 바탕으로 힘써 군마를 기르고 있다가 손권이 합비에서 싸움에 지고 남서로 돌아갔다는 말을 들었다. 유비는 그 일이 자신과 무관하지 않으리라 생각하고 공명을 불러 의논했다. 그러나 불려온 공명은 뜻밖의 소리를 했다.

"제가 간밤에 천문을 보니 서북의 별 하나가 떨어졌습니다. 반드시 황족 가운데 하나가 죽을 것입니다."

"그게 누구요?"

유비가 어리둥절해 되묻고 있는데 갑자기 사람이 와서 알렸다.

"유기 공자께서 돌아가셨습니다."

그 소식을 들은 유비는 통곡하여 마지않았다. 생전에 형님처럼 모시던 유표의 마지막 핏줄이 끊어진 까닭이었다. 공명이 그런 유비를 달래며 권했다.

"살고 죽는 일은 하늘이 이미 나누어 정해놓은 것이니 주공께서는 너무 슬퍼하지 마십시오. 공연히 귀한 몸을 상하시게 될까 두렵습니다. 오히려 지금 생각하실 일은 천하의 대사입니다. 되도록이면 빨리 사람을 뽑아 양양으로 보내시어 그곳 성지(城池)를 지키게 함과 아울러 공자를 장사 지내는 일도 맡기도록 하십시오."

슬픈 중에도 퍼뜩 정신이 나게 하는 말이었다. 유비가 눈물을 씻으며 물었다.

"누구를 그리로 보냈으면 좋겠소?"

"관운장이 아니면 이번 일은 어렵겠습니다."

이에 유비는 곧 관우에게 명하여 먼저 가서 양양을 지키게 했다.

관우를 보내놓고 나니 다음은 지난날에 한 동오와의 약조가 걱정이 되었다. 유비는 다시 제갈공명에게 물었다.

"유기가 이미 죽었으니 동오는 틀림없이 형주를 내놓으라 할 것이오. 그 일은 어찌 대처했으면 좋겠소?"

그러나 공명은 태평스런 얼굴로 유비를 안심시켰다.

"만약 동오에서 사람이 온다면 이 양이 알아서 대답하겠습니다. 주공께서는 조금도 걱정하지 마십시오."

이에 유비도 마음을 놓고 군사를 기르는 데만 힘을 쏟았다.

그로부터 한 보름쯤 되었을 때였다. 동오에서 노숙이 공자 유기의 문상을 왔다는 전갈이 들어왔다. 유비와 공명은 성을 나가 노숙을 맞아들였다. 공해(公廨, 관아)에서 주인과 손이 각기 예를 끝낸 뒤 노숙이 먼저 입을 열었다.

"주공께서는 공자 유기께서 세상을 버리셨단 말을 들으시고 저로 하여금 보잘것없으나마 예물을 갖추고 먼저 가서 제사에 임하라 하셨습니다. 주(周)도독께서도 두 번 세 번 유황숙과 제갈선생께 간절한 조의를 표해달라고 하십디다."

그 말에 유비와 공명도 몸을 일으켜 고마움의 뜻을 나타냈다. 그리고 가져온 예물을 거둔 뒤 술을 내어 노숙을 대접했다. 술이 몇 잔돌기도 전에 노숙이 문득 정색을 하며 찾아온 참뜻을 밝혔다.

"전에 황숙께서 말씀하시기를 공자께서 계시지 않는다면 형주는 우리 동오에게 돌려주겠다 하셨습니다. 이제 공자께서 이미 세상을 떠나셨으니 형주는 반드시 돌려줘야 합니다. 황숙께서 언제쯤 돌려주실지 몰라 실로 궁금합니다."

그 말에 유비는 다만 허허거리며 술잔만 내밀었다.

"공은 우선 술잔이나 비우시오. 나도 상의할 일이 하나 있소이다."

그러고는 거푸 몇 잔을 권했다. 노숙은 하는 수 없이 몇 잔을 얻어마신 뒤에 다시 그 일을 채근했다.

"언제 형주를 돌려주시겠습니까?"

그때 공명이 문득 낯색이 변해 유비의 대답을 대신했다.

"자경은 참으로 일의 이치를 알지 못하시는구려. 어찌 사람을 세워놓고 그리 졸라댄단 말씀이오! 대한은 우리 고황제(高皇帝)께서 큰 뱀을 베시고 의로써 몸을 일으키신 뒤 나라의 기틀을 열고 제업을 세워 전해 오늘날에 이르렀소. 그런데 불행히도 간웅들이 잇달아 일어나 각기 한 지방씩 차지하니 천도(天道)가 제 길을 찾아 정통으로 되돌아갈 가망은 매우 적어졌소이다. 하지만 우리 주공께서는 중산정왕(中山靖王)의 후예요, 효경황제(孝景皇帝)의 현손(玄孫)이 되시며 지금의 황상 폐하께는 숙부뻘이 되시는 분이시오. 어찌 한 조각 땅을 나누어 차지하지 않으실 수 있겠소이까? 더구나 죽은 유경승은 우리 주공의 형님이 되시오. 형이 죽어 아우가 그 땅을 물려받는 게 무어 이치에 어긋날 게 있겠소?

거기 비해 그대의 주인은 원래 전당(錢塘) 땅의 하찮은 벼슬아치 아들로 조정에 아무런 공덕도 세운 일이 없건만 세력에 의지해 여섯 군 여든한 고을을 차지하고 있소. 그러고도 오히려 욕심에 차지 않아 다시 한의 땅을 더 어우르려는 것이오? 천하는 유씨(劉氏)의 것이건만 내 주인은 유씨면서도 몫이 없고, 그대의 주인은 손씨(孫氏)이면서도 오히려 어거지로 땅을 다투고 있소. 거기다가 적벽(赤壁)의 싸움도 그렇소. 우리 주공께서도 수고로움이 적지 않으셨고 여러 장수들도 각기 명을 받아 힘을 다했는데 어찌 그 승리가 그대로 동오 홀로만의 힘 덕분이라 할 수 있겠소? 또 내가 동남풍을 빌어주지 않았던들 주유가 어찌 반푼어치 공이라도 세울 수 있었겠소? 만약 그 싸움에서 강남이 졌으면 이교(二喬, 손책의 아내와 주유의 아내)가 조조의 동작대(銅雀臺)로 끌려갔을 것임은 말할 것도 없으려니와 그대의 가솔들도 마침내 지켜낼 수는 없었을 것이외다.

우리 주공께서 얼른 대답하지 않으신 것은 자경이 고명한 선비라 이 모든 것을 낱낱이 말하지 않아도 절로 아시려니 해서일 것이오. 그런데 공은 어찌 살피고 헤아리심이 이토록이나 모자란단 말씀이오?"

흐르는 듯한 가운데도 준엄한 추궁까지 들어 있는 말이었다. 공명이 그렇게 나오자 노숙은 잠시 할 말을 잊고 있다가 이윽고 민망한 듯 말했다.

"공명의 말씀이 전혀 이치에 닿지 않은 것은 아니나 이 노숙의 처지도 헤아려주시오. 지금 와서 그렇게 나오신다면 제 처지가 몹시 불편해지게 되오이다."

"이 일 때문에 공이 불편할 게 무엇이오?"

공명이 시치미를 떼고 물었다. 노숙이 한숨을 쉬며 대답했다.

"지난날 황숙께서 당양에서 어려움을 겪고 계실 때 이 노숙이 가서 공명으로 하여금 강을 건너 우리 주공을 뵙게 주선했소이다. 또 뒷날 주유가 군사를 일으켜 형주를 치자고 할 때도 이 노숙이 와서 공자가 돌아가시면 형주를 돌려주시겠다는 황숙의 말씀을 듣고 전해 그를 달랬소. 그런데 이제 와서 그리하지 못하시겠다니 이 노숙이 어떻게 낯을 들고 돌아갈 수 있겠소이까? 내 주인과 주공근은 모두 내게 그 죄를 물으려 할 것이외다. 내가 그로 인해 죽는 것은 조금도 한스러울 것이 없으나 다만 걱정되는 것은 성난 동오가 군사를 일으켜 이리로 밀고 오는 일이오. 그리되면 황숙께서는 이 형주에 편안히 앉아 계실 수도 없을 뿐만 아니라 공연히 천하의 비웃음거리만 될 것이오."

사정하는 것 같으면서도 은근한 위협이 담긴 말이었다. 공명이 기다렸다는 듯 노숙의 그 같은 말을 받았다.

"지난날 조조는 백만의 대군을 이끈 데다 천자의 이름까지 앞세우고 왔으나 나는 눈도 깜짝 아니하였소. 그런데 어찌 주유 같은 한 낱 어린아이에게 겁을 내겠소? 다만 자경께서 체면을 잃을까 보아 생각해본 것이 있는데, 이건 어떻겠소?"

"어떻게 한단 말씀이오?"

공명의 말투로 보아 일이 순리로 풀어질 것 같지는 않다고 짐작하고 있던 노숙이 은근히 기대하는 눈치로 물었다. 공명은 그나마도 노숙에게 큰 선심이라도 베푸는 양 대답했다.

"내가 우리 주공께 권해 문서 한 장을 받아드리겠소. 잠시 형주를 빌려 근거로 삼고 있다가 따로 알맞은 땅을 얻으면 곧 형주를 동오로 돌려드리겠다는 약조를 적은 문서외다. 그것이면 자경이 낯 없게 되지는 않을 것 같은데 어떻소?"

"공명께서는 어떤 땅을 얻으신 뒤에 형주를 우리 동오에 돌려주신단 말씀이오? 어디에 그런 땅이 남아 있소?"

노숙이 믿지 못하겠다는 듯 물었다. 아무리 생각해도 형주를 내주고도 근거로 삼을 만한 땅이 얼른 떠오르지 않은 까닭이었다. 그러나 공명의 대답은 막힘이 없었다.

"중원 쪽은 조조가 버티고 앉았으니 아무래도 가까운 날에는 손에 얻기 어려울 것이지만 서천(西川)이 있지 않소? 그 주인 유장(劉璋)은 사람됨이 어리석고 약해 우리 주공께서는 머지않아 그 땅을 도모하실 작정이오. 그래서 우리가 만약 서천을 얻는다면 그때는 지체없이 형주를 돌려드리겠소."

그렇게 되니 노숙도 하는 수 없었다. 공명의 말을 따라 약조의 문서라도 받아 가기로 했다.

유비가 몸소 붓을 들어 문서 한 통을 쓰고 도장을 찍자 제갈공명도 보증의 뜻으로 나란히 이름을 적고 도장을 찍은 뒤 노숙에게 말했다.

"이 양은 황숙의 집안 사람이니 어찌 자기 집안 일에 보증이 될 수 있겠소? 번거롭지만 자경선생께서도 저와 나란히 보증인이 되어 도장을 놓으시지요. 그래야만 돌아가 오후께 이 문서를 내놓기에 낯없이 되지 않을 것 같소이다."

그러자 이번에도 노숙은 하는 수 없이 그 끝에 이름을 올리며 한 번 더 다짐했다.

"나는 황숙께서 인의의 사람임을 알고 있습니다. 부디 이번 약조는 저버리지 않으시기 바랍니다."

그런 다음 문서를 거두었다. 오래잖아 술자리가 끝나고 노숙은 동오로 돌아갈 채비를 했다. 유비와 공명은 배까지 나와 노숙을 배웅했다. 배에 오르는 노숙을 잡고 공명이 다시 한번 당부했다.

"자경께서는 오후께 돌아가 잘 말씀드려 천에 하나라도 딴생각을 품으시지 않도록 해주시오. 만약 우리가 문서로 약조한 것을 오후께서 받아들여 주지 않는다면 우리도 안면을 바꾸고 강남 여든한 고을을 모조리 빼앗아버릴 것이오. 부디 두 집안의 화기(和氣)를 상해 조조의 웃음거리가 되지 않도록 해주시오."

은근한 협박까지 담긴 말이었다. 노숙은 무겁게 고개를 끄덕이고 배에 올랐다.

형주를 떠난 노숙은 먼저 시상으로 돌아가 주유부터 만났다. 기다리고 있던 주유는 노숙이 들어서기 바쁘게 물었다.

"그래, 형주를 되돌려받는 일은 어떻게 되었소?"

"여기 받아온 문서가 있습니다."

노숙이 까닭 없이 움츠러든 목소리로 유비가 써준 문서를 주유에게 내놓았다. 얼른 그 문서를 받아 읽기를 마친 주유가 발을 구르며 노숙을 몰아세웠다.

"자경은 또 제갈량의 꾀에 넘어갔구려! 말이 땅을 빌린다는 것이지 실제로는 그대로 집어삼키겠다는 수작이나 다름이 없소. 그들은 서천을 차지하면 곧 형주를 돌려준다 하지만 도대체 언제까지 기다려야 한단 말이요? 십 년이 걸려도 서천을 차지하지 못하면 십 년이 지나도 형주는 돌아오지 않는다는 뜻이니 이따위 문서가 무슨 소용이겠소? 거기다가 그대는 또 저들과 나란히 보증까지 서셨구려! 만약 저들이 형주를 돌려주지 않는다면 반드시 그대까지 얽혀들게 되었소이다. 주공께서 죄를 물으시면 어쩌시려고 이같이 어리석은 짓을 하셨소?"

그 말을 듣자 노숙도 뜨끔했다. 하지만 이미 엎질러진 물이요, 쏘아버린 살이었다. 한참을 말없이 있던 노숙이 겨우 입을 열었다.

"제가 생각하기에 유현덕은 결코 나를 저버릴 사람이 아닙니다."

"자경이야 성실한 사람이지만 유비는 야심이 큰 효웅(梟雄)의 하나요, 제갈량은 꾀와 속임수가 많은 이외다. 선생의 마음과 같지는 않을 것이니 그게 두려울 뿐이오."

주유가 안타까운 듯 노숙의 말을 받았다. 노숙도 드디어 뒤가 켕기는지 걱정하는 얼굴이 되어 물었다.

"그렇다면 이제 어떻게 해야 되겠습니까?"

노숙이 그렇게 나오자 주유가 좀 안됐던지 문득 목소리를 부드럽게 하여 말했다.

"자경은 내게는 은인이라 할 수 있는 분이오. 지난날 곡식 낟가리를 헐어 나누어주시던 정을 생각해서라도 어찌 아니 구해드릴 수 있겠소이까? 너무 걱정하지 말고 며칠만 기다려보시오. 강북에 보낸 세작들이 돌아오는 대로 그들이 탐지해 온 바에 따라 따로 방도를 내어보겠소이다."

그러나 노숙은 여전히 마음이 편치 못했다. 주유와 헤어진 뒤로도 며칠을 다리조차 제대로 뻗고 잘 수 없었다.

며칠이 지났다. 주유가 풀어논 세작이 돌아와 알렸다.

"형주성에는 베로 만든 상기(喪旗)가 걸리고, 성 밖에서는 따로 무덤 하나를 새로 만들고 있었습니다. 군사들도 모두 상복을 입고 있습니다."

"누가 죽었다던가?"

주유가 얼른 그렇게 물었다. 그 세작이 다시 대답했다.

"유현덕이 감부인을 잃었다고 합니다. 지금 한창 극진한 장례를 치르고 있습니다."

감부인이라면 그럴 만도 했다. 감부인은 유비가 불우할 때 만난 정인(情人)이요, 뒷날 소패에서 맞아 정식으로 부부가 된 뒤에는 하나뿐인 아들을 낳아준 정실이었다. 거기다가 당양 싸움에서 미부인을 잃은 뒤로는 유일하게 유비 곁에 남아 있던 여인이고 보면 그녀를 잃은 슬픔 또한 남다를 것임에 분명했다.

그러나 주유는 무슨 생각이 났던지 문득 무릎을 치며 노숙을 보고 말했다.

"이제 내 뜻은 이루어지게 되었소. 유비로 하여금 두 손을 내밀어 포박을 받게 하고 형주를 되찾을 계책이 있소!"

"어떤 계책입니까?"

노숙이 어리둥절해 물었다. 주유가 자랑스레 자신이 마음 먹은 계책을 펼쳐보였다.

"유비는 그 아내를 잃었으니 앞으로 반드시 새 장가를 들 것이오. 그런데 우리 주공께서는 누이 한 분이 계시지 않소? 매우 굳세고 용감해서 수백의 계집종들에게 언제나 칼을 차고 다니게 하실 뿐만 아니라 방안에도 병기를 가득 벌여 세워둘 정도로 남자 못지않은 분이시오. 나는 지금 주공께 글을 올려 형주로 중매 설 사람을 보내도록 할 작정이오. 그가 유비를 달래 우리 동오로 오게 한다면 나는 남서에서 기다리다가 유비가 장가를 들고 자식을 얻게 되기는커녕 잡아다 옥에 가둬버리고 말겠소. 그리고 사람을 보내 형주와 유비를 바꾸자고 한다면 저들이 어쩌겠소? 별수 없이 형주의 성들을 내주거든 그때 가서 할 일은 내가 따로 생각해놓았소. 자경의 신상에는 결코 아무런 일이 없으리다."

듣고 보니 자못 그럴듯했다. 노숙은 한 짐 던 듯 밝은 얼굴로 주유에게 고마움을 나타냈다.

주유는 곧 글 한 통을 써서 노숙에게 주고 빠른 배 한 척을 골라 손권이 머물고 있는 남서로 가도록 했다. 손권을 만난 노숙은 먼저 형주에서 있었던 일을 한차례 말한 뒤에 유비가 써준 문서를 올렸다. 손권은 그 문서를 펴보려고도 않고 볼멘소리부터 했다.

"그들이 그렇게 되지도 않는 말로 얼버무리려 드는데 이따위 문서가 무슨 소용이란 말씀이오!"

그러자 노숙은 다시 주유가 써준 글을 꺼내 올렸다.

"실은 주공근도 같은 뜻이었습니다. 그래서 여기 따로 써 올린 글이 있는데, 주공께서 그 안에 씌어진 대로만 하신다면 형주를 얻으실 수 있다고 합니다."

그제야 손권도 낯빛을 풀고 주유의 글을 펴들었다. 읽기를 마치고 머리를 끄덕이는 품이 주유의 계교가 무척 마음에 드는 것 같았다.

'누구를 형주로 보낸다?'

주유가 써놓은 대로 해보기로 작정한 손권은 마음속으로 벌써 중매를 구실로 유비를 달래 데려올 사람을 고르고 있었다. 워낙 중대한 일이라 얼른 떠오르는 사람이 없었다. 그러다가 문득 깨달은 듯 중얼거렸다.

'그렇다. 이 일은 여범이 아니고서는 안 되겠다.'

손권은 곧 여범을 불러 말했다.

"요사이 듣자니 유현덕이 그 부인을 잃었다는구려. 마침 내게 누이 하나가 있으니 유현덕과 짝을 지어주고 싶소. 우리 두 집안이 혼인으로 길이 맺어져 한마음으로 조조를 쳐부수고 한실을 되일으킬 수 있다면 그 아니 아름다운 일이겠소? 그런데 이번 중매는 자형(子衡, 여범의 자)이 나서지 않으면 일이 될 성싶지 않으니 바라건대 자형은 곧 형주로 가서 유비에게 한마디 해주시오."

이에 여범은 그날로 배를 수습해 졸개 몇 명을 거느리고 형주로 떠났다.

그 무렵 유비는 감부인을 잃고 밤낮으로 슬픔에 젖어 있었다. 오랜 세월 싸움터만 따라다니며 고생을 하다가 이제 겨우 기반을 잡아 간다 싶자 떠나간 아내라 더욱 슬픔이 큰지도 모를 일이었다. 하루는 공명과 마주 앉아 감부인과의 지난날을 쓸쓸하게 되새기고 있는데 문득 사람이 와서 알렸다.

"동오에서 여범이란 사람을 보냈습니다."

그 말을 들은 공명이 빙긋 웃으며 말했다.

"이는 주유의 계교일 것입니다. 반드시 형주 일 때문에 짜낸 것일 테니 저는 병풍 뒤로 가서 엿들어보도록 하지요. 주공께서는 저쪽에서 무슨 말을 하든지 모두 들어주도록 하십시오. 나머지는 그 사람을 역관으로 보내 쉬게 한 뒤 따로 의논하면 될 것입니다."

그리고 병풍 뒤로 가서 숨었다. 유비는 곧 사람을 보내 여범을 불러들이게 했다. 서로 예를 표하고 자리에 앉아 차를 마시면서 유비가 물었다.

"자형께서 오신 것은 반드시 제게 할 말이 있어서일 것이오. 어떤 가르치심을 주려 하시오?"

"제가 근래에 들으니 황숙께서 부인을 잃으셨다는 소문이 있었습니다. 크신 슬픔을 모르는 바 아니나, 마침 좋은 집안의 규수가 있기에 면구함을 무릅쓰고 특히 이렇게 찾아왔습니다. 존의(尊意)가 어떠하신지요?"

여범이 대뜸 그렇게 물었다. 너무 갑작스런 물음이라 유비가 얼른 대답을 못하다가 이윽고 더듬더듬 입을 열었다.

"나이 들어 아내를 잃고 보니 더욱 큰 불행으로 여겨지는구려. 그러나 아직 아내의 뼈와 살이 식지도 않았는데 어떻게 벌써 장가 들 일을 입에 담을 수 있겠소?"

"사람이 그 배필이 없는 것은 집에 대들보가 없는 것과 같다 할 수 있습니다. 어찌 그 같은 인륜을 중도에 끊어버릴 수 있겠습니까? 우리 주인 오후께 한 누이가 있는데 아리따우면서도 어질어 황숙께서 부인으로 맞으시기에 모자람이 없으시리라 믿습니다. 만약 두 집 안이 옛적 진(秦)과 진(晉)처럼 혼인으로 맺어진다면 조조는 감히 다시는 동남을 엿보지 못할 것입니다. 이 일은 집안과 나라가 한가 지로 편안케 되는 지름길이 될 것이니 부디 황숙께서는 여기에 무슨 딴 뜻이 있는지 의심하지 말아주십시오. 다만 한 가지 어려운 점은 우리 국태(國太) 오부인(吳夫人)께서 어린 딸을 너무도 사랑하시어 멀리 시집 보내기를 허락하지 않는 것입니다. 반드시 황숙께서 동오 로 건너가시어 혼인을 하셔야만 이번 일은 이루어질 수 있습니다."

여범은 유비가 장가 들 일을 그리 서둘지 않는다는 걸 알면서도 단숨에 거기까지 말했다. 신부감이 다름 아닌 손권의 누이동생임을 얼른 밝혀 유비의 구미가 당기게 하려는 생각에서였다. 과연 유비도 여범의 말을 듣자 얼굴에 문득 긴장하는 빛이 떠올랐다.

"그럼 이 일을 오후께서도 알고 계시오?"

유비가 그렇게 묻자 여범이 조금도 머뭇거리지 않고 대답했다.

"먼저 오후께 말씀드리지 않고 어찌 감히 와서 이런 소리를 늘어 놓을 수 있겠습니까?"

하지만 유비는 아무래도 그 갑작스런 혼삿말이 미심쩍었다. 슬몃 다른 핑계를 내밀어 여범의 속을 떠보았다.

"내 나이 이미 쉰이라 수염과 머리칼이 희뜩희뜩하외다. 그런데 오후의 누이동생이라면 아직 꽃다운 나이일 터인즉 나는 그 배필감이 되지 못할 것 같소."

그러자 여범이 다시 열을 올려 말했다.

"오후의 매씨(妹氏)는 몸은 비록 여자라도 그 뜻은 남아에 지지 않습니다. 언제나 말하기를 '천하의 영웅이 아니면 나는 그를 남편으로 섬길 수 없다' 하실 정도입니다. 그런데 이제 황숙께서는 이름을 사해에 두루 떨치고 계시니 바로 그분의 배필로 모자람이 없을 것입니다. 어찌 나이가 많고 적음을 꺼려할 수 있겠습니까?"

그 말을 듣자 유비는 공명에게 들은 말도 있고 해서 더 잘라 거절하지 않고 대답을 미루었다.

"공은 일단 돌아가 잠시 쉬시오. 내일 내 뜻을 알려드리리다."

유비는 그렇게 말하고 잔치를 열어 여범을 대접한 뒤 역관으로 돌아가 쉬게 했다. 그러나 마음은 아무래도 갈피를 잡을 수 없어 날이 저물기 바쁘게 공명을 불렀다.

"어떻게 했으면 좋겠소?"

유비는 여범에게 들은 대로 공명에게 전하고 그렇게 물었다. 공명이 별로 놀라는 기색도 없이 그 말을 받았다.

"여범이 온 뜻은 제가 이미 알고 있었습니다. 그래서 가만히 점괘를 뽑아보았더니 크게 길(吉)하고 이로운 징조가 보였습니다. 주공께서는 어서 그 일을 허락하시고 먼저 손건을 여범과 함께 동오로 보내도록 하십시오. 오후를 만나보고 그 앞에서 혼인을 정하게 하는 게 좋습니다. 그런 다음 날을 뽑아 가시어 혼인을 하신다면 아무 일도 없을 것입니다."

"주유가 계교를 꾸며놓고 이 유비를 해치고자 하는데 어찌 가볍게 몸을 움직여 위태로운 땅으로 들란 말씀이오?"

유비가 진작부터 마음속으로 떨떠름해하던 것을 물었다. 공명이 무엇 때문인지 크게 웃으며 대답했다.

"주유가 비록 계교를 잘 쓴다 해도 어찌 이 제갈량의 헤아림을 벗어날 수 있겠습니까? 제가 작은 꾀만 내어도 주유는 계교를 반도 펼치지 못할 것이니 오후의 누이가 주공의 사람이 됨은 물론 우리가 형주를 잃게 되는 일도 결코 없을 것입니다."

하지만 그래도 유비는 마음을 놓지 못해 얼른 일을 매듭지을 수 없었다. 보다 못한 공명이 나서서 손건을 여범과 함께 강남으로 보냈다. 손권을 만나면 해야 할 말까지 자세히 일러주고 나서였다.

강남으로 간 손건은 손권을 만나보고 제갈량에게 들은 대로 말을 끌어갔다. 그 바람에 마침내 손권은 여럿 앞에서 이렇게 공언하기에 이르렀다.

"내가 누이동생을 현덕에게 시집 보내려 하는 데는 조금도 딴마음이 없소!"

그 말을 듣자 손건은 비로소 손권에게 절하며 감사하고 형주로 돌아갔다.

손건이 돌아와 오후가 직접 나서서 그 혼인을 맺으려 한다는 말을 전했으나 유비는 여전히 마음이 내키지 않았다. 감히 강남으로 건너갈 엄두를 내지 못하고 머뭇거리는데 공명이 와서 말했다.

"제가 이미 세 가지 계책을 마련했사오나 조자룡이 아니면 제대로 펼치기 어려울 것입니다. 그를 불러 세밀하게 일러줄 터인즉 주공께서는 조금도 걱정하지 마시고 다녀오십시오."

그리고 조운을 불러 비단 주머니 셋을 내주며 귀엣말로 일렀다.

"그대는 주공을 모시고 동오로 가되 무슨 일이 있으면 이 비단 주머니 세 개 안에 적혀 있는 대로 하라. 그 안에는 세 가지 묘책이 들어 있으니 차례로 따르면 된다."

이에 조운은 그 비단 주머니들을 가슴 깊이 간직하고 길 떠날 채비를 했다. 공명은 다시 사람을 먼저 동오로 보내 혼인에 쓸 예물을 마련하게 한 뒤 유비를 재촉했다.

공명이 앞서서 서두르는 바람에 유비도 할 수 없이 따르니 때는 건안 십사년 겨울인 시월이었다. 유비는 조운, 손건과 오백여 명의 군사를 열 척의 빠른 배에 나누어 태우고 형주를 떠나 남서로 향했다. 형주의 일은 공명이 모두 알아서 처결하기로 하고 마음에도 없는 장가를 들러 가는 길이었다.

겉보기는 형주의 유비와 동오의 손권을 더욱 단단히 맺게 되는 혼인 길이었으나 사실 그 뒤에서 이는 것은 진작부터 조짐을 보이기 시작하던 두 집안 사이의 불길이었다. 조조의 팔십삼만 군을 태운 적벽의 불길은 이제 두 집안 사이로 옮아 붙고 있었다.

형주는 못 찾고 미인만 바쳤구나

배가 남서에 가까워질수록 유비의 마음은 불안하기만 했다. 그런 유비를 안심시키려는 듯 배가 언덕에 닿자 조운이 공명에게서 받은 비단 주머니 하나를 꺼내 들며 말했다.

"군사께서 말씀하시기를 세 가지 묘책이 이 안에 들어 있으므로 때가 이르러 하나씩 차례로 꺼내 보면 된다 하셨습니다. 이제 이곳에 와 닿았으니 마땅히 첫 번째 비단 주머니를 열어 계책을 알아봐야겠습니다."

그리고 비단 주머니를 열어본 조운은 곧 오백의 군사를 모두 불러 모두에게 이러저러한 계책들을 일러주었다.

"주공께서는 먼저 교국로(喬國老)를 찾아뵙도록 하십시오."

군사들에게 각기 시행할 계책을 일러준 조운이 다시 유비에게 말했다. 교국로는 죽은 손책의 부인인 대교(大喬)와 주유의 부인인 소교(小喬)의 아버지가 되는 사람으로 남서에 살고 있었다.

제갈공명이 비단 주머니에 써 넣어둔 계책이란 말에 유비는 곧 술과 고기를 갖춰 들고 교국로를 찾아갔다. 그리고 절하며 교국로를 본 뒤 여범이 찾아와 중매를 선 일이며 손권이 혼인을 허락했다는 것까지 모두 말해주었다. 교국로로 보아서는 갑작스러우면서도 놀라운 소식이었다.

한편 유비를 따라온 군사들은 모두 맡은 일을 잘 해내었다. 울긋불긋한 옷을 입고 남군으로 들어가서는 혼인에 쓸 예물을 사들인답시고 유비가 손권 집안으로 장가 들게 된 일을 떠들어댔다. 오백 명이 여기저기서 큰 소리로 외듯 떠들고 다니니 순식간에 그 소문은 온 성안에 퍼져 모르는 사람이 없게 되었다.

하지만 아무것도 모르는 손권은 유비가 자기들의 계책에 말려들어 몇 안 되는 군사를 거느리고 동오로 들어온 것만이 기뻤다. 유비가 배를 댔다는 전갈이 오자 곧 여범을 불러 대접하게 한 뒤 잠시 객관(客舘)에 머물러 쉬도록 했다. 손권은 그때까지만 해도 유비가 이미 옭아둔 범이나 다를 바 없다고 생각했다.

그런데 일은 실로 엉뚱하게 꼬이기 시작했다. 교국로는 유비가 다녀가자마자 오국태(吳國太)를 찾아보고 경하의 말을 했다. 손책의 장인이 되니 오국태와는 사돈 간인 셈이라 당연한 일이기도 했다. 교국로가 찾아와 앞도 뒤도 없이 경하의 말을 하자 오국태가 어리둥절해 물었다.

"경하라니? 제게 무슨 기쁜 일이 있기에 그런 말씀을 하십니까?"

"따님을 유현덕의 부인으로 내주기를 허락하시지 않으셨습니까? 이미 신랑감인 유현덕이 이곳에 와 있는데 무슨 까닭으로 저를 속이려 하십니까?"

교국로가 오히려 알 수 없다는 듯 그렇게 되물었다. 그러자 오국태가 놀란 얼굴로 묻기를 거듭했다.

"이 늙은이는 그 일을 알지 못합니다. 도대체 어찌 된 일입니까?"

교국로는 유비에게서 들은 대로 자세히 일러주었다. 오국태는 한편으로 손권을 불러들이게 하고 한편으로는 사람을 성안에 풀어 그 일을 알아보게 했다. 저잣거리로 나갔던 사람들이 먼저 돌아와 알렸다.

"실로 일이 그러했습니다. 사위 되실 분은 이미 역관에 와서 쉬고 계시고, 따라온 오백의 군사들은 돼지와 양이며 떡, 과자 등 혼인 잔치에 쓸 물품들을 사들이고 있습니다. 중매를 선 사람은 여자 쪽 집 안에서는 여범이고 남자 쪽은 손건인데 모두 역관에 함께 있다고 합니다."

그 말에 국태부인은 더욱 놀랐다. 얼마 뒤에 부름을 받은 손권이 어머니를 뵈러 후당으로 왔다. 비록 낳아준 어머니는 아니나 선부(先父)에게는 또 다른 아내이니 곧 어머니뻘이요, 외가로도 이모인데다 생모인 오태부인(吳太夫人)의 유언도 있고 해서 손권이 어머니로 깍듯이 모시는 국태부인이었다. 그 국태부인이 손으로 가슴을 치며 큰 소리로 통곡하고 있었다. 놀란 손권이 물었다.

"어머님, 무슨 일로 이토록 슬퍼하십니까?"

"네가 지금 하는 짓을 보니 앞으로는 나를 사람으로도 여기지 않겠구나! 언니가 돌아가실 때에 너더러 이토록 나를 속이라고 분부하시더냐?"

오국태는 넋두리처럼 그렇게 말해놓고 더욱 섧게 울었다. 손권이 낯빛을 고치며 황망히 말했다.

"어머님께서는 까닭을 밝히지 않으시고 어찌 이토록 괴로워만 하고 계십니까? 무엇 때문인지 그것부터 일러주십시오."

"남자에게도 장가 드는 것은 크나큰 일이요, 여자에게도 시집을 가는 것은 크나큰 일이다. 이는 예나 지금이나 변함없는 이치로 나는 너의 어미가 되니 그런 일이 있으면 마땅히 내게 알리고 내 뜻을 따라야 되지 않겠느냐? 그런데도 너는 유현덕을 내 사윗감으로 이곳까지 불러놓고도 나를 속이느냐? 더구나 신부가 될 그 아이는 바로 내가 낳은 딸이다. 네 어찌 감히 이럴 수 있느냐?"

국태부인이 더욱 언성을 높이며 손권을 몰아세웠다. 깜짝 놀란 손권이 자기도 모르게 목소리를 떨며 물었다.

"어머님께서는 도대체 어디서 그런 소리를 들으셨습니까?"

"알려주기 싫거든 말하지 말아라. 온 성안의 백성들이 모두 알고 있는데 어찌 나 혼자만 모르겠느냐? 너는 아직도 나를 속이려 드느냐?"

국태부인의 그 같은 꾸짖음이 끝나자 곁에 있던 교국로가 거들었다.

"이 늙은이도 그 일을 알게 된 지 오래되오이다. 오늘은 특히 와서 경하의 예를 올리는 중이오."

그 말을 듣고서야 손권도 일이 이미 밖으로 새어나간 줄 알고 실토를 했다.

"아닙니다. 모두들 잘못 아셨습니다. 이번 일은 주유의 계교로, 형주를 얻고자 꾸민 것입니다. 혼인이란 이름뿐이고 실은 유비를 이곳으로 불러들여 잡아가둔 뒤 그와 형주를 바꾸려는 뜻이지요. 만약 저쪽에서 말을 듣지 않으면 먼저 유비를 목 베어버릴 작정입니다. 곧 이번 일은 하나의 계책일 뿐 참뜻으로 그와 혼인하려는 것은 아닙니다."

그러자 오국태는 정말로 화가 난 모양이었다. 큰 소리로 그 자리에 없는 주유를 욕해댔다.

"주유, 이놈. 너는 여섯 군 여든한 고을의 대도독으로서 형주를 뺏을 계책이 그리도 없어 내 딸을 미끼로 미인계를 쓰려 드느냐? 네놈이 유비를 죽이면 내 딸은 시집도 못 가본 과부가 되는 셈인데 뒷날 다시 어떻게 혼인을 시킬 수 있겠느냐? 이제 내 딸의 평생은 망쳐버린 것이나 다름없다. 그래 놓고 너희들의 일이 잘 풀릴 것 같으냐!"

그러고는 땅을 치며 통곡하기 시작했다. 곁에 있던 교국로가 보기 딱했던지 넌지시 손권에게 말했다.

"만일 이번 계책을 쓰면 형주를 얻기는 편할 것이나 천하의 웃음거리가 될 것이오. 그런 일을 차마 어떻게 하시려오?"

손권도 그 말을 듣고 보니 문득 마음에 걸리는 게 있었다. 잠시 할 말을 잃고 있는데 그동안에도 국태부인은 쉴새없이 주유를 향해 욕을 퍼부어댔다. 곁에 있던 교국로가 다시 국태부인을 도와 손권에게 권했다.

"일이 이미 이렇게 되었으면 달리 도리가 없는 듯싶소이다. 유황숙은 한실의 종친이 되니 정말로 손씨가 사위를 삼는 게 나을 것 같소. 그래야만 더러운 소리를 듣지 않게 될 것이외다."

"그래도 나이가 너무 층이 집니다."

손권이 펄쩍 뛰며 그렇게 대답했다. 교국로가 다시 유비를 위해 좋은 말을 해주었다.

"유황숙은 당세의 호걸이시오. 이 집안의 사위로 맞아들인다 해서 영매(令妹)께 욕될 것은 조금도 없을 거외다."

이때 국태부인이 나서 자르듯 말했다.

"나는 아직도 유황숙이란 사람을 알지 못한다. 내일 감로사(甘露寺)에 나가 한번 만나볼 작정인 바, 만약 내 마음에 들지 않거든 너희들 뜻대로 하거라. 그러나 그가 내 마음에 든다면 나는 딸아이를 그에게 시집 보낼 것이니 그리 알라!"

손권은 원래 효심이 지극한 사람이었다. 어머니 국태부인이 그렇게 말하자 더는 그 뜻을 거스르려 하지 않고 따랐다. 국태부인의 방을 나오자마자 여범을 불러 일렀다.

"내일 감로사에다 잔치를 차려 어머님께서 유비를 볼 수 있는 자리를 마련하도록 하시오."

그러자 여범이 가만히 말했다.

"국태부인께서 그리 나오신다 해도 따로 손을 써둘 것이 있습니다. 가화에게 영을 내려 도부수 삼백을 데리고 양쪽 낭하 뒤에 숨어 있게 하시지요. 만약 국태부인께서 유비를 보고도 기뻐하지 않으시면 한 소리 신호로 양쪽에서 한꺼번에 뛰쳐나와 유비를 사로잡도록 하셔야 됩니다."

손권도 그것까지는 마다하지 않았다. 곧 가화를 불러 여범의 말대로 먼저 감로사로 가서 준비케 했다. 군사들과 더불어 숨어 국태부인의 거동만 살피다가 때가 오면 일시에 뛰쳐나오도록 한 것이었다.

한편 국태부인과 헤어진 교국로는 돌아가는 길에 유비에게 들러 다음 날 있을 일을 알려주었다.

"오후(吳侯)와 국태부인께서 몸소 장군을 보러 나오실 것이니 나쁜 일은 아닐 성싶소. 그리 알고 계시오."

그러나 유비는 아무래도 마음이 놓이지 않았다. 곧 손건과 조운을 불러 의논하니 조운이 말했다.

"내일의 그 모임은 흉한 일이 많을지언정 길한 일은 별로 없을 것입니다. 제가 군사 오백을 이끌고 가 주공을 지켜드리겠습니다."

손건이 달리 말이 없자 유비도 잠자코 고개를 끄덕여 허락했다.

다음 날이 되었다. 오국태와 교국로가 먼저 감로사로 가서 자리를 잡고 앉자 이어 손권이 한 떼의 모사들을 이끌고 그곳에 이르렀다. 손권은 여범을 불러 역관에 쉬고 있는 유비를 청해 오게 했다.

유비는 비단 겉옷 안에 얇은 갑옷을 받쳐입고, 따르는 이들에게도 모두 등에 칼을 메게 한 뒤 말에 오르며 말했다.

"너희들은 언제나 내 곁을 바짝 따르도록 하라!"

그 뒤를 조운이 싸움터로 나가는 장수 모양으로 갑옷과 병기를 갖춘 채 오백 군사를 이끌고 따랐다.

감로사 앞에서 말을 내린 유비는 먼저 손권부터 만나보았다. 손권은 말로만 듣던 유비를 직접 보게 되자 그 생김과 거동이 범상치 않음에 마음속으로 은근한 놀라움과 두려움을 느꼈다. 손권과 유비는 예를 마친 뒤 방장으로 들어가 국태부인 앞으로 갔다.

국태부인은 유비를 보자마자 크게 기뻐하며 곁에 있는 교국로에게 가만히 말했다.

"훌륭하오. 저 사람이야말로 진정 내 사윗감이오."

교국로도 맞장구를 쳤다.

"현덕은 용이나 봉 같은 생김에다 하늘의 해 같은 위엄이 있습니다. 아울러 널리 천하에 어짊과 덕을 베풀 사람이니 국태께서 이런 사윗감을 얻으시게 된 데에 진심으로 경하를 올립니다."

거기까지가 제갈공명이 헤아려둔 교국로의 몫이었다. 제갈공명은 유비에게 미리 예물을 갖춰 교국로를 찾아보고 그 환심을 사게 함으로써, 그 혼사를 가장 빠르고 정확하게 오국태의 귀에 들어가게 하였을 뿐만 아니라, 중요한 고비마다 유비를 편들게 만들었다.

유비는 그런 두 사람에게 절하며 고마움을 나타내고 마련된 자리에 가 앉았다. 잠시 뒤에 조자룡이 칼을 찬 채 들어와 유비 곁에 가 섰다. 국태부인이 유비에게 조자룡을 가리키며 물었다.

"저 사람은 누구요?"

"상산 땅의 조자룡입니다."

유비가 그렇게 대답하자 국태부인이 다시 물었다.

"그렇다면 당양 장판벌에서 아두를 품에 안고 조조의 백만 대군 사이를 무인지경 가듯 했다는 그 사람이 아니오?"

"예. 바로 보셨습니다."

"참으로 범 같은 장수외다."

국태부인은 그렇게 감탄하며 조자룡에게 술을 내리게 했다. 술을 받은 조자룡이 가만히 유비에게 속삭였다.

"좀 전에 제가 양쪽 낭하를 순시해보니 방마다 도부수들이 숨어 있었습니다. 반드시 좋은 뜻으로 그러지는 않았을 듯싶습니다. 국태부인께 알려주심이 좋겠습니다."

그러자 유비는 곧 국태부인 앞에 가 무릎을 꿇고 울며 말했다.

"만약 이 유비를 죽이시려거든 차라리 이 자리를 빌려 죽여주십시오."

"아니, 그게 무슨 말씀이오?"

국태부인이 괴이쩍다는 듯 물었다. 유비는 몸을 일으키지 않은 채 대답했다.

"이 감로사 낭하에 도부수들이 가득 숨어 있습니다. 저를 죽이려 함이 아니면 왜 그들이 필요하겠습니까?"

그제야 말을 알아들은 국태부인은 몹시 성이나 손권을 보고 꾸짖었다.

"오늘 현덕은 이미 내 사위가 되었으니 곧 내 딸과 같다. 그런데 너는 어째서 낭하에 도부수를 숨겨두었느냐?"

"저는 알지 못하는 일입니다. 곧 알아보겠습니다."

손권이 궁색하게 발뺌을 하고 여범을 불러 물었다. 여범 또한 자신은 모르는 일이라 잡아떼고 가화에게 덮어씌우니 국태부인은 다시 가화를 불러들이게 했다.

"너는 어찌하여 내 사위를 죽이려 하였느냐?"

불려온 가화를 보고 국태부인이 꾸짖었다. 가화는 속으로 기가 막혔으나 차마 손권이 시킨 일이라고 털어놓을 수는 없었다. 다만 말

없이 고개를 수그리고 매서운 꾸지람을 듣고만 있었다.

"저놈을 끌어내 목 베어라!"

모든 것이 가화의 흉계로 된 것인 줄로만 안 국태부인이 분을 참지 못해 큰 소리로 영을 내렸다. 그러자 유비가 나서서 말렸다.

"만약 저 때문에 큰 장수 하나를 목 베게 된다면 이번 혼인에 좋지 못합니다. 그래 놓고 제가 어찌 오래 슬하에 머무를 수 있겠습니까?"

교국로도 곁에서 유비를 거들어 국태부인을 말렸다. 모두 그렇게 말리자 오국태도 굳이 가화를 죽이려고는 않고 다만 호되게 꾸짖어 내쫓았다. 대장인 가화가 그 지경으로 쫓겨나오니 삼백 명의 도부수들도 더 숨어 있을 수 없었다. 모두 오국태의 눈에 띌까 두려워 머리를 싸쥐고 물러나버렸다.

숨어 있던 도부수들이 모두 물러나자 유비는 옷을 갈아입으러 밖으로 나왔다. 안에 받쳐입은 갑옷이 아무래도 불편했기 때문이었다. 유비가 옷을 갈아입고 다시 잔칫상으로 돌아가려 할 때였다. 문득 감로사 뜰에 놓인 돌 하나가 눈에 들어왔다. 유비는 뒤따르는 자들이 차고 있던 칼을 빌려 들고 하늘을 올려다보며 속으로 가만히 빌었다.

"만약 유비가 다시 형주로 돌아가 무사히 왕패(王覇)의 업(業)을 이룩할 수 있다면 한칼질에 이 돌이 둘로 갈라지이다. 만약 여기서 죽어야 한다면 칼은 부러지고 돌은 쪼개지지 않도록 하소서!"

그리고는 번쩍 칼을 쳐들어 그 돌을 내리쳤다. 불똥이 어지럽게 튀며 돌은 그 한칼에 둘로 갈라졌다. 손권이 뒤따라오다가 그 광경을 보고 유비에게 물었다.

"현덕공께서는 이 돌에 무슨 원한이라도 있으십니까?"

"이 비는 나이 쉰이 다 되도록 나라를 위해 역적들을 쓸어 없애지 못한 것이 늘 한이 되었습니다. 그런데 이번에 국태부인의 부르심을 입어 그 사위가 되게 되었으니 이는 평생에 만나기 어려운 때를 만난 셈입니다. 흡족한 마음을 못 이겨 하늘에 빌기를, 만약 조조를 깨뜨리고 한을 일으킬 수 있다면 이 돌이 한칼에 갈라지라, 하고 내리쳤던바 과연 이렇게 되었습니다."

유비가 그렇게 둘러대었다. 그러나 손권은 속으로 생각했다.

'유비, 네가 어찌 그런 소리로 나를 속일 수 있겠느냐? 틀림없이 네가 빈 것은 달리 있을 것이다.'

유비가 큰 힘 들이지 않고 자신이 숨겨둔 삼백 도부수를 내쫓아 버리는 걸 보고 그 깊은 속을 짐작한 까닭이었다. 그러다가 손권 역시 칼을 빼들며 말했다.

"나 또한 하늘의 뜻을 물어보고 싶습니다. 만약 조조를 깨뜨리게 된다면 역시 내 한칼에도 이 돌은 갈라질 것입니다."

겉으로는 그렇게 말했지만 손권이 가슴속으로 남몰래 빈 것은 달랐다.

'만약 제가 형주를 되찾고 우리 동오를 왕성하게 일으킬 수 있다면 이 돌이 갈라지이다!'

그러고는 칼을 들어 그 돌을 내리쳤다. 역시 칼은 부러지지 않고 돌만 쪼개졌다.

각기 속으로 빈 것은 달랐으나 하늘이 한가지로 들어주겠다는 징조를 보였으니 모두 기쁘지 않을 수 없었다. 칼을 던지고 서로 이끌며 잔치 자리로 돌아와 앉았다.

다시 몇 순배 술이 돌았을 때 손건이 문득 유비에게 자리를 뜨자는 눈짓을 보냈다. 그걸 알아들은 유비가 곧 몸을 일으켜 국태부인에게 작별의 말을 올렸다.

"이 비는 술기운을 이기지 못해 이만 물러날까 합니다."

국태부인이 기꺼이 허락하자 손권은 절 앞까지 배웅을 나왔다.

"여기가 바로 천하에서 으뜸가는 강산이구려!"

눈앞에 펼쳐진 빼어난 경관을 보고 유비가 감탄했다. 그 뒤 감로사의 비석에 '천하제일강산(天下第一江山)'이란 구절이 들게 된 유래였다.

제가 다스리는 땅을 찬탄해주는 데 싫을 사람이 있을 리 없었다. 손권도 흐뭇한 마음으로 유비와 함께 눈앞에 펼쳐진 경관을 내려다보았다. 세찬 강바람에 부서지는 물보라는 눈처럼 휘날리고 흰 물결은 하늘로 솟구치는 듯했다. 그런데 문득 그 거친 파도 위를 헤치고 나뭇잎 같은 배 한 척이 떠 있는 게 눈에 띄었다. 마치 평지를 가듯 험한 강물 위를 헤쳐가는 걸 보며 유비가 다시 감탄의 소리를 했다.

"남쪽 사람은 배를 잘 타고 북쪽 사람은 말을 잘 탄다더니 이제 정말 그 말을 믿겠습니다그려."

하지만 젊은 손권에게는 그 말이 그대로 칭찬으로만 들리지는 않았다.

'유비의 말은 내가 말을 잘 타지 못함을 놀리는 말이다.'

손권은 속으로 그렇게 생각하고 곧 좌우에게 일러 말을 끌어오게 했다. 말이 끌려오자 나는 듯 몸을 날려 말 등에 오른 손권이 그대로 휘몰듯 산을 달려 내려갔다가 다시 채찍질해 산 위로 올라온 뒤 웃으며 유비에게 말했다.

"이래도 남쪽 사람들이 말을 잘 타지 못한다고 하시겠습니까?"

비록 나이 쉰에 가까웠으나 호기를 부리는 데는 유비도 손권에 못지않았다. 손권이 말 부리는 재주를 뽐내자 유비도 지지 않고 훌쩍 몸을 날려 말 위에 올랐다. 그리고 손권이 한 것처럼 나는 듯 산을 내려갔다가 되올라왔다.

둘 모두 한차례 말을 달리고 돌아오자 마음이 후련해지고 호쾌함이 일었다. 언덕 위에서 서로 마주 보며 크게 웃었다. 그 순간만은 가슴속의 적의와 의심을 잊은 웃음이었다.

그날 두 사람은 말고삐를 나란히 하고 돌아왔다. 그 광경을 본 남서(南徐)의 백성들은 모두 두 집안의 화친을 경하해 마지않았다.

역관으로 돌아온 유비는 다시 손건과 앞일을 의논했다. 그날의 위태로움은 겨우 넘겼으나 아직은 마음을 놓을 수가 없었기 때문이었다. 손건이 가만히 말했다.

"교국로께 사정하시어 되도록이면 빨리 혼인을 마치는 게 좋겠습니다. 그래야만 달리 일이 생기지 않을 것입니다."

유비도 그 말을 옳게 여겼다. 이튿날로 다시 교국로의 집을 찾아갔다. 이미 유비의 인품에 반해 있는 교국로는 반갑게 유비를 맞아들였다. 예가 끝나고 차를 마신 뒤에 유비가 서글픈 표정을 지으며 말했다.

"강남의 사람들 가운데는 이 유비를 해치려는 자가 많습니다. 아무래도 이곳에 오래 머물지 못할 것 같아 두렵습니다."

혼인을 서둘자는 말은 한마디도 없었다. 교국로도 거기 감춰진 뜻까지는 알아듣지 못하고 다만 유비의 안전만을 다짐했다.

"현덕은 마음을 놓으시오. 국태부인께 말씀드려 공을 보살피고 지키도록 영을 내리게 하겠소."

그 말만으로도 넉넉하다 여긴 유비는 절하며 감사하고 역관으로 돌아갔다. 교국로는 곧 국태부인을 찾아보고 유비가 걱정하는 일을 전했다. 국태부인이 화를 내며 소리쳤다.

"내 사위를 그 누가 감히 해친단 말이오!"

그러고는 유비를 잠시 자기 집 서원에 들어와 있게 하고 날을 골라 혼인을 치르도록 서둘렀다. 유비는 그런 국태부인을 찾아보고 다시 청했다.

"조운이 밖에 있어 불편하기 이를 데 없습니다. 군사는 하나도 들이지 않더라도 조운만은 저와 함께 있게 해주십시오."

사위 될 유비에게 이미 흠뻑 반한 국태부인이었다. 조운뿐만 아니라 군사들까지 모조리 부중으로 불러들여 쉬게 했다. 역관에 머물다가 다른 일이 생기는 것을 막기 위함이었다.

유비가 기쁨을 감추지 못하고 기다리는데 며칠 안 돼 혼인날이 되었다. 국태부인은 크게 잔치를 열어 유비와 손부인의 혼인을 치렀다. 유비를 지켜주는 길은 그뿐이라 여겨 서두를 대로 서두른 덕분이었다.

밤이 되어 손님들이 모두 흩어진 뒤 유비는 두 줄로 늘어선 붉은 등을 따라 신방으로 들어갔다. 그런데 이게 어찌 된 일인가. 방안 가득 창칼과 화살이 늘어서 있고, 시중 드는 계집종들도 모두 칼을 찬

채 양편으로 갈라 서 있었다. 신방이 아니라 무슨 싸움터 같았다.

유비는 깜짝 놀라 넋이 빠졌다. 자기도 모르게 낯빛이 변해 몸을 떨고 있는데 집을 돌보는 계집종들의 우두머리인 노파가 와서 말했다.

"귀인께서는 놀라거나 두려워하지 마십시오. 부인께서는 어릴 적부터 무사(武事)를 좋아하시어, 계집종들이 칼로 겨루는 것을 보기 즐겨 하시기에 이렇습니다. 결코 누구를 해치고자 창칼을 늘어 세운 것은 아닙니다."

그제서야 유비도 퍼뜩 들은 말이 떠올랐다. 그러나 기분이 언짢기는 마찬가지였다. 점잖게 그 노파에게 타일렀다.

"이 같은 것들은 부인네가 보고 즐길 것들이 아니다. 내 마음이 섬뜩하니 잠시 거두도록 하라."

노파는 곧 안으로 들어가 손부인에게 유비가 말한 대로 전했다. 손부인이 웃으며 말했다.

"반평생을 싸움터를 누비며 지내신 분이 아직도 병기를 두려워하신단 말이냐?"

그러고는 명을 내려 모든 병장기를 거두게 하고 계집종들에게도 차고 있던 칼을 풀게 했다.

이윽고 신방에 든 유비는 첫날밤을 손부인과 더불어 치렀다. 나이 차이는 많아도 부부의 금실은 곧 좋아졌다. 유비는 또 금과 비단을 흩어 계집종들에게 골고루 나누어주며 환심을 사는 한편 손건을 먼저 형주로 돌려보내 기쁜 소식을 전하게 했다.

마음속에는 한 가닥 걱정이 남은 대로 유비에게는 오랜만의 즐거운 나날이었다. 연일 잔치와 술 속에서 젊고 예쁜 신부와의 정분을 두터이 해나갔다. 국태부인도 갈수록 그런 사위를 귀하고 사랑스레 여겼다.

일이 뜻밖에도 그렇게 돌아가자 손권은 어찌할 줄 몰랐다. 곧 사람을 뽑아 보내 주유에게 알렸다.

"내 어머님께서 억지로 우기시어 누이는 유비에게로 시집 가게 되었소. 뜻밖에도 우스갯소리가 참말이 되고[弄假成眞] 말았으니 이 일을 어찌하면 되돌릴 수 있겠소?"

그 말을 들은 주유는 몹시 놀랐다. 앉으나서나 마음이 편치 못해 서성이다가 겨우 한 가지 계책을 짜냈다. 주유는 한 통 밀서를 써서 손권이 보낸 사람에게 주어 돌려보냈다. 손권이 그 밀서를 받아 뜯어보니 대략 이렇게 씌어 있었다.

'이 주유가 꾀한 일이 뜻밖에도 이렇게 뒤집혔으니 실로 기막힙니다. 이미 우스갯소리가 참말로 되어버린 이상 이제는 오히려 그것을 이용하는 계책을 써야겠습니다. 유비는 효웅의 자질이 있는 데다 관우, 장비, 조운 같은 맹장들을 거느렸을 뿐만 아니라 제갈량의 꾀를 쓰고 있습니다. 반드시 남의 밑에 오래 있을 사람이 아닙니다. 어리석은 생각에는 그의 몸과 마음이 흐물흐물해져 오래 동오에 머물게 하도록 하는 게 낫겠습니다. 유비에게 화려한 궁실을 지어주어 그 뜻을 잃게 하시고, 아름다운 여인과 즐겨하는 물건들을 보내시어 그 이목을 사로잡아버리도록 하십시오. 그렇게 되면 관우, 장비와의 정분이 멀어지고 제갈량과의 맺음도 끊어지게 될 것입니다. 그다음에 그들을 각기 다른 곳에 두었다가 군사를 일으켜 쳐부순다면 대사는 결정지을 수 있습니다. 하지만 이번에 만약 유비를 놓아 보낸다면 이는 교룡이 구름과 비를 얻게 하는 것이나 다름없습니다. 교룡은 끝내 못 속에 남을 물건이 아니니, 바라건대 명공께서는 깊이 헤아려 행하십시오.'

그러나 손권은 읽기를 마친 뒤에도 얼른 마음이 정해지지 않았다. 슬그머니 글을 장소(張昭)에게로 밀어주며 그 뜻을 물었다. 그걸 읽어본 장소가 말했다.

"공근의 꾀가 바로 제 어리석은 뜻과 같습니다. 유비는 미천한 바닥에서 몸을 일으켜 천하를 바쁘게 뛰어다니느라 아직 부귀를 누려보지 못했을 것입니다. 이제 만약 으리으리한 궁궐과 큰 집을 지어주고 아름다운 여인과 많은 재물을 내리시어 마음대로 쓰고 누리게 해준다면 관우, 장비나 공명과는 절로 멀어지게 될 것입니다. 그리하여 서로가 각기 원망하는 마음이 일게 한 뒤라야만 형주를 도모할 수 있습니다. 주공께서는 공근의 계책을 믿으시고 어서 빨리 그대로 따르도록 하십시오."

그제서야 손권의 얼굴에도 기쁜 빛이 떠올랐다. 한 번 더 주유의 계책을 따라보기로 하고 그날로 준비를 시작했다.

먼저 동부(東府)를 깨끗이 수리하게 한 뒤 꽃과 나무를 심어 꾸미고 살림에 쓸 여러 가지 물건을 고루 갖추게 했다. 그리고 유비를 청해 그 누이와 함께 살게 하면서 다시 아름다운 여악(女樂) 수십 명과 금옥 비단이며 여러 가지 완호물(玩好物)을 내렸다.

아무것도 모르는 국태부인은 손권이 제 누이를 생각해 그러는 줄
알고 기뻐해 마지않았다. 감춰진 손권의 뜻을 알아채지 못하기는 유
비도 마찬가지였다. 주유나 장소가 예측한 대로 유비는 과연 오래잖
아 아름다운 음악과 여자에 빠져 형주로 돌아갈 생각은 까마득히 잊
어버리고 말았다.

한편 조운과 그가 거느린 오백 군사는 유비가 살고 있는 동부 앞
에 머무르고 있었으나 달리 할 일이 없었다. 그저 성 밖으로 나가 활
을 쏘거나 말을 닫는 것만이 그들이 할 수 있는 유일한 소일거리였다.

그럭저럭 두 달이 지나 어느새 그 해가 저물어갈 무렵이었다. 조
운이 문득 공명의 말을 떠올렸다.

'공명은 내게 비단 주머니 세 개를 주며 말하기를 하나는 남서에
이르거든 열어보고, 하나는 이 해가 다할 무렵이 되거든 열어보며,
나머지는 위급을 당해서도 아무런 계책이 없을 때에 열어보라 했다.
그 안에 귀신도 놀랄 계책이 들어 있어 넉넉히 주공을 보전하여 돌
아갈 수 있다 했는데, 과연 첫 번째 비단 주머니에 들어 있던 계책은
절묘했다. 이제 해가 다해갈 뿐만 아니라 주공께서는 여색에 마음이
앗기시어 얼굴조차 보기 어렵게 되었다. 지금이야말로 두 번째 비단
주머니를 열어보고 거기 있는 계책대로 따라야 할 때가 아니겠는가.'

그러고는 두 번째 비단 주머니를 열어보았다. 놀랍게도 거기에는
방금 유비가 빠져 있는 형편을 두 눈으로 보고 있는 듯한 공명의 계
책이 씌어 있었다.

읽기를 마친 조운은 뛰듯이 동부로 달려가 유비를 보기를 청했다.

"조자룡 장군께서 긴급한 일로 귀인을 뵙고자 하고 계십니다."

계집종이 안으로 들어가 유비에게 알렸다. 유비는 심드렁한 낯빛으로 조운을 불러들여 물었다.

"자룡은 무슨 일로 나를 찾았는가?"

조운이 거짓으로 놀란 기색을 지으며 되물었다.

"주공께서는 서실 깊이 들어앉으시어 형주 일은 조금도 생각지 않으십니까?"

"무슨 일이 있기에 그토록 놀랍고 괴이쩍은 얼굴을 하고 있는가?"

그제서야 유비가 약간 긴장한 눈길로 조운을 바라보았다. 조운은 더욱 절박한 표정을 지으며 말했다.

"오늘 아침 공명께서 사람을 보내 알리시기를 조조가 적벽(赤壁)에서의 한을 풀고자 오십만 대병을 일으켜 형주로 밀려오고 있다고 합니다. 지금 형세가 몹시 위태로워 주공께 어서 돌아오기를 청하고 계십니다."

전 같으면 펄쩍 뛰고도 남을 급한 소식이었으나 확실히 유비는 달라져 있었다. 얼굴이 어두워지기는 해도 얼른 결정을 짓지 못하고 어물어물 말했다.

"먼저 아내와 좀 의논해보아야겠네."

"아니 되십니다. 부인과 의논하시게 된다면 반드시 주공을 놓아보내주시려 들지 않을 것입니다. 차라리 말하지 말고 오늘 밤으로 길을 떠나는 게 좋겠습니다. 여기서 늑장을 부리게 되면 반드시 큰일을 그르치고 말 것입니다."

그래도 유비는 별로 흔들리는 기색이 없었다. 여전히 뚜렷한 답을 피하고 조운을 되돌려 보내려고만 했다.

"자네는 잠시 물러가 있게. 나도 다 생각이 있네."

모두가 다 제갈공명이 예측하고 있는 대로였다. 조운은 짐짓 위급함을 과장하며 몇 번이고 유비를 재촉한 뒤에야 물러났다.

아무리 젊은 신부에게 빠져 있는 유비라고는 하지만 조운이 그렇게까지 하고 물러나니 마음이 아니 흔들릴 수 없었다. 안에 들어가 손부인을 보며 말은 못하고 눈물만 지었다. 손부인이 유비에게 물었다.

"부군께서는 무슨 일로 그토록 괴로워하고 근심하십니까?"

"내 일신이 기구하여 낯선 땅을 이리저리 떠다니며 부모가 살아 계실 때는 부모를 제대로 봉양하지 못하고 또 지금은 조상의 제사조차 받들지 못하고 있소. 이게 바로 대역불효가 아니고 무엇이겠소? 이제 해가 저물려 하니 그게 생각이 나며 처량함을 이기지 못해 눈물이 났소."

유비가 바른 대로 말하지 못하고 둘러댔다. 손부인이 문득 정색을 하고 꾸짖듯이 말했다.

"황숙께서는 어찌 이 몸을 속이려 하십니까? 저는 이미 들어 알고 있습니다. 조금 전에 조자룡이 와서 형주가 위급함을 알렸기에 돌아가시려고 하고 있지 않으십니까? 그런데도 제게 그 같은 말로 핑계를 대려 드십니까?"

그러자 유비가 문득 손부인에게 무릎을 꿇으며 말했다.

"부인께서 이미 알고 있다면 내가 무엇을 더 속이려 들겠소? 이비는 가고 싶지 않으나 가지 않으면 형주를 잃게 되고 형주를 잃으면 천하의 웃음거리가 되고 말 것이오. 하지만 또한 가려 하면 이번

284

에는 부인을 두고 가야 하니 어찌할 줄 모르겠구려. 실은 그 때문에 이토록 괴로워하고 있는 것이오."

"그 무슨 당치 않은 말씀입니까? 저는 이미 당신을 섬겼으니 당신께서 가시는 곳은 저도 마땅히 따라가야 할 곳입니다."

손부인이 다시 정색을 하며 대꾸했다. 그러나 유비의 얼굴은 조금도 밝아지지 않았다.

"설령 부인의 마음이 그러하다 한들 국태부인이며 오후께서 어찌 부인이 떠나기를 허락해주시겠소? 부인께서 만약 이 비를 조금이라도 불쌍히 여기신다면 차라리 잠시 헤어짐을 참아주시오."

그러고는 다시 비 오듯 흐르는 눈물을 씻었다. 그토록 괴로워하면서도 형주로 돌아갈 뜻만은 뚜렷한 것으로 보아 유비는 역시 여느 인물은 아니었다. 몸과 마음이 술과 여자와 음악에 온전히 잠겨버린 줄 알았건만 천하를 향한 큰뜻은 아직 굳건히 살아 있었다. 손부인이 괴로워하는 유비를 달래는 목소리로 말했다.

"황숙께서는 너무 괴로워하지 마십시오. 제가 어머님께 말씀드려 반드시 저와 함께 황숙께서 돌아가실 수 있도록 해보겠습니다."

유비가 무겁게 고개를 가로저었다.

"비록 국태부인께서 허락하신다 해도 오후께서는 틀림없이 우리를 가로막을 것이오."

손부인이 그만 이치를 못 알아들을 리 없었다. 유비의 그 같은 말에 그녀 또한 어두운 얼굴이 되어 한참을 말없이 있다가 이윽고 나직이 속삭이듯 말했다.

"이렇게 하면 어떻겠습니까? 이번 설날 우리가 어머님과 오라버님을 뵙고 경하를 드릴 때 강변에 나가 제사를 드릴 허락을 얻어보시지요. 조상을 위해 제사를 드린다는 데는 아무도 의심치 않을 것입니다. 그리하여 허락만 받으면 강변에 나가 바로 배를 타고 떠나면 되지 않겠습니까? 어머님과 오라버님께 말씀드리지 못하고 떠나는 게 죄스러우나 지금으로서는 그밖에 다른 방도가 없겠습니다."

유비에 대한 깊은 정이 아니고서는 생각해낼 수 없는 방도였다. 젊은 아내의 그 같은 말에 유비는 다시 한번 무릎을 꿇으며 고마워했다.

"부디 그렇게만 해주신다면 유비는 죽어도 부인의 정을 잊지 아니하겠소. 다만 한 가지, 이 일이 결코 밖으로 새어나가서는 아니 될 것이오."

손부인이 가만히 고개를 끄덕이니 둘의 의논은 정해졌다. 다음 날 유비는 몰래 조운을 불러 영을 내렸다.

"정월 초하룻날 그대는 먼저 군사들을 거느리고 관도(官道)에 나가 기다리도록 하라. 나는 조상께 제사 지낼 것을 핑계로 아내와 함께 이곳을 빠져나가리라."

"알겠습니다."

조운은 기쁜 마음으로 영을 받고 물러났다.

건안 십오년 정월 초하루가 되었다. 오후는 문무의 관원들을 모두 당상에 모으고 하례를 받았다. 유비와 손부인도 들어가 국태부인에게 세배를 드렸다. 세배가 끝난 뒤 손부인이 국태부인에게 말했다.

"저의 지아비는 부모와 조상들의 묘가 모두 탁군에 있어 제사를 드리지 못함을 밤낮으로 마음 아프게 여기고 있습니다. 오늘은 강변으로 나가 북쪽을 바라보며 망제(望祭)라도 올리고자 하오니 어머님께서는 그리 아십시오."

"그것도 효도이니 어찌 아니 들어줄 수 있겠느냐? 비록 너는 시부모를 보지 못했으나 남편과 함께 가서 제사를 드리고 며느리의 예를 다해야 할 것이다."

아무것도 모르는 국태부인이 선선히 허락했다. 이에 손부인과 유비는 국태부인께 절하며 감사하고 그 앞을 물러났다. 이때는 손권도 깜박 속았다. 별 생각 없이 두 사람이 나가는 걸 보고만 있었다.

손부인은 몸에 지니기 쉬운 진귀한 보물과 비단옷만 챙겨 수레에 오르고 유비는 겨우 몇 기만 거느린 채 말에 올라 성을 빠져나갔다. 오후 앞에서 국태부인의 허락을 받은 일이라 아무도 그들을 가로막지 않았다.

관도에 이르니 조운이 이미 군사들을 이끌고 나와 있었다. 조운과 오백의 군사들은 유비와 손부인이 이르자 그 앞뒤를 지키며 총총히 남서를 떠났다.

한편 손권은 그날 문무의 관원들과 함께 크게 취했다. 이제 유비는 꼼짝없이 잡아두었다는 생각이 그를 더욱 취하게 한지도 모를 일이었다. 이윽고 손권이 몸을 가누지 못할 만큼 취해 좌우의 부축을 받으며 후당에 들자 문무 벼슬아치들도 모두 흩어졌다.

손권의 벼슬아치들이 유비 부부가 달아난 것을 안 것은 이미 해가 진 뒤였다. 급히 그 소식을 손권에게 알렸으나 손권이 종내 술에서 깨어나지 않아 아무런 명을 받을 수 없었다. 손권이 술에서 깬 것은 이튿날 새벽이 되었을 때였다. 비로소 유비가 달아난 것을 안 손권은 급히 문무의 벼슬아치들을 불러모아 그 일을 의논했다.

"오늘 만약 그 사람을 놓아 보낸다면 머지않아 반드시 큰 화란(禍亂)이 일 것입니다. 급히 뒤쫓아 사로잡아야 합니다."

장소가 나와 그렇게 말했다. 그러잖아도 마음이 급하던 손권은 곧 진무와 반장에게 오백 기를 뽑아주며 영을 내렸다.

"그대들은 밤낮을 가리지 말고 달려가서 유비를 사로잡아 돌아오라!"

두 장수가 그 명을 받고 물러갔으나 손권은 왠지 마음이 놓이지 않았다. 문득 유비에 대한 미움이 불붙듯 일며, 격한 마음을 이기지 못해 탁자 위에 놓인 옥벼루를 집어 내던졌다. 요란한 소리와 함께 애매한 옥벼루만 부서져 산산조각이 났다. 곁에서 그걸 보고 있던 정보가 가만히 말했다.

"주공께서는 공연한 노기를 거두시고 좀더 차분히 헤아려주십시오. 제 생각에는 좀 전 진무와 반장이 가기는 했으나 유비를 묶어 올 수는 없을 것입니다."

"그들이 어찌 감히 내 명을 어긴단 말이오?"

손권이 당찮은 소리라는 듯 그렇게 물었다. 정보가 더욱 목소리를 조심스럽게 하며 대답했다.

"군주(君主, 후의 딸을 높인 말. 여기서는 손부인)께서는 어려서부터 무사(武事)를 좋아하시어 성격이 굳세고 엄하신 까닭에 여러 장수들이 모두 두려워하고 있습니다. 그런데 이제 유비를 따라나서신 걸로 보아서는 이미 그와 한마음이 되어 우리를 떠난 것임에 분명합니다. 반드시 유비를 지키려 하실 것인즉 뒤쫓는 장수가 어찌 그런 군주를 해쳐가면서까지 유비를 사로잡아 올 수 있겠습니까?"

그 말을 듣자 손권은 더욱 성이 났다. 유비뿐만 아니라 누이동생에게까지 속은 일이 새삼 노기를 건드린 까닭이었다.

"장흠과 주태는 어디 있는가?"

벽력같은 고함으로 그들 두 장수를 불러들인 손권은 차고 있던 보검을 그들에게 끌러주며 엄한 영을 내렸다.

"그대들 두 사람은 이 칼로 유비와 내 누이의 목을 잘라 오도록 하라! 명을 어기는 자는 선 채로 목이 베이리라!"

명을 받은 장흠과 주태가 다시 일천 기를 수습하여 유비를 잡으러 떠났다.

한편 그때 유비는 달리는 말에 연신 채찍을 더해가며 길을 재촉하고 있었다. 그러다가 밤이 되어 잠시 길가에 쉬고 있는데 시상 쪽에서 크게 함성이 일어 황망히 몸을 일으켰다.

"뒤쫓는 군사가 이르렀습니다!"

군사 하나가 유비에게 달려와 급한 목소리로 알렸다. 유비가 놀라 조운에게 물었다.

"뒤쫓는 군사가 이미 여기까지 이르렀다 하니 이제 어찌하면 좋겠는가?"

조운이 굳은 얼굴로 대답했다.

"주공께서는 먼저 가십시오. 제가 뒤를 맡겠습니다."

그리고는 창을 꼬나들고 뒤편으로 달려갔다. 유비는 더욱 급히 인마를 몰아 나아갔다. 그런데 앞에 있는 산굽이를 돌 무렵이었다. 갑자기 한 떼의 군마가 다시 나타나 길을 막아서며 앞선 두 사람의 장수가 크게 소리쳤다.

"유비는 어서 말에서 내려 밧줄을 받으라! 우리가 주도독의 명을 받들어 여기서 기다린 지 오래다."

그 두 장수는 바로 주유가 미리 보내 그곳을 지키게 한 서성과 정봉이었다.

주유는 유비가 호화로운 생활과 손부인에게 마음이 빼앗겨 형주를 까맣게 잊고 지낸다는 말을 듣고도 마음을 놓지 못했다. 서성과 정봉에게 삼천 군마를 주어 형주로 돌아가는 길목에다 영채를 세우고 지키게 했다. 언제나 군사를 높은 곳에 올려보내 달아나는 유비가 지나갈 만한 길이면 모조리 살피고 있게 할 만큼 철저한 대비였다.

서성과 정봉에게 유비 일행이 오고 있음을 알린 것은 바로 그 망보기 군사들이었다. 그 소식을 들은 그들 두 장수는 각기 병장기를 꼬나들고 유비의 앞길을 가로막았다. 주유의 풀샐틈없는 헤아림이 드디어 들어맞은 것이었다.

갑작스레 서성과 정봉이 나타나자 유비는 뒤처져 오던 조운을 소리쳐 불렀다.

"앞에는 길을 끊으려는 적병이 막아서고 뒤에는 쫓아오는 적병이 있으니, 앞으로도 뒤로도 갈 수가 없구나. 이제 어찌해야 되는가?"

그렇게 묻는 유비의 목소리에는 탄식까지 곁들여 있었다. 조운이 무얼 생각했는지 문득 밝은 얼굴이 되어 유비를 안심시켰다.

"주공께서는 너무 놀라지 마십시오. 제가 떠나올 때 군사께서 묘한 계책을 담은 비단 주머니 셋을 준 게 있습니다. 그중에 둘은 이미 열어보았는 바 하나같이 기막히게 들어맞았습니다. 그런데 아직 그

세 번째 비단 주머니가 남았습니다. 이것은 매우 위태롭고 어려울 때 열어보라고 주신 것으로, 지금이 바로 그러한 때이니 마땅히 열어봐야겠습니다."

그러고는 곧 비단 주머니를 열어 그 안에 든 글을 유비에게 바쳤다.

읽기를 마친 유비는 곧 손부인이 타고 있는 수레 앞으로 가서 울며 말했다.

"이 비는 가슴속 깊이 숨겨둔 말이 있소. 일이 이렇게 되고 보니 모두 바로 알릴 수밖에 없구려."

"무슨 말씀이십니까? 부디 숨김없이 제게 일러주십시오."

손부인이 수레 안에서 그렇게 말을 받았다. 유비가 진정 섞인 목소리로 털어놓기 시작했다.

"지난날 오후와 주유가 함께 꾸며 이 비를 동오로 불러들인 것은 결코 부인을 위한 것이 아니었소이다. 다만 혼인을 구실로 나를 꾀어 들여 잡아가둔 뒤 형주를 빼앗으려 한 것뿐이었소. 그리하여 형주만 뺏으면 반드시 나를 죽이려 했으니 이는 바로 부인을 향기로운 미끼로 삼아 이 비를 낚으려 함이었소.

그럼에도 불구하고 내가 죽음을 두려워하지 않고 이리로 온 것은 부인의 가슴속이 남자처럼 넓어 나를 불쌍히 여겨줄 줄 알았기 때문이오. 하지만 어제 들으니 오후가 드디어 나를 해치고자 한다기에 하는 수 없이 형주에 일이 있다는 핑계로 돌아갈 계책을 삼은 것이오. 다행히 부인께서는 나를 버리지 않으시어 이곳까지 오게 되었으나 마침내는 막다른 길에 접어들고 말았소. 지금 오후는 사람을 놓아 뒤에서 우리를 쫓고, 또 주유는 사람을 풀어 앞에서 길을 끊고 있소. 부인께서 나서주지 않으신다면 이 위태로움을 풀 길 없으니 부인께서는 부디 마다하지 않으시기 바라오. 만약 부인께서 들어주지 않으신다면 이 비는 수레 앞에서 죽어 부인이 베푸신 덕에 보답할 뿐이외다."

여자의 여린 정에 호소하면서도 은근히 남매의 사이를 떼어놓으려는 데가 있는 말이었다. 손부인은 정에 흔들리기보다는 자기를 미끼로 쓴 손권에 대한 노기부터 앞세웠다.

"오라버니가 이미 나를 골육으로 여기지 않는데 내가 무슨 낯으로 다시 그를 볼 수 있겠습니까? 오늘의 위태로움은 마땅히 내가 나서서 풀어보겠습니다."

그렇게 말한 다음 수레를 똑바로 밀고 나가게 하더니 수레에 친 발을 걷고 몸소 나서서 서성과 정봉을 꾸짖었다.

"너희들 둘은 모반이라도 할 작정이냐?"

그러자 서성과 정봉은 황망히 말에서 뛰어내려 무기를 내던지고 수레 앞에 엎드리며 말했다.

"저희들이 어찌 감히 모반을 할 리 있겠습니까? 주도독의 장령(將 令)을 받들어 여기서 군사를 멈추고 오직 유비를 기다리고 있었을 뿐입니다."

그 말에 손부인이 더욱 성난 듯 소리쳤다.

"그러하다면 주유 그자가 역적이로구나! 우리 동오는 일찍이 저를 저버린 적이 없고 현덕은 대한의 황숙이며 내 남편이다. 나는 이미 어머님께 모든 걸 말씀드려 알리고 형주로 돌아가는 길이거늘 어찌하여 너희 둘이 산기슭에서 군마를 거느리고 길을 막느냐? 너희가 우리 부부의 재물이라도 노략질할 작정이냐?"

"아닙니다. 감히 그럴 수야 있겠습니까? 바라건대 부인께서는 노기를 거두시고 저희들의 말을 들어주십시오. 이 일은 우리들이 스스로 나서서 하는 일이 아니라 주도독의 장령에 따르는 것일 뿐입니다."

서성과 정봉이 기어드는 목소리로 연신 주유 핑계를 댔다. 그래도 손부인은 노기를 거두지 않고 한층 매섭게 꾸짖었다.

"너희들은 주유만 두렵고 나 따위는 조금도 두렵지 않단 말이냐? 주유가 너희들을 죽일 수 있다면 나는 어찌 주유를 죽일 수 없겠느냐?"

그러고는 다시 한바탕 주유를 욕한 뒤에 수레를 모는 유비의 군사들을 보고 소리쳤다.

"무엇들 하느냐? 어서 수레를 앞으로 끌고 나가도록 하라!"

서성과 정봉에게 길을 막을 테면 한번 막아보라는 투였다.

서성과 정봉은 가만히 생각했다.

'우리는 모두 부인의 아랫사람이 된다. 어찌 감히 그 뜻을 어겨가며 다툴 수 있겠는가.'

거기다가 조운을 보니 더욱 길을 막을 엄두가 나지 않았다. 얼굴 가득 노기를 띠고 잔뜩 창을 꼬나 잡고 있는 품이 수틀리면 금세라도 치고 들 기세였다.

"길을 열어드려라!"

이윽고 서성과 정봉이 그렇게 소리치자 오병들은 양쪽으로 갈라서며 넓게 길을 열어주었다.

그런데 유비 일행이 채 오륙 리도 가지 못했을 때였다. 닭 쫓던 개울 쳐다보기로 유비와 손부인이 떠나는 걸 하릴없이 보고만 있는 서성과 정봉의 등 뒤에서 진무와 반장이 뒤쫓아왔다.

"두 분이 여기 어인 일이시오?"

진무와 반장이 서성과 정봉에게 물었다. 서성과 정봉이 좀 전에 있었던 일을 상세히 말해 주자 진무와 반장이 펄쩍 뛰며 말했다.

"그대들이 저들을 그냥 지나가게 해준 일은 잘못되었소이다. 우리 두 사람은 오후의 뜻을 받들어 저들을 다시 데려가려고 특히 이렇게 왔소."

이에 네 사람은 군사를 합쳐 급히 유비와 손부인의 뒤를 쫓기 시작했다.

범 아가리를 벗어난 듯한 기분으로 길을 재촉하는 유비는 오래잖아 등 뒤에서 크게 함성이 이는 소리를 들었다.

"뒤에 다시 추격하는 군사가 이르렀으니 어찌했으면 좋겠소?"

유비가 한 번 더 손부인의 수레 앞으로 가서 도움을 빌었다.

"황숙께서는 먼저 가십시오. 저와 자룡이 뒤를 맡겠습니다."

손부인이 그렇게 말하자 유비는 삼백 군사만 이끌고 먼저 강가로 달려갔다. 조운은 손부인의 수레 곁에 남아 말고삐를 잔뜩 감아쥐고 언제라도 싸울 수 있는 태세를 취하고 군사들도 한바탕 싸움이 두렵지 않은 듯 벌여 섰다. 따라오는 적병을 기다리는 양이 조금도 쫓기는 사람들 같지가 않았다.

이윽고 진무, 반장과 서성, 정봉이 이끄는 오병이 이르렀다. 그들 네 장수는 손부인을 보자 하는 수 없이 말에서 내려 손을 모으고 섰다. 손부인이 그런 그들을 보며 물었다.

"진무와 반장은 무슨 일로 여기까지 왔느냐?"

"주공의 명을 받들어 부인과 현덕을 다시 모셔가려고 왔습니다."

진무와 반장이 입을 모아 대답했다. 손부인이 정색을 하며 그들을 꾸짖었다.

"이 하찮은 것들아, 너희들이 우리 오누이 간을 이간질해 싸움이라도 시킬 작정이냐? 나는 이미 다른 집안으로 시집을 간 사람이다. 이제 갈 곳으로 돌아가는 것이지 사사로이 정을 통해 달아나는 것이 아니다. 어머님의 자애로운 뜻을 받들어 우리 부부가 형주로 돌아가는 길이란 말이다. 오히려 오라버님께서 나와 예를 갖춰 우리를 보내야 할 것인데, 너희들이 창칼 든 군사를 이끌고 와서 이 무슨 짓이냐? 나를 죽이기라도 할 작정이냐?"

반장과 진무, 서성, 정봉 네 사람은 손부인에게서 그 같은 꾸짖음을 당하자 얼른 대꾸할 말을 찾지 못했다. 서로 얼굴만 마주 보며 속으로 가만히 생각했다.

'어쨌든 주공과 손부인은 만 년이 가도 변함이 없을 오누이 간이요, 더구나 이번 일은 국태부인께서 주관하셨다고 한다. 우리 주공은 효성이 지극하신 분인데 어찌 감히 모친의 명을 거스르겠는가. 내일이라도 생각을 바꾸는 날에는 우리만 몹쓸 짓을 한 게 된다. 차라리 인정을 베풀어 그냥 보내주는 게 나으리라.'

거기다가 유비는 이미 보이지 않고 조운만 성난 눈길로 이쪽을 노려보며 금세라도 덤빌 듯할 자세로 말 위에 앉아 있는 걸 보니 더욱 힘으로 어찌할 생각이 나지 않았다.

"알겠습니다. 이만 물러가겠습니다."

이윽고 네 장수는 연신 기어드는 목소리로 그렇게 대답하고 물러났다.

"어서 빨리 수레를 몰아라!"

그들 네 장수가 길을 내주자 손부인은 군사들을 재촉해 갈 길을 서둘렀다. 그런 손부인의 수레를 멀거니 바라보고만 있던 서성이 문득 무슨 생각을 했던지 다른 세 장수에게 말했다.

"일은 하는 수 없이 이리 되고 말았지만 우리 네 사람은 아무래도 주도독을 먼저 찾아뵙는 게 옳겠소. 가서 이 일을 말씀드립시다."

그러나 진무와 반장은 원래 손권의 명을 받고 온 터라 얼른 마음을 정하지 못하고 있는데 다시 한 떼의 군마가 회오리바람처럼 몰려오고 있는 게 보였다. 네 사람이 의아한 눈길로 보니 앞선 장수는 다름 아닌 장흠과 주태였다.

"그대들은 유비를 보지 못했소?"

장흠과 주태가 네 장수 앞에 이르자마자 물었다. 네 장수가 입을 모아 대답했다.

"아침 일찍 이리로 지나갔소. 이미 반날이 되었소이다."

"그러면 왜 사로잡지 않았소?"

장흠이 나무라듯 물었다. 역시 네 사람이 입을 모아 손부인이 나서서 한 말을 되뇌었다. 장흠이 서슬 푸르게 말했다.

"오후께서는 일이 바로 이렇게 될 줄 아시고 여기 차고 계시던 칼을 주어 우리를 보내셨소. 먼저 누이를 죽이고 다시 유비를 목 베란 명이시오. 그 명을 어긴 자는 세운 채로 목 벤다 하셨는데 이제 어찌하면 좋겠소?"

"이미 멀리 가버렸으니 어떻게 사로잡을 수 있겠소이까?"

네 장수가 힘없이 되물었다. 장흠이 결단을 내려 말했다.

"유비는 보군을 거느리고 있어 그리 빨리는 가지 못했을 것이오. 서(徐), 정(丁) 두 분 장군께서는 되도록 빨리 이 일을 도독께 알리시어 물길을 따라 빠른 배로 유비를 뒤쫓게 하시오. 우리 네 사람은 강 언덕을 따라 뭍길로 뒤쫓겠소. 물길이든 뭍길이든 간에 유비를 뒤쫓아 죽여버릴 때까지는 다른 누구의 말도 들어서는 아니 되오."

이에 서성과 정봉은 나는 듯 주유에게 달려가 유비가 빠져나간 일을 알리고 주태와 장흠, 진무, 반장 네 장수는 각기 군사를 이끌고 강 언덕 길을 따라 유비를 뒤쫓기 시작했다.

이때 유비 일행은 시상에서 멀리 벗어나 유랑포에 이르렀다. 일단 위급한 지경은 벗어났다 싶자 겨우 마음을 놓은 유비는 강 언덕으로 가 강물을 건널 곳을 찾게 했다. 그러나 눈앞을 가로막는 것은 퍼렇게 출렁이는 강물뿐 배 한 척 보이지 않았다.

"아아, 이제는 어찌한단 말이냐?"

유비는 속으로 그렇게 중얼거리며 머리를 수그리고 생각에 잠겼다. 조운이 그런 유비에게 다가와 말했다.

"주공께서는 범 아가리 같은 곳을 벗어나시어 이제 우리 땅에서 멀지 않은 곳에 이르셨습니다. 군사께서 반드시 우리를 위해 손을 써두셨을 것인데 무엇 때문에 이리 걱정하십니까?"

그 말을 듣자 유비도 다시 마음을 놓았다. 그러나 갑자기 동오에서의 즐거웠던 나날이 떠오르면서 자신도 모르게 처연한 느낌이 들어 눈물을 떨구었다.

"그래도 우선 배를 찾아보도록 하라."

애써 눈물을 억누른 유비가 이윽고 조운에게 영을 내렸다. 그러나 미처 배를 구하기도 전에 뒤쪽에서 먼지가 하늘로 치솟고 있다는 전갈이 먼저 들어왔다. 유비는 급히 높은 곳에 올라가 먼지가 치솟는 쪽을 바라보았다. 강 언덕을 뒤덮듯 하며 한 떼의 군마가 자기들을 향해 몰려들고 있었다.

"연일 급하게 달아나야 하는 바람에 사람과 말이 모두 지쳤는데 이제 또 뒤쫓는 적병이 이르렀구나. 실로 죽는 길밖에 없게 되었다."

유비가 그렇게 탄식하며 보고 있는 사이에도 함성은 점점 가까워지고 있었다. 그런데 기적 같은 일이 벌어졌다. 황급해진 유비가 어쩔 줄 모르고 있을 때 갑자기 스무남은 척의 배가 물에서 솟은 듯 깃발을 펄럭이며 나타났다.

"하늘이 도와 배가 생겼습니다. 빨리 배에 올라 건너편 언덕으로 피하도록 하십시오. 거기서 다시 방도를 내보는 게 좋겠습니다."

조운이 그렇게 유비를 재촉했다. 유비는 손부인과 더불어 급하게 배에 올랐다. 조운도 거느리고 있던 오백 군사와 함께 뒤따라 배에 올랐다.

유비가 뱃전에 오르니 선창 안에서 한 사람이 도복 차림에 윤건을 쓰고 웃음으로 나와 맞으며 말했다.

"먼저 주공께 경하를 드립니다. 제갈량이 여기서 기다린 지 오래 됩니다."

그리고 보니 배 안에 사공 차림을 하고 있는 이들도 모두가 형주의 수군들이었다. 그들을 모두 알아본 유비는 기쁨을 이기지 못했다. 멀어져가는 강변을 보며 그간의 일을 공명에게 얘기하려는데 진무, 반장, 주태, 장흠 네 장수가 이끄는 동오의 군사들이 강변에 이르렀다. 공명이 그들을 손가락질하며 소리쳤다.

"나는 벌써부터 일이 이리 될 줄 짐작했다. 너희들은 돌아가 주랑(周郞)에게 다시는 이따위 미인계를 쓰지 말라고 전하라."

그러자 강 언덕의 오병들은 어지럽게 화살을 쏘아대기 시작했다. 하지만 배는 이미 강 가운데로 저어가 화살이 닿지 않으니, 네 장수는 다만 멀어져가는 유비의 배를 멀거니 바라보고 섰을 뿐이었다.

뭍길로 뒤를 쫓던 적장을 따돌린 유비와 공명은 형주로 가는 뱃길을 재촉했다. 그런데 오래잖아 홀연 강물 위에서 크게 함성이 일며 수많은 싸움배가 나타나 뒤를 쫓기 시작했다. 유비가 돌아보니 앞선 배에는 '수(帥)' 자 기가 펄럭이고 있는데, 그 아래서는 주유가 왼쪽에는 황개, 오른쪽에는 한당을 거느리고 몸소 수군을 몰아오고 있었다. 그 배들이 달려오는 기세는 나는 말 같고 빠르기는 살별 같았다.

"배를 북쪽 언덕에 대어라!"

뒤쫓는 동오의 싸움배를 바라보던 공명이 조용히 명을 내렸다. 조금도 흔들림 없는 태도로 보아 거기까지도 이미 헤아려둔 게 있는 모양이었다. 배들이 강의 북쪽 언덕에 닿자 공명이 다시 영을 내렸다.

"모두 배를 버리고 달아나라. 수레와 말에 의지해 길을 가도록 한다."

그러자 뒤따라 그곳에 이른 주유도 장졸들에게 모두 배를 버리고 언덕에 올라 유비와 공명을 뒤쫓게 했다. 처음부터 뭍에서의 싸움을 생각한 게 아니어서 동오의 수군은 모두 걸어야 했고 오직 우두머리 군관만이 말이 있을 뿐이었다.

주유가 앞장을 서고 황개, 한당, 서성, 정봉 네 장수가 그 뒤를 바짝 따라 한참을 달리다가 주유가 물었다.

"여기가 어디냐?"

"앞이 바로 황주(黃州) 초입이 됩니다."

한 군사가 그렇게 대답했다. 그렇다면 형주가 멀지 않은 곳이라 위태로웠으나 저만치 유비의 수레와 말이 보이니 주유는 뒤쫓기를 단념할 수 없었다. 장졸들에게 영을 내려 힘을 다해 쫓기를 재촉할 뿐이었다.

주유가 한참 정신없이 유비와 공명을 뒤쫓고 있을 때 갑자기 한 차례 북소리가 울리더니 한 떼의 칼 든 군사가 산골짜기에서 우르르 쏟아져 나왔다. 앞선 장수는 바로 관운장이었다.

그제야 주유는 일이 틀린 걸 알고 급히 말 머리를 돌려 달아나기 시작했다. 이번에는 관운장이 거꾸로 주유를 뒤쫓기 시작했다. 뿐만이 아니었다. 주유가 한창 쫓기고 있을 때 다시 왼편에서는 황충이 군사를 이끌고 뛰쳐나오고 오른편에서는 위연이 덮치니 오병은 제대로 싸워보지도 못하고 크게 패하고 말았다.

주유가 겨우 몸을 빼내 배에 올랐을 때 언덕 위에 있던 유비의 군사들이 크게 소리쳐 놀려댔다.

"주랑의 묘한 계책, 천하를 편안케 했네. 부인을 바치고 군사까지 꺾였구나!"

그 말을 듣자 주유는 성이 나 견딜 수 없었다. 문득 이를 갈며 몸을 일으켰다.

"다시 언덕으로 올라가 죽기로 싸워보자!"

곁에 있던 황개와 한당이 간신히 그런 주유를 말려 앉히고 배를 띄웠다. 억지로 배에 실려가면서도 주유는 속이 뒤집히는 듯했다.

"내 계책이 이 모양으로 어그러져버렸으니 이제 무슨 낯으로 돌아가 오후를 뵙는단 말이냐!"

문득 그 한소리 외침과 함께 그때껏 아물지 않았던 금창이 다시 터지면서 뱃전에 쓰러졌다. 곁에 있던 여러 장수들이 놀라 주유를 업어다 뉘었으나 주유는 좀처럼 깨어날 줄 몰랐다.

한편 공명은 장수들이 주유를 뒤쫓으려 하자 그들을 말린 뒤에 유비와 함께 형주로 돌아갔다. 유비를 맞는 형주성 안은 마치 잔칫집 같았다. 유비도 기쁨을 이기지 못하며 여러 장수들에게 상을 내려 그 공을 치하했다.

흔히 『삼국지연의』는 '일곱 푼의 진실과 세 푼의 허구'로 되어 있다고 한다. 하지만 적벽대전과 유비, 손권 관련 기사는 그 비율이 뒤짚혀 있는 듯하다. 이번 유비의 혼인도 그러하다. 손권은 유비에게 스스로 형주 여러 고을을 내주었고 누이를 시집 보냈다. 조조란 공동의 강적에 대비하기 위한 정략적인 측면이 없는 것은 아니나, 땅도 혼인도 『연의』에서 보이는 것처럼 적의에 가득 찬 쌍방 간의 뺏고 빼앗김은 결코 아니었다. 교국로와 오국태의 역할이나 제갈공명의 신기한 계책 같은 것은 모두 허구이다.

하지만 그렇다고 해서 그 같은 허구들이 『연의』의 흠이 되지는 않는다. 그 정교하고 치밀한 사건의 전개와 풍부한 심리 묘사는 저자의 탁월한 소설 구상 능력과 서술력을 유감없이 드러내고 있다. 『연의』는 역사의 영역을 벗어난 곳에서 오히려 찬연한 빛을 뿜어낸다.

이미 주랑(周郎)을 낳았거든
공명은 왜 또 낳으셨단 말인가

주유가 시상으로 되돌아감과 아울러 장흠과 주태도 남서로 돌아
갔다. 그리고 손권에게 끝내 유비를 놓쳐버린 일을 알리자 손권은
분함을 이기지 못했다. 곧 정보를 도독으로 삼고 군사를 일으켜 형
주를 치려 했다. 그때 다시 주유가 글을 올려 형주를 칠 것을 권해
왔다. 손권은 더욱 뜻을 굳게 하고 군사를 일으키기 시작했다. 장소
가 그런 손권을 말렸다.

"아니 됩니다. 조조가 밤낮으로 적벽에서의 한을 풀어보려 하면서
도 쉽게 움직이지 못하는 것은 손씨와 유씨가 한마음으로 뭉쳐 있기
때문입니다. 그런데 이제 주공께서 한때의 분함을 이기지 못하시어
군사를 일으키신다면 조조는 반드시 그 빈틈을 타 다시 내려올 것입
니다. 그때에는 이 나라의 형세마저 위태로워질 것이니 부디 다시

한번 헤아려주십시오."

고옹이 그런 장소를 편들어 새로운 계책을 내놓았다.

"이곳에도 허도(許都)에서 풀어놓은 세작이 없다고 할 수는 없습니다. 만약 손씨와 유씨의 사이가 벌어진 걸 알게 된다면 조조는 반드시 사람을 시켜 유비와 화친을 맺으려 할 것이며 유비는 또 유비대로 우리 동오가 두려워 조조에게 붙어버리고 말 것입니다. 만일 그렇게 되는 날이면 우리 강남이 어찌 편안할 수 있겠습니까? 생각건대 오늘 우리가 취할 계책은 조조에게 사람을 보내 오히려 유비를 형주목으로 삼아달라고 청하는 쪽이 나을 것 같습니다. 그러면 조조는 우리와 유비가 굳게 맺어져 있는 줄 알고 감히 동남(東南)으로 군사를 낼 생각을 않을 것이며 유비도 주공께 고마워할지언정 한을 품는 일은 없을 것입니다. 그래 놓은 다음 믿을 만한 사람을 써서 그들 사이를 이간시키는 계책을 쓴다면 이번에는 조조와 유비가 서로 싸우게 할 수 있습니다. 우리는 그 틈을 타 형주를 뺏으면 됩니다."

그러자 한동안 말이 없던 손권은 이윽고 성난 기색이 가신 얼굴로 말했다.

"원탄(元嘆)의 말씀이 매우 옳소. 그렇지만 누가 사신이 되어 가 조조를 달랠 수 있겠소?"

아무리 격해 있는 중이라도 옳은 말을 들으면 곧 스스로의 감정을 다스리고 그 말을 따를 줄 안다는 것만으로도 손권은 확실히 제왕의 재목이었다. 물음을 받은 고옹이 대답했다.

"여기 있는 분들 가운데 조조가 우러러 사모하는 이가 한 사람 있습니다. 그 사람을 보내시면 됩니다."

"그 사람이 누구요?"

손권이 급히 물었다. 고옹이 한쪽을 가리키며 말했다.

"저기 화흠(華歆)이 있는데 주공께서는 어찌 그를 뽑아 보내지 않습니까?"

이에 손권은 몹시 기뻐하며 화흠을 사신으로 삼아 표문을 가지고 허도로 올라가게 했다.

명을 받은 화흠은 곧 길을 떠나 허도에 이르렀다. 하지만 정작 만나보려는 조조는 허도에 없었다. 새로 지은 동작대를 보러 문무 관원들을 데리고 업군에 있다는 것이었다. 그 말을 들은 화흠은 하는수 없이 조조를 보러 업군으로 떠났다.

그때 조조는 동작대에서 한창 잔치를 벌이고 있었다. 적벽의 싸움에서 진 이래 늘 원수 갚을 일을 생각해왔으나 유비와 손권이 서로 힘을 합치고 있어 함부로 움직이지 못하고 있던 조조였다. 동작대가 다 지어졌다는 소식이 오자 그걸 경하한다는 명목으로 업군으로 와서 크게 잔치를 열고 패전으로 침체된 기세를 씻어보려 했다.

장하 가에 자리 잡은 동작대는 좌로 옥룡대(玉龍臺)와 우로 금봉대(金鳳臺)란 두 대를 거느리고 있는데 모두 높이가 열 길이 넘었다. 가운데의 동작대와 그 두 대는 두 개의 다리로 이어져 있을 뿐만 아니라 숱한 문이며 방마다 금과 백옥이 번쩍이고 있었다. 실로 조조의 위세를 드러내기에 모자람이 없는 대였다.

그날 조조의 차림도 전에 없이 화려했다. 보석 박은 금관을 쓰고 초록빛 나는 비단옷을 걸친 데다 허리에는 옥띠요, 발에는 구슬을 꿰어 만든 신이었다. 거기다가 조조는 대 위에 높이 올라앉고, 문무의 벼슬아치들은 모두 대 아래 시립하니 그대로 군왕과 그 신하들의 모임 같았다.

조조는 마음이 흡족한 중에 문득 무장들의 활 솜씨가 보고 싶어 졌다. 술자리를 벌이기에 앞서 가까이서 시중드는 자를 불러 서천에 서 나는 붉은 비단 전포 한 벌을 뜰에 있는 수양버들의 가지에 걸게 했다. 그리고 한편에다 과녁을 마련케 하고 거기서 백 걸음 떨어진 곳에 금을 그은 뒤 무관들을 두 패로 나누었는데 한 패는 조씨 족중 (族中)의 무장들로 모두 붉은 옷을 걸치게 했고, 다른 한 패는 나머 지 족외(族外)의 장수들로 모두 녹색 옷을 걸치게 했다.

그렇게 패를 나눈 무장들이 각기 좋은 활과 화살을 골라 들고 말 에 올라 기다리자 조조가 다시 영을 내렸다.

"과녁 한가운데의 붉은 동그라미를 맞히는 자에게는 저기 걸린 비단 전포를 내릴 것이요, 못 맞히면 벌로 물 한 사발씩을 내리겠다. 그리 알고 솜씨를 자랑하고 싶은 자는 누구든 나서서 쏘아보라."

그러자 미처 조조의 말이 끝나기 전에 붉은 옷을 걸친 패 중에서 한 소년 장수가 말을 박차 달려 나왔다. 모두 눈을 크게 뜨고 보니 조 조의 조카 조휴(曹休)였다. 조휴는 말을 몰아 서너 차례 미리 그어논 금 쪽을 오락가락하더니 문득 살을 활에 얹고 힘껏 시위를 당겼다 놓았다. 바람을 가르고 날아간 화살은 어김없이 과녁 가운데의 붉은 동그라미에 가 꽂혔다. 북과 징이 울리며 모든 사람들이 갈채를 보 내었다.

"너는 우리 집안의 천리구(千里駒, 천리마) 같은 아이다!"

조조도 기쁜 얼굴로 그렇게 조휴를 추켜세운 뒤 사람을 시켜 비단 전포를 주려 했다. 그때 녹색 옷을 입은 패 중에서 갑자기 말 한 필이 내달으며, 이어 누군가가 큰 소리로 말했다.

"승상께서는 마땅히 그 비단 전포를 족외의 장수들이 먼저 얻을 수 있도록 하셔야 할 것입니다. 족중의 사람에게 먼저 기회를 주신 것은 옳지 못합니다."

조조가 보니 그 사람은 다름 아닌 문빙이었다. 조조가 얼른 대꾸를 않고 있는 데 곁에 있던 관원들이 입을 모아 권했다.

"잠깐 문빙의 활 솜씨도 구경해보는 게 좋겠습니다."

그러나 문빙은 조조가 무어라 말하기도 전에 말을 달리며 활을 쏘아 역시 한 살에 과녁 가운데의 붉은 동그라미를 꿰뚫었다. 다시 북과 징이 어지럽게 울리고 보고 있던 뭇사람이 갈채를 보냈다.

"빨리 그 비단 전포를 내게로 가져오너라!"

문빙이 큰 소리로 시중드는 자를 향해 소리쳤다. 그때 다시 붉은 옷을 걸친 패 가운데서 한 사람이 말을 달려 나오며 꾸짖었다.

"이미 휴(休)가 먼저 맞히어 얻은 상을 그대가 어찌하여 뺏으려 드는가? 이제 내가 쏘아 그대들 둘의 다툼을 없이할 것이니 한번 보라!"

그리고 힘껏 활을 당겼다 놓자 화살은 또한 과녁 한가운데를 꿰뚫었다. 모두 갈채와 함께 그 장수를 보니 그는 바로 조홍(曹洪)이었다. 그 조홍이 막 비단 전포를 차지하려 할 때 다시 녹색 옷 입은 패에서 한 사람이 말을 달려 나오며 소리쳤다.

"잠깐만 기다리라. 그대들 세 사람의 솜씨를 가지고 무어 그리 대단하다 할 게 있겠는가? 내가 쏘는 걸 한번 보라!"

여럿이 보니 그는 장합(張郃)이었다. 장합은 말을 달리며 몸을 뒤집어 등 뒤로 화살 하나를 날렸다. 역시 화살은 어김없이 과녁 한가운데를 뚫어 붉은 동그라미 안에는 모두 네 개의 화살이 박혔다.

"좋은 활 솜씨다!"

모든 사람들이 입을 모아 감탄했다. 장합은 으스대는 듯한 말투로 소리쳤다.

"그 비단 전포는 내 것이다!"

그러나 그 말이 떨어지기 바쁘게 붉은 옷 입은 패 중에서 다시 한 사람이 달려 나오며 장합을 꾸짖었다.

"그대의 번신배사(翻身背射, 몸을 뒤집어 뒤로 쏘는 법)인들 또한 무어 그리 대단하다 할 수 있겠는가? 이제 내가 과녁을 맞히는 걸 보아라!"

이번에 나온 것은 조조의 생가 쪽 친척인 까닭으로 붉은 옷을 걸치게 된 하후연이었다. 하후연은 말을 달려 금이 그어진 곳에 이르더니 완전히 몸을 반대로 틀어 화살 한 대를 날렸다. 화살은 이미 과녁에 꽂혀 있는 네 화살의 한가운데에 가서 박혔다. 그 놀라운 활 솜씨에 북과 징은 전보다 더 요란스레 울리고 갈채도 한층 드높게 터졌다. 하후연이 말고삐를 잡고 활을 제자리에 걸며 녹색 옷을 입은 패를 향해 소리쳐 물었다.

"이만하면 내가 이 전포를 차지해도 되겠소?"

그때 다시 녹색 옷을 입은 패들 가운데서 한 사람이 달려 나오며 외쳤다.

"잠깐 기다리라. 그 전포는 나 서황이 가져야겠다!"

"그대는 어떤 활 솜씨를 지녔길래 내 전포를 뺏으려 드는가?"

하후연도 지지 않고 맞섰다. 서황이 화살을 뽑아 시위에 얹으며 소리쳤다.

"그대가 과녁을 꿰뚫기는 했으나 그 정도로는 어림없다. 내가 어떻게 저 비단 전포를 얻는가 보라!"

그러고는 비단 전포가 걸린 버드나무 가지를 향해 화살을 날렸다. 화살이 어김없이 그 가지를 맞히자 굵지 않은 가지는 그대로 부러지고 비단 전포는 땅에 떨어졌다. 서황은 얼른 그 비단 전포를 주워 몸에 걸치고는 나는 듯 말을 몰아 대 아래로 가더니 조조를 향해 씩씩하게 말했다.

"승상께서 이토록 좋은 전포를 내려주셔서 고맙습니다."

그렇게 되자 조조는 물론 그때까지 그 전포를 다투던 사람들까지도 모두 서황의 활 솜씨를 칭찬해 마지않았다. 서황도 이제는 어김없이 그 전포가 자기 것이 되었다 믿었으나 그게 아니었다. 서황이 막 몸을 돌려 나오는데 문득 대 곁에서 녹색 옷을 입은 장수 하나가 달려 나오며 크게 소리쳤다.

"그대가 어찌 그 전포를 차지할 수 있는가? 어서 빨리 내게 넘겨라!"

이제는 활 솜씨 따위도 다 집어치우자는 식의 우격다짐이었다. 모두 놀라 그 사람을 보니 그는 다름 아닌 허저였다. 활 솜씨는 몰라도 힘으로라면 자신있다는 투의 그 같은 억지에 서황이 불끈 화가 나 꾸짖었다.

"전포는 이미 내가 얻었는데, 네가 어찌 감히 억지를 써서 뺏으려 하느냐?"

그러나 허저는 그 말에는 대답도 않고 말을 내달아 서황이 걸치고 있는 전포를 뺏으려 했다. 두 사람의 말이 가까워지자 서황은 급한 김에 활을 들어 허저를 후려쳤다. 허저는 한 손으로 서황이 내려치는 활을 맞받아 잡고 다른 한 손으로는 서황의 안장을 떼어 뒤엎었다.

견디다 못한 서황이 말에서 뛰어내리자 허저 또한 말에서 뛰어내렸다. 이번에는 땅바닥에서 서로 치고 받으며 둘은 비단 전포를 다투었다. 허저는 서황이 걸치고 있는 것을 벗겨 가려 하고 서황은 빼앗기지 않으려고 뿌리치는 것이었으나 워낙 범 같은 장수들이라 금세라도 끔찍한 일이 벌어질 것만 같았다.

"무엇들 하는가? 어서 둘을 말려라!"

조조가 급히 영을 내리고 여러 장수가 한꺼번에 달려 나가 서황과 허저를 떼어놓았다. 그러나 그 북새통에 그 비단 전포는 이미 갈가리 찢겨 있었다.

"둘 다 대 위로 오르라!"

조조가 그런 서황과 허저를 불렀다. 대 위로 올라와서도 두 사람의 투지는 여전했다. 서황은 찌푸린 미간에 성난 눈을 부릅뜨고 있었고 허저는 허저대로 무엇이 분한지 이를 북북 갈고 있었다. 조조가 그런 두 사람을 보고 웃으며 말했다.

"두 사람 모두 노여움을 거두라. 나는 그대들의 용맹스러움을 본 것만으로도 기껍기 짝이 없다. 까짓 비단옷 한 벌이 무어 아까울 것인가."

그러고는 모든 장수들을 대 위로 불러 올린 뒤 각자에게 촉(蜀)에서 난 좋은 비단 한 필씩을 내려주었다. 뜻밖에 귀한 상을 받게 된 장수들은 한결같이 조조에게 고마움을 나타냈다. 활 솜씨 겨루기로 일었던 무장들간의 한바탕 북새통이 가라앉은 뒤에야 조조는 술자리를 벌였다. 문무의 관원을 각기 위계에 따라 자리를 잡게 한 뒤 수레바퀴 돌리듯 술잔을 내리고 또 돌아오는 잔을 받는 방식이었다.

악기 소리가 뭍과 물에서 자지러질 듯 울려퍼지는 가운데 흥이 오른 조조가 문득 문관들을 돌아보며 말했다.

"무장들은 이미 기사(騎射, 말 타고 쏘는 활)로 즐거움을 주었을 뿐만 아니라 스스로의 위엄과 용맹을 떨쳐 보임에도 넉넉했다. 이제는 그대들 문사(文士)의 차례다. 그대들은 모두 뱃속 가득 배움을 채운 이들로 오늘 이 높은 동작대에 올랐으니 아름다운 글을 지어 올려 이 좋은 한때를 길이 남기지 않을 수 없으리라. 내 생각이 어떤가?"

"높으신 뜻에 따르겠습니다."

모든 문관들이 그 말에 몸을 굽히며 대답했다. 이때 조조의 곁에는 왕랑(王郞), 종요(鍾繇), 왕찬(王粲), 진림(陳琳)을 비롯한 건안(建安) 문단의 쟁쟁한 명사들이 많았다. 조조의 뜻에 따라 각기 시장(詩章)을 지어 바치는데, 그중에는 조조의 공덕이 크나큼을 칭송함과 아울러 마땅히 한으로부터 천명을 이어받아야 한다는 뜻이 든 글이 많았다. 조조는 그 글들을 한차례 죽 훑은 뒤에 씁쓸히 웃으며 말했다.

"여러분의 글은 아름다우나 지나치게 나를 높이 추켰구려. 나는 본래 어리석고 모자라는 자로 효렴(孝廉)에 뽑힘으로써 처음 벼슬길을 시작했소. 그러나 뒤에 천하가 크게 어지러워지자 초(譙) 땅 동쪽 오십 리 되는 곳에 정사(精舍)를 얽고 봄 여름은 책으로, 가을 겨울은 사냥으로 보내려 했소이다. 천하가 가라앉기를 기다려 벼슬길에 나갈 작정이었던 것이오. 하나 뜻밖에도 조정이 나를 점군교위(點軍校尉)로 부르매 그때부터 나는 나라를 위해 역적들을 치고 공을 세우는 일에 매달렸소. 내가 바란 것은 다만 죽은 뒤 묘비에 한고정서 장군(漢故征西將軍) 조후지묘(曹侯之墓)라고 적히는 것이었을 뿐이외다.

그리하여 동탁을 치고 황건적을 쓸었으며 원술을 없애고 여포를 죽인 데다 원소를 깨뜨리고 유표를 정벌하여 천하를 평안케 한 지금 내 뜻은 거의 이룬 바나 다름없소. 거기다가 몸은 이미 승상에 이르러 신하 된 사람으로서는 더할 나위 없이 귀하게 되었으니 이 위에 또 무엇을 더 바라겠소? 만약 나 같은 사람이 없었다면 실로 얼마나 많은 하찮은 것들이 천자를 칭하고 왕을 칭했을지 모르는 일이오. 혹 어떤 사람은 내 권세가 무거운 것을 보고 내가 딴마음을 품고 있지 않은가를 의심하나 그것은 크게 틀린 생각이오. 나는 항상 공자께서 문왕(文王)의 높은 덕을 칭송하던 말씀을 마음속에 새겨두고 있소. 그럼에도 내가 지금 병권을 내놓고 무평후(武平侯)의 자리로 돌아가지 않는 데는 실로 어찌할 수 없는 사정이 있기 때문이외다. 만약 내가 병권을 내놓으면 다른 사람의 해를 입게 될 것이니, 내가 그렇게 되는 것은 곧 나라가 기울고 위태로워진다는 뜻이오. 따라서 나는 하는 수 없이 빈 이름을 지킴으로써 실제로 닥칠 화를 막고 있을 뿐이외다. 여러분은 아무래도 그런 내 뜻을 바로 알고 있지 못하는 듯싶소."

솔직하면서도 한편으로는 깊은 뜻이 담긴 말이었다. 스스로를 문왕에 비함으로써 자신은 문왕이 은(殷)을 섬긴 것처럼 그대로 한(漢)을 섬기겠지만, 자신의 아들 대(代)에 이르러서는 무왕(武王)이 주(周)를 세웠던 것처럼 새로운 왕조를 열 수도 있다는 걸 은연중에 암시한 셈이었다.

조조의 말에 감추어진 속뜻도 모르고 그저 충성을 다해 한실(漢室)을 섬기겠다는 다짐에만 감동된 관원들은 일제히 일어나 절하며 말했다.

"비록 이윤(伊尹)이나 주공(周公)이라 할지라도 승상을 따르지는 못할 것입니다."

그 말에 조조는 더욱 흥이 올랐다. 잇따라 몇 잔을 들이켜더니 자신도 모르게 취해 좌우를 보고 소리쳤다.

"종이와 붓을 가져오너라. 내 오늘 이 동작대를 노래하는 멋진 시를 한 수 지으리라!"

그리고 곧 붓을 들어 시를 써내려 가려는데 문득 사람이 와서 알렸다.

"동오에서 화흠을 보내 유비를 형주목으로 삼아달라는 표문을 올려왔습니다. 또 손권은 그 누이를 유비에게 시집 보냈고 한상(漢上)의 아홉 군도 거의 모두 유비의 것이 되었다 합니다."

조조에게는 너무도 엄청난 소식이었다. 그 말을 들은 조조는 손발이 어지러워져 들고 있던 붓을 땅에 떨어뜨리고 말았다. 그걸 본 정욱(程昱)이 물었다.

"승상께서는 수많은 군사들 틈에서 돌과 화살이 비 오듯 할 때도 그리 놀라신 적이 없었습니다. 그런데 이제 유비가 형주를 얻었다는 소리를 듣고는 무슨 까닭으로 이토록 놀라십니까?"

조조가 술이 확 깬 얼굴로 탄식하듯 대꾸했다.

"유비는 사람 가운데 끼어든 용 같은 인물로 아직껏 그 놀 물을 얻지 못했을 뿐이오. 그런데 이제 형주를 얻었다 하니 이는 고단한 용이 큰 바다로 들어간 것이나 다름없소이다. 내가 어찌 놀라지 않겠소!"

"그럼 승상께서는 화흠이 온 뜻도 알고 계십니까?"

정욱이 조조의 말을 듣고 다시 그렇게 물었다. 조조가 어두운 얼굴로 고개를 저었다.

"그건 모르겠소."

그러자 정욱이 차분한 목소리로 말했다.

"화흠이 온 뜻을 알면 승상께서도 그리 낙심하실 까닭은 없을 것입니다. 원래 손권은 유비를 꺼려하여 군사를 몰아 쳐부수고 싶었으나 승상께서 그 틈을 타 내려오실까 봐 그러지 못하고 화흠을 먼저 보내게 한 것입니다. 화흠을 통해 유비를 형주목으로 천거하는 표문을 올림으로써 유비를 마음 놓게 하는 한편 승상께서도 더는 동남(東南)을 엿보시지 못하게 하려는 뜻입니다. 곧 유비를 위해 애쓰는 체하면서 유비와 승상을 함께 속이려는 수작이지요."

그제서야 조조도 가만히 고개를 끄덕였다.

"옳게 보셨소. 그렇다면 이제 어떻게 해야 되겠소?"

"제게 한 계책이 있어 유비와 손권이 서로 싸우게 만들 수 있습니다. 승상께서 그 틈을 타 그들을 치신다면 북소리 한번에 그 둘을 모두 깨뜨리실 수 있을 것입니다."

"그게 어떤 계책이오?"

조조가 반색을 하며 급히 정욱에게 물었다. 정욱은 조금도 머뭇거림 없이 이미 생각해둔 꾀를 쏟아놓았다.

"동오가 의지하고 있는 것은 주유입니다. 이제 승상께서는 표문을 올려 주유를 남군 태수로 삼고 정보를 강하 태수로 세우게 하십시오. 그러면 남군과 강하는 모두 형주의 턱밑이라 주유는 절로 유비와 싸워 원수 간이 될 것입니다. 승상께서는 그들이 서로 싸우는 틈을 타 하나씩 쳐부순다면 이 아니 좋은 계책이겠습니까? 다만 주유와 정보를 태수로 봉할 때는 화흠에게도 높은 벼슬을 주어 조정에 잡아두셔야 합니다. 그래야만 주유와 정보가 갑작스레 떨어진 태수 자리를 의심하지 않을 뿐더러 화흠이 동오로 돌아가 이곳의 내막을 알리는 걸 막을 수 있습니다."

"중덕(仲德)의 말이 바로 내 뜻과 같소."

조조도 선뜻 정욱의 말에 찬동하고 곧 화흠을 동작대 위로 불러 올렸다. 그리고 유비와 손권의 화친에 위압된 양 꾸미면서 화흠에게 무거운 상을 내렸다.

뿐만이 아니었다. 그날로 잔치를 끝낸 조조는 다음 날 문무 관원들과 더불어 허창으로 돌아가기 바쁘게 천자께 표문을 올렸다. 주유를 남군 태수로 삼고 정보를 강하 태수로 삼으며, 또 화흠은 대리시경(大理寺卿)으로 삼아 허도에 머물게 해달라는 내용이었다. 그리고 아울러 유비는 유비대로 형주목을 삼게 해달라고 상주했다.

이름뿐인 천자가 두말 없이 조조의 주청을 허락하니 곧 조칙을 받든 사자가 동오로 달려 내려갔다. 갑작스레 조정으로부터 태수의 벼슬을 받은 주유와 정보는 각기 어리둥절한 대로 그 인수를 받았다. 그러나 화흠이 허창에 높은 벼슬을 받고 남아 있어 거기에 특별히 딴 뜻이 숨겨져 있다고는 생각하지 못했다.

정욱의 계책이 뜻한 바대로 되어가기 시작한 것은 주유가 남군으로 자리를 옮긴 뒤였다. 멀리 시상에 있을 때보다 유비와 경계를 맞대고 있는 그곳으로 옮겨 앉자 주유는 더욱 지난날 받은 치욕을 참을 수가 없었다.

주유는 밤낮으로 유비에게 원수 갚을 일만 생각하다가 마침내 손권에게 글을 올렸다. 어서 노숙을 보내 형주를 쳐서 되찾으라는 재촉이었다. 자신은 지난번의 실수도 있고 해서 함부로 나서지 못했다. 주유의 글을 받은 손권은 곧 노숙을 불러 말했다.

"자경(子敬)은 전에 유비가 형주를 비는 데 보증이 되었더랬소. 그런데 아직도 유비는 날만 끌고 형주를 돌려주지 않고 있소. 도대체 언제까지 기다릴 작정이시오?"

"문서에 뚜렷이 씌어 있기로는 서천을 얻는 대로 곧 형주를 돌려보낸다 했습니다."

노숙이 우물우물 대답했다. 손권이 벌컥 화를 내며 꾸짖었다.

"말은 서천을 얻는다 하지만, 여태껏 군사를 움직이지 않고 있으니 어찌 믿을 수 있겠소? 사람이 늙기라도 기다린단 말이오!"

"그렇다면 제가 한번 유비에게 다녀오겠습니다."

노숙이 낯이 없어 스스로 그렇게 나왔다. 손권이 말없이 고개를 끄덕이자 노숙은 그 길로 배를 타고 형주로 갔다.

그 무렵 형주의 유비는 공명과 더불어 널리 곡식과 돈을 거두어들이고 군사와 말을 열심히 조련하며 힘을 기르는 데 여념이 없었다. 그 소식을 들은 원근의 뜻있는 선비들이 많이 모여드니 날이 갈수록 유비의 세력은 커갈 뿐이었다.

그런데 어느 날 문득 사람이 와서 유비에게 알렸다.

"동오에서 노숙이 왔습니다."

"자경이 이번에 오는 까닭은 무엇이겠소?"

유비가 곁에 있던 공명을 돌아보며 물었다. 공명은 이미 노숙이 올 줄 알고 있었다는 듯이나 담담하게 대답했다.

"지난날 손권이 주공을 형주목으로 천거한 것은 조조를 두려워한 까닭입니다. 우리 두 집안의 사이가 좋음을 짐짓 과장해 조조로 하여금 두 번 다시 동남을 엿보지 못하게 하려 함이었지요. 하지만 조조도 거기에 그대로 넘어가지 않고 주유를 남군 태수로 봉하게 했습니다. 그렇게 해서 우리 두 집안이 서로 싸우게 해놓고 가운데서 이득을 얻으려는 속셈 때문이었습니다. 이제 노숙이 오고, 또 주유가 이미 남군 태수의 자리를 맡았으니 반드시 그들이 요구하는 것은 형주를 돌려달라는 것일 겝니다."

"그럼 어떻게 대답해야겠소?"

"주공께서는 만약 노숙이 형주의 일을 꺼내기만 하면 크게 목놓아 울도록 하십시오. 울음소리가 한껏 슬픔에 찰 무렵이면 제가 나와 일을 풀어나가도록 하겠습니다."

걱정하는 유비에게 그렇게 일러준 뒤 공명은 곧 노숙을 맞아들이러 나갔다.

노숙이 들어와 유비에게 예를 하자 유비도 정중히 답례하고 자리를 권했다. 노숙이 사양하며 말했다.

"이제 황숙께서는 우리 동오의 사위가 되셨으니 곧 이 노숙에게도 주인이 되십니다. 어찌 감히 마주앉을 수 있겠습니까?"

"자경은 나와 예전부터 가까이 지내온 사람인데 무엇 때문에 그토록 겸손을 떠시오?"

유비가 웃으면서 거듭 권했다. 이에 노숙도 마지못한 듯 자리에 앉았다. 차가 나오자 잠시 이런저런 얘기로 변죽을 울리던 노숙이 이윽고 찾아온 까닭을 밝혔다.

"오늘 제가 오후(吳侯)의 명을 받고 이리로 온 것은 순전히 형주의 일 때문입니다. 황숙께서는 이 땅을 빌려가신 지 오래되었으나 아직도 돌려주지 않고 계십니다. 이제 양가가 혼인으로 맺어졌으니 서로의 낯을 보더라도 어서 빨리 돌려주셔야 마땅하지 않겠습니까?"

그러자 문득 유비가 소매로 얼굴을 가리고 울기 시작했다. 그것도 그저 흐느끼는 것이 아니라 큰 소리로 목놓아 우는 것이었다.

"황숙께서는 어찌하여 이토록 슬피 우십니까?"

노숙이 놀라 물었다. 그러나 유비는 대답 대신 더욱 구슬픈 울음소리만 낼 뿐이었다. 그때 공명이 병풍 뒤에서 나오며 조용히 노숙에게 말했다.

"미안하외다. 이 양이 엿들은 지 오래되오. 그런데 자경은 정말로 우리 주공께서 왜 이토록 슬피 우시는지 모르시겠소?"

"나는 실로 알 수가 없소. 도대체 무엇 때문이오?"

노숙이 알 수 없다는 듯한 얼굴로 공명에게 되물었다. 공명이 딱하다는 듯한 투로 노숙의 말을 받았다.

"뻔한 걸 어찌 그리 못 보시오? 처음 우리 주공께서 형주를 빌 때 서천만 얻으면 곧 돌려주기로 하였소. 그런데 한번 곰곰이 생각해보시오. 익주의 유장(劉璋)은 우리 주공의 아우뻘이 될 뿐만 아니라 넓게는 같은 한조(漢朝)의 골육 간이오. 만약 그런 유장이 다스리는 성지(城池)를 우리 주공께서 군사를 일으켜 빼앗는다면 세상 사람들은 모두 우리 주공을 침 뱉으며 욕할 것이오. 하지만 그렇게라도 서천을 뺏지 않고 형주만 돌려주어 버린다면 우리 주공께서는 대체 어디에다 몸을 두신단 말이오? 그렇다고 형주를 돌려주지 않는다면 이번에는 또 장모와 처남을 좋은 낯으로는 보지 못하게 될 것이니 일은 이러지도 저러지도 못하게 되어 있소이다. 어찌 애가 끊어지고 눈물날 일이 아니겠소?"

공명이 그렇게 말하자 처량한 자신의 처지에 유비는 정말로 슬픔이 복받쳤다. 가슴을 치고 발을 구르며 목을 놓아 슬피슬피 울었다. 보다 못한 노숙이 말렸다.

"황숙께서는 잠시 걱정을 거두십시오. 제가 공명과 더불어 앞날을 길게 잡고 계책을 의논해보겠습니다."

공명이 기다렸다는 듯 노숙의 말을 받았다.

"의논이고 뭐고 자경께서 한번만 더 번거로움을 무릅써주시오. 말 한마디 해주는 수고로움을 아끼지 마시고, 오후께 돌아가 우리 주공께서 이토록 괴로워하시는 정을 전해주시면 될 것이오. 간곡히 말씀드려 다시 한번 얼마간의 시간을 빌려주신다면 그보다 더 큰 은혜가 없겠소이다."

"만약 오후께서 제 말을 듣지 않으신다면 그때는 어찌시겠소?"

노숙이 웬지 말려드는 것 같은 느낌에 공명을 경계하며 그렇게 물었다. 공명은 그런 노숙을 달래듯 말했다.

"오후께서는 이미 친누이를 황숙께 출가시켰는데 그쯤이야 어찌 들어주지 않겠소? 바라건대 자경께서는 잘 말씀드려 두 집안 사이가 전처럼 사이좋게 되돌아가도록 해주시오."

지난날 유비를 잡기 위해 미끼로 삼았던 손부인이 이제는 도리어 은근히 짐이 되는 인질로 변해버린 셈이었다. 그러나 노숙은 관대하고 어진 사람이었다. 다만 유비가 그토록 슬퍼하는 게 딱해 다른 것은 생각해보지도 않고 공명의 말을 따르기로 작정했다.

유비와 공명은 노숙에게 절하여 감사하고 크게 잔치를 열어 대접한 뒤 보냈다. 형주를 떠난 노숙은 동오로 돌아가는 길에 주유부터 먼저 만났다. 노숙이 형주에서 있었던 일을 그대로 전하자 주유는 발을 구르며 노숙을 나무랐다.

"자경은 또 제갈량의 꾀에 걸려들었소이다그려. 유비는 전에 유표에게 의지하고 있으면서도 항상 형주를 삼킬 뜻을 품고 있었소. 하물며 서천의 유장 따위겠소? 유장이 아우뻘이 되느니, 다 같이 한조의 골육이 되느니 하는 소리는 다만 핑계에 지나지 않소. 그 말을 그대로 오후께 전했다가는 화가 자경에게까지 미치리다. 그러니 내 계책을 따르시오. 이번만은 제갈량도 내 헤아림에서 벗어날 수 없을 것이니 자경은 다시 한번 다녀오기만 하면 되오."

"바라건대 그토록 묘한 계책이 어떤 것인지 한번 들려주십시오."

노숙이 갑작스레 불안해진 얼굴로 주유에게 청했다. 주유가 자신 있게 말했다.

"자경께서는 오후를 뵈오러 가실 필요가 없소. 다시 형주로 가서 유비더러 말해보시오. 손씨와 유씨 두 집안은 이미 혼인을 맺어 한 집안이 되었으니 만약 유씨가 골육이 다스리는 서천을 차마 뺏지 못한다면 손씨인 우리 동오가 군사를 일으켜 대신 뺏으면 어떠냐고. 그리하여 우리가 서천을 얻은 뒤에는 그걸 군주(君主, 손부인)의 혼숫감으로 유씨네에 내주고 형주를 되돌려받으면 어떠하겠느냐고."

주유의 그 같은 말을 곧이곧대로 받아들인 노숙이 걱정스레 대꾸했다.

"서천은 땅이 험하고 외져 얻기에 쉽지 않습니다. 도독의 그 계책은 결코 이뤄질 수 없을 것입니다."

그러자 주유가 음침하게 웃으며 깨우쳐주었다.

"자경은 참으로 장자(長者)시오. 내가 정말로 서천을 쳐서 그 땅을 유비에게 주리라 믿고 하시는 말씀이오? 하지만 내가 비는 것은 서천을 친다는 명목뿐이고, 실제로는 형주를 쳐서 뺏을 작정이오. 자경께서 유비에게 가서 할 일은 다만 그를 마음 놓게 하여 나의 공격에 대비하지 못하게 하는 것이오. 우리 동오의 군마가 서천을 뺏으러 가자면 형주를 지나야 하는데 그때 그쪽에다 곡식과 돈을 좀 대달라고 하면 유비는 반드시 성을 나와 우리 군사들을 위로하러 올 것이오. 나는 그 틈을 타 유비를 죽이고 형주를 빼앗아 나의 한을 씻을 뿐만 아니라 자경에게 닥칠 화도 풀어드릴 작정이오."

실로 교묘하고도 무서운 계책이었다. 노숙의 사람됨이 원래 그리 모질지 않았으나 자신의 처지가 처지인지라 그 같은 주유의 묘책을 듣자 기쁨부터 일었다. 한마디 물음조차 던지는 법이 없이 곧 형주로 다시 갔다.

노숙이 되돌아왔다는 말을 듣자 유비는 공명을 불러 이번에는 어떻게 그를 맞아야 할지를 물었다. 공명이 빙긋 웃으며 말했다.

"노숙은 틀림없이 오후를 만나보지 않았습니다. 다만 주유를 만나보고 둘이서 계책을 세워 우리를 꾀러 왔을 뿐입니다. 노숙이 와서 달래는 말을 하거든 주공께서는 그저 나를 보고 고개를 끄덕이시면서 입으로는 무어든 좋다고 응해주십시오."

이에 유비는 거기에 따르기로 하고 곧 노숙을 불러들이게 했다. 불려온 노숙은 인사가 끝나자마자 유비에게 주유가 시킨 대로 말했다.

"오후께서는 차마 동종(同宗)의 땅을 뺏지 못하겠노라는 황숙의 말씀을 들으시고 황숙의 크신 덕을 기리는 말씀을 하셨습니다. 그리고 여러 장수들과 의논한 끝에 황숙을 대신해 군사를 일으켜 서천을 뺏기로 결정을 보셨습니다. 서천을 뺏으면 형주를 돌려받고 대신 그 서천땅을 이번 혼인의 혼숫감으로 황숙께 드리려는 것입니다. 다만 황숙께서는 우리 군마가 이곳을 지나갈 때 약간의 곡식과 돈이나 대어주셨으면 하는 게 오후의 바람입니다."

그 말을 듣자 공명이 먼저 고개를 끄덕이며 말했다.

"실로 오후같이 마음씨 좋은 분도 드물 것이오. 고맙소이다."

유비도 두 손을 모아 감사의 뜻을 나타내며 그런 공명의 말을 받았다.

"이는 아마도 자경께서 잘 말씀드려준 덕분일 것이오. 무어라 고마움을 나타내야 할지 모르겠구려."

"귀국의 씩씩한 군사가 이곳에 이르는 대로 멀리 나가 맞아들이

고 배불리 먹이며 위로하도록 채비하겠습니다. 그거야 마땅히 우리
가 해야 할 일이 아니겠습니까?"

공명이 다시 유비의 말에 맞장구를 쳤다. 상하가 이렇게 손뼉이
맞아 돌아가니 노숙은 속지 않을 수 없었다. 드디어 주유의 계책이
맞아 떨어졌다 싶어 속으로 은근히 기뻐하며 술자리에 앉았다가 곧
주유에게로 돌아갔다.

"선생께서는 저들의 속셈이 다른 데 있다는 걸 아시면서도 왜 그
러셨소?"

노숙이 돌아가기 바쁘게 유비가 공명에게 물었다. 공명이 크게 웃
으며 말했다.

"주랑(周郎)이 드디어 죽을 때가 가까워진 모양입니다. 제 딴에는
묘책이라고 이번 일을 꾸민 모양이지만 그것 가지고는 어린아이도
속이기 어려울 것입니다."

"그게 무슨 말씀이오?"

유비가 그래도 공명의 속을 짐작하지 못해 다시 물었다. 공명이
자르듯 말했다.

"이는 바로 길을 빌리는 체하며 괵(虢, 춘추시대의 나라 이름)을 멸한
다는 계책[假途滅虢之計]입니다. 거짓으로 이름을 내걸기는 서천을
친다 하고 실제로는 우리 형주를 뺏으려는 수작이지요. 주공께서 성
을 나가 저희 군사를 위로하실 때 틈을 보아 주공을 사로잡고, 그대
로 성안으로 짓쳐들어 방비 없는 성을 뺏으려는 것입니다. 뜻 아니
한 때 덮쳐 적을 이긴다는 계책이지만 이 양이 있는 한 아니 될 것
입니다."

"그래 군사께서는 어떻게 막으실 작정이오?"

"주공께서는 마음 놓으십시오. 다만 큰 활을 마련해 기다리다 사나운 호랑이를 잡으시고, 향기로운 미끼를 달아 자라와 물고기를 낚으시면 됩니다. 주유가 이번에 와서 비록 죽지는 않는다 해도 기운은 모조리 뽑히고 말 것입니다."

공명은 그렇게 유비를 안심시킨 뒤 조운을 불렀다.

조운이 오자 공명은 나직이 계책을 일러주며 덧붙였다.

"그대는 이대로만 하면 된다. 나머지는 내가 알아서 손을 써두겠다."

곁에서 듣고 있던 유비는 그제야 공명의 속셈을 알아차렸다. 이번에도 주유가 꼼짝없이 당하고 말리라 생각하며 비로소 마음을 놓았다.

한편 주유에게 돌아온 노숙은 유비와 공명이 오히려 기뻐할 뿐 조금도 의심을 품지 않더란 말을 전했다. 그리고 성을 나와 오군을 위로하겠다는 유비의 약조까지 곁들이니 주유는 크게 기뻤다.

"이제야 겨우 내 계책이 맞아떨어졌구나!"

호탕한 웃음과 함께 그렇게 말한 다음 노숙에게 일렀다.

"자경께서는 어서 이 일을 오후께 알리시어 정보로 하여금 군사를 이끌고 함께 호응케 해주시오."

노숙이 명을 받고 손권에게로 돌아가자 주유는 곧 군사를 일으키기 시작했다. 감녕이 선봉을 맡고 주유 자신은 서성과 정봉을 데리고 중군이 되었으며 능통과 여몽은 후대가 되었다. 군사는 물과 뭍을 합쳐 오만의 대병이었다.

이때 주유는 전에 장요와의 싸움에서 얻은 금창이 거의 나아 몸을 움직이는 데는 어려움이 없었다. 형주로 몰려가는 뱃전에 앉아 흐뭇한 웃음을 지으며 공명을 비웃었다.

'네 아무리 날고 긴다 해도 이번에는 내 계책에서 벗어나지 못하리라!'

그러다가 전군이 하구에 이르렀단 말을 듣자 문득 사람을 불러 물었다.

"형주에서 나와 맞는 사람이 없느냐?"

"유황숙께서 미축을 보내 도독을 뵙도록 했다 합니다."

질문을 받은 군사가 그렇게 대답했다. 주유는 미축을 불러들이게 하고 물었다.

"황숙께서는 어떻게 우리 군사들을 위로한다고 하십디까?"

"주공께서 모두 준비하고 계십니다."

미축이 그렇게 대답하자 주유가 다시 물었다.

"황숙께서는 어디 계시오?"

그런데 미축의 이번 대답이 좀 미심쩍었다.

"주공께서는 성문 밖에 나와 도독과 함께 술잔을 나눌 때를 기다리고 계십니다."

유비가 성문 밖에 나와 있다고는 하나 멀리까지 올 뜻은 없어 보였다. 주유가 문득 엄숙한 표정을 지으며 미축에게 말했다.

"이번 원정은 그대들 집안을 위한 일이오. 군사를 내어 멀리까지 왔으나 그들을 위로함에 조금이라도 소홀함이 있어서는 아니 될 것이오."

"알겠습니다."

미축은 그렇게 대답하고 주유의 뜻을 전한다며 먼저 유비에게로 돌아갔다.

주유는 그 뒤를 따라 강물 위에 빽빽이 늘어선 싸움배를 몰고 나아갔다. 공안에 이르도록 아무리 살펴도 배 한 척 떠 있지 않고 사람 하나 나와 맞는 법이 없었다. 형주성 십 리 밖에 이르러도 마찬가지였다. 강물만 거세게 흐를 뿐 배 한 척 사람 하나 보이지 않았다. 먼저 정탐을 나갔던 군사가 돌아와 주유에게 알렸다.

"형주성 위에는 백기 둘만 서 있을 뿐 사람이라고는 그림자도 하나 비치지 않습니다."

그제서야 비로소 주유도 의심이 일기 시작했다. 얼른 배를 강 언덕에 대게 하고 몸소 뭍에 올랐다. 그리고 감녕, 서성, 정봉 및 한 떼의 군관들과 날랜 군사 삼천을 거느린 채 형주성으로 달려갔다.

주유가 성 아래 이르러도 안에서는 아무런 움직임이 없었다. 주유는 군사들을 시켜 문을 열라고 소리치게 했다. 그때서야 성 위에서 고함 소리가 들렸다.

"누구냐? 누가 문을 열라 소리치느냐?"

"우리는 동오의 군사들이다. 주도독께서 몸소 이리로 오셨으니 어서 문을 열라!"

동오의 군사들이 소리쳐 대답했다. 그러자 갑자기 딱딱이 소리가 나며 성 위의 군사들이 일제히 창칼을 세웠다. 그들 가운데서 조운이 나타나더니 비웃듯 물었다.

"도독께서는 한마디로 무엇 때문에 이곳으로 오셨소?"

주유가 시치미를 떼며 대꾸했다.

"나는 그대의 주인을 대신해 서천을 빼앗으러 가는 길이다. 그대는 아직도 그 일을 모르는가?"

주유의 그 같은 대꾸를 조운이 찬 웃음으로 맞받았다.

"공명 군사께서는 그것이 가도멸괵(假途滅虢)하려는 계책임을 이미 아시고 이 조운을 여기 있게 하셨소이다. 우리 주공께서도 하신 말씀이 있으시오. 곧 '나와 유장은 모두 한실의 종친인데 어찌 차마 의를 저버려가며 서천을 빼앗을 수 있겠는가? 만약 그대들 동오에서 굳이 그 땅을 뺏으려 한다면 나는 차라리 머리를 풀고 산으로 숨어 천하에 대한 신의를 지키겠다' 하셨소이다."

그 말을 들은 주유는 비로소 또 한번 제갈공명의 꾀에 빠졌음을 깨달았다. 깜짝 놀라 급히 말 머리를 돌려 달아나려는데 '영(令)' 자를 쓴 깃발을 앞세운 군사가 말 앞으로 달려와 알렸다.

"제가 살펴보니 네 갈래 군마가 한꺼번에 이리로 짓쳐오고 있었습니다. 첫째는 관우가 이끄는데 강릉으로부터 몰려오고, 둘째는 장비가 이끄는데 자귀에서부터 몰려드는 중입니다. 공안에서 밀고 들어오는 황충의 군마가 그 셋째요, 이릉에서 치고 들어오는 위연이 그 넷째인데, 그 네 갈래를 다 합치면 얼마가 될지 모를 대군입니다. 인근 백 리를 뒤흔드는 함성 소리는 모두가 주유를 사로잡으란 외침뿐입니다."

그 말에 주유는 두려움에 앞서 노기부터 솟구쳤다. 가슴에 불덩이 같은 것이 콱 막히는 듯하며 겨우 아문 옛 상처가 다시 터져 한 소리 성난 외침과 함께 말 아래로 굴러떨어졌다.

곁에 있던 장수들이 급히 주유를 구해 배로 옮겼다. 주유가 배 위에서 애써 정신을 수습하고 있는데 이번에는 딴 군사가 달려와 알렸다.

"유비와 제갈량이 앞산 꼭대기에서 술을 마시며 즐기고 있습니다."

눈치 없는 그 소리에 주유는 속이 뒤집힐 듯했다. 이를 부득부득 갈며 소리쳤다.

"너희들은 내가 서천을 뺏지 못할 줄 알지만 내 맹세코 서천을 손에 넣으리라!"

그러면서 유비와 공명이 있는 산 위를 노려보고 있는데 문득 사람이 와서 손권의 아우 손유(孫瑜)가 온 걸 전했다. 주유가 그간에 있었던 일을 모두 말하자 손유가 위로하듯 말했다.

"나는 형님의 명을 받들어 도독을 도우러 왔소이다. 도독께서는 아무 걱정 마시고 군사를 나아가게 하십시오."

이에 힘을 얻은 주유는 곧 군사를 재촉해 서천으로 나아갔다. 동오의 군사들이 파구에 이르렀을 때 다시 사람이 와서 알렸다.

"상류에 유비의 장수 유봉과 관평이 군사를 이끌고 물결을 막고 있습니다."

그 소리를 듣자 주유는 또다시 노기가 솟구쳤다. 힘을 다해 들이쳐 길을 열려는데 문득 사람이 와 새로운 전갈을 전해왔다.

"제갈량이 사람을 보내 도독께 글을 바쳐왔습니다."

제갈량이 보냈다면 결코 반가울 까닭이 없는 글이었으나 주유는 그 글을 받기 바쁘게 뜯어 보았다. 거기에는 대략 이런 뜻이 실려 있었다.

'한 군사중랑장(軍師中郞將) 제갈량이 동오의 대도독 공근 선생께 보내노라.

시상에서 한번 헤어진 뒤로 늘 그리워하며 잊지 못하다가 이제 그대가 서천을 치려 한다는 말을 듣고 몇 자 쓰오. 양이 가만히 헤아려보니 그 일은 아무래도 될 것 같지가 않소이다. 익주는 그 백성들이 굳세고 땅이 험해 유장이 비록 어리석고 약하다 해도 스스로를 지키기에는 넉넉하오. 그대가 하려는 일은 지친 군사로 먼 길을 가 공을 이루려 함이니, 비록 오기(吳起) 같은 이가 온다 해도 그 규율을 세우기 어려울 것이요, 손무자 같은 이가 온다 해도 마침내는 그 끝을 잘 맺을 수 없으리다. 거기다가 조조가 비록 적벽에서 졌지만, 그 마음이야 짧은 순간인들 어찌 그때의 원수 갚음을 잊을 리 있겠소이까? 그대가 군사를 일으켜 먼 곳을 치는 동안 조조가 그 틈을 엿보아 내려오게 되면 강남은 가루가 되어 흩어지고 말 것이니 이 양은 차마 앉아서 보고 있을 수가 없어 특히 이와 같이 일러주는 바이오. 부디 밝게 헤아려 군사를 움직이도록 하시오.'

비웃음이나 놀리는 기색은 전혀 보이지 않는 엄숙한 깨우침이었다. 공명의 글을 다 읽은 주유가 문득 긴 탄식을 내뱉더니 좌우를 불러 종이와 붓을 가져오게 했다. 자신의 목숨이 오래지 않음을 깨달은 듯 오후에게 마지막 글을 남기려 함이었다.

이윽고 종이와 붓이 오자 오후에게 올리는 글을 쓴 주유는 다시 여러 장수들을 돌아보며 비장한 어조로 말했다.

"나는 충성을 다해 나라의 은혜에 보답하려 했으나 천명이 이미 다했으니 어쩌는 수가 없구나. 그대들은 부디 오후를 잘 섬기어 함께 대업을 이루도록 하라."

그러고는 정신을 잃어버렸다. 나중에 다시 한번 정신을 차렸으나 주유가 하늘을 우러르며 뱉은 것은 원망 섞인 한마디 탄식뿐이었다.

"이미 주유를 낳았거든 제갈량은 또 왜 낳으셨던가!"

그런 다음 몇 마디 뜻 모를 외침 뒤에 숨졌는데 그때 주유의 나이 서른여섯이었다. 뒷사람이 시를 지어 그 죽음을 노래했다.

적벽 싸움에서는 씩씩하고 매운 기상,	赤壁遺雄烈
젊었을 때는 빼어났다 소리도 많았다.	靑年有駿聲
거문고와 노래 높은 뜻 알 만하고	絃歌知雅意
술잔 들어 좋은 벗 사귀기도 했다.	盃酒謝良朋
일찍이 삼천 섬 군량 내게 하고	曾謁三千斛
언제나 십만 군사 몰고 다녔다.	常驅十萬兵
파구 그 목숨 다한 땅에서	巴丘終命處
그 죽음 문상하자니 가슴 아프다.	憑弔欲傷情

주유가 죽자 그 아래 장수들은 곧 손권에게 그 소식을 알림과 아울러 주유가 남긴 글을 전했다. 주유가 죽었다는 말을 들은 손권은 목놓아 울며 주유의 마지막 글을 펴보았다.

'주유는 범용한 재주밖에 없었건만 남다른 살피심을 입어 언제나 가까이서 병마를 거느리는 일을 맡아왔습니다. 어찌 팔다리의 힘을 다해 이 몸을 알아준 그 은혜에 보답하지 않을 수 있겠습니까? 그러나 삶과 죽음은 헤아릴 길이 없고 주어진 목숨은 짧아 어리석은 뜻을 펼쳐보기도 전에 몸이 먼저 죽게 되었으니, 남은 한(恨) 실로 그 끝을 모르겠습니다. 이제 조조는 북쪽에 자리 잡아 그 땅을 아직 평정하지 못했고 유비는 우리에게 기대 살아도 또한 호랑이를 기르는 것과 다름없어 천하의 일은 아직 아무것도 알 수가 없습니다. 바야흐로 조정의 선비들에게는 일에 바빠 늦은 저녁을 먹어야 할 가을 같은 때요, 임금에게는 근심과 걱정이 드리워진 나날이라 하겠습니다. 노숙은 충성스럽고 굳세며 일에 임해서는 거리낌이 없으니 넉넉히 이 주유를 대신할 수 있습니다. 사람이 죽을 때는 그 말이 착하다 하였거니와 주공께서 제 이 뜻을 거두어들여 주신다면 저는 죽어서도 주공의 크신 은덕을 잊지 않을 것입니다…….'

주유의 글은 대략 그렇게 끝나 있었다. 유비를 대하는 태도에서는 서로 달랐음에도 주유는 자신의 후임으로 노숙을 천거한 것이었다.

주유의 글을 다 읽은 손권은 다시 목을 놓아 울며 말했다.

"공근은 이 사람을 도와 왕업을 일으키게 할 수 있는 재주가 있었으나 이렇게 갑자기 죽었으니 이제 나는 누구에게 의지한단 말인가! 하지만 이미 글을 남겨 자경을 추천하였는데 내 어찌 그 뜻을 따르지 않을 수 있겠는가?"

그러고는 그날로 명을 내려 노숙을 도독으로 삼고 주유가 거느렸던 병마를 모두 다스리게 하는 한편, 주유의 영구를 옮겨와 후히 장사 지내게 했다. 어떻게 보면 단명은 동오의 창업에 관계한 모든 사람들의 공통된 운명인지도 모를 일이었다. 손견이 서른일곱, 손책이 스물여섯에 죽었으며 태사자가 마흔하나에 죽은 데다 이제 또 주유가 서른여섯 한창 나이로 세상을 떠났다.

주유가 숨질 무렵 형주의 공명은 밤에 천문을 보고 있었다. 장성(將星) 하나가 땅으로 떨어지는 걸 보고 가만히 웃으며 말했다.

"주유가 죽었구나."

비록 적이라도 아까운 인물이었으나 아직 공명에게는 주유를 아까워할 여유가 없었다. 힘든 상대를 제거한 후련함만이 우선 그를 지배하는 감정의 전부였다.

비상을 재촉하는 또 하나의 날개

공명은 날이 밝는 대로 유비를 찾아가 주유가 죽은 것을 알렸다. 어지간하면 공명의 말을 믿는 유비도 그것만은 그냥 믿을 수 없는지 사람을 동오로 보내 알아보게 했다. 오래잖아 주유가 정말로 죽은 게 확인되자 유비가 공명에게 물었다.

"주유가 죽었다면 이제 우리는 어떻게 해야겠소?"

"주유를 대신해 동오의 군사를 거느릴 사람은 반드시 노숙일 것입니다. 그는 우리와 가까운 사이니 당장은 별일이 없겠지요. 그런데 어젯밤 제가 천문을 보니 장성(將星)이 동방에 모여들고 있습니다. 주유를 문상한다는 핑계로 제가 동오에 건너갔다 와야겠습니다. 어진 선비를 찾아 주공을 돕게 할 수 있을 것입니다."

공명의 그 같은 대답에 유비가 걱정스런 얼굴로 말했다.

"동오로 가시는 것은 좋지만 그곳 사람들이 선생을 해치지나 않을까 두렵소."

그 말에 공명이 빙긋 웃으며 유비를 안심시켰다.

"주유가 살아 있을 때도 저는 두려워 않고 동오를 다녀왔습니다. 이제 주유가 죽었는데 또 무엇을 걱정하겠습니까?"

그러고는 곧 조운에게 오백 군사를 주어 따르게 한 뒤 제사에 쓸 물건들을 갖추어 배에 올랐다. 파구로 가는 도중에 사람을 놓아 알아보니 손권은 이미 노숙을 도독으로 삼았고, 주유의 영구는 시상으로 옮겨갔다는 것이었다. 이에 공명은 뱃머리를 시상으로 돌렸다.

공명이 시상에 이르니 노숙이 나와 공명을 맞아들였다.

주유 밑에 있던 장수들은 한결같이 공명을 죽여버리고 싶었으나 조운이 칼을 찬 채 뒤따르고 있어 함부로 손을 쓸 수가 없었다. 그걸 아는지 모르는지 공명은 태연하기만 했다. 가져간 제물을 주유의 영전에 차리게 한 뒤 스스로 술을 따르며 땅바닥에 무릎을 꿇고 제문을 읽어나갔다.

"슬프구나 공근(公瑾)이여, 불행히도 일찍 죽었구려. 목숨이 길고 짧은 것은 하늘에 매인 것이라 하나 사람이 어찌 슬퍼하지 않을 수 있으리오. 내 마음 실로 아파 한잔 술을 부어 올리오니 넋이라도 있거든 부디 이 정성을 거두어주시오."

공명은 거기까지 읽고 목이 메어 한참을 흐느끼다가 다시 읽어나갔다.

"그대 어릴 적 배움의 때를 생각하고 슬퍼하노니, 그대는 손백부(孫伯符, 손책)를 사귐에 의(義)를 짚어 재물을 나누어 썼고, 집을 비켜주어 살 곳을 마련해주었소. 그대 젊은 시절을 생각하고 슬퍼하노니, 그대는 만 리의 대붕(大鵬)을 잡듯 패업을 일으켜 강남에 할거하였고 그대의 장년(壯年)을 생각하고 슬퍼하노니, 그대는 멀리 파구를 지키며 유경승(劉景升, 유표)을 달래고 역적을 쳐 나라의 걱정거리를 없이 하였소. 그대의 풍도를 생각하고 슬퍼하노니, 그대는 소교(小喬)를 배필로 맞아 한나라 신하의 사위로서 조정에 부끄러워할 바가 없었으며, 그대의 기개를 생각하고 슬퍼하노니, 그대는 그른 것을 말리고 옳은 것은 받아들여 처음에는 날개를 펼치지 못했으나 끝에는 크게 떨쳐 솟구쳤소. 파양호에서 장간(蔣幹)이 달래러 찾아왔을 때를 생각하며 슬퍼하노니, 그대는 아무렇지 않은 듯 그를 맞아들여 넓은 도량과 높은 뜻을 보여주었고, 그대의 큰 재주를 생각하며 슬퍼하노니, 문무의 주략(籌略)에 두루 능한 그대는 불로 적을 쳐 깨뜨림으로써 강한 자를 억누르고 약한 이를 도왔소……."

거기서 공명은 다시 한번 흐느낌으로 읽기를 그쳤다가 이어서 읽었다.

"그대 살았을 적 씩씩한 모습과 빼어난 기상을 떠올리고 때 아닌 죽음을 슬퍼하며 엎드려 우노라. 그대 비록 서른여섯에 삶을 마쳤으나[命終三紀] 이름은 백세에 드리우리. 그대의 죽음을 애달퍼하는 정, 시름 가득한 창자는 천 갈래 만 갈래로 얽힌 듯하고 간담은 슬픔으로 쪼개지는 듯하구려. 하늘은 빛을 잃은 듯 어둡고 삼군은 쓸쓸한데, 주군은 슬피 울고 벗들도 눈물을 그칠 줄 모르고 있소……."

진정으로 슬퍼하는 사람이 아니고는 되뇔 수 없는 말이었다. 듣는 사람들의 흐느낌이 새삼 높아가는데 눈물을 훔친 공명이 다시 읽어

나갔다.

"이 양은 재주 없는 사람이라 그대가 죽은 이제 어디 가서 계책을 빌고 꾀를 물을 수 있으리오. 어떻게 동오를 도와 조조에게 맞서게 하며, 무슨 수로 한실을 돕고 유씨를 지킬 수 있겠소. 그대가 살아 있어 서로 돕는 형세를 이루고, 머리와 꼬리가 서로 호응하듯 할 수만 있다면 흥하든 망하든 무엇을 걱정하고 무엇을 두려워하리까……."

거기서 절정에 이른 공명의 조사는 이윽고 주유에게 영결을 고하기 시작했다.

"오오, 슬프다, 공근이여. 이렇게 삶과 죽음으로 영영 나뉘는구려. 그대의 곧음 길이 마음에 지니려 하나 그리운 모습은 어느새 아물아물 사라지는 듯하오. 넋이라도 있으시면 내 마음을 굽어살피시오. 이제 하늘 아래서는 두 번 다시 그대 같은 벗을 얻지는 못하리라. 다시는 나를 알아주는 이를 만나지 못하리……. 아아, 슬프도다. 다만 엎드려 잔 올리며 그대가 받아주기를 빌 뿐이외다."

공명은 읽기를 마치자 그대로 땅에 엎드려 목놓아 울기 시작했다. 샘솟듯 흐르는 눈물로 보아 진정으로 슬퍼해 마지않는 사람 같았다. 그런 공명을 보고 있던 장수들도 절로 감동되어 서로 수군거렸다.

"사람들은 모두 주유와 공명이 서로 화목하지 않다 했지만 이제 공명이 슬퍼하는 걸 보니 그게 오히려 빈말 같소이다. 사람들이 잘못 알았소."

노숙 또한 공명이 그토록 슬퍼하는 걸 보자 감동이 되어 홀로 생각했다.

'공명은 이렇게 정이 많은 사람인데 주유가 속이 좁아 공연히 스스로 죽음을 재촉했구나.'

그리고 잔치를 열어 공명을 대접하고 돌려보냈다.

하지만 여기서 잠시 살펴보고 싶은 것은 공명의 그늘에 가리워 실제보다 지나치게 격하된 주유의 사람됨이다. 이미 읽은 바와 같이,『연의』에는 주유가 공명에게 철저하게 농락된 끝에 분사(憤死)한 것으로 되어 있으나 정사에서는 거의 그런 기록을 찾아볼 수 없다. 그는 다만 동오 안의 반유비파(反劉備派)의 핵심 인물이었다는 이유 때문에 촉한정통론(蜀漢正統論)에 빠져 있는『연의』의 저자에게 미움을 받아 그렇게 왜곡되었을 뿐, 논자에 따라서는 그의 재주나 식견이 결코 공명에게 뒤지지 않았다는 사람도 있다.

이를테면 그의 서천 정벌 구상만 해도 그렇다.『연의』는 그것이 오직 형주를 암습하기 위한 구실이었다고 하지만, 정사에는 그걸 암시하는 구절조차 없다. 그의 서천 정벌은 오히려 오나라가 그 전 역사를 통해 보여준 천하 쟁패의 구상 중에서도 가장 적극적인 것이었으며, 만약 불행히도 그가 중도에 병들어 죽지 않았더라면 제갈량의 천하삼분의 계(計)는 그 빛을 잃고 말았을 것이다.

실제에 있어서도 오(吳)는 그 뒤 친유비파(親劉備派)의 우두머리인 노숙에게 대권을 맡겨 삼국정립(三國鼎立)의 길을 열어주고 자신은 세 나라 가운데서도 가장 소극적이고 언제나 수성에 급급한 세력으로 전락하고 만다. 그런 뜻에서 주유의 갑작스런 죽음은 오의 국운을 바꾸어놓은 것이라 할 만했다.

어쨌든 호랑이 굴 같은 주유의 빈소를 찾아 별일 없이 조문을 한 뒤 좋은 대접까지 받고 그곳을 나온 공명은 곧 자기편 배가 있는 강가로 갔다. 그리고 서둘러 배에 오르려는데 누군가가 공명의 옷깃을 움키며 껄껄 웃었다.

"그대는 주랑(周郎)을 격동시켜 죽여놓고 이제는 문상까지 왔구나. 너무 대담하다. 동오에는 사람이 없는 줄 아는가?"

공명이 놀라 그 사람을 보니 대나무로 얽은 관에 도포를 입고 검은 띠에 흰 신을 꿴 봉추선생 방통(龐統)이었다. 그를 알아본 공명역시 크게 웃으며 맞아들이니 두 사람은 곧 손을 잡고 배에 올라 한동안 마음을 털어놓고 이야기를 나누었다. 이런저런 얘기 끝에 공명이 글 한 통을 써주며 방통에게 말했다.

"내 보기에 손권은 틀림없이 자네를 무겁게 쓰지 않을 것이네. 만약 일이 뜻과 같지 못하거든 형주로 와서 나와 함께 유현덕을 받들도록 하세. 이 사람은 너그럽고 어질 뿐만 아니라 두터운 덕을 갖춘이라 반드시 자네가 평생 배운 바를 펼쳐볼 수 있게 해줄 것이네. 혹내가 곁에 없을 때 자네가 찾아오게 되더라도 이 글을 내보이면 반갑게 맞을 걸세."

그러자 방통도 고개를 끄덕여 응낙하고 공명이 써준 글을 거두어들였다. 오래잖아 공명은 방통과 작별하고 배를 재촉해 형주로 돌아갔다.

한편 노숙은 제갈량의 조문이 끝나자 주유의 영구를 거두어 가족에게로 보냈다. 영구가 무호(蕪湖)에 이르렀을 때 거기까지 마중 나왔던 손권은 영전에 나가 곡을 하고 영을 내려 주유를 그 고향 땅에다 후하게 장사 지내게 했다.

그때 주유에게는 아들 둘이 있었다. 큰아들은 순(循)이요, 둘째는 윤(胤)이라 했는데, 손권은 그들을 불쌍히 여겨 따뜻하게 뒤를 돌봐 주었다.

주유의 갑작스런 죽음이 몰고온 어수선함이 어느 정도 가라앉자 노숙이 손권에게 말했다.

"숙(肅)은 쓸모 없고 재주가 모자라는 데도 주유가 잘못 알고 주공께 천거했습니다. 실로 맡은 바 대임을 감당할 수 없으니, 바라건대 저로 하여금 한 사람을 천거하여 주공을 도울 수 있게 하여주십시오. 이 사람은 위로는 천문에 통하고 아래로는 지리에 밝을 뿐만 아니라, 지모와 계략은 관중(管仲) 악의(樂毅)에 덜하지 않고 군사를 부리는 데는 손자와 오자(吳子)에 비길 만합니다. 지난날 주유도 자주 그의 말을 따랐고 제갈량조차 그의 재주에는 깊이 탄복했을 정도였지요. 지금 강남에 머물고 있는데 어찌하여 그를 불러 무겁게 쓰시지 않습니까?"

"그 사람이 누구요?"

손권이 크게 기뻐하여 물었다. 노숙이 얼른 대답했다.

"그 사람은 양양이 고향인데 이름은 방통이며 자는 사원(士元), 도호(道號)는 봉추선생이라 합니다."

"그 사람이라면 나도 오래전부터 이름을 들었소. 이미 우리 땅에 와 있다니 되도록이면 빨리 만나볼 수 있도록 해주시오."

손권이 그렇게 말하자 노숙은 곧 방통을 불러들여 손권을 보게 했다.

서로 예를 마친 뒤 손권은 가만히 방통을 살펴보았다. 짙은 눈썹에 들창코요, 시커먼 얼굴에 짧은 수염을 달고 있어 괴이쩍었다. 잘생긴 주유만 보아온 손권에게는 우선 방통의 생김부터가 탐탁지 않았다.

"공은 평생토록 어떤 것을 주로 공부하셨소?"

이윽고 손권이 시큰둥한 말투로 물었다. 손권의 마음을 읽은 방통은 심기가 상했다. 처음 만나 조심스럽게 처신해야 할 자리였으나 별로 거리낌없이 대답했다.

"배움이란 한 가지에 얽매이고 매달릴 필요가 없습니다. 그때그때에 따라 변화에 대응할 수 있어야 할 것입니다."

"그럼 공의 재주와 학문은 죽은 공근에 견주어 어떠하오?"

손권이 다시 그렇게 물었다. 생김이 그러한 데다 대꾸까지 뻣뻣하자 손권이 더욱 탐탁잖은 얼굴로 물었다. 네가 과연 주유를 대신할 수 있겠느냐는, 물음이라기보다는 빈정댐에 가까운 말이었다. 방통은 속으로 고까움을 느꼈으나 내색하지 않고 눙쳤다.

"저의 재주와 학문은 주유와는 크게 다릅니다. 원래 서로 다른 것을 어찌 견주어볼 수 있겠습니까?"

하지만 그렇게 보아서 그런지 손권에게는 그 대답이 오만스럽게만 들렸다. 평생 주유만을 으뜸으로 여겨온 그라 방통이 대단찮게 여기는 걸 보자 은근히 속이 틀어진 것이었다. 한참을 가만히 있다가 퉁명스레 말했다.

"공은 잠시 물러가 기다리시오. 공을 써야 할 때가 있으면 다시 사람을 시켜 부르겠소."

방통도 그런 손권에게 굳이 매달릴 뜻이 없었다. 한마디 긴 탄식과 함께 손권 앞을 물러나왔다.

"주공께서는 어인 까닭으로 방사원(龐士元)을 쓰지 않으셨습니까?"

방통이 나가자 노숙이 안타까운 듯 손권에게 물었다. 손권이 불쾌한 기색을 감추지 않고 잘라 말했다.

"미친 선비외다. 그를 써서 우리에게 무슨 보탬이 되겠소?"

"적벽에서 조조의 군사를 몰살시킬 때, 이 사람이 조조에게 연환계(連環計)를 올렸습니다. 그 때문에 우리의 화공(火攻)이 이뤄질 수 있었으니 실로 그가 으뜸가는 공을 세웠다 하겠습니다. 주공께서는 꼭 그 일을 아셔야 합니다."

노숙이 그렇게 방통의 공을 깨우쳐주었으나 소용없었다. 손권은 더욱 굳은 얼굴로 고개를 저으며 말했다.

"그때는 조조가 스스로 배에 못질하여 서로 얽어둔 것이니 반드시 저 사람의 공이라 할 수는 없을 것이오. 나는 맹세코 그를 쓰지 않겠소!"

말투로 보아 더 말해봤자 방통을 써줄 손권이 아니었다. 노숙은 하는 수 없이 손권 앞을 물러나와 방통에게로 갔다.

"이 노숙이 천거하지 않은 바 아니나 오후께서 공을 쓰시려 하지 않는구려. 공은 조금만 참고 기다리시오."

노숙이 그렇게 말하자 방통은 말없이 고개를 수그리며 길게 탄식할 뿐이었다. 방통의 태도에서 심상찮은 조짐을 느낀 노숙이 불쑥 물었다.

"공은 혹시 우리 동오에 계시지 않을 뜻이 아니시오?"

그리고 방통이 대답을 않자 거듭 물었다.

"공은 널리 천하를 구제할 재주를 지녔으니 어디를 간들 아니 될 것 있겠소이까만 내게라도 바로 일러주시오. 이제 어디로 가실 작정이오?"

"나는 조조를 찾아갈 참이오."

방통이 마음에 없는 소리로 노숙을 떠보았다. 노숙이 펄쩍 뛰며 말했다.

"아니 되오. 그것은 밝은 구슬을 어둠 속에 던져버림과 같소. 차라리 형주로 가서 유황숙께 의지해보시오. 유황숙께서는 반드시 공을 무겁게 써줄 것이오."

그 말에 방통도 비로소 속을 드러냈다.

"이 방통의 뜻도 실은 그러했소. 앞서 한 말은 한번 해본 소리외다."

"그렇다면 제가 글 한 통을 써서 공을 유현덕에게 천거해드리리다. 공이 유현덕을 곁에서 돕게 되면 반드시 손(孫), 유(劉) 두 집안이 서로 싸우지 않고 힘을 합쳐 조조를 치게 될 것이오."

노숙이 반가워하며 방통을 한층 부추겼다. 방통도 이제는 숨김없이 속을 털어놓았다.

"그것이 바로 내가 지금껏 뜻해온 바외다."

그리고 노숙이 써준 글을 품안에 간직한 뒤 유비를 만나러 형주로 갔다. 이때 공명은 마침 새로 얻은 네 군을 돌아보러 갔다가 아직 돌아오지 않고 있었다. 성문을 지키던 벼슬아치가 혼자 있는 유비에게 달려와 알렸다.

"강동의 명사 방통이 찾아와 뵙겠다고 합니다."

유비는 오래전부터 방통의 이름을 들어온 터라 얼른 안으로 맞아들이게 했다. 그런데 오래잖아 유비 앞에 나타난 방통은 어찌 된 셈인지 길게 읍(揖)할 뿐 절을 하지 않았다. 유비의 그릇을 알아보기 위하여 짐짓 무례를 한 것이나 유비로서는 적지 않이 괴이쩍었다. 거기다가 눈을 들어 그 모습을 보니 못생기고 꾀죄죄한 게 또한 마음에 들지 않았다.

"그대는 먼 길을 어렵게 오셨겠소이다. 무슨 일이시오?"

유비가 별로 달갑지 않은 눈길로 물었다. 손권이 한 실수를 그 또한 거듭하고 있는 셈이었다. 방통은 은근히 실망했다. 이에 한 번 더 유비의 사람됨을 떠볼 양으로 공명과 노숙이 써준 글은 하나도 내놓지 않고 묻는 말에만 대꾸했다.

"듣기에 황숙께서 어진 이를 찾고 밝은 선비를 받아들이신다기에 이렇게 특히 찾아왔습니다."

그 말을 뒤집으면 제가 곧 어질고 밝은 선비라는 뜻이니 듣는 유비가 그리 즐거울 리 없었다. 더욱 방통이 탐탁지 않았으나 워낙 자주 들은 이름이요, 또 일부러 자신을 찾아온 사람이라 박절하게 대하지는 않았다. 한참을 생각하다가 겨우 방통에게 내릴 작은 벼슬자리를 하나 찾아내고 천천히 입을 열었다.

"형초(荊楚) 땅이 점차 안정되어 비어 있는 자리가 마땅한 게 없소이다. 다만 여기서 동남쪽으로 수백 리를 가면 뇌양현(耒陽縣)이란 작은 고을이 하나 있는데 거기 현령 자리가 비어 있을 뿐이오. 그 자리를 맡길 테니 한번 가보시오. 뒷날 다시 좋은 자리가 비면 공을 불러 무겁게 쓰리다."

그 말에 방통은 어이가 없었다. 자신을 겨우 현령감으로밖에 보지 않은 유비의 박대에 은근히 부아가 치솟으며 재주와 학문으로 유비의 마음을 한번 움직여보고 싶은 오기가 났으나, 공명이 없는 걸 보고 억눌러 참았다.

'두고 보리라. 끝내 나를 알아주지 않으면 떠날 수밖에 더 있겠는가.'

속으로 그렇게 생각하며 유비가 내리는 벼슬을 받고 뇌양현으로 갔다.

그런데 일은 방통이 뇌양현에 이르러 더욱 꼬이기 시작했다. 방통은 고을을 다스릴 생각은 않고 매일 술만 마셔댔기 때문이었다. 고을의 곡식과 돈을 보살피고 백성들의 다툼을 풀어주는 일을 모두 모른 체하니 소문이 좋게 날 리 없었다. 뿐만 아니라 오래잖아 그 소문은 유비의 귀에도 들어갔다.

"뇌양현을 맡은 방통이 전혀 일을 않고 있습니다. 자칫하면 고을이 없어질 지경입니다."

그 말을 들은 유비는 몹시 노했다.

"이 더벅머리 선비놈이 감히 나의 법도를 어지럽히다니!"

그러고는 곧 장비를 불러 일렀다.

"너는 지금 사람들을 이끌고 형남의 여러 고을을 돌아보도록 하라. 공평하지 못한 일이 있거나 법을 어기는 자는 모두 잡아 그 죄를 엄히 물어야 한다. 다만 일을 밝게 처리하지 못할까 걱정되니 손건과 함께 가도록 하라."

이에 장비는 영을 받들어 손건과 함께 고을을 돌아보러 나섰다. 장비 일행이 몇 군데 고을을 지나 뇌양현에 이르자 고을의 백성들과 벼슬아치들이 모두 성을 나와 맞는데 오직 현령만 보이지 않았다. 금세 눈길이 사나워진 장비가 고을 벼슬아치들에게 물었다.

"현령은 어디 있는가?"

그중에 하나가 기다렸다는 듯 일러바쳤다.

"방(龐)현령은 부임한 뒤부터 지금까지 백여 일이나 고을 일은 하나도 보지 않았습니다. 매일 아침부터 밤까지 술만 마시고 취해 보냈지요. 오늘도 어제 마신 술이 아직 깨지 않아 누워 있을 것입니다."

그 말에 성이 머리끝까지 난 장비는 얼른 방통을 잡아들이라고 호령호령했다. 손건이 그런 장비를 말리며 말했다.

"방사원은 고명한 사람이니 함부로 소홀하게 다뤄서는 아니 됩니다. 현에 이르러 그 까닭을 물어본 뒤에 대답이 이치에 맞지 않거든 그때 죄를 주어도 늦지 않을 것입니다."

이에 장비는 성을 누르고 현으로 들어갔다. 그리고 정청(政廳, 정사를 보는 대청) 윗자리에 앉기 바쁘게 현령을 찾아오게 했다.

이윽고 방통이 장비 앞에 나타났다. 관과 옷은 흐트러지고 언제 마신 술인지 남에게 부축을 받을 만큼이나 취한 채였다. 장비가 두 눈을 부라리며 성난 소리로 꾸짖었다.

"우리 형님께서는 그래도 너를 사람으로 여겨 이 고을의 현령으로 삼았거늘 네 어찌 감히 고을 일을 내팽개쳤느냐?"

"장군께서는 무슨 까닭으로 내가 고을 일을 모두 내팽개쳤다 하시오?"

방통이 껄껄 웃으며 그렇게 되물었다. 장비가 더욱 목소리를 높여 호령했다.

"너는 이 자리를 맡은 지 백 일이 넘도록 매일같이 술에 취해 지냈다. 이러고도 고을 일을 내팽개친 게 아니란 말이냐?"

"겨우 백 리밖에 안 되는 고을의 작은 시비거리를 분별하는 게 무에 그리 어려운 일이겠소? 그 일이라면 장군께서는 잠시만 앉아 계시오. 내가 곧 모든 걸 처결해 보이겠소이다."

장비의 호령쯤은 안중에도 없다는 듯 그렇게 대답한 방통은 그 자리에서 고을의 벼슬아치들을 불렀다.

"그동안 밀린 일이 있다면 모두 가져오너라."

그 말에 고을 벼슬아치들은 이런저런 문서며 백성들의 송사(訟事)가 적힌 장부들을 모두 정청으로 가지고 나왔다. 방통은 다시 거기에 관계되는 백성들을 모두 불러들여 마당에 무릎 꿇고 앉게 한 뒤 하나하나 일을 처리해나갔다. 손으로는 문서나 장부를 뒤적이고 입으로는 잇대어 판결을 내리는데 귀로 듣기에도 옳고 그름이 뚜렷하여 터럭만 한 어긋남이 없었다. 판결을 받은 백성들도 하나같이 머리를 조아리고 엎드려 절하는 게 조금도 불만이 없어 보였다.

채 반나절도 안 돼 백여 일이나 밀렸던 일을 모두 처결한 방통이 붓을 던지며 장비에게 말했다.

"자, 이제 내가 내팽개쳐둔 일이 어디 있소이까? 조조와 손권의 일이라도 손바닥에 있는 글(또는 손금) 들여다보듯 볼 수 있는데 이까짓 작은 고을의 일을 무엇 때문에 마음 쓰겠소!"

성미는 급해도 장비 또한 사람 보는 눈은 있었다. 방통의 그 같은 말에 크게 놀라며 얼른 아랫자리로 내려가 잘못을 빌었다.

"선생의 크신 재주를 몰라뵙고 제가 그만 실수를 했습니다. 마땅히 힘을 다해 형님께 선생을 천거해 올리겠습니다."

그제서야 방통도 허허 웃으며 노숙이 써준 글을 내보였다. 장비가 더욱 놀라며 물었다.

"그렇다면 선생께서는 왜 진작 이 글을 형님께 내놓지 않았습니까?"

"만약 일찍 이걸 내놓았다면 나는 오직 남의 천거에 의지해 찾아온 사람이 되고 말았을 것이오. 나는 황숙께서 바로 나를 알아봐주시기를 바랐소."

방통이 약간 서운한 얼굴로 대답했다. 장비는 자기도 모르게 한숨을 쉬며 손건을 돌아보고 말했다.

"공이 아니었더라면 대현(大賢)을 한 분 잃을 뻔했소!"

그런 뒤에 곧 방통을 작별하고 형주로 돌아갔다.

유비를 만나본 장비는 곧 그간에 있었던 일을 털어놓고 입에 침이 마르도록 방통의 재주를 칭찬했다. 듣고 난 유비도 크게 놀라며 뉘우쳤다.

"그토록 큰 현사(賢士)를 그릇 대접했으니 이는 모두 나의 허물이다!"

장비는 그런 유비에게 다시 노숙이 써 보낸 글을 전했다. 유비가 뜯어 보니 대략 이런 글이 적혀 있었다.

'방사원의 재주는 백 리 고을이나 다스릴 작은 재주가 아닙니다. 마땅히 치중(治中), 별가(別駕) 같은 자리를 맡기시어 처음부터 마음껏 그의 뜻을 펼 수 있게 해주십시오. 만일 황숙께서 외모만을 보시고 그 속에 든 배움은 알아주시지 않아 마침내 그가 다른 사람에게 쓰이게 된다면 실로 그보다 더 애석한 일이 없을 것입니다.'

읽기를 마친 유비는 더욱 방통을 박하게 대접한 게 후회되었다. 이미 엎지른 물을 어떻게 주워담을까 걱정하며 속으로 한탄하고 있는데 문득 공명이 돌아왔다는 전갈이 왔다.

유비가 달려 나가 공명을 맞아들이자 공명이 먼저 물었다.

"방군사(龐軍師)께서는 별일 없이 잘 계십니까?"

공명이 대뜸 방통을 군사(軍師)라고 부르는 바람에 유비는 찔끔했다. 공명이 그토록 높이 보는 사람을 자신은 겨우 현령으로 삼은 까닭이었다.

"요사이 뇌양현을 다스리게 했더니 술만 좋아하고 일은 보지 않는구려."

유비가 낯없어 하며 그렇게 우물거렸다. 공명이 껄껄 웃다가 다시 물었다.

"사원은 백 리 고을이나 다스리고 있을 재주가 아닙니다. 그 가슴 속에 든 배움은 저보다 열 배나 낫지요. 일찍이 제가 그를 천거하는 글을 써준 적이 있는데 주공께서는 아직 받지 못하셨습니까?"

"나는 오늘에야 겨우 자경이 써준 글을 읽었을 뿐이외다. 선생이 써주셨다는 글은 아직 보지 못했소."

유비가 그렇게 대답하자 공명은 방통의 뜻이 짐작 간다는 듯 고개를 끄덕이며 말했다.

"원래 큰 재주를 가진 사람에게 작은 일자리를 맡기면 술로 지내며 일을 게을리하는 수가 있습니다. 주공께서는 너무 괴이쩍게 생각하지 마십시오.”

“이제 알 듯도 하오. 사실 장비가 말해주지 않았더라면 나는 대현을 잃어버릴 뻔했소.”

그제서야 유비는 솔직하게 자기 잘못을 털어놓고 장비를 불러 일렀다.

“너는 뇌양현으로 가서 방통선생을 형주로 모셔오너라!”

이에 장비는 곧 뇌양현으로 달려가 방통을 데려왔다. 방통이 형주로 돌아오자 유비는 계단 아래까지 내려가 잘못을 빌었다. 그때서야 비로소 방통은 공명이 전에 그를 위해 써준 글을 내놓았다. 유비가 뜯어보니 봉추가 오거든 그날로 높이 쓰라는 공명의 간곡한 당부가 적혀 있었다. 방통이 곧 봉추라는 걸 알자 유비는 기쁨을 이기지 못했다.

“지난날 사마덕조(司馬德操)선생이 말하기를 ‘복룡과 봉추 두 사람 중 한 사람만 얻어도 천하를 평안케 할 수 있으리라’ 했는데, 이제 나는 그 두 사람을 모두 얻었다. 한실을 다시 일으키는 데 무슨 어려움이 있겠는가.”

그렇게 말하며 크게 웃었다. 그리고 곧 방통을 부군사(副軍師) 중랑장(中郎將)으로 삼아 공명과 더불어 방략을 짜내고 군사를 조련하며 적정을 탐지하는 일을 보게 했다.

그런데 방통과 유비의 이 같은 만남에 대해 정사의 기록은 조금 다르다.

유비가 방통에게 뇌양현을 다스리게 한 것은 사실이지만 방통이 유비에게로 온 것이 노숙과 제갈량의 권유 때문이었다는 기록은 없다. 그리고 제갈량과 노숙이 각기 써주었다는 천거의 글도 실은 『연의』를 지은 이의 윤색에 지나지 않는다. 노숙이 유비에게 방통을 두둔하는 글을 보낸 것은 유비가 방통을 면직시킨 뒤의 일이며, 제갈량은 다만 말로써 유비에게 기용(起用)을 권했을 뿐이었다.

하지만 어쨌든 방통을 얻은 것은 유비에게 새로운 날개가 하나 더해진 것이나 다름없었다. 그리고 그 새로운 날개는 이제 유비에게 천하를 향한 힘찬 비상을 재촉할 것이었다.

서량에서 이는 회오리

　유비가 새로 방통을 얻어 제갈량과 더불어 군사를 기르게 하고 있다는 소식은 오래잖아 조조의 귀에도 들어갔다. 군사를 모으고 말을 사들이며 말먹이 풀과 군량을 쌓을 뿐만 아니라 동오와 힘을 합쳐 북으로 쳐올라 오려 한다는 좀 과장된 소문이었다.

　조조는 그런 소리를 듣자 곧 여러 모사들을 불러놓고 오히려 남으로 쳐내려 갈 의논을 시작했다. 먼저 순유가 나서서 말했다.

　"주유가 이미 죽었으니, 먼저 손권을 쳐 없애고 다음으로 유비를 공격하는 게 좋겠습니다."

　그러자 조조가 어두운 얼굴로 그 말을 받았다.

　"내가 멀리 싸우러 간 뒤에 마등(馬騰)이 허도로 쳐들어올까 두렵네. 지난날 적벽 싸움 때도 서량의 군사들이 쳐들어왔다는 헛소문이 떠돌아 우리 군사들이 적지 않이 흔들리지 않았는가? 이번에는 그런 일을 미리 막아두지 않을 수가 없네."

"제 어리석은 소견으로는 마등에게 남정장군을 내리신 뒤에 손권을 친다는 평계로 불러들여 먼저 그자부터 없애버리는 게 좋겠습니다. 그렇게 되면 우리가 남쪽으로 원정을 가도 뒤를 걱정하지 않을 수 있을 것입니다."

조조가 들어보니 그 꾀가 그럴듯했다. 기꺼이 그 말을 따르기로 하고 곧 사람을 뽑아 서량으로 마등을 부르러 보냈다.

마등은 자를 수성(壽成)이라 쓰며 한(漢) 복파장군 마원(馬援)의 후예였다. 그 아비 숙(肅)은 자를 자석(子碩)이라 썼는데 환제(桓帝) 때 난간현(蘭干縣)의 현위를 지냈으나 뒤에 영락하여 농서에서 강인(羌人)들과 섞여 살았다.

마등은 그 아비 숙이 강녀(羌女)를 얻어 낳은 아들로, 키가 여덟 자에 생김새가 씩씩한 데다 성품이 따뜻하고 너그러워 일찍부터 많은 사람들로부터 우러름을 받았다. 그 뒤 영제(靈帝) 때 강인들이 모반하자 마등은 백성들을 모아 그들을 쳐부수었고 다시 초평(初平) 중년에는 도적을 쳐 없앤 공이 있어 정서장군에 제수되었다. 진서장군인 한수(韓遂)란 이와 몹시 친했는데 나중에는 형제의 의를 맺고 지냈다.

그날 마등은 갑작스레 허도에서 칙사가 와서 천자의 부름을 전하자 맏아들 마초(馬超)를 불러놓고 의논했다.

"나는 지난날 동승(董承)과 함께 천자로부터 띠 속에 감춰진 조서를 받고 유비와 더불어 역적을 치기로 맹세한 적이 있다. 그러나 불행히도 동승은 그 일이 새어나가 조조에게 이미 죽임을 당했고 유비는 거듭 싸움에 져서 멀리 쫓겨가 있다. 내가 외진 서량에 있어 그동안 유비를 돕지는 못했지만 이번에 들으니 유비는 새로 형주를 얻었다고 한다. 이제 다시 그와 힘을 합쳐 지난날 못다 이룬 뜻을 펴보려하는데 오히려 조조가 천자의 이름을 빌려 나를 부르니 어떻게 하면 좋겠느냐?"

마초가 가만히 생각하다 대답했다.

"조조가 천자의 명을 받들어 아버님을 부르고 있으니 만약 가지 않는다면 반드시 아버님께 천자의 명을 거스른 죄를 뒤집어씌울 것입니다. 마땅히 그 부름을 따라 허도로 가되, 그곳에서 틈을 보아 일을 벌인다면 지난날 못 이룬 뜻을 펼쳐보실 수도 있을 것입니다."

그때 함께 있던 마등의 조카 마대(馬岱)가 말렸다.

"조조의 속마음은 헤아리기 어렵습니다. 숙부께서 가셨다가 해를 입으실까 두렵습니다."

"저는 서량의 군사들을 모두 데리고 아버님을 따라 허창으로 쳐들어가고 싶습니다. 이는 천하를 위해 해로운 물건을 없이하고자 함이니 안 될 게 무엇이겠습니까?"

마초가 기세 좋게 종형의 말을 맞받았다. 듣고 있던 마등이 조용히 그런 아들을 달랬다.

"너는 강병(羌兵)들을 거느리고 서량을 지키고 있거라. 나는 네 아우 휴(休)와 철(鐵), 그리고 조카 대(岱)만 데리고 가겠다. 아무리 조조라도 네가 군사를 데리고 서량에 있고 또 한수가 서로 돕고 있음을 보면 감히 나를 해치지는 못할 것이다."

"아버님께서 가시더라도 결코 가볍게 허도로 들어가셔서는 아니 되십니다. 그때그때 형편을 보아 대응하시기로 하고 먼저 조조의 움직임부터 살피도록 하십시오."

부친의 엄명이라 마지못해 따르면서도 마초는 그렇게 덧붙이기를 잊지 않았다. 마등은 그런 아들을 안심시키려는 듯 빙긋 웃으며 말했다.

"내게도 다 생각이 있다. 너무 걱정하지 마라."

그리고 마등은 곧 서량병(西涼兵) 오천을 뽑아 길을 떠났다. 아들 마휴(馬休)와 마철(馬鐵)을 앞서게 하고 조카 마대에게는 뒤를 맡긴 뒤 스스로 중군을 맡아 허창으로 나아갔다.

오래잖아 허창에 이른 마등은 성문 밖 이십 리쯤 되는 곳에 군마를 멈추었다. 아들 마초의 말대로 그곳에서 잠시 조조의 움직임을 살핀 뒤에 성안으로 들어갈 생각이었다.

한편 조조는 마등이 성 밖에 이르렀단 말을 듣자 문하시랑 황규(黃奎)를 불러 말했다.

"지금 마등이 남쪽의 유비와 손권을 칠 군사를 이끌고 온 모양이다. 그대를 행군참모로 그에게 보낼 것이니 가서 이르라. 서량은 길이 멀어 군량을 옮겨오기 어려우므로 많은 인마를 데리고 올 수 없었을 것인즉 내가 마땅히 대병을 내어 함께 힘을 합쳐 나갈 것이라고. 또 내일은 성안으로 들어와 천자를 뵙도록 이르고 아울러 내가 그때 군량과 말먹이 풀을 주리란 말도 전하라."

이에 황규는 조조의 명을 받들어 마등에게로 갔다. 마등은 술을 내어 황규를 대접했다. 그런데 술이 반쯤 올랐을 때였다. 황규가 문득 뜻밖의 소리를 했다.

"저희 아버지 황완(黃琬)은 이각과 곽사의 난중에 돌아가셨습니다. 언제나 그 일을 마음 아프게 여겨오고 있는데 이제는 내가 또 임금을 속이는 역적 놈을 만났습니다⋯⋯."

"누가 그런 역적이란 말이오?"

마등이 속으로 놀라며 물었다. 황규가 거침없이 대답했다.

"임금을 속이고 윗사람을 홀리는 역적 놈은 바로 조조입니다. 공은 그걸 몰라 제게 물으십니까?"

딴에는 고른다고 골라 보낸 황규였으나 조조는 사람을 잘못 고른 셈이었다. 그러나 마등은 조조가 자신을 떠보려고 황규를 보냈을지 모른다 싶어 얼른 황규를 말렸다.

"가까이에 보고 듣는 눈과 귀가 있소이다. 함부로 어지러운 말씀을 하지 마시오."

그러자 황규가 마등을 쏘아보며 꾸짖듯 소리쳤다.

"공은 벌써 천자께서 의대에 감춰 내리셨던 옛날의 그 조서를 잊으셨소?"

마등이 보니 아무래도 진심에서 우러난 소리 같았다. 이에 마등은 목청을 낮추어 황규에게 본심을 털어놓았다. 그러자 황규가 놀라운 내막을 일러주었다.

"조조는 공에게 성으로 들어와 천자를 뵙도록 하라 하였으나 그것은 틀림없이 좋은 뜻에서가 아닐 것입니다."

"그럼 어떻게 했으면 좋겠소?"

"함부로 성안으로 들어가지 마시고 먼저 성 밖에서 조조로 하여금 공이 이끌고 온 군마를 점고케 하십시오. 그리하여 조조가 공의 군마를 점고하고 있을 때 틈을 타서 그를 베어버리신다면 큰일은 이루어질 수 있을 것입니다."

마등이 들어보니 좋은 계책 같았다. 이에 그 말대로 따르기로 하고 두 사람은 헤어졌다.

마등과 헤어진 황규는 곧 집으로 돌아왔으나 술기운으로 복받친 감정은 쉬이 가라앉지 않았다. 황규의 안색이 예사롭지 않은 걸 보고 그 아내가 까닭을 물었다. 황규는 아녀자에게 터놓고 얘기할 일이 아닌지라 대답 대신 통만 주어 입을 막아버렸다.

그런데 황규의 첩에 이춘향(李春香)이란 계집이 있었다. 이 계집이 뜻밖에도 황규의 처남 묘택(苗澤)이란 자와 배가 맞아 남몰래 놀아나고 있었다. 그날 황규가 뭔가 분해하고 한스러워하는 기색을 보이자 이춘향은 몰래 묘택을 만나 말했다.

"오늘 황시랑(黃侍郎)이 마등과 함께 군사에 관한 걸 의논하고 돌아왔는데 왠지 얼굴에 분함과 한스러움이 내비치고 있는데 무엇 때문에 그럴까?"

이때 묘택은 한창 춘향에게 빠져 있었다. 밤낮으로 춘향을 얻을 궁리를 짜내 보았으나 매부의 첩이라 어찌해볼 방도가 없던 차에 그 말을 들으니 먼저 못된 꾀부터 떠올랐다.

"뭐라고? 그럼 이따가 슬쩍 말로 그자의 속셈을 한번 거들어보는 게 어때? 이렇게 한번 물어보란 말이야. '사람들이 모두 유비는 어질고 덕이 있으며, 조조는 간웅(奸雄)이라 하는데, 정말입니까?'라고. 그리고는 그자가 털어놓는 얘기를 잘 들어둬."

묘택이 그렇게 말하자 계집이 알 듯 말 듯한 눈길로 물었다.

"건 뭣하시게?"

"평소 그자의 행동거지로 미루어 짚이는 게 있어 그렇단 말이야. 어쨌든 시키는 대로 해."

묘택이 그렇게 말하자 계집도 알겠다는 양 고개를 까닥이고는 돌아갔다.

그날 밤이었다. 황규가 어수선한 마음을 달래려고 춘향의 방으로 찾아드니 초저녁부터 온갖 단장을 다하고 기다리던 춘향이 교태 섞어 그를 맞아들였다. 작은 주안상에는 어느새 술과 안주까지 조촐하게 차려져 있었다. 한창 이런저런 얘기를 나눈 끝에 춘향이 살그머니 물었다.

"세상 사람들은 모두 유현덕을 어질다 하고 조조를 간웅이라 하는데 정말입니까?"

그게 바로 자신의 속을 떠보기 위한 수작이란 것도 모르고 첩의 밝은 소견만 대견하게 여긴 황규가 술김에 속을 털어놓고 말았다.

"너는 한낱 아녀자이면서도 바른 것과 그릇된 것을 분별할 줄 아는데 하물며 대장부인 나이겠느냐? 나는 지금 조조를 죽여 가슴속의 오랜 한을 풀고자 한다."

"장한 일이십니다. 그렇지만 조조 같은 간웅을 죽이기는 쉽지 않을 것입니다. 어떻게 손을 쓰실 작정이십니까?"

첩이 제법 걱정까지 하는 표정으로 황규에게 다시 물었다. 깜박 속은 황규는 해서 안 될 말까지 모두 해버렸다.

"다 방법이 있지. 나는 이미 마등 장군과 약조를 맺어두었다. 내일 조조가 성 밖에서 서량군을 점고할 때 죽여버릴 작정이다."

거기까지 들은 춘향은 황규가 잠들기를 기다려 묘택에게 그대로 전했다. 치정에 눈이 어두워지면 사람이 짐승만도 못해지는가. 묘택은 그게 바로 누이의 집안을 결딴내는 일이란 걸 알면서도 곧바로 조조에게 달려가 황규가 한 말을 모조리 일러바쳤다.

그 놀라운 귀띔을 들은 조조는 곧 조홍과 허저를 불러 무어라고 영을 내린 뒤 다시 하후연과 서황을 불러 새로운 영을 내렸다. 그리고 한편으로는 황규의 집안 노소부터 먼저 잡아들이게 했다.

그 다음 날이었다. 아무것도 모르는 마등은 황규와 약조한 대로 서량의 병마를 이끌고 성 밖에 이르렀다. 성 가까이 이르니 앞에 붉은 기 한 떼와 더불어 승상의 기호(旗號)가 세워져 있는 게 보였다. 마등은 조조가 스스로 군사를 점고하러 나온 줄 알고 말을 박차 앞으로 나갔다.

그때 홀연 한소리 포향과 함께 붉은 기가 좌우로 갈라지며 화살이 비 오듯 쏟아지기 시작했다. 마등이 놀라 보니 앞선 장수는 조조가 아니라 조홍이었다. 그제서야 황규와 더불어 꾸민 일이 드러난 걸 안 마등은 급히 말 머리를 돌렸으나 이미 때는 늦은 뒤였다. 갑자기 양쪽에서 함성이 일며 왼쪽에서는 허저가 짓쳐들어오고 오른쪽에서는 하후연이 짓쳐들어왔다. 뿐만이 아니었다. 등 뒤에서 다시 서황이 짓쳐들며 서량군의 길을 끊으니 마등 부자 세 사람은 조조의 대군 한가운데 갇히고 말았다.

비 오듯 쏟아지는 화살 속에서 마등은 고개조차 바로 들지 못하고 힘을 다해 싸웠다. 이리 부딪고 저리 찌르며 결사적으로 에움을 벗어나려 했으나 겹겹이 둘러싼 조조의 대군을 뚫고 나갈 수는 없었다.

마침내 마철이 먼저 어지럽게 나는 화살에 맞아 죽고, 마휴도 그 아비를 따라 힘을 다해 싸웠지만 끝내 빠져나가지는 못했다. 마등과 마휴 부자는 여기저기 무거운 상처를 입은 데다 타고 있던 말이 화살에 맞아 쓰러지자 조조의 군사들에게 함께 사로잡히고 말았다.

조조는 잡혀온 마등 부자와 황규를 한꺼번에 끌어냈다. 그때까지 시치미를 떼고 있던 황규가 다시 크게 소리쳤다.

"승상, 이게 무슨 짓이오? 나는 아무 죄도 없소이다!"

"묘택을 불러내도록 하라!"

조조가 싸늘한 웃음을 지으며 좌우를 보고 일렀다. 그제서야 황규는 일이 어디서 어그러졌는가를 알았다. 끝까지 부인해보려 했지만 묘택이 나와 몇 마디도 하기 전에 말이 막히고 말았다. 곁에서 보고 있던 마등이 황규를 소리쳐 꾸짖었다.

"저 더벅머리 선비 놈이 내 큰일을 그르치고 말았구나. 나라를 위해 역적을 죽이려 했는데. 아아, 이것도 하늘의 뜻인가!"

그리고 다시 조조를 향해 꾸짖기 시작했다.

조조는 모든 일이 밝혀지자 마등 부자 및 황규를 모두 죽였다. 마등은 목이 떨어지는 순간까지도 조조를 욕하여 마지않았다. 뒷사람이 시를 지어 그를 높이 추켰다.

아버지와 아들 모두 꽃답고 매웁구나.	父子齊芳烈
충성과 정절로 뚜렷한 집안일세.	忠貞著一門
삶을 바쳐 나라의 어려움을 풀려 하고	捐生圖國難

죽음을 맹세코 임금의 은혜에 보답했네.　　　　誓死答君恩

피를 머금어 맹세한 말　　　　　　　　　　嚼血盟言在
간사한 역적 죽이리란 의장(儀狀)에 남아 있네.　誅奸義狀存
서량의 대대로 녹을 받은 집안　　　　　　　西凉椎世胄
복파장군 후예로 부끄럽지 않아라.　　　　　不愧伏波孫

　한편 매부를 밀고하여 죽인 묘택은 부끄러움도 없이 조조에게 청
했다.
　"저는 아무런 상도 바라지 않습니다. 그저 춘향을 아내로 삼게만
해주십시오."
　어떻게 보면 측은한 데마저 있는 치정이었다. 그러나 조조의 대답
은 뜻밖이었다.
　"너는 한낱 계집에 미쳐 매부의 집안을 도륙나게 한 놈이다. 너같
이 의롭지 못한 놈은 살려두어 어디다 쓰겠느냐?"
　싸늘한 웃음과 함께 그렇게 대답한 조조는 묘택과 이춘향도 황규
의 가솔들과 함께 저잣거리에서 목 베게 했다.
　조조의 그 같은 처사에서 읽을 수 있는 것은 두 가지다. 그 하나는
이미 곳곳에서 보여온 조조의 의에 대한 태도이다. 그가 입은 혹독
한 왜곡에도 불구하고, 의로운 인물이면 손해를 입어가면서까지 관
대함을 베풀고 불의한 인물은 아무리 이익을 주어도 용서하지 않았
던 조조의 상을 만들어내는 것은 어렵지 않다. 앞의 대표적인 예가
관운장에 대한 조조의 후대였다면 뒤의 예로 대표적인 것은 묘택의

일이 될 것이다.

다른 하나는 이제 조조의 치세가 완전히 안정되었다는 점이다. 세상이 어지럽고 형세가 불안정할 때는 남의 불의를 부추기는 한이 있더라도 자신의 이익을 도모할 필요가 있다. 즉 적에게는 얼마든지 배반을 권장하고 또 그렇게 하여 자신에게 이익을 가져오는 자는 상으로 격려하기도 한다. 그러나 세상이 안정되면 더욱 필요한 것은 법과 윤리가 된다. 조조가 묘택을 죽인 것은 더 이상 백성들의 불의를 권장해가면서까지 자신의 이익을 구하지 않아도 되는 여유와 안정을 보여준 것이라 할 수도 있다.

어쨌든 황규의 가솔과 묘택까지 죽인 조조는 다음으로 서량병들을 달랬다.

"마등과 그 자식들은 모반을 했기에 죽었다. 그러나 그 나머지 군사들에게는 죄를 묻지 않을 것이니 두려워 말라!"

그리고 한편으로는 각곳의 관과 요긴한 길목을 엄히 지키게 하여 마대가 달아나는 것을 막도록 했다.

원래 마등 부자가 사로잡히던 그날 마대는 군사 일천을 거느리고 뒤에 남아 있었다. 마등이 떠난 지 얼마 안 돼 성 밖에서 도망쳐 온 군사들이 마대에게 일이 탄로나 마등 부자가 사로잡혔음을 알렸다.

크게 놀란 마대는 겨우 일천의 군사로는 마등을 구하러 갈 엄두가 나지 않았다. 그 소식을 듣기 바쁘게 군사들을 버리고 자신은 장사치로 꾸며 밤낮없이 서량으로 달아났다.

한편 조조는 등 뒤의 걱정거리이던 마등을 없애자 마음 놓고 남쪽을 정벌하러 떠날 채비를 서둘렀다. 그런데 남쪽에 풀어놓았던 간세들이 뜻밖의 전갈을 보내왔다.

"유비가 군마를 조련하고 기구들을 갖추어 서천을 치려 하고 있습니다."

그 소식에 놀란 조조가 돌아보며 걱정스레 물었다.

"유비가 서천을 얻게 되면 이는 범에게 날개를 더해준 꼴이 된다. 이 일을 어찌하면 좋겠는가?"

"제게 한 가지 계책이 있습니다. 유비와 손권이 서로 돌볼 수 없게 하여 서천과 강남을 아울러 승상께로 돌아오게 할 수 있을 것입니다."

조조의 말이 끝나기도 전에 계하에서 한 사람이 나서며 소리쳤다. 조조가 보니 시어사로 있는 진군(陳群)이었다.

"진장문(長文, 진군의 자)은 어떤 좋은 계책이 있는가?"

조조가 반가운 얼굴로 그렇게 묻자 진군이 자신 있게 대답했다.

"손권과 유비는 입술과 이 같은 사이로 맺어져 있습니다. 그런데 이제 유비가 서천을 탐내고 있다니 오히려 잘된 일입니다. 승상께서는 곧 뛰어난 장수를 뽑아 군사를 이끌고 합비로 가게 하십시오. 그곳에서 다시 합비의 군사들과 합친 뒤 강남으로 쳐내려 가게 하시면 손권은 반드시 유비에게 구해주기를 빌 것입니다. 그러나 유비의 욕심은 서천에 있는 까닭에 손권을 구해줄 마음이 없을 것이고, 손권은 유비의 구함을 받지 못하면 군사가 적어 큰 힘을 쓰지 못하게 될 것입니다. 그리되면 강동은 승상께서 얻으신 거나 다름없습니다. 또 강동이 우리 손에 떨어지면 형주는 북소리 한번에 평정할 수 있습니다. 서천을 치는 것은 그다음입니다. 유비 제가 아무리 날고 기는 재주를 가졌다 해도 서천만 가지고는 우리에게 맞설 수 없을 것이며 따라서 천하의 형세는 절로 정해지고 말 것입니다."

별로 이렇다 할 계책이랄 것은 없었으나 말인즉은 그럴듯했다.

"장문의 말이 바로 내 뜻과 같다. 그대로 따르리라."

조조는 그렇게 대답하고 곧 삼십만 대병을 일으켜 강남으로 내려갔다. 아울러 합비에 있는 장요에게는 미리 곡식과 말먹이 풀을 마련하여 대병의 뒤를 댈 수 있게 하라는 영을 내렸다.

조조가 대군을 이끌고 내려온다는 소식은 오래잖아 손권의 귀에도 들어갔다. 손권은 여럿을 불러 모아놓고 조조 막을 일을 의논했다. 먼저 장소가 나와 말했다.

"사람을 뽑아 노자경에게 보내시어 급히 형주에 글을 띄우게 하십시오. 유비에게 힘을 합쳐 함께 조조를 막고자 하면 유비는 자경에게 은혜를 많이 입은 사람이라 반드시 그 말을 따를 것입니다. 거기다가 유비는 또 우리 동오의 사위가 된 사람이니 친척간의 의리로서도 마다할 수는 없지 않겠습니까? 그리하여 만약 유비가 우리를 도우러 오게 되면 강남은 별로 걱정할 일이 없겠습니다."

손권이 생각해도 그 길밖에는 달리 어쩌는 수가 없었다. 이에 손권은 장소의 말을 따르기로 하고 곧 노숙에게 사람을 보내 유비에게 도움을 청하라 했다. 노숙은 손권의 명을 받기 바쁘게 유비에게 도움을 청하는 글을 써 보냈다.

유비는 노숙의 글을 읽었으나 달리 뜻하는 바가 있는지라 얼른 마음을 정하지 못했다. 사자를 객사에 머물게 해놓고 사람을 보내 남군에 있는 공명을 불러오게 했다.

공명이 형주에 오자 유비는 노숙이 보낸 글을 내놓고 공명에게 어떻게 할까를 물었다. 먼저 노숙의 글을 살핀 공명이 대수롭지 않다는 투로 말했다.

"강남의 군사를 움직일 필요도 없고 형주의 군사도 움직일 필요가 없습니다. 조조로 하여금 감히 동남쪽을 엿볼 수 없게 할 수 있는 계책이 있습니다."

그러고는 곧 노숙에게 답장을 썼다.

'베개를 높이 하고 조금도 걱정하지 마시오. 만약 북쪽의 군사들이 침범한다 해도 우리 황숙께서는 그들을 물리칠 계책이 서 있습니다.'

그러나 유비는 아무래도 마음이 놓이지 않았다. 노숙에게서 온 사자가 돌아가기 바쁘게 공명에게 물었다.

"지금 조조는 삼십만 대군을 일으킨 데다 합비의 군사들까지 합쳐 밀려오고 있소. 선생에게는 어떤 계책이 있기에 그들을 물리칠 수 있단 말이오?"

공명이 조용히 계책을 유비에게 일러주었다.

"조조가 평생 두려워해온 것은 서량의 군사들입니다. 그런데 이제 조조가 마등을 죽였으니 서량에서 군사를 거느리고 있는 그 아들 마초는 틀림없이 조조에게 이를 갈고 있을 것입니다. 주공께서는 글을 보내 마초와 동맹을 맺고, 마초로 하여금 관(關)을 넘어 중원으로 쳐나오게 하십시오. 그렇게 되면 조조는 강남을 엿볼 겨를이 없을 것입니다."

그 말을 듣고서야 비로소 유비는 얼굴 가득 기쁜 빛을 띠었다.

한편 아버지를 대신해 서량을 지키고 있던 마초는 어느 날 이상한 꿈을 꾸었다. 허옇게 눈이 덮인 벌판에 서 있는데 호랑이 떼가 몰려와 자신을 물어뜯는 꿈이었다. 놀랍고 두려워 눈을 뜬 마초는 여럿을 불러놓고 그 꿈 얘기를 했다. 듣고 있던 사람 중에 하나가 길흉을 묻는 마초에게 소리쳐 대답했다.

"그 꿈은 상서롭지 못한 징조올시다."

여럿이 그 사람을 보니 마초가 가까이서 부리는 교위 방덕(龐德)이란 사람이었다. 마초가 걱정스런 눈길로 그에게 물었다.

"영명(令明, 방덕의 자)은 어째서 그렇게 보시오?"

"눈 덮인 벌판에서 호랑이를 만났다니 꿈치고는 아주 좋지 못한 꿈입니다. 혹시 노(老)장군님이 계신 허창에 무슨 일이 생긴 것이나 아닌지 모르겠습니다."

그런데 미처 그 말이 끝나기도 전에 한 사람이 비틀거리며 뛰어들어 땅에 엎드려 울며 말했다.

"숙부님과 아우들이 모두 죽었습니다!"

마초가 놀라 그 사람을 보니 다름 아닌 사촌 아우 마대였다. 그를 알아본 마초가 급히 물었다.

"아니, 그게 무슨 소린가?"

"숙부님과 시랑 황규가 함께 조조를 죽이려 꾀했으나 불행히도 일이 사전에 탄로나 모두 저잣거리에서 죽임을 당하셨습니다. 두 아우도 함께 조조에게 죽임을 당하고 오직 저만 장사치로 꾸며 그곳을 빠져나왔습니다. 밤을 틈타고 호젓한 길을 골라 간신히 이곳까지 달려온 것입니다."

마대가 눈물 반 넋두리 반 섞어 그렇게 마등의 죽음을 알렸다. 그 말을 들은 마초는 통곡과 함께 땅에 쓰러졌다. 모든 장수들이 붙들어 일으키자 마초는 이를 갈며 조조를 저주했다.

"조조, 이 역적 놈. 내 반드시 네놈의 고기를 씹어 이 원수를 갚으리라……."

그때 홀연 형주에서 유현덕이 사람을 시켜 글을 보내왔다는 전갈이 들어왔다. 유현덕은 죽은 부친의 벗이요, 함께 조조를 없애기로 맹세했던 동지라 마초는 조조에 대한 분노와 부친을 잃은 슬픔 가운데서도 지체없이 유현덕이 보낸 글을 펴 보았다. 거기에는 대략 이렇게 씌어 있었다.

'엎드려 생각건대 한실이 불행하여 조조 같은 역적이 권세를 오로지하고 위로 임금을 속이며 아래로 백성들을 못살게 굴고 있소이다. 유비는 일찍이 장군의 돌아가신 부친과 더불어 천자께로부터 밀조를 받고 이 역적을 죽여 없애기로 맹세한 바 있소. 이제 선친께서 조조에게 해를 당하셨으니 조조는 장군에게 하늘과 땅을 함께하고 해와 달을 더불어 우러를 수 없는 원수일 뿐만 아니라 내게도 용서 못할 원수라 할 수 있을 것이외다. 만일 장군이 서량의 군사를 이끌고 조조의 오른쪽을 쳐부순다면 나는 형주의 군사를 일으켜 조조의 앞을 막아보겠소. 그리하면 조조를 사로잡고 그를 둘러싼 간사한 무리를 모두 없애, 장군의 원수를 갚음은 물론 한실을 다시 일으킬 수도 있을 것이오. 할 말은 태산 같으나 글이 짧아 이 마음속을 다 펼쳐

보이지 못하는 게 한이오. 다만 장군의 반가운 회신이 있기를 서서 기다릴 뿐이외다.'

마초가 그 글을 읽고 망설일 까닭이 없었다. 그 자리에서 눈물 섞어 답서를 써 보내고 곧 서량의 군마를 일으켰다.

서둘러 군사를 일으킨 마초가 막 허도로 짓쳐들어가려 할 때였다. 선친 마등의 의형제인 서량 태수 한수가 사람을 보내 마초를 불렀다. 마초가 한수를 찾아가니 한수는 아무 말 없이 조조가 자신에게 보낸 글 한 통을 내보였다.

'만일 그대가 마초를 사로잡아 허도로 온다면 그대를 바로 서량후 (西涼侯)에 봉하리다.'

대략 그런 내용의 한수를 달래는 글이었다. 그 글을 다 읽은 마초 는 땅에 엎드려 절하며 한수에게 말했다.

"바라건대 숙부께서는 우리 형제 두 사람을 묶어 허창으로 보내 시어 조조와 싸워야 하는 수고로움에서 벗어나도록 하십시오."

그 말이 어찌 진심일까만, 한수의 마음을 더 깊이 흔들어놓고자 짐짓 해본 소리였다. 한수가 그런 마초를 일으켜 세우면서 결연히 말했다.

"나와 네 아버지는 형제를 맺었으니 너는 내 조카다. 어찌 차마 너를 해치겠느냐? 만약 네가 군사를 일으킨다면 나는 마땅히 너를 도우리라."

그리고 조조의 사자를 끌어내 목 벰으로써 자신의 뜻이 확고함을 보였다.

이때 한수는 휘하에 여덟 부(部)의 군마를 거느리고 있었다. 곧 후선(侯選), 정은(程銀), 이감(李堪), 장횡(張橫), 양흥(梁興), 성의(成宜), 마완(馬玩), 양추(楊秋) 여덟 장수가 이끄는 군사로 그들이 한수를 따라 마초의 장수 방덕 및 마대가 이끄는 군사들과 합치니 서량군은 모두 이십만의 대군이 되었다.

서량군이 성난 파도처럼 장안으로 몰려들자 장안 태수 종요(鍾繇)는 급히 그 일을 조조에게 알리는 한편 군사를 이끌고 성을 나와 들판에 진을 쳤다. 서량군의 선봉은 마대였다. 마대는 일만 오천의 군사를 이끌고 산과 들을 뒤덮듯 하며 기세좋게 밀고 들어왔다.

종요가 말을 타고 나가 몇 마디 수작을 건네보았으나 일은 이미 말이 소용없는 상태였다. 마대가 한 자루 보검을 휘두르며 종요를 덮쳐 곧 한바탕 싸움이 벌어졌다. 그렇지만 종요는 원래 마대의 적수가 아니었다. 마대와 창칼을 한번 부딪자마자 스스로 힘이 모자람을 깨닫고 곧 말을 돌려 달아나기 바빴다.

마대는 칼을 휘두르며 달아나는 종요를 뒤쫓았다. 뒤이어 마초, 한수가 이끄는 대군이 모두 이르니 곧 장안성은 서량병에게 몇 겹으로 에워싸이고 말았다. 종요는 할 수 없이 스스로 성벽 위에 나와 장졸들을 격려하며 조조의 구원군이 오기만을 기다렸다.

장안은 원래 서한(西漢)이 도읍으로 삼았던 도시라 성벽은 굳고 높았으며 성을 둘러싸고 있는 웅덩이와 물길은 험하고 깊었다. 아무리 성난 서량의 대군이라도 급히 떨어뜨릴 수 있는 성이 아니었다.

열흘간이나 에워싸고 잇대어 공격을 퍼부었으나 성이 끄떡도 하지 않자 방덕이 계책을 냈다.

"장안성 안은 땅이 굳고 물이 짜 우물을 파 마시기 어렵습니다. 거기다가 땔감조차 없는데 이제 우리가 성을 에워싼 지 열흘이나 되었으니 군사와 백성들이 한가지로 주림과 추위에 지쳤을 것입니다. 이렇게 한번 해보시지요. 틀림없이 장안성을 얻을 수 있을 것입니다."

그러고는 마초의 귀에다 대고 무어라고 수군거렸다. 듣고 난 마초가 기쁜 얼굴로 말했다.

"그것 참 좋은 계책이다!"

마초는 입으로 그렇게 감탄했을 뿐만 아니라 곧 방덕의 계책을 그대로 시행했다. 각 부에 '영(令)' 자 깃발을 들려 모두 군사를 물리게 하고 마초 자신은 뒤에 남아 뒤쫓는 적을 막는 일을 맡았다. 마초의 영을 받은 서량병들은 차례로 장안성에서 물러나기 시작해 이튿날 종요가 성 위에서 내려다보았을 때는 이미 눈에 띄게 줄어 있었다.

종요는 서량병이 물러나고 있음을 알았으나 그것이 자기를 성 밖으로 끌어내려는 계책 같아 두려웠다. 얼른 서량병을 뒤쫓지 못하고 사람을 보내 먼저 허실을 탐지하게 했다.

"정말로 멀리 가버렸습니다."

이윽고 정탐을 나갔던 군사가 돌아와 종요에게 알렸다. 그제서야 마음을 놓은 종요는 군사와 백성들을 성 밖으로 내보내 나무를 하고 물을 길어오게 했다. 그렇게 하자니 자연 성문은 크게 열리고 사람들의 나들이는 마음대로가 될 수밖에 없었다.

그런데 서량병이 물러간 지 닷새째가 되는 날이었다. 멀리 나가 마초군의 움직임을 살피고 있던 군사가 헐떡이며 달려와 종요에게 알렸다.

"마초의 군사들이 다시 몰려오고 있습니다."

그 소리에 놀란 군사와 백성들이 다투어 성안으로 몰려들었다. 종요는 그들이 모두 성안으로 들기를 기다려 굳게 성문을 닫고 적을 맞을 채비를 갖추었다.

그때 장안성 서문을 맡아 지키는 장수는 종요의 아우 종진(鍾進)이었다. 그날 밤 삼경 무렵이 되어 성문을 둘러보는데 갑자기 문 안쪽에서 불길이 이는 게 눈에 띄었다. 종진은 급히 그쪽으로 달려갔다. 갑자기 성벽 한쪽에서 어떤 사람이 칼을 들고 말을 달려 나오며 소리쳤다.

"이놈 어딜 가느냐? 방덕이 여기 있다!"

성을 나갔던 군사와 백성들 틈에 섞여 몰래 성안으로 숨어든 마초의 장수 방덕이었다. 놀란 종진이 어떻게 맞서보려 했지만 워낙 뜻밖의 일이라 미처 손쓸 틈이 없었다. 방덕의 한칼에 머리를 잃고 말 아래로 굴러떨어졌다.

방덕은 종진을 죽인 기세로 뒤이어 몰려든 종요의 군교(軍校)들을 흩어버리고 성문 빗장을 부숴버렸다.

방덕이 크게 성문을 열자 밖에서 기다리던 마초와 한수의 군사들이 물밀듯이 성안으로 몰려들었다. 잠자다가 일을 당한 종요로서는 그야말로 속수무책이었다. 성을 버리고 마초가 일부러 틔워준 동문으로 빠져 달아났다. 어렵지 않게 장안성을 빼앗은 마초와 한수는 삼군에게 크게 상을 내려 그 공에 답했다.

장안성을 빠져나간 종요는 동관(潼關)으로 물러나 굳게 지키는 한편 조조에게 그 급한 소식을 전했다. 조조는 장안성이 마초에게 떨어졌다는 말을 듣자 다시는 남쪽을 칠 생각을 할 겨를이 없었다. 곧 조홍과 서황을 불러 엄한 얼굴로 영을 내렸다.

"그대들 둘은 우선 군사 일만을 데리고 가서 종요와 바꾸어 동관을 굳게 지키도록 하라. 열흘 안으로 관(關)을 잃으면 둘 다 목이 잘릴 것이나 열흘 넘긴 뒤의 일은 너희가 알 바 아니다. 내가 곧 대군을 이끌고 뒤따라갈 것이니 부디 내 말을 가벼이 여기지 말라."

이에 명을 받은 두 사람은 그날 밤으로 동관을 향해 달려갔다.

조홍이 떠난 뒤 조인이 걱정스런 얼굴로 조조에게 말했다.

"홍(洪)은 성질이 성급해서 혹시라도 일을 그르칠까 두렵습니다."

"나도 걱정이 된다. 어서 군량과 말먹이 풀을 보내고 우리도 뒤따라가 뒤를 받쳐주도록 하자."

조인의 말을 들은 조조도 밝지 않은 얼굴로 그렇게 받았다.

한편 동관에 이른 조홍과 서황은 종요를 대신해 방비를 맡았다. 둘 다 싸움이라면 마다않는 맹장들이었지만 워낙 조조의 명이 엄해 굳게 지킬 뿐 나가 싸우지 않으니 애가 타는 것은 마초였다. 힘으로 깨뜨리기에는 너무 든든한 성곽이요 험한 지세였다.

이에 마초는 생각 끝에 군사를 이끌고 관 아래로 와 조조뿐만 아니라 그 위아래 삼대 모두를 싸잡아 욕설을 퍼부었다. 그렇게 되니 조조의 사촌인 조홍이 그 욕질에서 무사할 리 없었다. 곧 크게 성이 나서 군사를 이끌고 관 아래로 쳐내려 가려 했다.

"아니 되오이다. 저것은 마초가 장군을 격동시켜 관 밖으로 끌어내리려는 수작이니 결코 나가 싸워서는 아니 되오. 승상께서 대군을 이끌고 오실 때까지만 참고 기다리도록 합시다. 반드시 좋은 계책이 있을 것이오."

서황이 조홍의 옷깃을 잡으며 말렸다. 조홍도 그날만은 참았다.

하지만 마초의 욕질은 그 한번만으로 그치지 않았다. 군사를 시켜 밤낮으로 관 주위를 빙빙 돌며 조조의 삼대를 욕하게 하니 조홍은 견딜래야 견딜 수가 없었다.

"말을 준비하라! 군사 약간을 이끌고 나가 저놈들의 주둥이를 찢어 놓으리라!"

마침내 조홍은 그 한소리와 함께 군사 삼천을 이끌고 관을 내려갔다. 일이 되느라 그런지 그때는 서황도 곁에 없었다.

바란 대로 조홍을 관 밖으로 끌어냈으나 마초는 서둘지 않았다. 어떤 명을 받았는지 서량병들은 조홍의 군사를 보자마자 말과 창칼을 버리고 달아나기 시작했다. 조금만 생각해도 수상쩍은 일이었지만 분김에 달려 나온 조홍은 이끌리듯 그런 서량병을 뒤쫓았다.

그때 서황은 마침 관 안에서 군량과 말먹이 풀을 점고하고 있었다. 군사 하나가 달려와 급하게 알렸다.

"조홍 장군이 군사 삼천을 이끌고 성을 나가셨습니다."

서황이 놀라 급히 군사를 이끌고 조홍의 뒤를 따라나가며 크게 소리쳤다.

"자렴(子廉)은 어서 돌아오시오!"

그러나 미처 조홍이 돌아서기도 전에 등 뒤에서 크게 함성이 일며 마대가 군사를 이끌고 짓쳐왔다. 그제서야 속은 줄 알고 군사를 멈춘 조홍은 뒤따라온 서황과 더불어 급히 말 머리를 돌렸다. 그때 한차례 북소리가 나며 산 뒤에서 두 갈래의 군마가 쏟아져 나와 길을 끊었다. 왼쪽이 마초요 오른쪽은 방덕이었다.

길을 앗고자 하는 조홍, 서황과 서량병 사이에 한바탕 마구잡이 싸움이 벌어졌다. 하지만 이미 기운 싸움이었다. 마침내 조홍은 서량병을 당해내지 못해 군사 태반을 잃고 겨우 길을 앗아 관 위로 달아났다. 그러나 워낙 바짝 뒤쫓는 서량병이라 관문을 닫을 틈이 없었다. 이에 조홍과 서황은 하는 수 없이 동관을 버리고 달아나기 시작했다.

방덕은 그런 조홍과 서황을 쫓아 동관을 나섰으나 오래잖아 조인이 나타나 구해 가는 걸 보고 군사를 되돌렸다. 동관에 있던 마초는 되돌아온 방덕을 관 위로 맞아들여 그날의 싸움을 끝냈다.

한편 마초에게 동관을 잃은 조홍은 정신없이 달아나다 조인의 구원을 받아 조조를 만났다. 조조가 성난 얼굴로 물었다.

"나는 너희들에게 열흘 기한을 주었다. 그런데 어찌하여 아흐레만에 동관을 잃었느냐?"

"서량의 군병들이 우리 집안을 두고 갖은 욕질을 다했습니다. 나는 적군이 우리를 얕보아 경계를 게을리하고 있는 걸 보고 기세로 그들을 쫓다가 뜻밖에도 간사한 계책에 떨어진 것입니다."

조홍이 기어드는 목소리로 그렇게 우물거렸다. 조조는 그런 조홍을 제쳐놓고 이번에는 곁에 있는 서황을 보고 따졌다.

"홍(洪)은 나이가 없고 성미가 조포(躁暴)해 그렇다 치자. 서황 그대는 어찌하여 일을 이 꼴로 만들었는가?"

"제가 여러 번 말렸으나 작은 장군께서 듣지 않으셨습니다. 그날도 저는 관 위에서 군량과 말먹이 풀을 점고하고 있다가 작은 장군께서 이미 관을 내려가신 뒤에야 그 일을 알았습니다. 저는 혹여 실수라도 있을까 봐 급히 군사를 이끌고 뒤따랐는데 그만 적의 계책에 빠지고 만 것입니다."

서황이 억울하다는 듯 발뺌을 했다. 그 말에 조조는 더욱 성이 나 조홍을 노려보다 소리쳤다.

"여봐라 저놈을 끌어내 목을 베라!"

사촌 아우를 목 베라는 말이 어찌 진심일까만 군령을 어겼으니 덮어둘 수가 없었다. 곁에 있던 여러 관원들이 모두 입을 모아 말렸다.

"고정하십시오. 이기고 짐은 병가에게 매양 있는 일입니다."

조홍도 그때는 은근히 겁이 났던지 조조에게 빌었다.

"다시는 이런 일이 없겠습니다. 부디 너그럽게 보아주십시오."

그제서야 조조도 마지못한 듯 조홍을 꾸짖어 물리치고 대군을 똑바로 동관을 향해 몰아나갔다. 조인이 서두는 듯한 조조를 깨우쳤다.

"먼저 진채와 책(柵)을 세우셔야 합니다. 동관을 치는 것은 그 뒤라도 늦지 않습니다."

그제서야 조조도 퍼뜩 정신이 나는지 장졸들에게 영을 내렸다.

"나무를 베어 책을 두르고 진채를 마련하도록 하라. 진채는 세 채로 나누어 세우되 왼편에는 조인이 들어가고 오른편에는 하후연이 든다. 가운데 채는 내가 쓰리라."

대강 진채가 마련되자 조조는 다시 세 채의 군사들을 모두 모아 동관으로 나아갔다. 그러나 미처 동관에 이르기도 전에 마주쳐오는 서량병을 만났다. 곧 진세를 벌이게 한 조조는 스스로 문기 아래 나가 서량의 군사들을 살펴보았다. 그렇게 보아서 그런지 사람마다 모두 용맹스럽고 굳세 보였으며 하나하나가 빠짐없이 영웅이라 할 만했다.

그런 중에 문득 마초의 모습이 조조의 눈에 들어왔다. 얼굴은 분을 바른 듯 희고 입술은 주사(朱沙)를 칠한 듯 붉었으며 허리는 가늘고 아랫도리는 펑퍼짐한데 목소리가 힘차고 용맹스럽기 그지없었다. 아비의 상복을 대신했는지 흰 갑옷에 은투구에다 긴 창을 잡은 채 양쪽에 마대와 방덕을 벌여 세우고 말 위에 덩그렇게 앉아 있는 모습이 그야말로 하늘에서 내려온 신장(神將) 같았다.

'서량의 옥 같은 마초[玉馬超]라더니, 과연 그대로구나!'

조조는 그 같은 마초의 모습에 절로 감탄하지 않을 수 없었다. 그리고 비로소 자신이 어려운 싸움을 앞두고 있음을 깨달았다. 원래 조조는 마초가 군사를 일으켰다는 말을 처음 들었을 때만 해도 그것이 그저 변방에서 불어오는 한줄기 가벼운 바람이려니 생각했다. 서량의 군사를 두려워해온 것은 사실이었으나, 마등을 죽이고 나서는 어느 정도 마음을 놓고 있었기 때문이었다.

조조는 마초가 남아 있다고는 해도 그 나이로는 아비처럼 서량의 힘을 한군데 끌어모을 수 없다고 보았다. 장안성이 떨어졌다는 말을 들었을 때만 해도 마찬가지였다. 젊은 혈기로 부딪쳐오는 그를 오랫동안 싸움을 모르고 지냈던 변방 태수가 당해내지 못한 것이라 여겼다.

그런데 동관이 떨어지고 조홍, 서황 같은 역전의 맹장들이 쫓겨온 데다 이제 눈앞에 선 마초를 보니 생각이 달라지지 않을 수 없었다. 마초가 몰고 온 것은 한줄기 가벼운 바람이 아니라 어쩌면 자기 자

신을 그대로 날려버릴 수 있는 거센 회오리일지도 모른다는 불안이
문득 일었다.

젊은 범 묵은 용

마초에 대한 새삼스런 감탄이 크다 해도 역시 그곳은 싸움터였다. 조조는 짐짓 위세를 꾸미며 말을 몰고 나가 마초를 보고 꾸짖었다.

"너는 한조의 명장 복파장군(伏波將軍)의 자손이다. 그런데 무슨 까닭으로 모반을 하려 드느냐?"

그러자 마초가 이를 북북 갈며 조조를 욕했다.

"조조 이 역적 놈아. 너는 임금을 속이고 윗사람을 욕보이니 그 죄는 죽어 마땅하다. 거기다 너는 또 내 아버님과 아우를 죽였으니 나와는 하늘을 같이할 수 없는 원수다. 내 반드시 너를 사로잡아 그 고기를 씹으리라!"

그러고는 더 말할 것도 없다는 듯 창을 꼬나 잡고 똑바로 조조를 향해 말을 몰아 나갔다. 조조의 등 뒤에 있던 우금이 얼른 말을 박차고 나가 마초를 맞았다. 하지만 우금이 맹장이라 해도 젊은 마초의 기세를 당해낼 수 없었다.

두 말이 엇갈리며 창칼이 부딪기 여덟아홉 번이나 했을까, 견디지 못한 우금이 말을 돌려 달아나기 시작했다.

조조 편에서 다시 장합이 달려 나갔으나 마초를 당해내지 못하기는 마찬가지였다. 겨우 스무 합을 버티다가 역시 꼬리를 사리고 달아났다. 그 뒤를 받은 것이 이통(李通)이었다. 하지만 이통은 원래가 마초의 적수는 못 되었다. 몇 번 창칼을 부딪기도 전에 위세 좋은 마초의 창에 찔려 말 아래로 굴러떨어졌다.

한 창에 이통을 죽인 마초가 문득 뒤를 돌아보며 창을 휘저었다. 그게 무슨 신호였던지 서량병이 일제히 조조의 군사를 덮치기 시작했다. 이미 세 장수가 쫓겨온 데다 한 장수가 눈앞에서 죽는 걸 본 조조군이라 기세가 아니 꺾일려야 아니 꺾일 수가 없었다. 변변히 맞서 보지도 못하고 쫓기니 싸움은 조조의 대패였다.

조조군이 몰릴수록 서량병들은 힘이 더욱 솟구쳤다. 마초를 가운데로 하고 좌우를 맡은 장수들이 힘을 모아 짓쳐오니 조조의 군사는 여지없이 무너져 갈팡질팡했다.

마초, 방덕, 마대는 수백 기를 이끌고 똑바로 중군을 짓밟으며 조조를 사로잡으려 했다. 이리저리 쫓기는 군사들 틈에 끼어 정신없이 달아나는 조조의 귀에 문득 서량병들의 외침 소리가 들렸다.

"붉은 전포를 입은 놈이 조조다. 붉은 전포 입은 놈을 잡아라!"

그 소리에 놀란 조조는 말 위에서 얼른 붉은 전포를 벗어던졌다. 그러자 서량병들이 다시 외쳐댔다.

"수염 긴 놈이 조조다. 수염 긴 놈을 잡아라!"

조조는 또 놀랐다. 얼른 차고 있던 칼을 뽑아 긴 수염을 잘라버렸다. 서량병 중에 조조가 수염을 자르는 걸 본 군사가 있어 곧 그 일을 마초에게 알렸다. 마초가 영을 바꾸었다.

"수염을 잘라 짧아진 놈이 조조다. 수염 짧은 놈을 잡아라!"

그렇게 되니 이미 자른 수염을 이어댈 재간이 없는 조조는 더욱 놀랐다. 생각 끝에 깃발을 찢어 얼굴을 싸매고 천방지축 달아났다.

조조가 한창 말을 달리고 있는데 문득 등 뒤로 한 장수가 쫓아왔다. 조조가 돌아보니 바로 마초였다. 이때 조조 곁에는 몇몇 장수들이 붙어 있었으나 마초를 보자 질겁을 하고 뿔뿔이 흩어져버렸다. 사람이 다급해지면 제 목숨이 으뜸이라 주인도 저버리고 살길을 찾아 달아나버린 것이었다.

혼자 달아나는 조조를 알아본 마초가 태산이 무너질 듯한 소리를 내질렀다.

"조조는 달아나지 말라!"

그 소리에 조조가 어찌나 놀랐던지 들고 있던 말채찍을 떨어뜨릴 지경이었다.

뒤이어 조조와 마초 간의 쫓고 쫓기는 경주가 벌어졌다. 조조는 정신없이 말 배를 걷어차며 앞으로 내닫고 마초는 창을 휘두르며 그 뒤를 쫓았다. 어디쯤 갔을까. 갑자기 조조 앞에 굵은 나무 한 그루가 나타났다. 조조가 얼른 그 나무를 도는데 뒤쫓던 마초가 창을 내질렀다.

창은 아슬아슬하게 조조를 스쳐 나무 등걸에 박혔다. 아비와 형제를 잃은 원한이 스민 창질이라 박혀도 여간 깊이 박히지 않았다. 마초가 힘들여 나무 등걸에 깊이 박힌 창날을 빼고 보니 조조는 이미 멀리 달아난 뒤였다.

마초는 그래도 단념하지 않고 말을 박차 조조를 뒤쫓기 시작했다. 한참을 뒤쫓는데 문득 어떤 산 언덕에서 한 장수가 뛰쳐나오며 소리쳤다.

"우리 주인을 다치지 말라! 조홍이 여기 있다."

그러면서 칼을 휘둘러 마초의 앞길을 가로막았다. 조조는 그 틈을 타 목숨을 구해 달아나고 조홍과 마초 간에 한바탕 싸움이 어우러졌다. 어지간한 조홍이었으나 사오십 합이 지나자 차차 칼 쓰는 법이 어지러워졌다.

그때 하후연이 수십 기를 이끌고 그곳에 나타났다. 자신은 혼자고 상대는 여럿이라 안 되겠다 여긴 마초는 그제서야 말을 돌려 달아나기 시작했다. 하후연도 패군을 수습하기에 바빠 마초를 뒤쫓을 생각까지는 못했다.

조조가 진채로 돌아가보니 조인이 죽을힘을 다해 진채를 지키고는 있었으나 군사는 적지 않이 꺾여 있었다. 자신의 군막으로 돌아간 조조는 먼저 조홍의 공부터 추켰다.

"내가 전에 만약 조홍을 죽였더라면 오늘은 틀림없이 마초의 손에 죽었을 것이다!"

그러고는 조홍을 불러 무거운 상을 내리고 벼슬을 높여주었다.

한번 뜨거운 맛을 본 뒤에 간신히 군마를 수습한 조조는 그날부터 굳게 진채와 책을 지키기만 했다. 진채를 둘러싼 도랑을 깊게 파고 흙담을 높여 서량병이 함부로 덮칠 수 없도록 할 뿐 누구도 나가 싸우는 걸 허락하지 않았다.

마초가 매일 군사를 이끌고 와 싸움을 걸었으나 조조의 영은 한결같았다.

"모두 굳게 지키기만 하고 나가 싸우지 말라. 함부로 움직이는 자는 목을 베리라!"

보다 못한 장수들이 은근히 조조에게 권해 보았다.

"서량의 군사들은 모두 긴 창을 쓰고 있습니다. 마땅히 궁노수를 뽑아 저들을 맞도록 해야 합니다."

그래도 조조는 조금도 싸우려 들지 않았다.

"싸우고 아니 싸우고는 우리에게 달린 것이지 적에게 달려 있지 않다. 적이 아무리 긴 창을 가지고 있다 한들 채책(寨柵) 뒤에 있는 우리를 어찌 찌를 수 있겠느냐? 그대들은 모두 굳게 지키며 적이 스스로 물러가는 꼴이나 구경하라."

그렇게 말하며 움직이지 않으니 장수들은 저희끼리 수군거렸다.

"이상하다. 승상께서는 지금까지 모든 싸움에서 언제나 앞장을 서셨는데 이제 마초에게 지고 나서는 왜 이리 약해지셨는가?"

하지만 조조의 엄명이라 모두 진채에 박혀 굳게 지키는 수밖에 없었다. 이렇다 할 싸움 없이 며칠이 지났다. 세작이 와서 조조에게 알렸다.

"마초에게는 또 이만의 군사가 늘었습니다. 이는 모두 강인(羌人)들의 마을에서 마초를 도우러 온 장정들이라 합니다."

그냥 이만이라도 예삿일이 아닌데, 날래고 겁 없는 강인들로만 이만이 늘었다니 큰일이 아닐 수 없었다. 그러나 이상하게도 조조는 그 말을 듣자 오히려 기뻐했다. 곁에 있던 장수들이 어리둥절해 물었다.

"마초의 군사가 늘어났다는데 승상께서는 어찌하여 기뻐하십니까?"

"내가 이 싸움에 이기거든 그때 그대들에게 까닭을 밝히겠다. 기다리라."

조조는 거기까지만 말하고 더는 까닭을 밝히지 않았다. 사흘 뒤에 또다시 마초의 군사가 불었다는 소식이 들어왔을 때도 마찬가지였다. 조조는 전보다 한층 더 기뻐하며 장막 안에 잔치까지 벌였다.

여러 장수들은 불안해진 조조가 짐짓 허세를 부려보는 것쯤으로 여기고 속으로 그런 조조를 비웃었다. 조조가 그만 눈치를 모를 턱이 없었다. 술잔을 돌리다 말고 문득 여럿에게 물었다.

"그대들은 모두 내가 마초를 깨뜨릴 만한 꾀를 내지 못하는 걸 속으로 비웃고 있으리라. 그렇다면 그대들에게는 무슨 좋은 수가 있는가?"

그러자 서황이 기다렸다는 듯 나섰다.

"지금 승상께서 대군을 이끌고 북쪽에 계신 바람에 마초는 자신의 모든 군사를 동관으로 끌어들였습니다. 따라서 하서 땅은 틀림없이 아무런 준비가 없을 터이니 먼저 한 갈래 군사로 하여금 몰래 포판진(蒲阪津)을 건너 적이 돌아갈 길을 끊게 하십시오. 그런 다음 승상께서 재빨리 군사를 몰아 하북을 치시면, 적은 양쪽이 서로 호응할 길이 없어 반드시 형세가 몹시 위태롭게 될 것입니다."

바로 조조의 속셈 그대로였다. 그 때문에 조조는 마초의 군사가 불어났다는 소문을 들으면 들을수록 기뻐했던 것이다.

"그대의 말이 바로 내 뜻과 같네."

조조는 그렇게 서황을 추켜세운 뒤, 이어서 영을 내렸다.

"그대는 주령(朱靈)과 함께 날랜 군사 사천을 가려뽑아 하서를 급습하도록 하라. 산골짜기에 군사를 숨겨놓고 기다리다가 내가 하북으로 건너가거든 동시에 치도록 해야 한다."

자신의 뜻을 가장 잘 이해할 수 있는 사람이라 여겨 서황에게 그 일을 맡긴 것이었다. 영을 받은 서황은 주령과 더불어 군사 사천을 이끌고 몰래 하서로 떠났다.

서황이 떠난 뒤 조조는 다시 조홍을 불러 포판진을 건널 배와 뗏목을 마련케 했다. 그리고 조인을 남겨 진채를 지키게 한 뒤 스스로 군사를 이끌고 위하(渭河)를 건넜다.

조조의 그 같은 움직임은 세작들에 의해 마초의 귀에도 오래잖아 들어갔다.

"지금 조조가 이곳 동관을 공격하지 않고 사람을 시켜 배와 뗏목을 마련케 하는 것은 틀림없이 하북으로 건너가려는 것입니다. 우리의 돌아갈 길을 막으려는 수작이지요. 내가 먼저 한 갈래 군사를 이끌고 강북쪽 언덕으로 가서 그걸 막겠습니다. 만약 조조의 군사들이 물을 건너지 못하면 스무 날도 안 돼 하동의 군량이 다할 것이니 반드시 그 군사들도 어지러워질 것입니다. 그때 하남을 들이치면 어렵지 않게 조조를 사로잡을 수 있습니다."

세작들의 말을 들은 마초가 한수에게 그렇게 말했다. 듣고 있던 한수가 한마디 했다.

"그럴 것도 없네. 자네는 병법에서 '군사가 물을 반쯤 건너게 한 뒤에 친다[兵半渡河擊]'란 말도 듣지 못했는가? 조조가 물을 반쯤 건너기를 기다렸다가 자네가 강 남쪽 언덕을 치면 조조의 군사들은 모조리 물에 빠져 죽고 말 것이네."

마초가 들어보니 그쪽이 훨씬 그럴듯했다.

"숙부님의 말씀이 옳습니다. 그대로 따르지요."

그 한마디와 함께 곧 사람을 놓아 조조가 언제쯤 물을 건널지를 알아보게 했다.

한편 조조는 여러 번 싸움에 져 어수선한 군사들을 정돈한 뒤 크게 세 부대로 나누어 물을 건너기 시작했다. 앞선 인마가 위하를 건너려고 물에 들어섰을 때는 마침 해가 솟고 있었다. 그들이 북쪽 언덕에 이르러 진채를 마련하는 동안 다음 차례의 인마들이 배에 올랐다.

조조는 남쪽 언덕에서 백여 기의 호위를 받으면서 칼을 차고 앉아 군사들이 물을 건너는 걸 바라보고 있었다. 그런데 갑자기 뒤쪽이 술렁거리더니 한 군사가 헐떡이며 달려와 알렸다.

"뒤편에 흰 전포를 입은 장군이 달려들고 있습니다!"

흰 전포를 입은 장군[白袍將軍]이 바로 마초인 것을 잘 아는 장졸들은 조조를 지키는 것도 잊고 한 덩어리가 되어 배로 뛰어내렸다. 강변에 있던 군사들도 서로 먼저 배에 오르려고 다투니 그들의 욕설과 고함으로 강변은 악머구리 들끓듯 했다.

조조는 꼼짝도 않고 앉아 칼을 어루만지며 그 소동을 그치게 하려고 애썼으나 들리는 것은 다만 사람의 아우성과 말의 울부짖음뿐이었다. 마치 벌 떼가 어지럽게 뭉쳐 다투는 것 같은 그 광경에 조조는 맥이 빠졌다.

그때 배에 타고 있던 장수 하나가 도로 강 언덕으로 뛰어오르더니 조조에게 소리쳤다.

"적이 가까이 이르렀습니다. 승상께서는 부디 배를 타도록 하십시오!"

조조가 퍼뜩 정신을 차려 보니 그 장수는 허저였다. 마음은 다급했으나 조조는 자신의 약한 꼴을 보이기 싫어 짐짓 뻗대었다.

"적이 왔으면 왔지, 그게 어쨌단 말인가?"

그러나 일은 그때 이미 위급한 지경에 이르러 있었다. 조조가 허저를 나무라듯 그렇게 말해놓고 뒤를 돌아보니 어느새 마초가 백여 걸음 떨어진 곳에 와 있었다.

급하기는 허저도 마찬가지였다. 허저는 조조를 배로 끌어내리려 했으나 그때 배는 벌써 강 언덕에서 두 길이나 떨어져 있었다. 하는 수 없이 허저는 조조를 들쳐업고 몸을 날려 배로 뛰어내렸다.

허저가 조조를 업고 배로 뛰어내리는 걸 보자 조조를 뒤따르던 장졸들도 모두 물로 뛰어들었다. 그리고 조조가 탄 뱃전에 매달려 다투어 배 위로 오르려 했다. 배는 작은데 여럿이서 한꺼번에 기어오르려 하니 금세라도 배가 뒤집힐 듯 위태로웠다. 허저가 칼을 뽑아 마구 뱃전을 찍어댔다. 거기 매달렸던 손들이 잘리며 그 손의 임자들은 모두 괴로운 외마디 소리와 함께 물속으로 떨어졌다.

차마 보기 끔찍한 광경이었지만 당장 급한 것은 조조를 구하는 일이었다. 허저는 배 위의 군사들을 재촉해 어서 노를 젓게 하는 한편 스스로 뱃전에 서서 삿대를 잡았다. 조조는 그런 허저의 다리 곁에 엎드려 배가 어서 언덕에서 멀어지기만을 기다렸다.

마초가 강 언덕에 이르렀을 때는 이미 조조가 탄 배는 강물 한가운데 떠 있었다. 이에 마초는 활을 뽑아 시위에 살을 먹이면서 뒤따르는 장졸들에게 영을 내렸다.

"모두 활을 쏘아라!"

그 영에 따라 곧 조조의 배에는 화살이 비 오듯 쏟아졌다. 조조가 다칠까 봐 걱정이 된 허저는 왼손으로 말안장을 잡아 날아오는 화살을 막았다.

이때 마초도 장졸들 틈에 끼어 활을 쏘고 있었는데 화살 하나도 빗나가는 법이 없었다. 마초의 시위 소리가 날 때마다 조조가 탄 배를 몰던 군사들이 하나씩 물에 떨어졌다. 그렇게 여남은 명이 쓰러지고 나니 모는 사람이 없는 배는 이리저리 흔들리며 빠른 물살에 휩쓸려 맴돌기 시작했다.

배 위에 남은 몇 안 되는 사람들 가운데서 무서운 위세를 떨쳐 보이고 있는 것은 오직 허저 하나였다. 그는 두 허벅지 사이에 배의 키를 끼워 방향을 잡은 다음 한 손으로 삿대를 밀고 다른 한 손으로는 말안장을 휘둘러 날아오는 화살로부터 조조를 지켰다.

이때 조조의 군중에는 위남의 현령으로 정비(丁斐)란 사람이 있었다. 남쪽의 산 위에서 싸움 구경을 하다가 마초가 매우 급하게 조조를 쫓는 걸 보고 진채 안에 있는 소와 말을 모두 바깥으로 내몰았다. 들판 가득 임자 없는 소와 말이 뛰어다니자 그걸 본 서량병들은 모두 몸을 돌려 소와 말을 쫓기에 바빴다. 그들에게는 조조보다는 눈앞의 소와 말이 더욱 탐났다. 따라서 조조가 무사히 마초의 추격을 벗어날 수 있었던 것은 허저의 용맹뿐만 아니라 정비의 기지 덕분이기도 했다.

가까스로 북쪽 언덕에 이른 조조는 어서 배와 뗏목을 언덕에 대게 했다. 그리하여 먼저 물을 건넜던 장수들이 조조가 강물 한가운데서 어려움을 겪고 있다는 말을 듣고 달려왔을 때는 조조가 이미 언덕에 오른 뒤였다.

조조와 함께 언덕에 오른 허저의 모습은 참으로 볼만했다. 온몸에 고슴도치처럼 화살이 박혀 있었으나 다행히 두꺼운 갑옷을 입어 크게 다친 곳은 없었다.

장수들은 조조를 둘러싸고 들판에 펼쳐둔 진채로 모셔간 뒤 모두 땅에 엎드려 문안을 드렸다. 조조가 문득 크게 웃으며 말했다.

"오늘 별것 아닌 역적 놈 때문에 꽤나 애를 먹었네그려."

장졸들의 사기를 의식한 조조의 허세였다. 그러나 죽을힘을 다해 싸운 허저는 달랐다. 아직도 가라앉지 않은 숨결로 방금 뚫고 온 어려움을 되새기며 말했다.

"만약 어떤 사람이 소와 말을 풀어놓아 적병을 꾀지 않았더라면, 적병은 틀림없이 물을 건너면서까지 뒤쫓아왔을 것입니다."

"적병을 그렇게 꾄 사람이 누구인가?"

조조도 그제서야 생각난 듯 물었다. 누군가 그 일을 알고 있는 사람이 대답했다.

"위남의 현령 정비입니다."

그러는데 마침 정비가 조조를 보러 들어왔다. 조조가 그에게 고마움을 나타냈다.

"만약 공의 좋은 꾀가 아니었더라면 나는 적에게 사로잡히고 말았을 것이다."

그리고 정비를 높여 전군교위로 삼았다.

감격한 정비가 다시 조조를 깨우쳐주었다.

"적이 비록 물러갔으나 내일 틀림없이 다시 올 것입니다. 좋은 계책을 세워 그들을 막아야 합니다."

"그건 이미 마련되어 있네."

조조는 이제 막 적의 칼날을 벗어난 사람답지 않게 밝은 얼굴로 정비의 말을 받았다. 그리고 이어 장수들을 불러놓고 영을 내렸다.

"그대들은 각기 군사를 나누어 강물을 따라 용도(甬道)를 세우도록 하라. 그 용도는 잠시 우리 진채의 골격으로 쓸 것인 바 만약 적이 쳐들어오면 우리 군사는 그 바깥에 진을 치게 하고 안에는 기치만 요란하게 세워 군사가 거기 있는 듯 꾸민다. 그리고 다시 그 용도 뒤에 강물을 따라 길게 구덩이를 파고 그 위에다 거짓으로 나무울타리를 세워 적을 꾀어들이면 적은 급히 몰려오다 반드시 그 구덩이속으로 떨어질 것이다. 구덩이에 빠진 적을 사로잡기는 어렵지 않으리라."

용도란 양쪽에 담을 쌓아 군사들을 보호하며 진(陣)과 진 또는 채(寨)와 채를 연결시키는 길이다. 그 담은 말 탄 군사를 위주로 하는 서량병을 막는 진채 구실을 하면서 그 뒤에 판 함정을 감추어줄 수도 있었는데, 조조는 이제 그 용도를 써보려는 것이다.

한편 조조의 군사들을 한바탕 짓밟고 자기 진채로 돌아간 마초는 한수를 보고 분한 듯 말했다.

"오늘 몇 번이나 조조를 사로잡을 기회가 있었는데 한 용맹스런 장수가 조조를 업고 배로 뛰어내리는 바람에 놓쳐버리고 말았습니다. 그 장수가 누군지 모르겠습니다."

한수가 잠깐 생각하다가 대답했다.

"내가 들으니, 조조는 매우 힘세고 날랜 장사를 뽑아 자신의 군막을 지키게 하고는 호위군(虎衛軍)이란 이름을 붙였다고 하네. 조조의 무서운 장수인 전위와 허저가 그들을 거느리고 있었는데 그중 전위는 이미 죽었으니 오늘 조조를 구해 간 것은 틀림없이 허저일 것이네. 허저는 용맹과 힘이 남보다 뛰어나 사람들은 모두 그를 호치(虎痴)라 부른다네. 다음에 그를 만나거든 결코 가볍게 여기고 맞서서는 아니 될 것일세."

"그라면 저도 이름을 들은 적이 있습니다. 숙부님의 말씀을 마음에 새겨두겠습니다."

한수의 말을 들은 마초가 자못 굳은 얼굴로 고개를 끄덕였다. 한수가 다시 앞일을 꺼냈다.

"이제 조조가 물을 건넜으니 우리의 등 뒤를 치려 할 것은 뻔하네. 되도록이면 빨리 조조를 공격해 그가 영채를 세우지 못하게 해야 하지 않겠나? 만약 조조가 영채를 세우게 되면 가까운 날 그를 없애기는 어렵게 될 것일세."

그러자 마초가 계책을 내놓았다.

"조카의 어리석은 생각으로는 우리가 북쪽 언덕으로 돌아가 조조군이 더는 물을 건널 수 없도록 하는 게 상책인 듯싶습니다."

"그것도 좋지만, 우선 조카는 진채를 지키며 여기 남아 있게. 내가 군사를 이끌고 강을 따라 올라가 조조와 한번 싸워봤으면 싶네. 조카의 생각은 어떤가?"

한수가 그렇게 마초와는 다른 의견을 말했다. 마초가 들어보니 그것도 그럴듯했다.

"숙부님께서 그렇게 해보시겠다면 방덕(龐德)을 선봉으로 삼아 숙부님을 앞서서 보살피게 하겠습니다."

마초가 그렇게 말하니 한수는 곧 방덕과 더불어 장졸 오만을 이끌고 위남으로 달려갔다.

조조의 장졸들은 미리 명받은 대로 용도 곁에서 서량병을 꾀어들였다. 아무것도 모르는 방덕은 철갑 두른 기마대 천여 명을 이끌고 단번에 용도를 허물어버릴 듯 부딪쳐갔다.

그러나 미처 적에게 이르기도 전에 여기저기서 함성이 일며 사람과 말이 한꺼번에 조조군이 파둔 구덩이로 굴러떨어졌다.

흙구덩이에 떨어지기는 방덕도 다른 천여 기와 다름이 없었다. 그러나 방덕은 조금도 놀라거나 두려워하지 않고 훌쩍 몸을 솟구쳐 흙구덩이를 벗어났다. 어느새 구덩이 밖에는 조조의 군사들이 새까맣게 에워싸고 있었다. 방덕은 평지로 뛰어나오자마자 서너 명을 베어 죽이고 걸어서 두텁게 에워싼 적군 속에서 빠져나가려 했다.

그런 방덕의 눈에 적군 한가운데 떨어져 허덕이는 한수의 모습이 들어왔다.

방덕은 한수를 버리고 갈 수 없어 곧 그리로 갔다. 겨우 한수를 구해 나오는데 마침 조인의 부장 조영(曹永)이 말을 탄 채 길을 막았다. 방덕이 한칼에 조영을 베고 그 말을 뺏으니 결국 조영은 방덕에게 말을 바치러 온 꼴밖에 되지 않았다.

방덕은 조영의 말을 타고 한줄기 길을 열어 한수를 구한 뒤 동남쪽을 바라보고 달아났다. 오랜만에 싸움에 이겨 힘이 솟은 조조의 군사들이 그 뒤를 쫓았다. 그러나 그사이 소식을 들은 마초가 군사를 이끌고 달려와 뒤쫓는 조조의 군사들을 들이쳐 내쫓고 에워싸여 있던 방덕과 한수의 군마 태반을 구해냈다.

해질 무렵까지 싸운 뒤 마초가 진채로 돌아가 헤아려보니 방덕이 이끈 천여 기 중에서 장수 정은(程銀)과 장횡(張橫)이 죽었고 흙구덩이에 빠져 죽은 군사만도 이백이 넘었다. 마초가 한풀 꺾인 한수를 보고 의논했다.

"이렇게 날을 끌다가는 조조가 하북에 영채를 세우고 말 것이니 그렇게 되면 적을 물리치기 어렵습니다. 오늘밤 어둠을 틈타 가볍게 차린 기마대를 이끌고 가서 아직 들판에 임시로 세워져 있는 조조의 영채를 휩쓸어버리는 게 좋겠습니다."

"그럴려면 군사를 한꺼번에 데려가지 말고 앞과 뒤로 나누어 위급할 때 서로 구할 수 있도록 해야 되네."

한수가 신중하게 마초의 말을 받았다. 이에 마초는 스스로 앞장이 되고, 방덕과 마대는 뒤에서 호응하기로 하고 군사를 나눈 뒤 그날 밤으로 조조의 진채를 들이치러 갔다.

이때 조조는 군사를 위북에 머무르게 하고 있었다. 그날 밤 무슨 느낌이 들었던지 여러 장수를 불러놓고 말했다.

"적은 틀림없이 우리가 영채를 세우지 못하도록 지금 임시로 세

위 둔 진채를 급습하러 올 것이다. 군사들을 사방으로 흩어 숨기고 중군은 일부러 비워두도록 하라. 포향이 울릴 때를 기다려 숨겨둔 군사들이 모두 일어나면 북소리 한번으로 적을 사로잡을 수 있을 것이다."

그 말에 따라 장수들은 모두 군사들을 나누어 진채 사방에 감추고 중군을 비웠다.

그날 밤이 제법 이슥할 무렵 조조의 진채에 이른 마초는 부장 성의(成宜)에게 서른 기를 주며 먼저 가서 적정을 살펴보게 했다. 성의가 가서 보니 조조의 진채에는 사람의 그림자도 비치지 않았다. 성의는 그것이 속임수인 것을 미처 깨닫지 못하고 곧바로 중군 쪽을 덮쳐갔다.

하지만 성의 못지않은 실수를 조조군도 저질렀다. 숨어 있던 조조군은 서량병이 진채로 들어오자 그 머릿수는 헤아려보지도 않고 포향을 울렸다. 그 소리를 신호로 사방에서 복병이 일어나 성의가 이끈 서른 기를 에워쌌다.

하후연이 성의를 죽일 때까지만 해도 조조는 자신의 헤아림이 보기좋게 들어맞은 줄 알았다. 하지만 아니었다. 뒤에 남아 있던 마초가 방덕, 마대와 함께 세 길로 나누어 벌 떼처럼 조조의 진채를 덮쳐왔다.

그렇게 되면 남은 것은 혼전뿐이었다. 양쪽 다 계책이 어그러진 셈인 데다 어두운 밤이라 힘과 힘으로 어지럽게 뒤엉킬 수밖에 없었다. 양군은 날이 밝을 때까지 혼전을 거듭하다가 각기 군사를 거두었다.

그러나 마초는 자신의 진채로 돌아가지 않고 위구에 군사를 머무르게 한 뒤 밤낮으로 군사를 내어 조조의 앞뒤를 후려쳤다. 조조는 하는 수 없이 위하 가에 자리를 잡고, 배와 뗏목을 쇠사슬로 얽어 만든 부교 셋을 통해 남쪽 언덕과 연결되도록 했다.

이때 조인은 강물 폭이 좁은 곳 부근에다 임시로 진채를 내리고 곡식과 말먹이를 실은 수레를 빙 둘러 세워 방벽으로 삼으려 했다. 그 소문을 들은 마초가 군사들에게 영을 내렸다.

"각기 마른 풀 한 단과 불씨를 마련하라. 조인의 진채를 치는 데는 그보다 나은 병기가 없을 것이다."

그리고 군사들이 시킨 대로 하자 한수와 더불어 조인의 진채 앞으로 밀고 들어갔다.

"풀더미를 모두 한군데 쌓고 불을 질러라!"

마초가 그렇게 소리치자 군사들은 모두 그대로 따랐다. 곧 무서운 불길이 일어 곡식과 말먹이 풀을 실은 조조군의 수레에 옮아 붙었다.

젊은 마초가 이끄는 서량병의 매서운 기세에다 거센 불길까지 덮쳐오자 조조의 군사들은 맞서 볼 재간이 없었다. 변변히 싸워보지도 못한 채 진채를 버리고 달아나니 수레며 부교가 모조리 타버렸다.

서량병의 큰 승리였다. 위하는 다시 그들에 의해 잘리고, 강 북쪽에 영채를 세울 수 없게 된 조조의 마음은 답답하기 그지없었다. 그런 조조에게 순유가 다시 새로운 계책을 내놓았다.

"위하에서 흙과 모래를 퍼다가 토성(土城)을 쌓으면 굳게 지켜낼 수 있을 것입니다."

이에 조조는 군사 삼만을 뽑아 흙으로 성을 쌓게 해보았으나 소용이 없었다. 마초가 방덕, 마대와 더불어 오백 마군을 이끌고 와서 짓밟는 데다 흙으로 쌓은 성이 원래 든든하지 못해 쉽게 무너져버려 모두가 헛일이었다.

때는 구월도 다해 겨울로 접어들 무렵이었다. 날은 매섭게 추워 오고 하늘에는 짙은 구름이 두텁게 드리워 걷힐 줄 몰랐다. 군사들이 추위에 떠니 아직 영채를 세우지 못한 조조의 걱정은 더욱 커졌다.

그러던 어느 날이었다. 군사 하나가 들어와 알렸다.

"어떤 늙은이가 승상을 뵈오러 왔습니다. 진채를 세울 수 있는 계책을 알려주겠다 합니다."

그 말에 조조는 귀가 번쩍 띄어 얼른 그 늙은이를 데려오게 했다. 학 같은 모습에 소나무 같은 자태를 한 그 늙은이는 어딘가 옛 선인들을 연상시키는 데가 있었다. 조조가 어디서 온 누구인가를 묻자 그 늙은이가 대답했다.

"나는 경조(京兆) 사람으로 종남산(終南山)에 숨어 사는 누자백(婁子伯)이란 늙은이외다. 사람들은 흔히 몽매거사(夢梅居士)란 도호(道號)로 부르기도 하오."

이에 조조는 귀한 손님을 맞이하는 예로 자백을 대접했다. 자백은 자리에 앉자마자 물었다.

"승상께서는 위하에 걸터앉아 영채를 세우려 하신 지 오래되시면서 어찌하여 지금 같은 때를 그냥 보내고 계십니까?"

"땅이 모래흙이라 성을 쌓을 수가 없어 속만 태우고 있습니다. 은사(隱士)께서는 어떤 좋은 계책을 내려주시려고 오셨습니까?"

조조가 잔뜩 기대하는 얼굴로 되물었다. 자백이 잔잔한 미소와 함께 깨우쳐주었다.

"승상께서 용병에는 귀신 같으시면서 어찌하여 천시는 모르시오이까? 지금 매일같이 짙은 구름이 덮여 있어 날이 차니 한번 북쪽 찬바람이 휘몰아치면 모든 것은 꽁꽁 얼어붙고 말 것이오. 그 바람이 일기를 기다려 군사들로 하여금 흙을 날라와 쌓게 하고 물을 뿌려두면 날이 밝기 전에 굳은 토성이 이루어질 것이외다."

그 말에 조조도 비로소 찬 날씨를 거꾸로 이롭게 쓸 수 있는 길을 깨달았다. 조조는 몹시 기뻐하며 자백에게 큰 상을 내렸으나 자백은 끝내 상을 받지 않고 제 길을 가버렸다. 조조가 반드시 외로운 사람만은 아니었던 셈이다. 누자백의 말이 무슨 예언이었던 것처럼 그날 밤이 되자 갑자기 큰바람이 일기 시작했다. 조조는 모든 군사들에게 흙으로 담을 쌓고 거기에 물을 뿌려두게 했다. 찬바람에 흙담은 물을 뿌리기 바쁘게 얼어 토성으로 변해갔다.

날이 밝자 굳게 얼어 세워진 토성이 모습을 드러냈다. 그걸 본 세작들이 급히 마초에게 가서 알렸다. 군사를 이끌고 달려와 조조의 토성을 본 마초는 몹시 놀랐다. 하늘이 조조를 도와 하룻밤 새 튼튼한 토성을 하나 내려준 듯싶었다.

다음 날 마초는 그 토성을 그냥 둘 수 없다고 여겨 대군을 몰고 북을 울리며 조조의 진채로 짓쳐들어갔다. 토성 때문에 마음이 든든해진 조조는 허저 한 사람만 뒤딸린 채 영문(營門)을 나섰다.

"맹덕이 홀로 여기 나와 섰으니 마초는 어서 나와 내 말을 들으라!"

조조가 말 위에 높이 앉아 채찍으로 마초의 진문을 가리키며 크게 소리쳤다.

금세 창을 꼬나든 마초가 말을 타고 진문 앞으로 나왔다. 조조는 그런 마초를 놀리듯 더욱 소리를 높였다.

"너는 내가 토성을 못 쌓도록 훼방을 놓았지만 봐라, 하늘이 도와 하룻밤 새 이렇게 훌륭한 토성을 내려주셨다. 이래도 빨리 항복하지 못하겠느냐!"

마초는 이죽거림과도 같은 조조의 외침에 크게 성이 났다. 당장 달려 나가 조조를 사로잡아버리려는데 문득 조조의 등 뒤에 서 있는 장수 하나가 눈에 들어왔다 성난 눈을 부릅뜨고 강도(鋼刀)를 손에 든 채 말 위에 덩그렇게 앉은 품이 여느 장수 같지 않았다.

마초는 그 장수가 바로 한수에게서 들은 적이 있는 허저인 것 같아 조조에게 소리쳐 물었다.

"들으니 네 군중(軍中)에 호후(虎侯)란 이가 있다는데, 잘 있느냐?"

호후란 호치를 '호랑이 대감' 정도로 슬쩍 높인 말이었다. 허저가 번쩍 칼을 치켜들며 조조를 대신해 큰 소리로 대꾸했다.

"내가 바로 초군(譙郡)의 허저다. 너는 무슨 일로 찾느냐?"

그런 허저의 두 눈에서는 멀리서도 사람의 간담을 써늘하게 만드는 빛이 뿜어져나오고 있었다. 천하의 마초도 허저의 그 같은 위풍에는 은근히 마음이 켕겼던지 감히 함부로 덤비지 못하고 슬그머니 말 머리를 돌렸다.

조조도 구태여 싸움을 걸 필요는 없어 허저를 데리고 진채로 돌아가버렸다. 그 광경을 본 양편의 군사들은 한결같이 놀라워해 마지 않았다. 진채로 돌아온 조조는 흐뭇한 마음으로 여러 장수들에게 말했다.

"적도 역시 중강(仲康, 허저의 자)이 호후임을 알아보는구나."

그러자 조조의 군중에서는 이때부터 모두 허저를 호후라 불렀다. 마초 덕분에 호치에서 호후로 올라간 셈이었다.

조조의 은근한 추켜세움에 으쓱해진 허저가 큰소리를 쳤다.

"내일은 반드시 마초를 사로잡아 오겠습니다."

"아닐세. 마초는 뛰어난 장수이니 결코 가볍게 여겨서는 아니 되네."

조조가 그렇게 허저의 지나친 만심을 경계하자 허저가 맹세하듯 소리쳤다.

"죽기로 싸워보겠습니다. 아무려면 그 어린것 하나야 못 당하겠습니까?"

그러고는 곧 마초에게 싸움을 거는 글을 보냈다. 다음 날 단 둘이서 한번 결판을 내보자는 내용이었다.

허저의 글을 받은 마초는 크게 노했다. 곱게 보아주니 이제는 자신의 머리 꼭대기에 올라서려는 것 같아 이를 갈았다.

"이놈이 어찌 감히 이럴 수 있느냐. 내 맹세코 내일은 이놈 호치를 죽이리라!"

호후로 추켜세운 게 언제였냐는 듯 다시 허저를 '용맹만 믿는 돌대가리[虎痴]'로 깎아내렸다.

다음 날이 되었다. 양군은 영채를 나가 서로 마주보고 진세를 벌였다. 마초는 방덕을 왼 날개로 삼고 마대에게는 오른 날개를 맡긴 뒤 한수로 하여금 중군을 지키게 했다. 그리고 스스로 창을 비껴들고 말에 올라 진 앞으로 나갔다.

"이놈 호치야, 어서 나오너라!"

마초가 조조의 진 쪽을 향해 천지가 무너질 듯한 고함을 질렀다. 문기 아래 있던 조조가 여러 장수들을 돌아보며 감탄했다.

"마초의 용맹이 결코 지난날의 여포에 견주어 모자라지 않겠구나!"

그러나 허저는 조금도 움츠러드는 기색이 없었다. 아직 조조의 말이 끝나기 전에 칼을 휘두르며 말을 몰아 달려 나갔다. 마초가 창을 비껴들고 마주쳐나와 부딪치니 곧 한바탕 눈부신 싸움이 벌어졌다. 그러나 백 합이 넘도록 싸워도 승부는 드러나지 않고 두 사람의 말만 지쳐 비틀거렸다.

"말이 지쳤으니 갈아타고 와서 싸우는 게 어떠냐?"

"좋다. 말을 갈고 하나가 죽을 때까지 싸워보자!"

누가 먼저랄 것도 없이 그렇게 의견을 맞춘 마초와 허저는 각기 자기편 영채로 돌아가 말을 바꿔타고 나왔다.

다시 범과 용이 뒤엉킨 듯한 싸움이 벌어졌다. 어느덧 백여 합이나 더 싸웠으나 이번에도 승부는 가려지지 않았다. 조조에게 쳐논 큰소리 때문인지, 싸우다 보니 제 성미를 이기지 못한 탓인지 갑자기 말 머리를 돌려 자기편 진채로 돌아온 허저는 투구와 갑주를 벗어던지고 울근불근 힘살이 드러난 맨몸에 칼 한 자루만 든 채 말에 뛰어올라 다시 마초에게 덤볐다.

그 엄청난 기세에 양군은 모두 놀라워해 마지않았다. 그러나 마초는 조금도 움츠러드는 법 없이 그런 허저를 맞아 싸움을 계속했다.

다시 무시무시한 싸움이 서른 합에 이르렀을 때였다. 문득 허저가 위세 좋게 칼을 쳐들어 마초를 베려 했다. 마초가 아슬아슬하게 그 칼을 피하며 오히려 들고 있던 창으로 허저의 가슴패기를 찔렀다. 온 힘을 다해 칼질을 한 다음이라 허저는 미처 칼로는 그 창을 막을 수가 없었다. 얼른 칼을 내던지고 몸을 뒤틀며 마초의 창대를 잡았다.

그렇게 되니 싸움은 이제 두 사람의 창 뺏기로 바뀌었다. 힘이라면 허저였으나 마초 또한 만만치 않았다. 허저가 용을 쓰며 창대를 잡아당기자 와지끈하며 창대가 부러지고 말았다. 두 사람은 각기 반토막의 창대를 들고 서로를 후려쳤다. 무기도 없는 마구잡이 싸움이었다.

조조는 혹시라도 나이 든 허저가 젊은 마초와 뒤엉켰다가 실수가 있을까 두려웠다. 하후연과 조홍을 불러 한꺼번에 달려 나가게 했다.

방덕과 마대는 조조 쪽에서 두 장수가 한꺼번에 달려 나오는 걸 보자 오히려 잘됐다 싶었다. 마구잡이 싸움이라면 날래고 억센 서량병이 훨씬 유리했기 때문이었다. 곧 양날개에 벌려세웠던 철기를 휘몰아 밀물처럼 조조의 군사들을 덮쳐갔다.

마초와 허저의 싸움에 넋을 잃고 있던 조조의 군사들은 그 같은 서량 철기의 급습에 크게 어지러워졌다. 변변히 싸워보지도 못하고 흙담으로 둘러쳐진 영채 속으로 달아났다. 마초는 그런 조조군을 물가까지 뒤쫓으며 두들기니 조조의 군사는 태반이 죽거나 다쳤다. 그리고 용맹을 떨치던 허저도 그 어지러움 속에서 팔에 화살을 둘씩이나 맞고 말았다.

"진채의 문을 굳게 닫고 지키기만 하라. 결코 나가 싸우지 말라!"

허저만 믿고 싸움을 걸었다가 또 한차례 호된 맛을 본 조조가 급하게 영을 내렸다. 그 명을 받은 조조군이 돌처럼 굳게 언 토성 뒤에서 굳게 지키기만 하니 마초도 더는 조조군을 짓밟지 못했다. 그러나 어지간한 마초도 허저에게는 질렸던지 위구로 돌아가 한수를 만나자 머리를 설레설레 저으며 말했다.

"나도 모질게 싸우는 놈은 여럿 보았지만 허저 같은 놈은 처음입니다. 정말로 호치라 할 만했습니다."

하지만 거듭되는 패전에도 불구하고 싸움은 조금씩 조조의 숨겨진 계책대로 진행되고 있었다. 서황과 주령이 하서(河西)로 건너가 영채를 엮고 마초를 앞뒤에서 칠 터전을 마련하고 있었기 때문이었다.

그런데 조조가 초조하게 서황과 주령이 무사히 영채를 세우기를 기다리고 있던 어느 날이었다. 토성 위에 올라가 형세를 살피던 조조의 눈에 마초가 들어왔다. 마초는 겨우 수백 기만 뒤딸린 채 조조의 대군이 엎드린 진채 앞에 제 집 마당 노닐 듯 오락가락하고 있었다. 한동안 가만히 보고 있던 조조가 투구를 벗어 팽개치며 노성인지 탄식인지 모를 소리를 질렀다.

"마초 저 어린놈이 죽지 않는다면 내가 죽어도 묻힐 땅이 없겠구나!"

곁에서 그 말을 들은 하후연은 불끈 화가 치솟았다. 그러잖아도 적장이 진채 앞을 제 집 마당 노닐 듯 휘젓고 다녀도 움츠린 채 구경만 하고 있는 자신이 한심스럽던 차에 주인의 그 같은 말을 듣자 걷잡을 수 없이 솟구친 분노였다.

"이 땅에서 죽는 한이 있더라도 내 반드시 마초를 없애고야 말리라!"

그 한마디 외침과 함께 자기 밑에 거느리고 있던 천여 명을 이끌고 진채 밖으로 달려 나갔다. 조조가 급히 말리려 했으나 그때는 이미 하후연이 마초에게 덮쳐가고 있는 중이었다.

조조는 혹시라도 하후연이 잘못될까 봐 걱정이 되었다. 싸우지 않고 굳게 지키리라던 다짐도 잊고 스스로 말 위에 뛰어올라 하후연의 뒤를 밀어주러 나갔다. 그렇게 조조는 또 한번 원하지 않는 싸움에 말려들고 말았다.

마초는 조조의 군사들이 밀려나오는 걸 보자 앞선 군사들은 뒤로 물러나게 하고 뒷선 군사들을 나서게 하여 한 줄로 죽 벌려세웠다. 그리고 하후연이 그곳에 이르기 무섭게 에워싸듯 맞으며 들이쳤다. 진세고 뭐고가 없는 혼전으로 이끌려는 속셈이었다.

마초가 하후연과 어울려 어지럽게 싸우다 보니 저만치 조조의 모습이 눈에 들어왔다. 마초는 하후연을 버려두고 똑바로 조조에게로 덮쳐갔다. 놀란 조조가 급히 말 머리를 돌려 달아나니 조조군은 금세 어지러워졌다. 오래 묵은 용이라 할 조조였으나 젊은 범 같은 마초의 기세를 이겨내지는 못해 또 한번 쫓기게 되었다.

삼국지 6
불타는 적벽赤壁

개정 신판 1쇄 발행 2020년 3월 25일
개정 신판 3쇄 발행 2023년 8월 10일

지은이 나관중
옮기고 엮은이 이문열

발행인 양원석
펴낸 곳 ㈜알에이치코리아
주소 서울시 금천구 가산디지털2로 53, 20층(가산동, 한라시그마밸리)
편집문의 02-6443-8842   도서문의 02-6443-8800
홈페이지 http://rhk.co.kr
등록 2004년 1월 15일 제2-3726호

copyright ⓒ 이문열
Illustration copyright ⓒ 2001 by Chen Uen
This Korean special edition published from CHEN UEN'S THREE KINGDOMS
COLLECTION by arrangement with Dala Publishing Company, Taipei
All rights reserved.

ISBN 978-89-255-6885-0 (03820)

※ 이 책은 ㈜알에이치코리아가 저작권자와의 계약에 따라 발행한 것이므로
   본사의 서면 허락 없이는 어떠한 형태나 수단으로도 이 책의 내용을 이용하지 못합니다.
※ 잘못된 책은 구입하신 서점에서 바꾸어 드립니다.
※ 책값은 뒤표지에 있습니다.